HEYNE <

Das Buch
Das Leben schlägt jede Seifenoper!

»Sei die Prinzessin, nicht die Erbse!«
»Wie meinst du das denn jetzt?«
»Ganz einfach. Du kennst doch das Märchen von der Prinzessin auf der Erbse, oder nicht? Für einen Mann bist du entweder die Prinzessin, die er wahnsinnig gerne in seinem Bett hätte und für die er alles tun würde. Oder die Erbse, die ihm den Schlaf raubt und die er gerne los wäre. Weil sie nervt. Verstanden?«
»Nicht so ganz«, gebe ich zu.
»Sei die Prinzessin. Dräng dich nicht auf, sondern lass ihn ein bisschen zappeln. Dann wird alles gut werden. Du schaffst das schon.«

Der neue Roman der Erfolgsautorin von Allein auf Wolke Sieben:

»Ein geradezu göttliches Lesevergnügen.«
Bunte
»Ein sommerlich heiterer Roman«
Freundin

Die Autorin
Jana Voosen, Jahrgang 1976, studierte Schauspiel in Hamburg und New York. Es folgten Engagements an Hamburger Theatern. Seitdem war sie in zahlreichen TV-Produktionen (Tatort, Marienhof, Hochzeitsreise zu viert u. a.) zu sehen. Jana Voosen lebt und arbeitet in Hamburg. *Prinzessin oder Erbse?* ist ihr siebtes Buch.

Mehr über die Autorin finden Sie im Internet unter www.janavoosen.de

Lieferbare Titel
Er liebt mich … – Zauberküsse – Mit freundlichen Küssen – Allein auf Wolke Sieben

JANA VOOSEN

Prinzessin oder Erbse?

Roman

WILHELM HEYNE VERLAG
MÜNCHEN

MIX
Papier aus verantwortungsvollen Quellen
FSC® C014496

Verlagsgruppe Random House FSC-DEU-0100
Das für dieses Buch verwendete
FSC®-zertifizierte Papier *Holmen Book Cream*
liefert Holmen Paper, Hallstavik, Schweden.

Originalausgabe 08/2011

Redaktion: Daniela Schlingmann
Printed in Germany 2011
Umschlaggestaltung: Eisele Grafik-Design, München
Umschlagillustration: © Eric Isselée – Fotolia.com
Satz: KompetenzCenter, Mönchengladbach
Druck und Bindung: GGP Media GmbH, Pößneck
ISBN: 978-3-453-40841-8

www.heyne.de

Kapitel 1

»Und der diesjährige Deutsche Buchpreis des Börsenvereins des Deutschen Buchhandels geht an ›Geborgte Stunden‹ von Stefanie May!« Tosender Applaus brandet auf, während ich mich mit wackeligen Knien erhebe und in Richtung Bühne stolpere. Jemand fasst mich am Handgelenk, wirbelt mich zu sich herum und drückt mir einen langen Kuss auf die Lippen.

»Herzlichen Glückwunsch, Fanny. Du hast es verdient«, sagt der Mann. Ich versuche, ihm in die Augen zu sehen, aber sein Gesicht ist merkwürdig verschwommen. Verwundert kneife ich die Lider zusammen. Muss der Schock sein, beschließe ich dann. Ist ja auch kein Wunder. Du meine Güte, mein Roman gewinnt einen Preis. Wo sich doch für meine ersten beiden Bücher niemand wirklich interessiert hat. Meine beste Freundin Julia sitzt in der ersten Reihe und klatscht wie verrückt in die Hände. Ich darf auf keinen Fall vergessen, sie in meiner Dankesrede zu erwähnen. Wie oft hat sie sich mein Gejammer angehört, dass niemand meine Bücher lesen will? Wie viele Teller Spaghetti hat sie für mich gekocht, wenn ich mich im Schreibrausch nicht vom Computer losreißen konnte? Ich löse mich von meinem Begleiter, streiche den Rock meines fliederfarbenen Kleides glatt, dessen fließender Schnitt meine etwas zu breiten Hüften geschickt kaschiert, und fingere aufgeregt in dem kleinen Beutel herum, der mit einem samtenen Band an meinem Handgelenk befestigt ist. Wie gut, dass ich meine Rede zu Papier gebracht habe. Ich hätte nie gedacht, dass ich mich so fühlen könnte. So losgelöst. Und so vollkommen verwirrt. Erneut werfe ich einen Blick auf den Mann, der mich eben so zärtlich geküsst hat und dessen Name mir nicht einfallen will. Vielleicht habe ich ihn ja in meiner Dankesrede erwähnt, hoffe ich und falte das kleine weiße Papier auseinander, während ich auf meinen hohen Absätzen die Treppe hinaufbalanciere. Wie in Trance nehme ich den Preis entgegen. Die applaudierende Menge verschwimmt vor meinen Augen, Männer in teuren Smokings, die Frauen in Abendkleidern aus edlen Stoffen. Und alle klatschen sie. Für mich. Mich überrollt ein Glücksgefühl, so übermächtig, dass es fast schmerzhaft ist. Schließlich verebbt der Applaus, und ich lehne mich ein wenig in Richtung des Mikrofons, das vor meiner Nase von der Decke herunterbaumelt.

»Danke«, sage ich krächzend und räuspere mich. Mit klarer Stimme fahre ich fort: »Ich danke Ihnen allen.«

»Fannyyyy!«, ruft Julia, und es sind vereinzelt Lacher zu hören.

»Juliaaaa«, rufe ich zurück und winke ihr lächelnd zu. Dann werfe ich einen Blick auf meinen Spickzettel und hole tief Luft: »Ich glaube, jeder, der selber schreibt, weiß …«

»Fannnyyyy«, erklingt es erneut aus der ersten Reihe, und ich hebe irritiert den Kopf. »Fanny, Fanny, Fanny!«

»Sie findet mich nicht lustig, das ist mein Spitzname«, erkläre ich dem Publikum.

»Fanny, Fanny!«

»Ja. Danke«, sage ich nachdrücklich. »Also, wie ich sagte, jeder, der selber …«

»Fanny, Fanny!« Jetzt beginnt Julia auch noch, mit den Fingerknöcheln auf ihrem Stuhl herumzuklopfen. Sie gebärdet sich wie eine Verrückte, und alle recken die Köpfe, um zu sehen, was sie da treibt. Fassungslos starre ich meine Freundin an, die jetzt aufsteht und sich dem Publikum in ihrem silbergrauen Seidenkleid präsentiert. Wie ein Megafon legt sie beide Hände um ihren Mund und ruft immer lauter: »Fanny, Fanny, Fanny.« Mir wird schwindelig, die Gesichter in der Menge verwandeln sich in eine wabernde, wogende Masse.

»Julia, hör auf damit«, versuche ich zu rufen, aber meine Kehle ist wie zugeschnürt. Wieso tut sie mir das an? Warum verdirbt sie mir meinen Triumph?

»Fanny, Fanny«, hallt es in meinen Ohren, und plötzlich verliere ich das Gleichgewicht und sinke zu Boden. »Fanny, du musst aufstehen«, ruft Julia mir zu.

Mit einem Ruck setze ich mich auf. Wo bin ich? Mein Blick fällt auf das goldgerahmte Engelsbild an der gegenüberliegenden Wand. Unter meinen Händen fühle ich den kühlen Satin meiner dunkelblauen Bettwäsche.

»Fanny, Fanny«, erklingt es von der anderen Seite der Tür. Es war nur ein Traum. Verdammt. Und wieder bin ich nicht dazu gekommen, meine Dankesrede zu halten.

»Ist ja gut«, rufe ich schlecht gelaunt und lasse mich in die Kissen zurücksinken. Die Türklinke wird heruntergedrückt, Sekunden später steht Julia vor meinem Bett und schaut kopfschüttelnd auf mich herunter. Sie hat den silbernen Fummel gegen einen knallengen, roten Jogginganzug getauscht, die soeben noch ihr Gesicht umspielenden, kastanienbraunen Haare zu einem hohen Pferdeschwanz zusammengebunden. Ihre braunen Augen leuchten, sie wirkt vergnügt und unheimlich fit. Wie immer.

»Willst du nicht mal aufstehen?« Sie macht Anstalten, mir die Bettdecke wegzuziehen, die ich mit den Oberschenkeln umklammere.

»Nö«, knurre ich, drehe mich auf die andere Seite und schließe die Augen. Vielleicht kann ich ja noch mal einsteigen bei der Preisverleihung.

»Wie lange hast du denn gestern Nacht noch geschrieben?«

»Du meinst wohl, heute Morgen? Bis halb sechs.«

»Donnerwetter!« Ich öffne ein Auge und sehe, wie sie neugierig auf meinen Schreibtisch zugeht und einen ehrfürchtigen Blick auf den dort liegenden Stapel beschriebenen Papiers wirft. »Sag nicht, du bist …?« Mit der ihr eigenen Grazie dreht sie sich halb um die eigene Achse und sieht mich mit leuchtenden Augen an.

»Fertig!« Mit einem Satz springt sie in mein Bett, um mich stürmisch zu umarmen. »Uff«, mache ich.

»Stell dich nicht so an! Gratuliere!«

»Ja, danke.« Sie mustert mich skeptisch.

»Na, du bist ja begeistert.«

»Ich bin müde. Wieso weckst du mich zu so nachtschlafender Zeit? Wie spät ist es eigentlich?«

»Gleich halb zehn.« Gut gelaunt beginnt sie damit, meinen Nacken zu massieren. »Du bist total verspannt«, kommentiert sie knetend, während ich irgendwo zwischen Schmerz und Wohlbehagen stöhne.

»Und warum bist du um diese Uhrzeit schon so wach und gut drauf?«

»Was heißt hier schon? Ich bin um sechs aufgestanden und habe bereits ›Yoga für Frühaufsteher‹ unterrichtet. Heute ist doch Montag.« Ach ja, stimmt. Ich werde nie begreifen, dass Menschen sich morgens um sieben zum Sport aufraffen. Auch wenn Julia immer behauptet, dass Yoga so viel mehr ist als nur Sport. »Yoga wäre genau das Richtige für dich. Das wirkt Wunder gegen diese Art von Verspannungen.« Ich grunze unwillig.

»Sport ist Mord.«

»Yoga ist so viel mehr als nur Sport«, erwidert sie, und ich grinse in mich hinein.

»Ja doch, ich weiß! Nächste Woche komme ich mal mit.«

»Wer's glaubt«, unkt sie und beendet die Massage. Leider. »Stehst du jetzt auf?«

»Warum sollte ich?« Mein Job im Call-Center einer Bank beginnt erst um zwölf. Das kommt mir sehr entgegen, weil ich häufig die Nächte durchschreibe. Ich werfe einen wehmütigen Blick auf den Papierstapel auf meinem Schreibtisch. Irgendwie ist es immer wie ein kleiner Tod, wenn man einen Roman abschließt. Ohne jetzt allzu pathetisch klingen zu wollen.

»Weil du einen Termin bei deinem Agenten hast«, antwortet Julia achselzuckend. »Oder ist der nicht heute?«

»Verdammt!« Mit einem Satz bin ich aus dem Bett und haste in Richtung Badezimmer. »Ich komme zu spät.«

»Sag ich doch«, bestätigt Julia gelassen und folgt mir,

während ich bei meinem eigenen Anblick im Spiegel das dringende Bedürfnis verspüre, mich wieder unter der Bettdecke zu vergraben. Meine hellroten Locken stehen mir wie Putzwolle kreuz und quer vom Kopf ab und erinnern an ein frisch geborenes Rosettenmeerschweinchen. Mehr schlecht als recht bändige ich sie mit einer Haarspange, spritze mir kaltes Wasser ins Gesicht, putze in Windeseile meine Zähne und lege dann ein notdürftiges Make-up auf.

»Ich finde ja immer noch, du solltest mal braune Wimperntusche ausprobieren. Bei so hellen Augen ist schwarz einfach zu dominant«, fachsimpelt Julia. Als hätte ich keine anderen Sorgen.

»Können wir darüber sprechen, wenn ich nicht gerade einen Termin mit meinem Agenten verpasse, der sowieso nicht allzu gut auf mich zu sprechen ist?«

»Natürlich.« Ich werfe einen abschätzenden Blick in den Spiegel. Das muss reichen, für mehr ist keine Zeit. Julia folgt mir zurück in mein Zimmer, wo ich mich in Jeans, hochhackige Stiefel und einen olivgrünen Pullover mit V-Ausschnitt werfe. »Ich finde, dein Agent hat allen Grund, stolz auf dich zu sein«, meint sie und nimmt mein Manuskript in beide Hände. »Du bist fleißig, fantasievoll und stellst kaum Ansprüche. Was kann man sich mehr wünschen von einer Autorin?« Ich sehe sie mit einer Mischung aus Rührung und Verständnislosigkeit an.

»Wie sollte man auch Ansprüche stellen, wenn keiner lesen will, was man schreibt?«, erkundige ich mich, bemüht, nicht allzu bitter zu klingen.

»Ich will es lesen!« Sie strahlt mich an.

»Lieb von dir.« Ich nehme ihr den Stapel aus der

Hand. »Aber jetzt nehme ich es erstmal mit zu Herrn Krause.«

»Darf ich's mir ausdrucken?« Ich zucke mit den Schultern, obwohl mir ihr Interesse natürlich schmeichelt.

»Klar. Wenn noch genug Tinte im Drucker ist.« Im Hinausgehen nehme ich meine Jacke von der Garderobe.

»Vielleicht wird das der Durchbruch. Qualität wird sich durchsetzen!«, ruft sie mir hinterher, aber da werfe ich die Tür unserer Drei-Zimmer-Altbauwohnung schon mit Schwung hinter mir zu. Ich renne die drei Stockwerke im Eilschritt hinunter und hinaus auf die Straße, wo ich vor Kälte erschaudere. In den letzten Tagen war es schon recht mild für Ende Februar, doch über Nacht scheint noch einmal der Winter über uns hereingebrochen zu sein. Schneeflocken fallen vom Himmel, und ich ziehe den Reißverschluss meiner Jacke bis unters Kinn hinauf. Suchend sehe ich die Marktstraße hinunter, die mitten im Hamburger Karoviertel liegt und von gemütlichen Cafés, schrammeligen Kneipen und witzigen Klamottengeschäften gesäumt ist. Wo habe ich geparkt? Alle Autos sind mit einer dünnen Puderzuckerschicht bedeckt, was die Sache nicht einfacher macht. Bevor ich erneut in Panik verfallen kann, entdecke ich meinen uralten, rostroten Fiat Punto schräg gegenüber. »Viel Rost, wenig Rot«, wie Julia immer so schön sagt. Aber Hauptsache, er fährt.

Während ich mich durch den Hamburger Verkehr kämpfe, der durch den plötzlichen Wintereinbruch noch zäher fließt als sonst, wandern meine Gedanken zurück zu dem Traum von heute Nacht. Der Deutsche Buchpreis. Ja, das wär's! Aber eigentlich würde es mir schon genügen, wenn sich wenigstens eine einigermaßen ansehnliche Leserschaft für meine Romane begeistern könnte. Mehr als für die ersten beiden, die zwar veröffentlicht, aber leider kaum verkauft wurden. Mit einem tiefen Seufzer sehe ich auf das dicke Manuskript auf dem Beifahrersitz. Die Geschichte einer Ehefrau und Mutter, deren krebskranke erste Liebe plötzlich auftaucht und ihre heile Welt ins Wanken bringt. Über ein Jahr lang habe ich in jeder freien Minute daran geschrieben, neben meinem öden und unterbezahlten Job im Call-Center. Ich versuche, möglichst nicht darüber nachzudenken, warum ich mit Anfang dreißig noch immer von einem Aushilfsjob leben muss. Das hatte ich mir nach Abschluss meines Studiums der Germanistik zugegebenermaßen etwas anders vorgestellt. Aber eigentlich ist es schon so etwas wie ein Ritterschlag, wenn man als Autor überhaupt einen Verleger findet und sogar ein paar Euro verdient. Wenn auch in meinem Fall nicht genug, um davon leben zu können. Mein Agent hat mir ja schon mehrere Male durch die Blume gesagt, dass sich »fröhlichere Bücher« besser verkaufen würden als die schwermütigen, melancholischen Geschichten, die ich schreibe. Wieder fällt mein Blick auf das Deckblatt mit dem Titel »Geborgte Stunden«. Auch nicht gerade leichte Kost. Und wieder kein Happy End. Aber das Leben ist schließlich auch nicht immer leicht. Außerdem ist mir die Idee zu dieser Geschichte, genau wie bei meinen vorigen Romanen, einfach irgendwann zugeflogen. Wie genau das passiert, ist mir immer noch nicht ganz klar, aber so funktioniert es nun einmal. Und es sind immer die schwierigen, traurigen Aspekte des Lebens, über die ich schreibe. Das muss doch schließlich auch irgendwer tun, oder nicht? Und vielleicht hat Julia Recht, denke ich hoffnungsvoll. Vielleicht wird das der Durchbruch.

»Ich habe leider keine guten Nachrichten für Sie, Frau May«, sagt mein Literaturagent, als ich ihm eine Viertelstunde später, abgehetzt und außer Atem, in seinem geräumigen Büro gegenübersitze. Entsetzt sehe ich ihn an. Norbert Krause hatte nämlich noch nie gute Nachrichten für mich, mal abgesehen von den zwei Anrufen vor mittlerweile einem und drei Jahren, in denen er mir berichten konnte, einen Verlag für mich gefunden zu haben. Danach kam nur noch eine Hiobsbotschaft nach der anderen. Wie die Romane von einem Programm ins nächste geschoben wurden, das Werbebudget drastisch gekürzt, statt der versprochenen Doppelseite im Katalog gab es plötzlich nur noch eine halbe, und von den Verkaufszahlen möchte ich gar nicht anfangen. Aber nie hat Herr Krause es für nötig gehalten, schlechte Nachrichten anzukündigen.

»Ja …«, krächze ich, um Haltung bemüht. Er räuspert sich ausgiebig.

»Hrrm, hrrm.« Los doch, raus damit, möchte ich am liebsten schreien. Stattdessen umklammere ich mit den Händen das Manuskript auf meinem Schoß und bemühe mich, das flaue Gefühl in der Magengegend zu ignorieren. »Nun, die Abrechnungen sind gekommen, und, ähm, also …«

»Und?« Ich wage nicht einmal zu atmen. »Sagen Sie es einfach«, fordere ich ihn auf und versuche, meiner Stimme einen gefassten Tonfall zu verleihen. Es kann nicht schlimmer werden als beim ersten Gespräch dieser Art vor eineinhalb Jahren. Als ich noch daran glaubte, mit meinem Weltkriegsdrama »Im Wandel der Zeiten« möglicherweise einen Bestseller geschrieben zu haben. Die Zahl 2873 traf mich damals wie ein Schlag in die Magengrube. Mein Baby, mein Augapfel, mein erster Roman, in den ich so viel Arbeit und Herzblut gesteckt hatte, war bei den Lesern durchgefallen. Und zwar gründlich. Danach war ich eine Woche nicht aus meinem Bett aufgestanden. Schließlich habe ich mich doch aufgerafft. Und an meinen Schreibtisch geschleppt. Einen neuen Roman angefangen, eine moderne, weibliche Version der »Leiden des jungen Werther« über ein junges Fotomodell, das an seiner Hypersensibilität zerbricht. »Kalte Welt« erschien vor sechs Monaten. Und die Verkaufszahlen sind anscheinend so unterirdisch, dass Norbert Krause, seit zwanzig Jahren Literaturagent und mit allen Wassern gewaschen, jetzt nicht damit herausrücken will. »Nun sagen Sie schon.« Es klingt wie ein Jaulen. Er räuspert sich erneut und fährt sich mit der Hand über die schweißnasse Stirnglatze. »Machen Sie einfach den Mund auf und sagen Sie die Zahl«, spreche ich ihm Mut zu, obwohl das doch eigentlich sein Job wäre. »Ohne darüber nachzudenken, sprechen Sie es ein…«

»1508«, unterbricht er mich und mein Herz setzt für einen Moment aus. Habe ich das richtig verstanden? 1508 Bücher? Das ist nichts. Weniger als nichts. Und was am schlimmsten ist: Es ist weniger, als ich in meinen allerschlimmsten Alpträumen erwartet habe.

»Sehen Sie«, ich wundere mich selbst über die Gelassenheit in meiner Stimme, »das war doch gar nicht so schwer.«

»Nein«, kommt es dumpf zurück. Dann schweigen wir beide. Ich fühle mich wie betäubt. Müsste ich nicht irgendwie reagieren? Mein Roman ist ein Flop. Und zwar ein noch größerer Flop als der erste, was wahrscheinlich niemand für möglich gehalten hätte, auch nicht der Verlag, der mir trotz miesester Verkaufszahlen noch eine Chance gegeben hat. Die ich, wie es aussieht, gründlich vermasselt habe. Was wäre eine angemessene Reaktion auf die Zahl 1508? Doch wohl mindestens ein Tränenausbruch, oder? Stattdessen: Nichts. Nur Leere. »Das ist leider noch nicht alles.«

»Was denn noch?« Es geht noch schlimmer?

»Wegen der niedrigen Absatzzahlen wird ›Im Wandel der Zeiten‹ verramscht.« Das Wort jagt mir einen eisigen Schauer über den Rücken. So sieht also das Ende meines Werkes aus, verschleudert für ein paar Euro auf dem Grabbeltisch. Ich nicke langsam. »Geht es Ihnen gut, Frau May?« Ich zwinge mich zu einem humorlosen Grinsen.

»Gut wäre nicht das Wort meiner Wahl, aber ich werde nicht zusammenklappen, falls Sie das meinen.«

»Ah, ja, gut.«

»Allerdings könnte es durchaus sein, dass ich gleich auf Ihren teuren Teppich breche«, gebe ich zu bedenken, worauf er erschrocken aufspringt und mir hilfreich seinen braunen Plastikpapierkorb über die Schreibtischplatte hinweg anbietet.

»Danke, es geht schon«, lehne ich höflich ab. Das fehlte gerade noch. Wir schweigen einander an, die Stille nur hin und wieder unterbrochen von Herrn Krauses Geräusper, das mich langsam wahnsinnig zu machen beginnt. »Das sind in der Tat keine besonders guten Neuigkeiten.« Ich ringe mir so etwas wie einen kleinen Lacher ab, der aber gründlich misslingt. Mir gegenüber ohrenbetäubendes Schweigen. Dann wieder ein Räuspern.

»Hrmmm, hrmm.« Ich wünschte, er würde damit aufhören. Schon beim Zuhören tun mir die Stimmbänder weh. Außerdem wünschte ich, er würde etwas sagen. Irgendetwas.

»Nun, wir müssen nach vorne sehen, nicht wahr?«, versuche ich, mich optimistisch zu geben. »Ich habe gestern Nacht mein neues Manuskript fertiggestellt«, erkläre ich mit allem Selbstbewusstsein, das ich zusammenkratzen kann, »und ich habe es Ihnen mitgebracht.« Damit hebe ich den Papierstapel von meinem Schoß und präsentiere ihn mit einem verheißungsvollen Nicken.

»Soso.« Nicht die Reaktion, die ich mir erhofft hatte.

»Wollen Sie es lesen?«, frage ich nach einer Pause.

»Hrrrmm, hrrmm.«

»Sie sollten es mal mit Ingweraufguss probieren«, sage ich so freundlich, wie meine bis zum Zerreißen gespannten Nerven es zulassen. »Ingweraufguss. Gegen Ihr Räuspern.«

»Ach so, danke. Hhhrrrrrrm.«

»Also, wollen Sie?«

»Was?«

»Mein Manuskript lesen«, wiederhole ich verzweifelt.

»Wissen Sie …« Seine Stimme klingt mitleidig.

»Ich bin sicher, es wird Ihnen gefallen«, falle ich ihm ins Wort, und er seufzt.

»Es kommt leider gar nicht darauf an, ob es mir gefällt.«

»Wie meinen Sie das?«, stelle ich mich dumm, obwohl ich ganz genau weiß, was er meint. Noch bevor er es ausspricht, weiß ich, dass meine Autorenkarriere beendet ist.

»Ich werde keinen neuen Verlag für Sie finden können«, sagt er bedauernd, »nicht mit diesen Verkaufszahlen. Selbst wenn Ihr Manuskript das Zeug zum nächsten Twilight-Roman hätte.«

»Was es Ihrer Meinung nach nicht hat«, erwidere ich steif und zutiefst beleidigt.

»Frau May …« Mein Gegenüber hört gar nicht mehr damit auf, den Kopf zu schütteln.

»Ja, schon gut«, lenke ich ein und suche verzweifelt nach einem Ausweg. »Wie wäre es, wenn man es unter Pseudonym veröffentlicht? Oder es zumindest so beim Verlag anbietet?«

»Frau May«, werde ich rüde unterbrochen, »sind Sie vielleicht schon mal auf den Gedanken gekommen, dass Verkaufszahlen irgendetwas aussagen könnten? Ganz offensichtlich gibt es für Ihre Romane keine Leserschaft.«

Eine halbe Stunde später öffne ich die Tür zu unserer Wohnung und blicke mich einen Moment verwirrt um. Ich habe nicht die leiseste Ahnung, wie ich hierhergekommen bin.

»Julia«, rufe ich leise, aber sie antwortet nicht. Ein stechender Schmerz fährt durch meine rechte Schulter, und ich bemerke, dass ich mein Manuskript noch immer mit aller Kraft an mich presse. Habe ich es zum Autofahren überhaupt aus der Hand gelegt? War ich wenigstens angeschnallt? Kurz verdrängt die Erkenntnis, dass ich es wohl nur durch ein Wunder unfallfrei zurück nach Hause geschafft habe, die Erinnerung an den unerfreulichen Besuch bei meinem Agenten. Oder, um es korrekt zu sagen, meinem Ex-Agenten. Langsam stolpere ich in mein Zimmer und versuche, mich an den Gedanken zu gewöhnen, dass ich ab heute eine andere bin. Stefanie May, Nicht-mehr-Romanautorin. Was bleibt von mir übrig, ohne meinen Traum? Ohne meine Geschichten, meine imaginären Freunde? Eine Frau Anfang dreißig, mit feuerroten Locken, hellgrünen Augen, im Gesicht eine Million Sommersprossen. Eine schlanke Figur, wenn man von dem Brauereipferdearsch einmal absieht. Mein Hintern hat mich nie sonderlich gestört, schließlich saß ich sowieso meistens darauf. Wenn man tage- und nächtelang vor dem Computer sitzt, dann braucht man Sitzfleisch. Aber das ist nun vorbei. Gedankenverloren lasse ich meinen Blick umherschweifen. Seit zehn Jahren wohnen Julia und ich schon hier, und seit wir eingezogen sind, hat sich in meinem Zimmer nicht viel verändert, außer dass ich alle drei Jahre die freie Wand der Tür gegenüber in einer anderen Farbe gestrichen habe. Im Moment ist sie knallrot. An der linken Wand lehnt ein aus alten Obstkisten gezimmertes Regal, das mit Büchern und CDs vollgestopft ist, neben einer kleinen, roten Couch, ausgebleicht und verschlissen, aber urgemütlich, daneben das Bett, das nur aus einem Lattenrost und der darauf liegenden Matratze besteht. Rechts gegenüber und direkt unter dem großen Fenster steht mein Heiligtum – der Schreibtisch. Davor der sündhaft teure rückenfreundliche Sessel, darauf mein geliebter Computer mit der ergonomischen Tastatur, der Drucker, mit dem ich gestern Nacht »Geborgte Stunden« ausgedruckt habe. Meinen dritten und letzten Roman. Gedankenverloren starre ich auf den Ort meines Schaffens. Wie viele Stunden meines Lebens habe ich dort verbracht? Glückliche Stunden. Nutzlose Stunden. Die vierhundertsiebenundzwanzig Blatt Papier in meinen Händen fühlen sich plötzlich schwer an, als hätte ich die Buchstaben in Steinplatten gemeißelt. Ich sehe darauf herab und drehe mich kurz entschlossen auf dem Absatz um.

»Fanny, was ist passiert?« Vor meinen Augen tanzen tausend Lichter, und als ich in die Richtung blicke, aus der ich Julias Stimme höre, sehe ich sie durch einen Schleier dichten, schwarzen Qualms. »Geht es dir gut?« Sie rennt an mir vorbei und reißt das Küchenfenster auf. Der Rauch sucht sich seinen Weg nach draußen, die Sicht wird klarer.

»Au!« Überrascht sehe ich auf meine Hand hinunter und lasse das brennende Stück Papier darin in den großen Spaghettitopf fallen, in dem ein schönes Feuer lodert. Mit schmerzverzerrtem Gesicht reibe ich über die gerötete Haut, greife dann aber zum nächsten Blatt, um es den Flammen zu übergeben.

»Sag mal, bist du vollkommen übergeschnappt? Was machst du da? Willst du unsere ganze Bude abfackeln? Bist du noch ganz dicht? Moment mal, ist das etwa …?« Fassungslos schaut sie auf den Herd. Ich nicke düster. »Mein Spaghettitopf. Mein schöner Topf!« Reflexartig greift sie nach dem Henkel und zieht mit einem Aufschrei die Hand zurück. »Au, verdammt!«

»Vorsicht, heiß.« Mit einem grimmigen Lächeln entzünde ich Seite 78 meines Manuskripts. Noch liegt ein langer Weg vor mir, bis ich meine Vergangenheit gelöscht habe und ein neues Leben anfangen kann.

»Ist dir klar, dass unsere Küchenmöbel aus Holz sind?« Wütend entreißt Julia mir das brennende Papier und wirft es in den Topf, der mittlerweile schon ein wenig zu glühen begonnen hat.

Bevor ich wieder nach dem Stapel greifen kann, stürzt sie sich auf mich und ringt mich zu Boden. Ich bin dermaßen perplex, dass ich mich erst zu wehren beginne, als ich schon bäuchlings unter ihr liege und sie mir den linken Arm auf den Rücken gedreht hat. »Lass das«, keuche ich, ohne mich mehr als zehn Zentimeter in die eine oder andere Richtung bewegen zu können.

»Du beruhigst dich jetzt«, sagt sie nachdrücklich, ohne ihren Polizeigriff zu lösen.

»Lass mich los.« Ich sammele alle meine Kräfte und bäume mich auf, aber es ist deutlich zu erkennen, wer von uns beiden die letzten Jahre im Yogastudio verbracht hat. Ich habe nicht die geringste Chance gegen meine zierliche Mitbewohnerin. Während ich meine lächerlichen Versuche unternehme, sie abzuschütteln, ruht ihr Blick besorgt auf dem Spaghettitopf, aus dem mittlerweile etwas weniger Rauch quillt. Meine Muskeln erlahmen, ich lasse mich schwer auf den Boden zurücksinken und dann spüre ich Julias Hand an meiner Wange.

»Was ist denn bloß passiert?«, fragt sie leise, und ich breche in Tränen aus.

Nachdem das Feuer gelöscht und meine Tränen versiegt sind, sitze ich mit einer Tasse Yogi-Tee an unserem runden Küchentisch und starre düster vor mich hin, während Julia an ihrem Spaghettitopf herumscheuert.

»Also, ich glaube, der ist hin.«

»Tut mir leid!« Schuldbewusst sehe ich zu ihr auf.

»Ach, schon gut, den konnte ich sowieso nie leiden«, lügt sie und stellt ihn mit einem Seufzer neben unseren roten Küchenabfalleimer. Dann sieht sie besorgt auf die rauchgeschwärzte Wand über dem Herd. »Ich glaube, ich weiß schon, was wir nächstes Wochenende machen.«

»Was heißt hier, wir? Ich streiche die Küche. Das wäre ja noch schöner. Reicht ja schon, dass ich beinahe die Wohnung abgefackelt hätte.«

»Soll ich im Call-Center Bescheid sagen, dass du heute nicht kommst?« Ich schüttele den Kopf.

»Nein, danke. Ich rufe selber an und sage, dass ich gar nicht mehr komme. Ich bin keine Schriftstellerin mehr«, erkläre ich auf ihren verständnislosen Blick hin, »also muss ich auch keinen dämlichen Nebenjob mehr machen.«

»Du willst aufhören? Nur weil dein Agent ein Idiot ist?«

»Nein, nicht weil mein Agent ein Idiot ist, sondern weil niemand lesen möchte, was ich schreibe. Außer dir«, füge ich schnell hinzu, bevor sie den Mund öffnen kann. »Und meinen Eltern«, ergänze ich noch mit einem humorlosen Grinsen.

»Du kannst doch nicht einfach aufgeben.«

»Ich gebe nicht auf. Ich denke um«, sage ich knapp. »Ich suche mir einen richtigen Job und höre endlich auf, mir einzubilden, dass ich Talent hätte.«

»Du hast Talent.«

»Mach es mir nicht noch schwerer, bitte.«

»Na gut. Wie kann ich dir helfen? Soll ich das hier mit zum Altpapiercontainer nehmen? Die nächste Yogaklasse fängt gleich an.« Sie steht vom Tisch auf und greift nach meinem Manuskript, das noch immer, um die ersten achtundsiebzig Seiten ärmer, auf der Arbeitsfläche neben dem Herd liegt.

»Du willst es bloß lesen.« Ich springe auf, bereit, mich auf einen weiteren, hoffnungslosen Zweikampf einzulassen.

»Ich hab's mir doch sowieso … Nein, ich verspreche dir, es wegzuwerfen«, antwortet sie, doch ich schüttele den Kopf.

»Das mache ich selbst.«

»Okay.« Sie drückt mir den Stapel in die Hand. »Ich muss los. Kann ich dich alleine lassen?« Ich nicke. »Machst du keine Dummheiten?« Ich schüttele den Kopf. »Okay«, sagt sie zweifelnd und drückt mir einen Kuss auf die Wange. »Weißt du, es ist schade um den Spaghettitopf, und es wäre auch echt blöd gewesen, wenn die Wohnung abgebrannt wäre, aber …«

»Ja?« Ihre braunen Augen schwimmen plötzlich in Tränen.

»Ich weiß nicht, ob ich es überlebt hätte, wenn du dich bei dieser Aktion selber abgefackelt hättest.« Sie schlingt ihren Arm um meinen Hals und drückt mich fest an sich.

»Ich hab dich auch lieb«, sage ich.

Mein Manuskript landet im Altpapier und alles, was ich jemals auf meinem Computer geschrieben habe, mit einem Klick im Papierkorb. »Möchten Sie diesen Ordner in den Papierkorb verschieben?« Ich atme tief durch und klicke auf JA. »Möchten Sie die Elemente im Papierkorb unwiderruflich löschen?« JA. Ich warte auf den Aufschrei in meinem Inneren, aber alles bleibt still. Ich fühle gar nichts. So leicht ist es also, sein bisheriges Leben auszuradieren und ein neues zu beginnen. Ich bin ein weißes Papier, ein unbeschriebenes Blatt. Bei diesem Gedanken erfasst mich dann doch so etwas wie Trauer, und ich suche nach einem Vergleich, der mich nicht schmerzhaft an das Leben erinnert, das ich vergessen möchte. Gerade noch rechtzeitig fällt mir ein, dass die Suche nach Worten nicht mehr zu mir gehört. Seit heute nicht mehr. Seufzend stehe ich von meinem Schreibtisch auf. Das Leben in Worte zu fassen, das ist meine Vergangenheit. Es zu leben, soll meine Zukunft sein.

Der Traumprinz und das Mädchen

Ein Rezept zum Verlieben

Wer hätte das gedacht? Ein von vielen schon totgesagtes Fernsehformat erhält neuen Aufschwung.

Die Telenovela »Liebe à la carte« bricht alle Rekorde. Mit fünf Millionen Zuschauern täglich hat die Serie sogar den Dauer-Quotenrenner »Schöne Tage, schlechte Tage« vom Thron gestürzt und wurde zudem gerade als beste tägliche Serie für die Goldene Rose nominiert. Was hat diese moderne Version des Aschenputtelmärchens, das anderen in der Vergangenheit fehlte und sie kläglich scheitern ließ (siehe zum Beispiel: »Spatzen auf dem Dach«)? An der Originalität der Story – tollpatschige Kellnerin verliebt sich in Starkoch und Restaurantbesitzer – kann es nicht liegen. Wohl eher an der erfrischend selbstironischen Inszenierung gepaart mit witzigen Dialogen und einer exzellenten Besetzung. Neben der beliebten Seriendarstellerin Nadja Reichert brilliert der bisher völlig unbekannte David Mory, der auf der Bühne des Stadttheaters Bruchsal entdeckt und vom Fleck weg für die Rolle engagiert wurde. Sein unvergleichlicher Charme gepaart mit den grünsten Augen des deutschen Showbiz allein ist ein Grund, um 18.15 Uhr den Fernseher einzuschalten. Und Nadja Reichert, bisher gerne als die schöne Unnahbare besetzt, überrascht in der Rolle der Lara durch eine ans Herz gehende Natürlichkeit und Naivität, die sie trotz ihrer atemberaubenden Ausstrahlung zu einer Identifikationsfigur für die weiblichen Fans werden lässt.

Kapitel 2

Mir ist alles andere als wohl in meiner Haut, als ich am nächsten Vormittag die Telefonnummer meiner Eltern wähle. Besonders mein Vater hat immer an meinen großen Durchbruch als Autorin geglaubt. Und ich kann erst dann wirklich loslassen, wenn ich auch diese Seifenblase habe platzen lassen. Ich hoffe, es wird nicht allzu schlimm werden. Während ich inbrünstig bete, dass meine Mutter ans Telefon geht, meldet sich eine sonore Stimme am anderen Ende der Leitung.

»Papa, hallo, ich bin es«, seufze ich. Auch das noch.

»Fanny, wie geht's?«

»Ach, ganz gut eigentlich.«

»Raus damit, wo drückt der Schuh?« Er kennt mich einfach zu gut. Also rücke ich damit heraus, ohne lange um den heißen Brei herumzureden.

»Papa, bist du noch da?«, frage ich vorsichtig in den Hörer, nachdem ich geendet habe.

»Fanny, meinst du nicht, dass du das überstürzt?«

»1508 verkaufte Bücher. Hast du mir nicht zugehört?«

»Doch, doch, schon. Aber manchmal braucht Qualität eben Zeit, um sich durchzusetzen.« Das habe ich doch schon mal irgendwo gehört. »Soviel ich weiß, hat Franz

Kafka erst nach seinem Tod wahre Anerkennung für seine Werke erhalten.«

»Papa«, sage ich vorwurfsvoll.

»Ja, nun, das ist vielleicht auch nicht wünschenswert.«

»So lange kann ich wirklich nicht warten.«

»Wenn du Geld brauchst …«

»Danke, aber darum geht es nicht.«

»Na dann.« Ich kann seinen enttäuschten Gesichtsausdruck förmlich vor mir sehen.

»Was ist denn los? Du machst ja ein Gesicht wie sieben Tage Regenwetter«, erklingt die Stimme meiner Mutter im Hintergrund. »Wer ist denn dran?«

»Es ist Fanny«, antwortet mein Vater mit Grabesstimme. »Sie will nicht mehr schreiben.« Er tut gerade so, als würde die Welt untergehen. Dabei wird sie doch nur von einer weiteren untalentierten Möchtegern-Schriftstellerin befreit, denke ich sarkastisch. Julia würde mir jetzt wieder eine Standpauke halten, weil ich zu viele negative Gedanken hege und damit ungewollte Bestellungen an das Universum herausschicke. »Mit deinen Gedanken erschaffst du dein Leben. Jeden Tag. Also bemühe dich, das Richtige zu denken.« Als ich allerdings noch dachte, meine Romane würden Bestseller werden, hat das meine Verkaufszahlen schließlich auch nicht positiv beeinflusst. Ein spitzer Aufschrei meiner Mutter reißt mich aus meinen Gedanken.

»Gib her, Karl-Heinz. Schätzchen, bist du endlich schwanger?« Wie kommt sie denn auf diese Idee?

»Nein.« Woher auch?

»Aber warum willst du denn dann aufhören zu arbeiten?«

»Ich will nicht aufhören zu arbeiten. Ich werde nur keine Romane mehr schreiben«, korrigiere ich sie.

»Und du bist nicht schwanger? Ganz sicher nicht?«

»Mama, ich habe doch seit drei Jahren keinen Freund mehr gehabt«, seufze ich.

»Ja, eben«, kommt es vorwurfsvoll zurück. »Meinst du nicht, dass es langsam mal Zeit wird? Dein Bindegewebe wird schließlich mit den Jahren auch nicht straffer.«

»Ute!«, ruft mein Vater empört.

»Ich meine das ja nicht böse«, gibt sie zurück, »aber es stimmt doch. Schließlich hat sie auch fünfzig Prozent von deinen Genen mitbekommen und hast du dir mal die Oberschenkel deiner Schwester angeschaut? Ich möchte nur nicht, dass meine Tochter mit Ende dreißig plötzlich dasitzt, mit nur noch einer Handvoll befruchtungsfähiger Eier und ohne Mann.«

»Gören kann jeder Hans und Franz produzieren. Aber meine Tochter könnte Literaturgeschichte schreiben«, gibt mein Vater zurück.

»Was ist denn mit dem Sohn von Meyers von gegenüber? Ihr habt euch doch als Kinder so gut verstanden. Wäre der denn nichts für dich?«, wendet sich meine Mutter wieder an mich.

»Er ist schwul«, erkläre ich ihr zum etwa zwanzigsten Mal, und wie jedes Mal seufzt sie:

»Ach ja, richtig. Das hatte ich vergessen.«

»Sie findet schon den Richtigen, wenn es sein soll«, ruft mein Vater im Hintergrund.

»Genau. Mach dir keine Sorgen, Mama. Ich fühle mich noch ziemlich fruchtbar.« Gerade will ich ihr erzählen, dass die Mutter von Sarah Connor mit fünfzig Jahren Zwillinge bekommen hat, beschließe dann aber, dass diese Geschichte ähnlich hinkt wie das Kafka-Argument meines Vaters.

»Das ist gut. Und was willst du jetzt machen?«

»Ich fahre morgen zum Arbeitsamt. Immerhin habe ich ein abgeschlossenes Studium.«

»Sehr schön. Dann sitzt du auch nicht immer nur alleine zu Hause herum. Vielleicht bekommst du einen Job in einem schönen großen Unternehmen.«

»Jetzt hör aber auf, Ute«, wirft mein Vater ein.

»Wieso? Ich habe doch gar nichts gesagt.«

»Ich weiß, Mama, Hochzeitsbörse Arbeitsplatz«, gehe ich dazwischen.

»Das meinte ich wirklich nicht«, beteuert sie.

»Schon gut. Wer weiß, vielleicht lerne ich ja wirklich jemanden kennen«, sage ich friedfertig und kann förmlich spüren, wie sie über das ganze Gesicht zu strahlen beginnt.

»Das wäre so schön. Fanny, wir wollen doch nur, dass du glücklich bist.«

»Ich weiß, Mama.«

»Ja, doch, ich gebe sie dir ja … Darf ich mich wohl noch … Also wirklich, Karl-Heinz. Schätzchen, dein Vater möchte dich noch mal sprechen.«

»Fanny, was ich dir erzählen wollte, gerade letzte Woche hat die Frau Breuer von nebenan dein Buch gekauft. Und sie war ganz begeistert davon.«

»Das freut mich.«

»Wirklich, sie fand es richtig toll. Und sie hat gefragt, wann sie dein nächstes Buch kaufen kann.«

»Karl-Heinz, jetzt hör endlich auf.«

»Schon gut, schon gut«, sagt mein Vater hastig. »Ich wollte dir ja nur sagen, dass du Fans hast.«

»Danke, Papa«, sage ich gerührt.

»Und ich freue mich auch immer, etwas von dir zu lesen.« Gedankenversunken starre ich vor mich hin, nachdem wir das Gespräch beendet haben. Bestens. Meine Mutter möchte Enkelkinder von mir, und mein Vater den Literaturnobelpreis. Und von beidem bin ich meiner Einschätzung nach etwa gleich weit entfernt.

Am nächsten Tag ist meine trübe Stimmung erstmal verflogen, denn direkt im Anschluss an meinen Besuch beim Arbeitsamt habe ich ein Vorstellungsgespräch für einen wirklich interessant klingenden Job. Ich dachte zuerst, diese Frau Schulze will mich verulken. Wer bekommt schon einen Job beim Fernsehen über das Arbeitsamt? Jedenfalls befinde ich mich auf dem Weg zu den Scarlett-Studios am Rande von Hamburg, um mich dort als Presseassistentin für die vor fünf Monaten gestartete Telenovela »Liebe à la carte« vorzustellen.

»Das ist ja Wahnsinn!«, kreischt Julia in den Hörer, der ich natürlich gleich per Handy davon berichten muss. Sie ist nämlich ein Fan. Gerade will sie anfangen, mir die Ohren über den Hauptdarsteller vollzuschwärmen, da unterbreche ich sie.

»Darüber können wir gerne ausführlich reden, wenn ich nach Hause komme. Und ich verspreche, wenn ich den Job bekomme, dann besorge ich dir ein Autogramm.« Sie quiekt wie ein Teenager, und ich fahre grinsend fort: »Aber dafür muss ich die Stelle erstmal haben, und darum muss ich jetzt von dir alles wissen, was du über die Serie weißt.« Ich fühle mich ein wenig unbehaglich, so unvorbereitet in das Gespräch zu gehen, aber Frau Schulze vom Arbeitsamt hat sofort einen Termin für mich vereinbart. »Bei denen brennt die Hütte«, hat sie gemeint, und dass ich möglicherweise genau die Richtige für den Job sei. Wie auch immer sie darauf kommt, ich kann mir Schlimmeres vorstellen, als beim Fernsehen zu arbeiten.

»Also«, beginnt Julia, während ich einen Blick auf den Stadtplan auf meinem Beifahrersitz werfe, um sicherzugehen, dass ich noch auf dem richtigen Weg bin, »gedreht wird in den Scarlett-Studios in Hamburg-Wedel, die wurden extra für diese Produktion gebaut. Da steht eine riesige Villa, fast so eine Art Schloss, in der sich ein Restaurant befindet. Das Schlossrestaurant Castello, seit Jahrzehnten im Besitz einer alten Hamburger Adelsfamilie, den Lichtenbergs.«

»Aha.«

»Die weibliche Hauptrolle ist ein Mädchen aus armen Verhältnissen …«

»Was du nicht sagst«, sage ich mit kaum verhohlenem Spott in der Stimme.

»Sie heißt Lara und arbeitet seit kurzem als Kellnerin im Castello«, fährt Julia fort, ohne meinen Einwurf zu beachten. »Die Schauspielerin heißt Nadja Reichert, kennst du sie?«

»Äh, nein«, gebe ich bedauernd zu und folge den Schildern in Richtung Wedel.

»Du kennst sie, wenn du sie siehst. Sie ist wunderschön und hat schon in tausend Soaps mitgespielt.«

»So was gucke ich nicht.«

»Auch, als du so was noch geguckt hast«, sagt sie mit leicht genervtem Unterton, »und vielleicht solltest du in deinem Vorstellungsgespräch vorsichtig mit solchen Äußerungen sein.« Ich beiße mir auf die Unterlippe.

»Da hast du Recht. Aber jetzt mal ehrlich, das ist doch der reinste Trash, oder etwa nicht?«

»Jetzt komm mal von deinem hohen Ross runter«, gibt Julia gereizt zurück, »die Serie ist wirklich gut. Nicht einfach nur schmalzig, sondern richtig witzig und amüsant. Du kannst dir doch gar kein Urteil erlauben, wenn du sie noch nicht gesehen hast. Oder möchtest du, dass irgendjemand deine Bücher anhand ihrer Verkaufszahlen beurteilt?« Autsch, das ging jetzt aber weit unter die Gürtellinie. Das merkt Julia anscheinend auch, denn sie fügt zerknirscht hinzu: »Das habe ich nicht so gemeint, entschuldige.«

»Schon gut. Stimmt ja eigentlich«, gebe ich friedfertig zu. »Also, wie geht die Geschichte weiter?«

»Lara ist also diese leicht tollpatschige Kellnerin, bei der an ihrem ersten Tag so ziemlich alles schiefläuft. Ausgerechnet an dem Tag hat der Sohn des Hauses, der lange im Ausland war, um Spitzenkoch zu werden, incognito als Gast einen Tisch im Restaurant bestellt, um sich einen Eindruck von seinen zukünftigen Angestellten zu machen. Er heißt übrigens Maximilian.«

»Lass mich raten, sie gerät furchtbar mit ihm aneinander und erfährt dann, dass er ihr zukünftiger Chef ist. Oder nein, vermutlich übergießt sie ihn mit heißer Suppe, richtig?«

»Stimmt«, gibt Julia ein wenig überrascht zurück.

»Und zwischen den beiden funkt es ganz gewaltig, aber es darf nicht sein, weil sie seine Angestellte ist?«

»Äh, ja. Aber letzte Woche haben sie sich zum ersten Mal geküsst.« Sie seufzt verzückt, und ich grinse in mich hinein.

»Dann wird es ja höchste Zeit, dass seine ehemalige

Liebe auftaucht, oder noch besser, die Ehefrau, die ihn schändlich verlassen und sein Herz gebrochen hat«, tippe ich ins Blaue hinein, und Julia ruft aufgeregt: »Meinst du, das war seine Frau?«

»Wer?«

»Also, gestern war eine große Festgesellschaft im Castello, und Maximilian hat sich mal wieder selbst übertroffen mit dem Menü und als er rauskommt, um die Gäste zu begrüßen, da öffnet sich die Tür und herein kommt eine wunderschöne, schwarzhaarige Frau. Das war ein Auftritt, sage ich dir!«

»Kann ich mir vorstellen. Und Maximilian wird gespielt von diesem Schauspieler, den du toll findest. Wie heißt er noch?«

»David Mory.« Ihre Stimme klingt weich wie Butter.

»Aha. Na, auf den Knaben bin ich jetzt schon gespannt.«

»Er ist der tollste Mann der Welt. Steht ganz oben auf meiner Liste«, schwärmt sie.

»Liste?«

»Na, die Liste. Darauf stehen die fünf Prominenten, mit denen man auch dann schlafen darf, wenn man in einer Beziehung ist, ohne dass der andere sauer wird.«

»Verstehe, du hast zwar keinen Freund, aber vorsichtshalber schon mal eine Liste«, grinse ich und bremse dann ziemlich scharf vor einer auf Gelb springenden Ampel. Im Rückspiegel sehe ich den Wagen hinter mir bedrohlich auf mich zu rutschen, bevor er geschätzte fünf Zentimeter von meiner Stoßstange entfernt auf der schneebedeckten Straße zum Stehen kommt. Mein Hintermann hupt vorwurfsvoll, und ich hebe entschuldigend die Hand. Das fehlte jetzt noch, mit Schleudertrauma zum Vorstellungsgespräch.

»Oh, du musst dich unbedingt mit ihm anfreunden, und dann bringst du ihn mit nach Hause, und ich koche Pasta, und wir trinken Rotwein und ...«, plappert Julia, die von meinem Beinahe-Unfall anscheinend nichts mitbekommen hat, weiter.

»Moment mal«, bremse ich ihre Begeisterung, »noch habe ich den Job nicht, und selbst wenn ...«

»Schon gut, man wird doch noch träumen dürfen.«

»Ja, später«, gebe ich ungeduldig zurück. »Könnten wir jetzt bitte noch mal auf ›Liebe à la carte‹ zurückkommen. Ich habe gleich ein Vorstellungsgespräch und keinen blassen Schimmer. Das war also die Story der letzten fünf Monate? Und die schöne Unbekannte war der Cliffhanger der letzten Folge?«

»Genau. Ich habe alles aufgenommen, wir könnten am Wochenende einen Marathon machen.«

»Wenn ich den Job kriege – vielleicht«, bremse ich ihren Enthusiasmus. »Was weißt du noch?«

»Nadja Reichert und David Mory sind angeblich ein Paar«, sagt sie etwas weniger gut gelaunt.

»Tatsächlich? Woher weißt du das denn?«

»Na, woher wohl? Das liest man doch in jeder Klatschzeitung. Hast du hinterm Mond gelebt in der letzten Zeit?«

»Nein, hinter meinem Schreibtisch«, gebe ich bissig zurück.

»Verzeihung, also, ich weiß es auch nicht so genau, es steht eigentlich jede Woche was anderes drin. Ach, da fällt mir ein, es gibt da noch Konstantin, einen Kellner, das ist auch ein ganz netter Kerl, der sie umwirbt, aber er ist eben bloß – na ja, nett eben.«

»Und Maximilian hat diese Kombination aus männlichem Sanftmut und gefährlichem Temperament, die einfach unwiderstehlich ist, richtig?«

»Richtig.«

»Nun denn, ich bin da.« Ich biege auf das Studiogelände ein, wo ich vor einer Schranke stehen bleibe und den uniformierten Mann im Portiershäuschen freundlich grüße.

»Guten Tag, mein Name ist Stefanie May, ich habe ein Vorstellungsgespräch bei Herrn …«, Mist, wie heißt der Typ noch mal, »Sommerlein«, fällt mir da zum Glück wieder ein, »in der Presseabteilung.«

»Moment, bitte.« Er greift zum Telefon. »Frau May hier für Herrn Sommerlein. Gut, ich lasse sie durch. Sie können fahren«, nickt er mir zu und drückt auf einen Knopf, woraufhin sich die Schranke vor mir hebt, »geradeaus, und wenn es nicht mehr weiter geht, nach links, an der Halle 2 vorbei, dann fahren Sie direkt auf ein rot gestrichenes Gebäude zu, dort müssen Sie in den zweiten Stock! Viel Glück!«

»Danke. Julia, bist du noch da?«

»Ja, ich bin hier. Wer war das?«

»Der Portier. Also, vielen Dank, drück mir die Daumen!«

»Und wie«, sagt sie so begeistert, dass ich lachen muss. »Toitoitoi!«

In der Presseabteilung ist so stark geheizt, dass ich mir die dicke Winterjacke nebst Schal und Mütze herunterreiße, während ich den von Filmplakaten und Schauspielerporträts gesäumten Flur hinunterlaufe. Ich mache schnell noch einen Abstecher auf die Toilette und betrachte mich prüfend im Spiegel. Ich trage eine schmale schwarze Hose, hochhackige Stiefel und eine weiße Bluse, ein gutes Outfit für den Besuch beim Arbeitsamt, aber für eine Fernsehproduktion doch reichlich spießig. Aber das kann ich nun auch nicht mehr ändern. In der feuchten Luft, draußen schneit es noch immer, kräuseln sich meine Haare noch stärker als sonst und verleihen mir einmal mehr die altbekannte Meerschweinchen-Optik. Kopfschüttelnd sehe ich auf die Bescherung. Ich sehe aus, als hätte ich in eine Steckdose gefasst. In dem vergeblichen Versuch, sie einigermaßen zu glätten, fahre ich ein paar Mal mit den Händen durch meine Haare und gebe dann schließlich auf. Schließlich bin ich hier nicht auf einem Schönheitswettbewerb. Trotzdem ziehe ich noch mal rasch meine Lippen nach, nicke mir selbst beruhigend zu und mache mich festen Schrittes auf den Weg.

Als ich das Büro von Herrn Sommerlein betrete, erwartet mich eine Überraschung. Ein Riese von mindestens zwei Metern erhebt sich von seinem Schreibtisch und streckt mir eine gewaltige Pranke entgegen, in der meine Hand verschwindet.

»Sommerlein«, stellt er sich vor, und ich kann mir nur mit Mühe ein Grinsen verkneifen.

»Stefanie May. Vielen Dank, dass Sie Zeit für mich haben.«

»Vielen Dank, dass Sie so schnell kommen konnten. Setzen Sie sich doch. Kaffee?« Damit lässt er sich hinter seinem Schreibtisch nieder und schiebt mir einen dampfenden Becher zu. »Zucker?«

»Nein, danke.« Während er drei Würfelzucker in seinen Becher gibt, umrührt und einen großen Schluck nimmt, betrachte ich mein Gegenüber verstohlen. Er kann nicht viel älter als Ende dreißig sein, mit seinem athletischen Körper, den durchdringenden blauen Augen und dem kahl geschorenen Kopf sieht er ziemlich gut aus. Ein bisschen wie ein Profi-Basketballer. Sicher nicht wie ein Herr Sommerlein.

»Sie finden, dass mein Name nicht zu mir passt«, stellt er fest, und ich zucke ertappt zusammen. Bin ich so leicht zu lesen? Prompt schießt mir das Blut in die Wangen. »Da lag ich wohl richtig. Wie wäre es, wenn wir uns beim Vornamen nennen, damit Sie nicht weiter darüber nachdenken müssen?«

»Äh, gerne«, sage ich verlegen, »ich heiße Fanny.«

»Und ich Leander.« Er lächelt unschuldig. Zu unschuldig. Der will mich doch verulken. Leander Sommerlein? Ich sehe ihm fest in die Augen.

»Ich glaube Ihnen kein Wort!«

»Und warum nicht?« Er hebt die Augenbrauen und durchbohrt mich mit seinen Blicken. Plötzlich wird mir heiß und kalt. Was, wenn er mich nicht verulken will? Was, wenn dieser Hüne von einem Mann mit den breiten Schultern und den Schuhen so groß wie Geigenkästen, tatsächlich den Namen Leander Sommerlein trägt? Schweigend sitzen wir da, Auge in Auge. Jetzt habe ich mich tief reingeritten, und kann nur hoffen, dass mein Impuls der Richtige war.

»Sie heißen nicht Leander«, sage ich mit Überzeugung.

»Nicht?«

»Nein.« Ich schüttele den Kopf.

»Mögen Sie den Namen Leander etwa nicht?«

»Doch. Für einen feingliedrigen, blassen Balletttänzer vielleicht.« Was soll's? Wenn ich mir hier schon mein eigenes Grab schaufele, dann doch wenigstens mit Schwung. Er zieht die Augenbrauen noch ein bisschen höher, und ich gleichzeitig meinen Kopf ein. Fast rechne ich damit, dass er mich gleich hochkant aus seinem Büro schmeißt, da entspannt sich sein Gesicht.

»Eins zu null für Sie!« Puh!

»Und wie heißen Sie wirklich?«

»Volker.«

»Ja, das passt besser.« Er grinst.

»Und wie kommen Sie zu Ihrem ungewöhnlichen Vornamen?« Irritiert sehe ich ihn an. »Fanny?«, erinnert er mich.

»Ach so. Äh …« Ich gerate kurz ins Stocken. Dies ist ein merkwürdiges Vorstellungsgespräch.

»Sind Sie komisch?«

»Nicht besonders«, sage ich lahm. »Höchstens unfreiwillig.« Er grinst.

»Das ist doch ein Anfang. Also, wer hat Ihnen diesen Namen gegeben?« Na gut, wenn er es unbedingt wissen will.

»Ich mir selbst«, antworte ich, »da war ich fünf. Vorher wurde ich Steffi genannt. Dummerweise war Stefanie in meinem Geburtsjahr Platz 1 auf der Liste der beliebtesten Vornamen. Ich habe mir auf dem Kinderspielplatz die Hacken wundgelaufen, weil ständig irgendjemand Steffi rief. Also habe ich kurz vor der Einschulung verkündet, dass ich ab jetzt nur noch auf den Namen Fanny hören würde. Das ist die Geschichte.«

»Das ist eine schöne Geschichte.« Volker nickt zufrieden, und ich atme erleichtert auf. »Ist sie wahr?«

»Natürlich ist sie wahr«, gebe ich entrüstet zurück. »Warum sollte sie nicht?«

»Nun, weil Sie sich hier um den Job als Presseassistentin bei einer Fernsehproduktion bewerben«, antwortet er rätselhaft, und ich sehe ihn verständnislos an. »Was haben Sie denn bis jetzt so gemacht?«

»Nun«, sage ich gedehnt, um etwas Zeit zu schinden. Wie sehr kann ich ihn mit meiner zehnjährigen Erfahrung als Call-Center-Mitarbeiterin beeindrucken?

»Ich bin Romanautorin.«

»Veröffentlicht?«

»Zweifach.«

»Ich bin beeindruckt«, sagt er und zieht seine Computertastatur zu sich heran. Schon ist er auf der Seite von Amazon und gibt meinen Namen ein. Ich fange ein bisschen an zu schwitzen, denn plötzlich fällt mir wieder ein, dass mein erster Titel – es fällt mir sogar schwer, das Wort nur zu denken – verramscht werden soll. Hoffentlich sieht Volker mein Buch jetzt nicht für zwei Euro auf dem virtuellen Grabbeltisch. Unauffällig schiele ich auf den Bildschirm, aber nein, der Preis wurde noch nicht herabgesetzt. »Beeindruckend«, wiederholt Volker, leert seinen Kaffeebecher in einem Zug und wendet sich mir wieder zu. »Ich suche jemanden, der Fantasie hat und schreiben kann.«

»Das kann ich.«

»Noch einen?« Ich sehe auf den blauen Kaffeebecher mit dem weißen »Scarlett-Filmproduktion«-Aufdruck, den ich die ganze Zeit zwischen meinen Fingern hin- und hergedreht habe.

»Äh, ich habe noch, danke.«

»Ich hole mir noch einen. Bin gleich zurück.« Damit verlässt er das Büro, und ich habe Gelegenheit, mich ein wenig in dem hellen Raum mit der breiten Fensterfront umzusehen. Hier möchte ich nicht die Fenster putzen müssen, denke ich. Oder aufräumen. Erst jetzt fällt mir auf, dass das Zimmer völlig chaotisch ist. Um an den zweiten, kleineren Schreibtisch auf der anderen Seite des Raumes zu kommen, müsste man knietief durch Berge von Klatschzeitschriften waten. In diesem Moment wird mir klar, dass hier jemand gesucht wird, der Ordnung in das Chaos bringt. Seufzend greife ich nach der INTOUCH, die auf einem Stapel in meiner Nähe ganz oben liegt. Unter dem Foto zweier geradezu ekelerregend schöner Menschen steht in großen Buchstaben: »Nadja & David: Zerstört der Ruhm ihr junges Glück?« Und darunter: »Steckt das Fernsehtraumpaar in seiner ersten Krise?« Das sind sie also, die beiden. Ich greife nach meiner Kaffeetasse und schlage neugierig die Zeitung auf, als es an der Tür klopft. Verwundert hebe ich den Kopf. Es klopft erneut. Volker wird wohl nicht in seinem eigenen Büro anklopfen, oder?

»Äh, herein«, rufe ich unsicher. Die Türklinke wird von außen heruntergedrückt und Augenblicke später steht der schönste Mann vor mir, den ich jemals gesehen habe. Sein perfekter, athletisch schlanker Körper steckt in verwaschenen Jeans und einem einfachen weißen T-Shirt, die dunkelbraunen Haare sind so verwuschelt, als sei er gerade aus dem Bett aufgestanden, und sein Gesicht ist einfach makellos. All meine Sorgen fliegen plötzlich, husch, husch, wie aufgeschreckte Vögel davon und zurück bleibt nur dieses wundervolle Gefühl des Entzückens. Der Mann kommt auf mich zu, und es scheint, als würde er sich in Zeitlupe bewegen. Das ist doch wirklich albern, fehlt nur noch, dass ich Geigenmusik höre. Er sieht mich an, und seine Augen haben eine ganz außergewöhnliche Farbe. Sie sind leuchtendgrün mit goldenen Sprenkeln darin und von dichten, schwarzen Wimpern umkränzt. Seine Nase hat einen leichten Knick in der Mitte, als wäre sie mal gebrochen gewesen, was seiner Schönheit keinen Abbruch tut. Darunter die sinnlichsten Lippen, die ich je gesehen habe. Sie bewegen sich. Wieder wandert mein Blick zu diesen unvergleichlichen Augen, die jetzt einen verwirrten Ausdruck annehmen.

»Geht es dir nicht gut?« Er kommt noch einen Schritt näher. Beugt sich zu mir hinunter. Endlich erwache ich aus meiner Trance und springe auf die Füße. Der größte Teil des Kaffees aus meinem Becher schwappt dabei über den Rand und auf meine weiße Bluse. Ich starre auf die Bescherung und fühle, wie ich knallrot anlaufe. »Oh, das tut mir leid, ich wollte dich nicht erschrecken.« Er hat ein süßes Lächeln.

»Nein, schon gut«, stottere ich und stelle den Becher auf der Schreibtischplatte ab. Dann schaue ich ihn wieder an. Nein, stimmt nicht. Ich schaue nicht, ich starre. Hör auf damit, Fanny, befehle ich mir selbst, und reiße mich mit aller Willenskraft von seinem Anblick los. Stattdessen sehe ich auf den Teppich zu seinen Füßen.

»Volker ist leider gerade nicht hier. Er holt Kaffee. Äh, für sich«, füge ich unnötigerweise hinzu und schaue betreten auf die verbliebene Pfütze in meinem Becher.

»Welcher Volker?«

»Na, Herr Sommerlein«, antworte ich einigermaßen flüssig.

»Dieser Spinner.« Er wirft einen Blick über die Schulter, als wolle er überprüfen, dass die Luft rein ist, und raunt mir zu: »In Wirklichkeit heißt er Matthias.«

»Ach ja?« Ich bin so überrascht, dass ich ihm in die Augen gucke. In diesem Licht sehen sie aus wie flüssiges Gold.

»Keine Ahnung, warum er das immer macht«, er zuckt die Schultern und grinst. »Ich bin übrigens David.« Ich ergreife seine dargebotene Hand, bevor mir klar wird, dass meine voller Kaffee ist.

»Entschuldigung, ich …«

»Macht nichts.«

»Ich heiße Fanny und habe hier gerade ein Vorstellungsgespräch.« Und du bist auf Platz eins bis dreihundert meiner Liste.

»Ich komme später noch mal wieder. War schön, dich kennengelernt zu haben.«

»Ebenso«, krächze ich und schon ist meine Erscheinung wieder verschwunden. Was war das denn jetzt? Stöhnend lasse ich mich wieder auf meinen Stuhl fallen und sehe auf die Bescherung auf meiner Bluse hinunter. Nun, es hätte schlimmer kommen können. Immerhin – prüfend fahre ich mir mit der Hand über das Kinn, nein, ich habe nicht gesabbert. Im selben Moment kommt Volker zurück. Oder sollte ich besser sagen, Matthias?

»Wie sehen Sie denn aus?« Ich zucke mit den Achseln.

»Kleines Malheur.«

»Wollen Sie einen neuen?«

»Besser nicht.«

»Dann erkläre ich Ihnen jetzt mal, was wir hier machen. Sie befinden sich in der wichtigsten Abteilung dieser Produktion.« Ich nicke und versuche, mich wieder auf mein Vorstellungsgespräch zu konzentrieren. »Es gibt in der deutschen Fernsehlandschaft fast ein Dutzend tägliche Serien und auch unsere ist nur eine weitere Variante der Geschichte armes Mädchen trifft Junge aus gutem Hause.«

»Aschenputtel«, werfe ich ein, und er nickt.

»Genau. Also, es ist nicht die Originalität der Story, die unseren Erfolg ausmacht. Dennoch sind wir mit sehr guten Quoten gestartet und gewinnen seitdem kontinuierlich Zuschauer. Und so soll es bleiben. Was meinen Sie, wie wir das erreichen können?« Aufmerksam sieht er mich an. Mein Blick fällt auf das Titelbild der INTOUCH.

»Publicity?«, frage ich und wünschte, mir würde ein bisschen mehr dazu einfallen, aber er nickt und fährt fort:

»Publicity. Wir haben eine wunderschöne, bekannte Schauspielerin und einen Hauptdarsteller, bei dessen Anblick die Frauen vom Backfisch bis zur Großmutter ein feuchtes Höschen bekommen, entschuldigen Sie meine Ausdrucksweise.«

»Nein, nein, das trifft es ziemlich gut«, murmele ich.

»Das ideale Material. Diese beiden will ich in jedem Klatschblatt des Landes sehen. Und zwar am liebsten jede Woche. Und was brauche ich dafür?« Ich starre ihn an wie das Kaninchen die Schlange.

»Geschichten«, antwortet er sich selbst, »gute Geschichten. Was die Leute lesen wollen, das geben wir ihnen.«

»Solche Geschichten?«, frage ich zweifelnd und hebe die INTOUCH in die Höhe. »Das Traumpaar in seiner ersten Krise?«

»Natürlich.«

»Das verstehe ich nicht ganz.«

»Auf eine Krise folgt die …?«

»Versöhnung«, vollende ich den Satz unsicher, und er nickt.

»Sie haben es erfasst.«

»Und wenn nicht?«, gebe ich zu bedenken, und er schüttelt lächelnd den Kopf. Ich warte einen Moment ab, ob er mir dazu etwas erklären will, dann fällt bei mir der Groschen.

»Die beiden haben gar keine Krise?« Er wiegt unbestimmt den Kopf hin und her. »Sind sie überhaupt ein Paar?« Mein Herz fängt aus völlig unerklärlichen Gründen an zu rasen.

»Über die Wahrheit hinter den Kulissen kläre ich Sie erst auf, wenn Sie einen Vertrag unterschrieben haben.«

»Sie meinen, eine Verschwiegenheitserklärung.« Er grinst.

»Sie sind kein dummes Mädchen. Genau, eine Verschwiegenheitserklärung. Falls Sie den Job bekommen«, fügt er hinzu, was meine Mundwinkel etwas verrutschen lässt. Was heißt hier falls? »Es gibt sicher einige Punkte, die für Sie sprechen«, meint er nachdenklich und nimmt einen weiteren Schluck Kaffee. »Da Sie eine veröffentlichte Autorin sind, glaube ich Ihnen einfach mal, dass Sie schreiben können und …« Ich schlucke schwer, als er sich in diesem Moment unterbricht und mir einen durchdringenden Blick zuwirft. Bitte, frag mich nicht nach meinen Verkaufszahlen, alles, nur das nicht. »Wieso suchen Sie überhaupt einen Job?«, fragt er stattdessen. »Wieso schreiben Sie nicht einfach einen neuen Roman?« Was für ein Witzbold.

»Ich suche nach einer neuen Herausforderung«, antworte ich, weil mir nichts Besseres einfällt, doch er scheint sich mit der Antwort zu begnügen.

»Nicht, dass ich mich irgendwann in einem Ihrer Bücher wiederfinde.« Er grinst.

»Ganz bestimmt nicht«, antworte ich steif.

»Nun, was des Weiteren für Sie spricht, ist, dass Sie so schnell hergekommen sind. Flexibilität und Spontaneität sind sehr wichtig in der Pressearbeit. Allerdings, verstehe ich das richtig, dass Sie noch nie im Bereich Journalismus oder PR gearbeitet haben?«

»Nun«, sage ich gedehnt, »mein Studienschwerpunkt war Journalistik und Medien.« Ich bin selbst erstaunt, wie leicht mir diese Lüge über die Lippen geht. »Und ich war Chefredakteurin meiner Schülerzeitung auf dem Gymnasium.«

»Was Sie nicht sagen?« Was erzähle ich denn hier für einen Blödsinn? Ein Schweißtropfen rinnt von der linken Achselhöhle meine Seite hinunter, während ich mit ernstem Gesichtsausdruck nicke. »Wo sind Sie denn zur Schule gegangen?«

»Hier in Hamburg«, antworte ich wahrheitsgemäß.

»Und wie hieß die Schülerzeitung?« Panik überfällt mich. Mein Kopf ist wie leergefegt.

»Sie heißen gar nicht Volker, oder?«, sage ich in meiner Verzweiflung. Er schaut mich verblüfft an, und ich jubiliere innerlich.

»Wie kommen Sie darauf?« Ich zucke betont gleichmütig die Achseln und improvisiere:

»Nur weil eine Geschichte glaubhafter ist als die andere, muss sie nicht zwangsläufig wahr sein.« Einen anderen Reim kann ich mir nämlich beim besten Willen nicht auf diese ganze dubiose Namensgeschichte machen. Er hebt anerkennend eine Augenbraue, doch noch immer ist er wachsam.

»Und wie heiße ich tatsächlich?« Für wie dämlich hält der mich? Ich lächele ihn freundlich an und sage bedauernd: »Ich habe nicht die leiseste Ahnung.« Er bricht in schallendes Gelächter aus.

»Sie sind gut«, sagt er anerkennend, nachdem er sich etwas beruhigt hat. »Also, Ihre Aufgabe wird sein, sich für die Presse Geschichten über unsere Schauspieler auszudenken. Spannende, rührende, dramatische, originelle Geschichten.«

»Mit Fortsetzungspotenzial«, nicke ich.

»Sie sagen es. Hier«, er greift nach der INTOUCH und wedelt damit vor meiner Nase herum. »So etwas wollen wir. Und so etwas nicht.« Damit reicht er mir ein anderes Klatschblatt mit der Titelschlagzeile »Topmodel beim Koksen erwischt«.

»Ich verstehe«, nicke ich.

»Stellen Sie sich das nicht so einfach vor«, warnt er mich, »der Konkurrenzdruck ist enorm. Und ich rede hier gar nicht von den anderen Soaps aus Deutschland. Selbst die deutschen Klatschzeitschriften sind zu siebzig bis neunzig Prozent mit Berichten von internationalen Stars gefüllt.« Mit säuerlicher Miene hält er mir die aktuelle GALA unter die Nase.

»Brangelina«, nicke ich verstehend.

»Die sind unser Vorbild«, erklärt er ernsthaft, und ich beiße mir auf die Unterlippe. Na, wenn es weiter nichts ist.

»Darf ich noch etwas fragen? Wie gelangen Ihre Geschichten in die Zeitschriften?«

»Das lassen Sie mal meine Sorge sein.« Ein wenig verstimmt sehe ich ihn an. Wie soll ich das denn bitte verstehen? Er seufzt übertrieben, bis bei mir der Groschen fällt.

»Nun geben Sie mir schon diese Verschwiegenheitserklärung«, sage ich ungeduldig, und er lacht.

»Sehr schön. Sie fangen morgen an.«

»Wirklich?«

»Wirklich.« Er kramt in dem Durcheinander auf seinem Schreibtisch herum und reicht mir dann mehrere zusammengetackerte Blatt Papier. »Lesen Sie das, unterschreiben Sie und kommen Sie morgen um acht ins Büro.«

»Um acht?«, frage ich, unfähig, das Entsetzen in meiner Stimme zu unterdrücken.

»Ist das ein Problem?« Ich schüttele hastig den Kopf.

»Natürlich nicht.«

»Gut. Willkommen an Bord.«

»Danke.« An der Tür drehe ich mich noch einmal zu ihm um. »Und wie heißen Sie nun wirklich?«

»Matthias«, antwortet er grinsend.

»Sommerlein?«, frage ich, und er lacht.

»Ja, aber nicht mehr lange. Ich heirate in drei Wochen.«

»Wie schön für Sie!«

»Ja«, sagt er und fährt sich mit der Hand über den kahlen Schädel, »darauf habe ich mein Leben lang gewartet.«

Einen riesigen Stapel Klatschzeitschriften, die ich auf dem Nachhauseweg an der Tankstelle besorgt habe, unter den Arm geklemmt, betrete ich eine Dreiviertelstunde später unsere Wohnung, wo mir, noch ehe ich ganz in der Tür bin, Julia aus der Küche entgegeneilt.

»Und? Wie war es? Hast du den Job? Bist du David begegnet? Nun erzähl doch schon!« Grinsend stehe ich in unserem kleinen Flur und schäle mich umständlicher als nötig aus meiner Jacke.

»Jetzt spann mich doch nicht auf die ... Wie siehst du denn aus?« Ich sehe an mir herunter.

»Kleiner Kaffeeunfall.«

»Nachher?«, fragt sie ahnungsvoll, und ich verziehe das Gesicht.

»Natürlich nicht.«

»Du bist ein solcher Tollpatsch«, meint sie kopfschüttelnd, und ich fühle mich jetzt doch genötigt, mich zu verteidigen.

»Ich kann nichts dafür«, sage ich, während ich mich an ihr vorbeizwänge und meine Jacke an den letzten freien Haken unserer übervollen Garderobe hänge. »David Mory ist plötzlich reingekommen und da ...« Ihr Aufschrei unterbricht mich.

»Du hast ihn gesehen?« In die Hände klatschend, hüpft sie auf und nieder. »Komm rein. In die Küche, ich mache eine Flasche Wein auf, und du erzählst mir alles.« Auf halbem Weg macht sie noch einmal kehrt. »Sag mal, hast du eigentlich den Job?« Ich krame unter dem Stapel von Zeitschriften meinen etwas lädierten Arbeitsvertrag hervor und schwenke ihn triumphierend hin und her. Julia springt mir in die Arme.

»Gratuliere!«

Dann kocht Julia Spaghetti mit Tomatensoße für uns und verzichtet sogar darauf, sich über den Topf zu beschweren, der für die Nudeln natürlich viel zu klein ist. Trotzdem mache ich mir in Gedanken eine Notiz, dass ich ihr so schnell wie möglich den Spaghettitopf ersetzen muss. Sie saugt jedes Wort meiner Erzählung auf wie ein Schwamm und nach dem Essen sitzen wir mit einer Flasche Rotwein am Küchentisch, verschlingen jedes Wort, das wir über David in den Klatschzeitschriften finden können, und benehmen uns auch sonst nicht wirklich unserem Alter entsprechend. Auch wenn ich mir zwischen Julias »Guck dir bloß dieses Bild mal an« und »Er ist ja sooo süüüß«-Ausrufen immer wieder einzureden versuche, dass es sich hier um reine Recherche für den neuen Job handelt, muss ich mir bei einem Blick in Davids goldgrüne Augen schließlich eingestehen: Ich bin total verknallt in den Typen. Und das, nachdem ich ihn ein einziges Mal für fünf Minuten gesehen habe. Was ist bloß los mit mir? Aber immerhin befinde ich mich ja in allerbester Gesellschaft, denn ich bin sicher, dass etwa eine Million weibliche Fans die gleichen Gefühle für David haben. Das kann ja heiter werden.

TV-Star David Mory: Ich bin Single

Auf der Suche nach der Traumfrau

Ein offenes Bekenntnis, das vor allem die weiblichen Fans der erfolgreichsten deutschen Telenovela »Liebe à la carte« freuen dürfte.

Auf dem Bildschirm bricht er Frauenherzen, doch privat ist er noch auf der Suche. In einem Interview sagte der Schauspieler jetzt: »Ich bin der Richtigen einfach noch nicht begegnet.« Dabei sollte man meinen, der charmante Mime könne sich vor Angeboten nicht retten. »Ich bin vielleicht zu schüchtern«, erklärte er weiter. »Ich merke meistens gar nicht, wenn eine Frau mit mir flirtet.« Auch wenn das nicht sehr glaubhaft klingt, können diese wunderschönen Augen lügen? Mit seinem Bekenntnis versucht der Frauenschwarm ein weiteres Mal das hartnäckige Gerücht auszuräumen, er habe ein Verhältnis mit seiner Kollegin Nadja Reichert. Soviel ist sicher, zumindest auf dem Bildschirm knistert es zwischen den beiden gewaltig. »Natürlich kommt man sich sehr nah, wenn man so viel Zeit miteinander verbringt. Aber wir sind nur gute Freunde«, betont David Mory. Auf die Frage, ob er denn nicht fände, dass die beiden ein wunderbares Paar abgeben würden, meint er lachend: »Was nicht ist, kann ja noch werden.« Eine Botschaft an Naja Reichert? So viel steht fest, genau wie in ihrer erfolgreichen Serie wird auch das private Liebesleben der beiden Schauspieler weiterhin für viel Aufregung sorgen.

Kapitel 3

Am nächsten Morgen habe ich erstmal ganz andere Sorgen. Mich um sechs Uhr aus dem Bett zu quälen ist wider meine Natur. Als der Wecker neben mir zu klingeln beginnt, fühlen meine Augen sich an, als wären die Lider von innen mit Schmirgelpapier ausgelegt. Nicht einmal die Aussicht, heute möglicherweise David wiederzusehen, kann mich aufmuntern. Eher im Gegenteil. Wie soll ich einen Job machen, von dem ich, seien wir ehrlich, nicht die leiseste Ahnung habe, wenn ich ständig fürchten muss, dass dieser Adonis um die Ecke kommt und mich mit seinen goldgrünen Augen verzaubert? Alleine bei dem Gedanken daran beginnt mein Herz aufgeregt zu klopfen. Schon ein wenig munterer schwinge ich die Beine aus dem Bett und trete dabei auf meinen Arbeitsvertrag, der auf dem Fußboden liegt. Eigentlich wollte ich den gestern Abend noch durchgelesen haben, aber dann hatte ich doch keine Lust mehr. Flüchtig überfliege ich die Zeilen, es wird schon alles seine Richtigkeit haben. Ich angele mir einen Kugelschreiber vom Schreibtisch und setze schwungvoll meine Unterschrift auf die dafür vorgesehene Zeile. Dann tapse ich in Richtung Badezimmer.

Als ich aus der Dusche steige, sehe ich kritisch an

meinem Körper herab und was ich sehe, gefällt mir nicht. Waren meine Oberschenkel eigentlich immer schon so – wellig? Ich greife die Haut mit beiden Händen und drücke sie leicht zusammen. Das hätte ich vielleicht lieber bleiben lassen sollen, kein besonders schöner Anblick. Kurz entschlossen wühle ich in unserem Badezimmerschrank herum, bis ich gefunden habe, was ich suche: einen Luffahandschuh. Mit Feuereifer schrubbe ich meinen Körper, bis er knallrot ist. Die Orangenhaut ist immer noch da. Vielleicht könnte man sie jetzt als Pink Grapefruit bezeichnen. Zurück in meinem Zimmer probiere ich ein Outfit nach dem nächsten an. Nichts sieht wirklich gut aus. Mein Hintern ist einfach zu breit, die Haut zu blass, die Haare zu störrisch. Es ist so ungerecht. Frustriert entscheide ich mich schließlich für das kleinste Übel, meine Lieblingsjeans, die zwar mein gebärfreudiges Becken nicht kaschieren kann, den Hintern aber sehr viel knackiger erscheinen lässt, als er eigentlich ist, dazu eine weiße, taillierte Bluse, auch auf die Gefahr hin, dass ich mich wieder vollkleckere. Dazu Stiefel mit hohem Absatz, obwohl ich jetzt schon weiß, dass mir heute Abend die Füße wehtun werden. Kritisch betrachte ich mich im Spiegel. Irgendwie sehe ich immer noch unvorteilhaft aus. Wie eine Schlange, die ein Kaninchen verschluckt hat. Missmutig werfe ich einen Blick aus dem Fenster und stelle fest, dass es draußen anscheinend ein bisschen wärmer geworden ist. Es nieselt, und die weiße Schneedecke hat sich in einen grauen Matsch verwandelt. Um nicht wie ein umgedrehter Wischmopp auszusehen, nehme ich meine noch feuchten Haare in einem strengen Dutt zusammen und gebe eine geschätzte Tonne Haarspray darüber. Das ist einfach ungerecht. Warum gibt es auf der einen Seite Frauen wie Nadja Reichert, die von oben bis unten einfach nur perfekt sind, und auf der anderen Seite Frauen wie, nun ja, mich?

Um Punkt acht Uhr betrete ich Matthias' Büro, dessen Tür sperrangelweit offen steht. Von ihm selber ist nichts zu sehen. Ein wenig ratlos sehe ich mich um und stelle dann meine Tasche auf den kleinen Schreibtisch in der Ecke. Als ich meine Jacke über den Stuhl hänge, kommt Matthias mit zwei Bechern Kaffee herein.

»Sie sind pünktlich, das gefällt mir.«

»Guten Morgen.«

»Morgen. Haben Sie den Vertrag unterschrieben?« Ich nicke und reiche ihn ihm. »Sehr gut, der geht dann gleich an die Personalabteilung. Und jetzt, wo ich Ihre Unterschrift habe, mache ich Sie zunächst mal mit einer Ihrer wichtigsten Aufgaben vertraut. Denn ab morgen bringen Sie mir den Kaffee und nicht umgekehrt.« Grinsend hält er mir die Tasse hin, und ich blinzele zu ihm auf, nicht sicher, ob er mich auf den Arm nehmen will. »Keine Sorge, Sie werden noch eine Menge anderer Dinge zu tun bekommen. Sie werden die Teilnahme unserer Darsteller an Veranstaltungen koordinieren, Pressemitteilungen verfassen, Kontakte zu Journalisten aufbauen und pflegen und noch einiges mehr. Aber da Ihr Chef ein Koffein-Junkie ist, kann es nicht schaden, wenn Sie sich mit der Kaffeemaschine auskennen.« Er winkt mir, ihm zu folgen.

»Sehr gut«, lobt er, nachdem ich unter seinem kritischen Auge einen Latte-Macchiato mit dreifachem Espresso zubereitet habe, »und bevor wir wieder ins

Büro gehen, möchte ich Sie wenigstens mit unseren beiden Hauptdarstellern bekanntmachen, bevor der Alltagsstress beginnt. Alle anderen lernen Sie dann nach und nach kennen.« Sofort beschleunigt sich mein Herzschlag.

»Ähm, okay«, murmele ich und sehe staunend zu, wie er seinen Kaffee in einem Zug zur Hälfte leert. Ganz offensichtlich hat er mit seiner Koffeinabhängigkeit nicht übertrieben.

»Also dann, wir müssten sie noch beim Umziehen erwischen. Kostüm und Maske sind hier im Gebäude im ersten Stock, genauso wie die Schauspielergarderoben.« Während ich versuche, mit Matthias Schritt zu halten, der mit seinen langen Beinen ein ziemliches Tempo vorlegt, wappne ich mich innerlich für den Anblick von David Mory.

Als wir jedoch im ersten Stockwerk durch den mit blauem Teppich ausgelegten Gang zur Kostümabteilung gehen, treffen wir dort zunächst einmal auf sein weibliches Pendant. Auf einem der beiden Korbsessel, die sich neben einem kleinen Glastisch direkt gegenüber der verschlossenen Garderobentür befinden, sitzt Nadja Reichert. Eigentlich liegt sie mehr darin, die langen, schlanken Beine weit von sich gestreckt und damit beschäftigt, eine Strähne ihres hellblonden, hüftlangen Haares zu einem Zopf zu flechten.

»Hallo, Nadja, was machst du denn hier draußen?« Sie hebt den Blick und sieht uns aus großen, blauen Augen an.

»Marion holt gerade mein Kostüm aus Halle 6.« Sie steht auf und lässt sich von Matthias links und rechts auf die Wange küssen. Dann schaut sie mich an und streckt mir mit einem Lächeln, das perlweiße, ebenmäßige Zähne enthüllt, die Hand entgegen. »Hallo.«

»Äh, hallo.« Ich schüttele ihre dargebotene Rechte. Sie ist einfach atemberaubend mit ihrer ebenmäßigen Haut, den großen Augen, vollen Lippen und dem wunderschönen, schlanken Körper.

»Das ist Fanny, die neue Presseassistentin.« Nadja schenkt mir ein weiteres strahlendes Lächeln.

»Herzlich willkommen.«

»Danke!«

»Dann bin ich ja gespannt, wie es mit meinem Liebesleben in Zukunft weitergeht.« Sie wirft Matthias einen warnenden Blick zu. »Übertreibt es nicht, okay?«

»Es ist egal, warum sie über dich reden …«, beginnt Matthias, und sie vollendet seinen Satz:

»… was zählt ist, dass sie über dich reden. Ja, ja, ich weiß!« Seufzend verdreht sie die Augen und zwinkert mir verschwörerisch zu. »Was soll ich sagen? Es ist nicht so, dass meine Eltern mich nicht gewarnt hätten. Mein Vater wollte immer, dass ich Bankdirektorin werde.« Dabei schneidet sie eine so komische Grimasse, dass ich lachen muss. Sie scheint wirklich nett zu sein. Ich stelle fest, dass mich der Gedanke schockiert. Überirdisch schön und nett, das ist eine schreckliche Kombination. In diesem Moment erscheint hinter uns völlig außer Atem eine kleine, schwarzhaarige Frau Anfang vierzig mit mehreren Kleidungsstücken über dem Arm.

»Nadja, bitte entschuldige, dass du warten musstest, es tut mir wirklich schrecklich leid«, keucht sie.

»Ist schon gut, das macht doch nichts«, beruhigt Nadja sie.

»Ich kann wirklich gar nicht verstehen, wie das passieren konnte. Oh, hallo, Matthias.«

»Hallo, Marion. Das ist Fanny, meine neue Assistentin.«

»Freut mich.« Sie wirft mir einen gehetzten Blick zu, während sie die Tür zur Garderobe aufstößt und Nadja den Vortritt lässt. Gemeinsam betreten wir den großen Raum, in dem auf der linken Seite Hunderte von Kostümen auf langen Garderobenstangen von der Decke hängen. Ihnen gegenüber befinden sich zwei chaotisch wirkende Schreibtische und daneben sieben durch rote Vorhänge abgetrennte Umkleiden. Marion beeilt sich, Nadjas Kostüm in die erste Umkleide zu hängen, während sie weiterhin Entschuldigungen vor sich hin murmelt. Ein wenig irritiert beobachte ich die Szene. Die Garderobiere verhält sich wirklich merkwürdig. Sie hat den Kopf weit zwischen die Schultern gezogen, als fürchte sie, er werde ihr gleich abgerissen werden. Aber von wem, frage ich mich. Sicher nicht von Nadja, die geduldig vor der Kabine wartet und eben zum wiederholten Male erklärt, dass sie gar nicht besonders lange warten musste. In diesem Moment ertönen plötzlich die ersten Klänge von »I kissed a Girl«, und Nadja unterbricht sich mitten im Satz.

»Sorry, das ist meins.« Damit kramt sie ein Handy aus ihrer riesigen Umhängetasche hervor. »Na, du Schlafmütze. Ich wollte dich nicht wecken, du hast so schön geschnarcht.« Leise lachend verschwindet sie in der Umkleidekabine.

»Sie ist ja heute so gut gelaunt«, flüstert Marion Matthias zu, und er grinst.

»Ist doch schön. Weißt du, ob David schon da ist? Ich wollte ihm Fanny vorstellen.«

»Ach ja, Fanny, Entschuldigung. Ich war gerade ein bisschen gestresst, der Tag fing irgendwie hektisch an. Also, herzlich willkommen.« Ihre devote Haltung von eben ist verschwunden, und sie lächelt mich offen an.

»Vielen Dank.« Ich reiße meinen Blick von dem dunkelroten Vorhang los, hinter dem Nadja gerade zweifelsohne mit David telefoniert. Sie hat ihre Stimme so weit gesenkt, dass ich die Worte nicht verstehen kann, aber es steht wohl außer Frage, dass sie mit der Person am anderen Ende der Leitung die Nacht verbracht hat, oder? Andererseits kann ich mir überhaupt nicht vorstellen, dass David schnarcht. Oder schwitzt. Oder sonst eine menschliche Schwäche besitzt.

»Morgen«, ertönt da eine männliche Stimme aus Richtung Tür und jagt mir einen Schauer über den Rücken.

»Wenn man vom Teufel spricht«, sagt Matthias, während Marions braune Augen zu leuchten beginnen.

»Hallo, David!«, haucht sie und lässt sich von ihm auf die Wange küssen, die daraufhin von einem rosa Hauch überzogen wird. Während sich die beiden Männer die Hände schütteln, atme ich tief durch und wappne mich für den mir bevorstehenden Anblick. Dann wende ich mich David zu und lächele ihn an. Er sieht noch besser aus, als ich ihn in Erinnerung habe, irgendwie verschlafen und zum Anbeißen süß. Seine Augen haben diesen leichten Glanz, und ich bilde mir ein, dass seine Haut am ganzen Körper noch warm von der Nacht ist. Wenn ich meine Hand auf seinen Nacken legen könnte … Okay, diese Art von Gedanken tragen nicht gerade dazu bei, meine Aufregung in den Griff zu bekommen.

»David, wir wollen gar nicht lange stören, aber ich

dachte, bevor der Trubel losgeht, stelle ich dir kurz meine neue Assistentin vor, das ist …«

»Fanny«, vollendet David und gibt mir die Hand. »Hallo.« Mein Herz macht einen Hüpfer und entgegen aller Vorsätze fühle ich, wie mir das Blut in die Wangen schießt.

»Ach, ihr kennt euch?«, fragt Matthias mit einem anzüglichen Grinsen. Sag etwas, Fanny, irgendwas, befehle ich mir selbst, aber mir will partout nichts Eloquentes einfallen. Was mein Chef wohl für Schlüsse zieht, wenn ich hier, zur Salzsäule erstarrt und mit knallroter Birne, David Mory anschmachte?

»Wir sind uns gestern schon begegnet.« David lächelt mich an. »Offensichtlich war das Vorstellungsgespräch ein Erfolg.«

»Äh, ja«, nicke ich. »Offensichtlich.« Ich wünsche mir ein großes, schwarzes, alles verschlingendes Erdloch herbei, in das ich versinken kann. Aber die Erde tut mir den Gefallen nicht. Stattdessen ertönt jetzt Nadjas erhobene Stimme aus der Kabine und lenkt die Aufmerksamkeit von mir ab. Auch wenn sie so schön ist, dass man sie als Normalsterbliche eigentlich hassen muss: Ich liebe diese Frau.

»Müssen wir das schon wieder durchkauen? Wie oft soll ich dir noch sagen, dass ich es nicht ändern kann? Wie bitte? Das kann doch nicht dein Ernst sein … Warte, leg nicht auf. Hallo? Verdammt. Verdammt!« Es scheppert laut in der Kabine, als hätte jemand gegen einen Stuhl getreten, und dann herrscht Stille. Betreten sehen wir einander an, David lässt meine Hand los und sagt schnell: »Willkommen an Bord. Ich zieh mich dann auch mal um.« Damit verschwindet er in einer der Umkleiden.

»Wir gehen wieder hoch«, sagt Matthias, als Nadja mit Schwung den Vorhang zurückreißt und aus der Umkleide stürzt. Beim Anblick ihres makellosen Körpers in schwarzer Spitzenunterwäsche bleibt mir, und ich möchte wetten allen Anwesenden ebenfalls, die Luft weg. Ohne sich daran zu stören, kommt sie in langen Schritten auf Marion zu und wedelt ihr mit einer zusammengeknüllten Bluse vor der Nase herum.

»Die Bluse ist nicht gewaschen«, sagt sie scharf, und ich zucke angesichts ihres Tonfalls zusammen. Marion wird ganz blass um die Nase.

»Doch, natürlich.«

»Sie stinkt«, behauptet Nadja, während die Garderobiere ihr das Kleidungsstück abnimmt.

»Ich habe die Bluse gestern eigenhändig gewaschen und gebügelt.« Obwohl sie sich um einen ruhigen Ton bemüht, bemerke ich das Zittern in ihrer Stimme.

»Diese Bluse stinkt, und ich werde sie nicht anziehen.« Nadjas eben noch so sanftmütige Augen sprühen Gift und Galle. Marion schnüffelt an der Achselnaht der Bluse herum.

»Sie riecht nach Weichspüler.«

»Erst lässt du mich eine Ewigkeit warten, weil du mein Kostüm verschlampt hast und dann ist es nicht einmal frisch gewaschen«, faucht Nadja die arme Marion an, die jetzt am ganzen Leib zu zittern beginnt.

»Aber sie riecht doch gut.« Damit wirft sie mir einen hilflosen Blick zu und hält mir das Stück unter die Nase. Es duftet nach Frühlingswiese. Aber darf ich das jetzt sagen? Ich befinde mich auf einmal in einer schrecklichen Zwickmühle. Drei Augenpaare sind auf mich gerichtet. Mein Chef legt den Kopf schief und sieht mich abwartend an. Von dort habe ich also keine Hilfe zu erwarten. Natürlich müsste ich jetzt einfach die Wahrheit sagen, nämlich, dass die Bluse frisch gewaschen riecht, aber irgendetwas hält mich davon ab. Plötzlich habe ich Angst vor dieser schönen Frau, die vor einer Minute noch so nett war und jetzt in ihrer schwarzen Unterwäsche vor mir steht wie ein Racheengel. Bevor ich eine Entscheidung treffen kann, stößt Nadja einen markerschütternden Schrei aus und zeigt in Richtung der hohen Fensterfront. Ich folge ihrem Blick. Dort steht ein junger schlaksiger Mann in einem dunkelgrünen Overall auf einer Leiter, zieht mit seinem Lappen Schaumkreise über das Fenster und starrt die halbnackte Nadja mit offenem Mund an. Als wir alle gleichzeitig in seine Richtung starren, zuckt er ertappt zurück. Dabei verliert er das Gleichgewicht, sein Gesicht nimmt einen entsetzten Ausdruck an. Sekundenlang rudert er mit den Armen wild durch die Luft, um dann mit einem Aufschrei in die Tiefe zu stürzen.

»Ein Spanner. Matthias, hatte er eine Kamera dabei?«

»Ich denke nicht, das war der Fensterputzer.« Nadja schaut entsetzt an sich herunter und fängt an zu weinen. Erschrocken sehen wir anderen sie an. Ich kann förmlich Matthias' Gedanken lesen, dass er eigentlich tröstend den Arm um sie legen möchte, sich aber aufgrund ihrer Nacktheit nicht traut. So stehen wir betreten und hilflos da, bis endlich der Retter erscheint. Natürlich in Form von David, der aus seiner Umkleide tritt und Nadja in die Arme zieht.

»Süße, was ist denn mit dir los?«, flüstert er ihr ins Ohr, und es versetzt mir einen Stich. Er streichelt ihr beruhigend über die Haare. »Schon gut, schon gut. Könnten wir kurz ein bisschen Privatsphäre haben?«

»Natürlich.« Froh, dem Drama zu entkommen, stürzt Marion förmlich aus der Garderobe, gefolgt von Matthias und mir, die ich meinen Blick nur schwer von dem Paar losreißen kann, das da so innig verschlungen beieinandersteht.

»Sollte nicht jemand nach dem Fensterputzer schauen«, erkundige ich mich, nachdem die Tür hinter uns zugefallen ist.

»Machen Sie das«, befiehlt Matthias knapp, »und falls er eine Kamera dabeihatte, nehmen Sie sie ihm ab.«

»Ja, okay.« Verwirrt mache ich mich auf den Weg nach unten. Sind denn hier alle vollkommen verrückt? Da ist eben ein Mensch von einer Leiter gestürzt und alles, was meinen Boss interessiert, ist, ob er möglicherweise ein Foto von Nadja geschossen hat. Was für ein Glück, dass die Kostümabteilung im ersten Stock liegt, denke ich, während ich eilig die Stufen hinunterrenne. So kann der Sturz eigentlich nicht allzu tragisch gewesen sein. Trotzdem wappne ich mich innerlich, den Fensterputzer möglicherweise mit gebrochenem Genick im Blumenbeet liegen zu sehen. Doch als ich am Unfallort ankomme, rappelt er sich glücklicherweise bereits aus eigener Kraft wieder auf und klaubt sich einige Grashalme aus dem verstrubbelten, dunkelblonden Haar.

»Ist alles okay?« Ich helfe ihm dabei, seine Fensterputzutensilien, die verstreut umherliegen, zusammenzusuchen.

»Ja, schon gut.«

»Bist du sicher?«

»Aber ja.« Er grinst mich an. »Es war den Sturz wert.«

Irritiert sehe ich ihn an. Dann kapiere ich, was er meint, und bin noch irritierter. »Oh, Entschuldigung«, sagt mein Gegenüber und wirkt aufrichtig bestürzt. »So etwas sagt man wohl nicht zu einer Dame.«

»Ach, schon gut«, winke ich großmütig ab.

»Ich finde sie nur so wahnsinnig schön. Ist sie nicht schön? Es klingt blöd, aber wenn ich sie sehe, dann ist es, als würde sie sich in Zeitlupe bewegen. Weißt du, was ich meine?« Und ob ich weiß, was er meint, ziemlich gut sogar.

»Ja, ich weiß, was du meinst«, seufze ich, und er seufzt mindestens ebenso tief. »Na dann, wenn du so weit okay bist.«

»Ja, ich bin okay. Mehr als okay.« Ist ja gut. »Ich bin übrigens Felix.« Er streckt mir die Hand entgegen.

»Fanny«, stelle ich mich vor, und er lacht.

»Das ist ja ein witziger Name.« Ja, ich weiß, sie ist schön, und mein Name ist witzig. Sonst noch was?

»Danke«, knurre ich. »Kann ich meine Hand wiederhaben?«

»Es war wirklich nett, dass du dir die Mühe gemacht hast, nach mir zu schauen. Vielen Dank!«

»Gern geschehen. Ich muss jetzt wieder nach oben. Ist mein erster Tag heute.« Er nickt und lässt meine Hand los.

»Habe ich mir gedacht, du wärest mir bestimmt aufgefallen.« Ich lächele geschmeichelt. »Fanny?«

»Ja?«

»Würdest du Nadja ausrichten, dass es mir leidtut?«

»Na klar, das mache ich«, stimme ich zu, obwohl ich nicht weiß, ob der Drache nicht möglicherweise dem Boten den Kopf abreißen wird.

»Danke.« Er strahlt wie ein Honigkuchenpferd. In diesem Moment fällt mir plötzlich Matthias' Auftrag wieder ein, und ich lasse meine Augen so unauffällig wie möglich über Felix und seine Ausrüstung gleiten. Könnte er möglicherweise in einer der zahlreichen Taschen seines unförmigen Overalls eine Kamera versteckt haben? Wie hat mein Chef sich das vorgestellt? Soll ich den Mann etwa abtasten? Zögernd sehe ich in seine freundlichen, hellbraunen Augen. »Kann ich noch was für dich tun?«, fragt er. »Sonst würde ich jetzt mal weitermachen.«

»Nein, mach mal. Nur eine Frage noch …«

»Ja?« Ich zögere kurz und winke dann ab.

»Ach nichts.« Vielleicht ist es besser, ihn gar nicht erst auf die Idee zu bringen.

»Wir machen jetzt eine Stellprobe zu Bild 67 im Wohnzimmer Maximilian und dafür bitte ich Frau Reichert, Herrn Mory und alle anderen Beteiligten ans Set«, erklingt eine Stimme aus den Lautsprecherboxen, die in allen Fluren und Räumen der Produktion hängen, während ich zurück ins Gebäude eile. Im Treppenhaus begegne ich Nadja und David.

»Toitoitoi für den ersten Arbeitstag«, sagt David und ich spüre, wie ich schon wieder rot anlaufe, während ich versuche, mich möglichst unauffällig an Nadja vorbeizudrücken. Auf ihren Wangen finden sich noch Spuren zerlaufener Wimperntusche, aber ihre Augen blicken wieder sanft und freundlich wie die eines Rehs.

»Genau, viel Spaß.« Sie strahlt mich an, als hätte sie nicht vor zehn Minuten einen Wutausbruch mit nachfolgendem Heulkrampf gehabt. Verblüfft sehe ich den beiden hinterher, wie sie einträchtig nebeneinander die

Treppe hinuntersteigen, Adonis und seine launische Aphrodite.

Auf dem Weg zurück ins Büro gehe ich vorsichtshalber an der Kaffeeküche vorbei und mache für meinen Boss einen Latte Macchiato mit dreifachem Espresso, was mit Begeisterung registriert wird.

»Sie gefallen mir jetzt schon, Fanny.« Er bedeutet mir, ihm gegenüber Platz zu nehmen. »Sehen Sie, es ist Viertel vor neun, und Sie haben schon David und die Zwillinge kennengelernt.« Er lacht in sich hinein, als ich ihn verständnislos ansehe. Zwillinge? »Ein Insider«, grinst er. »Nadja ist eine wundervolle Frau, höflich, nett, bescheiden, es ist eine Freude, mit ihr zu arbeiten …«

»Aber?«

»Aber manchmal knallen bei ihr die Sicherungen durch, und dann ist sie nicht mehr wiederzuerkennen. Wir vermuten, dass sie eine böse Zwillingsschwester hat.«

»Verstehe. Dr Jekyll und Mrs Hyde.«

»Wenn wir wollten, dass die Öffentlichkeit das wahre Gesicht von Nadja sehen würde, dann wäre das eine tolle Schlagzeile.«

»Aber das wollen wir nicht«, werfe ich ein, und er nickt. »Sie lernen schnell.« Plötzlich hat er einen angespannten Zug um den Mund. »Eine Sache sollten wir noch klären«, sagt er in strengem Tonfall. »Ich konnte nicht umhin, Ihre Reaktion auf David zu beobachten.« Sofort beginnt mein Gesicht wieder zu glühen, und er nickt: »Genau das meine ich. Gibt es da ein Problem?« Ich starre auf die Tischplatte vor mir und flüstere: »Nein.«

»Sie haben also nicht mit ihm geschlafen?« Verblüfft sehe ich ihn an.

»Natürlich nicht«, stoße ich hervor. Was für eine absurde Vorstellung. Wunderschön, traumhaft, aber leider vollkommen absurd.

»Gut, dann tun Sie es auch bitte nicht, so was bringt nur Komplikationen mit sich, die wir nicht gebrauchen können. Sie verstehen?« Eindringlich sieht mein Chef mich an. »Fanny? Haben Sie das verstanden?«

»Ja, ich habe verstanden.« Matthias nickt zufrieden.

»Gut. Und jetzt erzählen Sie, was war mit dem Knilch am Fenster?«

»Oh, Felix, es geht ihm gut.« Erleichtert über den Themawechsel begreife ich nicht sofort, dass das Wohlergehen des Fensterputzers meinen Chef nicht die Bohne interessiert. »Er hatte keine Kamera dabei. Er hat nur die Fenster geputzt.«

»Und dabei unsere Hauptdarstellerin angestarrt.«

»Kann man ihm das verübeln, wenn sie in Unterwäsche durch den Raum tanzt?«, frage ich bissig, und er schüttelt den Kopf.

»Nein, sicher nicht. Wer würde da weggucken? Ihre Zwillinge können sich schließlich sehen lassen.« Er grinst, und ich sehe ihn irritiert an. Das zweite Mal innerhalb von dreißig Minuten redet ein Mann mit mir, als sei ich … nun, jedenfalls keine Frau. Ich beschließe, ab sofort nur noch im Rock zur Arbeit zu kommen. Und Make-up-technisch könnte ich auch ruhig noch eine Schippe drauflegen. Nein, nicht wegen David Mory, sondern lediglich, um Männer wie Felix oder Matthias daran zu hindern, Zoten über die Brüste anderer Frauen zu reißen, als sei ich ihr Saufkumpan. »… und deshalb ist es enorm wichtig, dass vorher keine Unterwäschebilder von ihr in der Presse auftauchen«, höre ich meinen Chef sagen und zucke ertappt zusammen. »Das Shooting ist nächste Woche, und wir beiden werden uns eine schöne Story ausdenken, um das Ganze noch interessanter zu machen, okay?«

»Ja, okay«, sage ich unbehaglich, weil ich keine Ahnung habe, wovon er redet.

»Hier, die Bilder werden ungefähr in diese Richtung gehen.« Er wirft mir eine Ausgabe der FHM rüber, auf deren Cover sich die drei Mitglieder der Girl-Band »Ellements« in verführerischer Pose und noch verführerischerem Outfit räkeln. Ich beginne zu begreifen.

»Nadja kommt also aufs Cover?«, vergewissere ich mich, während ich in die Mitte der Zeitschrift blättere.

»Natürlich, was denken Sie denn? Aber ein erotisches Fotoshooting holt heute niemanden mehr hinterm Ofen hervor. Seit ehemalige Kinderstars und fünftplatzierte Möchtegern-Topmodels sich nackt ablichten lassen, muss man sich schon etwas mehr ausdenken, um Interesse zu erwecken.« Ich gebe ein unbestimmtes »Hmm« von mir, weil ich immer noch nicht so recht begriffen habe, was er meint.

»Machen Sie sich darüber erstmal keine Gedanken. Ihre heutige Aufgabe besteht daraus, sich einen Überblick über unsere bisherige Präsenz in den Printmedien zu verschaffen. Und dabei können Sie dann gleich die Ablage machen. Das hier ist das Material der letzten acht Wochen.« Er macht eine weit ausholende Handbewegung, die den mit Stapeln von Klatschzeitschriften übersäten Boden unseres Büros umfasst. »Alles aus der Zeit davor finden Sie dort drüben.« Damit weist er auf das Bücherregal an der Wand, in dem Dutzende von dicken Aktenordnern stehen. »Sortieren Sie nach Wochen und dann nach Themen.« Sprachlos sehe ich auf den Wust zu meinen Füßen hinunter. »Sie sollten keine Zeit verlieren. Am besten fangen Sie vorne an.« Matthias geht zum Regal und wirft mir die ersten beiden prall gefüllten Ordner auf den Schreibtisch. »Lesen Sie jedes Wort, ich möchte, dass Sie einen lückenlosen Überblick über unser Bild in der Öffentlichkeit erhalten.« Ich nicke ergeben. »Gut, ich hole mir jetzt einen Kaffee.«

»Eine Frage noch«, rufe ich ihm hinterher. »Könnten Sie mir vielleicht einen Überblick über die Wahrheit verschaffen?« Er lacht leise in sich hinein.

»Vielleicht nach der Probezeit.«

»Aber ...« Vor lauter Empörung verschlägt es mir die Sprache. »Ich habe doch eine Verschwiegenheitserklärung unterschrieben. Wie soll ich vernünftig arbeiten, wenn ich die Fakten nicht kenne?«

»Weil die Fakten niemanden interessieren.«

»Mich schon.«

»Sie sind ja eine Nervensäge«, stellt er fest, und ich habe nicht die leiseste Ahnung, ob das in seinen Augen eine gute oder schlechte Eigenschaft ist. »Nun gut. Aber ich möchte, dass Sie vorher all das hier lesen. Danach bekommen Sie von mir einen Einblick in die Wirklichkeit. Einverstanden?«

»Einverstanden.«

»Wollen Sie auch einen Kaffee?«

»Das wäre wirklich nett«, sage ich überrascht, und er nickt.

»Nicht, dass mir das einreißt«, brummelt er vor sich hin. »Ach, Fanny, wie regelmäßig haben Sie sich die

Serie eigentlich angeschaut?« Ertappt blicke ich zu ihm hoch. »Ich verstehe.« Missbilligend schüttelt er den Kopf.

»Aber meine Mitbewohnerin hat alle Folgen aufgenommen, und ich werde sie mir am Wochenende anschauen. Versprochen!«

»Sie wollen also 100 Folgen à 30 Minuten an einem einzigen Wochenende ansehen?« Ich überschlage schnell im Kopf und muss ihm Recht geben, dass das schwierig werden könnte.

»Abends und am Wochenende«, korrigiere ich mich.

»Also abgemacht, wenn Sie auf dem aktuellen Stand sind, was das öffentliche Leben unserer Schauspieler und das ihrer Figuren angeht, dann verrate ich Ihnen etwas über ihr Privatleben.« Damit verlässt er das Büro, und ich wende mich seufzend meiner Lektüre zu.

Nadja & David: Ja, wir sind ein Paar!

Liebe auch nach Drehschluss

Na endlich! Nach monatelangen Spekulationen, heimlichen Verabredungen und eindeutigen Fotos geben sie es endlich zu: Deutschlands beliebtestes Fernsehpaar ist auch privat liiert.

Liebe am Arbeitsplatz ist auch bei Schauspielern keine Seltenheit. »Sie sind verliebt wie zwei Teenager«, erzählte uns ein Insider, »und turteln die ganze Zeit herum.« Derlei Gerüchte sind nicht neu, aber zum ersten Mal sprechen die Telenovela-Stars jetzt ganz offen über ihre Beziehung. »Es stimmt, wir haben uns ineinander verliebt. Aber wir haben es langsam angehen lassen, um uns auch abseits vom Drehort wirklich kennenzulernen. Aber jetzt wollen wir uns nicht mehr vor der Öffentlichkeit verstecken: Ja, wir sind ein Paar«, bestätigt Nadja Reichert uns im Interview, und David Mory fügt hinzu: »Wir haben es uns wirklich nicht leichtgemacht. Sich zu verlieben, wenn man täglich so eng miteinander arbeitet, kann eine Menge Probleme nach sich ziehen. Aber gegen unsere Gefühle waren wir machtlos.« Privat läuft es also bestens für die beiden Schauspieler, während sich ihre Charaktere in der Telenovela »Liebe à la carte« zurzeit mehr und mehr in eine Krise verstricken. Wir sind gespannt, wie es zwischen den beiden weitergeht. Vor der Kamera – und dahinter.

Kapitel 4

Fix und fertig schleiche ich nach meinem ersten Arbeitstag um halb neun die Stufen zu unserer Wohnung hoch. Im zweiten Stock steigt mir der Duft von frisch angebratenem Knoblauch in die Nase, was mich meine Schritte voller Hoffnung beschleunigen lässt. Tatsächlich steht Julia in unserer Küche am Herd, eine knallgrüne Schürze um die Hüften gebunden und brutzelt eins ihrer vorzüglichen Nudelgerichte.

»Willkommen daheim«, ruft sie mir zu, »es gibt Spaghetti mit Scampi in Weinsoße.«

»Edel.« Erschöpft lasse ich mich auf einen Stuhl fallen.

»Wir haben ja auch was zu feiern. Dein erster Arbeitstag beim Fernsehen. Ich will alles hören.« Sie schenkt ein Glas Weißwein ein und reicht es mir.

»Ich bin vollkommen erledigt. Und außerdem muss ich heute noch mindestens die ersten fünf Folgen von ›Liebe à la carte‹ ansehen.« Schuldbewusst schaue ich auf den liebevoll gedeckten Tisch.

»Ehrlich?« Ich nicke zerknirscht, aber Julia scheint von der Idee begeistert zu sein.

»Dann erzählst du mir von deinem Tag, während ich koche, und dann nehmen wir die Pasta mit vor den Fernseher. Schieß los! Was hast du so gemacht?«

»Ich habe den ganzen Tag Klatschzeitschriften gelesen«, stöhne ich und massiere mir dabei den schmerzenden Nacken. »Ich habe jeden dämlichen Satz gelesen, der jemals über ›Liebe à la carte‹ und seine Darsteller verfasst worden ist.«

»Das ist echt ein toller Job.«

»Na, wenn du meinst«, murmele ich vor mich hin. »Außerdem habe ich gelernt, die Kaffeemaschine zu bedienen, und Nadja und David Hallo gesagt.«

»Du hast schon wieder mit David gesprochen?«

»Ja.«

»Und? Was hat er gesagt?«

»Er hat Hallo gesagt. Und herzlich willkommen.«

»Und was hast du gesagt?«

»Auch Hallo. Und danke.«

»Jetzt lass dir doch nicht alles aus der Nase ziehen«, sagt sie entrüstet, während sie mit einem scharfen Küchenmesser Kirschtomaten halbiert.

»Soll ich dir eigentlich helfen?«, erkundige ich mich.

»Nein, du sollst mir von David erzählen.«

»Da gibt es leider nicht so viel zu erzählen. Das war eigentlich schon alles.« Sie guckt mich so enttäuscht an, dass ich lachen muss. »Nein, warte, er hat sich an meinen Namen erinnert«, sage ich stolz, und sie sieht mich mit großen Augen an.

»Wirklich?« Ich nicke und finde im Nachhinein auch, dass das eine große Ehre ist.

»Und wie war er so?«

»Er war …« Ich schlucke schwer und versenke mein Gesicht so tief wie möglich in mein Weinglas. Wo soll das bloß hinführen? Werde ich jetzt jedes Mal knallrot anlaufen, sobald von einem gewissen Herrn Mory die Rede ist?

»Ja? Wie?« Wissend grinst sie mich an.

»Schon gut.« Ich stelle das Weinglas mit so viel Schwung auf dem Tisch ab, dass der Stil abbricht. »Oh, Mist.«

»Wenn du so weitermachst, ist bald unser gesamtes Kücheninventar Schrott«, seufzt Julia und beginnt, mit einem Küchenpapier den verschütteten Wein aufzuwischen, während ich die Scherben im Mülleimer versenke. »Du bist ihm also hoffnungslos verfallen?«

»Er ist der schönste Mann, dem ich jemals begegnet bin«, gebe ich zu, »und wahnsinnig nett ist er außerdem.«

»Und du darfst ab jetzt jeden Tag mit ihm arbeiten. Er wird sich in dich verlieben, und du wirst lauter niedliche, grünäugige Babys bekommen. Und irgendwann wird einer deiner Romane verfilmt, und er spielt darin die männliche Hauptrolle«, schwärmt sie und rollt verzückt die Augen gen Himmel.

»Falsch! Erstens wird niemals eins meiner Bücher verfilmt werden«, sage ich und werfe ihr einen ziemlich bösen Blick zu, »und zweitens werde ich weiterhin, wann immer ich David begegne, rot anlaufen, zusammenhangloses Zeug stammeln und mich mit irgendetwas bekleckern, während er mit Nadja durch die Gegend turtelt und mit ihr sehr viel niedlichere Babys bekommt, als er das mit mir jemals könnte.«

»Dir ist schon klar, dass du das jetzt alles beim Universum bestellt hast?« Julia zieht eine Schnute. »Wie oft soll ich dir noch sagen, dass deine Worte und Gedanken dein Leben bestimmen? Du bist viel zu pessimistisch.«

»Wieder falsch. Nur realistisch!« Kopfschüttelnd sehen wir einander an. Es stimmt schon, in unserer ganzen

Lebensanschauung sind wir uns nicht allzu ähnlich. Aber schließlich sind wir schon seit der Grundschule die besten Freundinnen, und das schweißt mehr zusammen als irgendwelche Gemeinsamkeiten. Außerdem bewundere ich Julia für ihre stets positive, leicht esoterisch angehauchte Einstellung. Nur manchmal geht sie mir damit auf die Nerven. Jetzt gerade zum Beispiel.

»Also sind die beiden wirklich ein Paar?«, fragt Julia enttäuscht.

»Das kann ich dir nicht sagen.«

»Wie bitte?« Entrüstet lässt sie den Kochlöffel in die Pastasauce fallen, dass es nur so spritzt, und stemmt die Hände in die Hüften. »Du willst mir doch nicht sagen, dass diese Verschwiegenheitserklärung auch für mich gilt.« Sie sieht so empört aus, dass ich lachen muss. »Verschwiegenheitserklärungen gelten nicht für den Partner, die beste Freundin und Mitbewohner.«

»Ach ja? Wo hast du das denn her?«

»Komm schon«, verlegt sie sich auf eine andere Schiene, »du kannst doch nicht bei ›Liebe à la carte‹ arbeiten und mir nichts erzählen. Das kannst du mir nicht antun.«

»Im Moment weiß ich sowieso noch nicht mehr als du.«

»Das ist doch gelogen«, sagt sie und schiebt gespielt beleidigt die Unterlippe vor.

»Ich weiß nur, was in den Klatschblättern steht, und das muss nicht unbedingt der Wahrheit entsprechen. Die erzählt mir der Chef erst, wenn ich alle Folgen gesehen habe.«

»Na, dann nichts wie los!«

Es ist bereits nach zwölf, als wir uns endlich vom Fernseher losreißen und müde ins Bett wanken. Ich muss zugeben, dass ich »Liebe à la carte« zu Unrecht als Schund abgetan habe. Wer hätte gedacht, dass eine Telenovela so unterhaltsam sein kann? Klar hat die Serie nicht das Rad neu erfunden, die Story ist ziemlich vorhersehbar, aber irgendwie hat die Sache einen höchst amüsanten selbstironischen Touch. Alles ist ein bisschen überspitzt, als würden sich sämtliche Beteiligten, vom Autor über den Regisseur bis zu den Schauspielern, selbst auf die Schippe nehmen, weil sie in die moderne Fernsehlandschaft ein dermaßen kitschiges Märchen hineininszenieren. Ich freue mich schon richtig darauf, morgen Abend weiterzugucken.

In dieser Nacht träume ich von David. Hand in Hand stehen wir am Alsterufer und schauen auf das Wasser. Alles ist friedlich, und ich bin unbeschreiblich glücklich. Nichts ist zu hören als ein leises Plätschern und Vögel, die zwitschernd in den Bäumen sitzen. Dann plötzlich ertönt ein lautes Brummen und Summen, als würde ein Hornissenschwarm herannahen. Erschrocken sehe ich in den Himmel über uns, doch dort ist nichts zu sehen. »David«, flüstere ich. Er lächelt mich breit an und wendet mir dann den Rücken zu. Und dann sehe ich sie. Es sind Hunderte. Tausende. Schöne Frauen mit langen Beinen und wehenden Haaren. Sie kommen aus allen Richtungen und stürmen ungebremst auf uns zu. Besser gesagt, auf David. Sie stürzen sich auf ihn, ich werde einfach zur Seite gestoßen. Meine Hand gleitet aus seiner, ich verliere das Gleichgewicht und falle mit einem Aufschrei nach hinten. Gleich, jeden Augenblick müsste das kalte Wasser der Alster über mir zusammenschlagen, aber ich falle nur tiefer und immer tiefer …

Schweißgebadet schrecke ich hoch und sehe auf die Uhr. Viertel vor sechs. Da ich sowieso gleich aufstehen muss, lohnt es sich nicht, mich noch einmal umzudrehen. Stattdessen schleppe ich mich in die Küche, schalte die Espressomaschine an und stelle einen Topf Milch auf den Herd, wobei ich versuche, die verrußte Wand dahinter möglichst zu ignorieren. Während ich meinen Milchkaffee schlürfe und die Lebensgeister langsam erwachen, versuche ich, das unangenehme Gefühl, das mein Traum in mir hinterlassen hat, abzuschütteln. Um die Botschaft meines Unterbewussten zu deuten, brauche ich nicht einmal Julia, die sich mit solchen Sachen um einiges besser auskennt. Ich muss mir David aus dem Kopf schlagen, es sei denn, ich möchte den Kampf mit sämtlichen schönen Frauen dieser Welt aufnehmen. Das ist mir wirklich zu anstrengend. Ganz davon abgesehen, dass ich sowieso den Kürzeren ziehen würde.

Trotz meines guten Vorsatzes habe ich auch heute mein Arbeitsoutfit mit großer Sorgfalt ausgewählt. Dummerweise eignen sich Jeansrock und hochhackige Stiefel nicht besonders gut, um damit auf den Knien rumzurutschen und die Ablage zu machen. Meine Fußgelenke tun weh, und ich habe eine riesige Laufmasche in der Strumpfhose. Dafür habe ich mich aber bis zum Nachmittag durch sämtliches Material gewühlt, und mein Chef ist zufrieden mit mir.

»Ich hätte nicht damit gerechnet, dass Sie so schnell sein würden«, meint er anerkennend, als ich den letzten, sauber beschrifteten Ordner in das Regal schiebe. »Ihre Vorgängerin war lange nicht so produktiv.«

»Danke«, sage ich erschöpft. »Was passiert damit?« Ich deute auf die Stapel von Zeitschriften, aus denen ich fein säuberlich jede Zeile über David, Nadja oder einen der anderen Schauspieler herausgetrennt habe.

»Kommt ins Altpapier.«

»Aha, ja, gut.« Erschöpft lasse ich mich auf meinen Schreibtischsessel fallen. Mir tut jeder einzelne Knochen weh. Während ich versuche, meine verspannten Muskeln zu lockern, spüre ich Matthias Blick auf mir ruhen.

»Der Altpapiercontainer ist unten vor der Halle 3«, erklärt er und nickt mir aufmunternd zu. Wie bitte? Soll ich jetzt etwa die Zeitschriften da runterschleppen? Das kann doch nicht sein Ernst sein. Ich warte einen Augenblick, ob sich mein durchtrainierter und zwei Meter großer Chef nicht doch noch dazu durchringen kann, ein Gentleman zu sein, aber es sieht nicht so aus. Ein Stöhnen unterdrückend, stehe ich auf, verfluche jeden einzelnen Zentimeter meiner Absätze und greife nach den Zeitschriften. Dass Papier aber auch so schwer sein muss. Ächzend richte ich mich auf und sehe, wie Matthias einen amüsierten Blick auf den nicht besonders hohen Stapel in meinen Armen wirft.

»Halle 3 ist ein Stück weg. Sind Sie sicher, dass Sie so oft laufen wollen?« Ich spüre, wie die Wut in mir hochwallt, aber ich beherrsche mich und sage zuckersüß: »Ich hatte vor einem Jahr eine Leistenbruch-OP, und mein Arzt hat mir verboten, schwer zu tragen.«

»Ach so, ja, dann seien Sie lieber vorsichtig.« Matthias wendet sich wieder seinem Computer zu.

»Ja, danke«, sage ich bissig und mache mich auf den Weg zur Halle 3.

Davor ist weit und breit kein Altpapiercontainer zu entdecken. Mir bleibt nichts anderes übrig, als einmal komplett um das Gebäude herumzulaufen. Als ich um die Ecke biege, renne ich beinahe in Felix' Fensterputzwagen hinein. Er selber steht im dunkelgrünen Overall, ein umgekehrtes Käppi auf den halblangen Haaren sitzend, oben auf seiner Leiter, schäumt mit Hingabe die Fensterscheibe ein und summt eine Melodie. Wahrscheinlich träumt er von Nadja.

»Hallo, Felix.« Er fährt herum, verliert das Gleichgewicht und fällt mit einem Aufschrei in die Hecke unter der Leiter. Obwohl der Sturz nicht ganz ungefährlich aussah, kann ich nur mit Mühe ein Lachen unterdrücken.

»Entschuldige, ich wollte dich nicht erschrecken. Bist du okay?« Sekunden später taucht sein Kopf auf, und er schaut kläglich zu mir hoch.

»Schon gut. Passiert mir nicht zum ersten Mal!« Mühsam rappelt er sich auf und macht Anstalten, über die Hecke zu mir herüberzuklettern.

»Bist du sicher, dass es eine gute Idee für dich ist, auf einer Leiter zu arbeiten?«, kann ich mir nicht verkneifen, was mir einen bösen Blick von ihm einbringt. »'tschuldigung, ich mein ja nur.« In diesem Moment entdecke ich eine blutige Schramme auf seiner Stirn. »Du bist ja verletzt.«

»Nur ein Kratzer«, winkt er ab. »Und, wie gefällt dir dein neuer Job?«

»Ganz gut.« Ich merke selbst, wie wenig begeistert das klingt. »Ich glaube, wenn ich die Tonne Altpapier aus dem Büro zum Container gebracht habe, geht es mir besser«, füge ich deshalb erklärend hinzu. Meine Arme fühlen sich unter der Last schon ganz taub an. »Weißt du, wo der ist?«

»Da drüben.« Mit der Hand deutet er ein paar Meter weiter.

»Gott sei Dank«, stöhne ich. »Bis gleich! Ich komme schätzungsweise noch zehnmal bei dir vorbei!«

»Warte, ich helfe dir.« Er nimmt mir den Stapel ab.

»Vielen Dank«, sage ich erleichtert. »Das ist echt nett von dir. Aber musst du nicht weitermachen?«

»Später.« Mit Schwung landen die Klatschzeitschriften im Container. Gemeinsam gehen wir zurück in die Presseabteilung. Wirklich toll von ihm, mir so ohne zu zögern zur Hilfe zu eilen. Da sollte sich mein Chef mal ein Beispiel dran nehmen. Als wir in den Gang einbiegen, in dem das Pressebüro liegt, bleibt Felix vor einem Porträt von Nadja stehen und seufzt verzückt. Ich nutze die Gelegenheit, um Davids Bild, das direkt neben Nadjas hängt, zu betrachten. Eine Weile stehen wir so da, bis Felix versonnen sagt: »Wenn uns jetzt jemand sehen könnte.« Erschrocken sehe ich mich um. Er hat Recht. Wir stehen hier wie zwei verknallte Teenager, während jeden Moment mein Chef um die Ecke biegen könnte. Oder noch schlimmer: David und Nadja. Ich fasse Felix am Arm und zerre ihn hinter mir her in unser Büro. Die Tür ist nur angelehnt, Matthias sitzt nicht an seinem Platz. Vermutlich holt er sich den zehnten Kaffee des Tages. Neugierig lässt Felix seinen Blick durch den Raum schweifen und bleibt dann an dem Altpapierstapel hängen.

»Und das wolltest du alles alleine zum Container schleppen?«

»Von Wollen kann gar keine Rede sein«, sage ich grimmig.

»Na, jetzt bin ich ja da. Lass mich das mal machen.«

Er greift sich einen riesigen Stapel Zeitschriften. »Mach ruhig weiter mit deinem Kram. Ich bin gleich wieder da.«

»Nein, warte, ich helfe dir natürlich.«

»Wenn du zehn Zeitschriften trägst, bist du sowieso keine große Hilfe«, grinst er. »Setz dich hin, ruh dich aus und lass das einen Mann machen!« Schon ist er aus der Tür.

Eine Viertelstunde später ist das Altpapier entsorgt, und Felix sieht nicht einmal besonders angestrengt aus.

»Vielen, vielen Dank«, sage ich. »Wie kann ich das jemals wiedergutmachen?«

»Ach, lass mal, gern geschehen.«

»Nein, wirklich, kann ich nicht irgendwas …?« Ratlos sehe ich mich im Büro um, bis mein Blick an dem Regal mit den Autogrammkarten der Schauspieler hängen bleibt. »Hier.« Ich reiche ihm Nadjas Bild, auf dem sie mit schnörkeliger Handschrift unterschrieben hat. »Willst du?« Seine Augen leuchten auf.

»Ist der Papst katholisch?«, fragt er zurück und nimmt die Karte entgegen. Genau in diesem Moment öffnet sich die Tür und herein kommt, gefolgt von Matthias, Nadja. Mit offenem Mund starrt Felix sie an.

»Hallo.« Sie schenkt ihm ein strahlendes Lächeln. »Hallo, Fanny.« Ganz offensichtlich hat sie ihn nicht wiedererkannt.

»Hallo, Nadja«, grüße ich zurück, während Felix um seine Fassung ringt.

»Hallo«, bringt er dann einigermaßen flüssig heraus.

»Darf ich fragen, was Sie hier machen?«, erkundigt sich mein Chef streng.

»Felix ist ein Bekannter von mir und … ich habe ihm gerade eine Autogrammkarte von Nadja gegeben.«

»Oh.« Nadjas Lächeln wird noch breiter. »Möchtest du eine persönliche Widmung?«

»Äh, gerne, wenn es keine Umstände macht.« Nadja nimmt ihm die Autogrammkarte aus der Hand und greift sich einen Stift von Matthias' Schreibtisch. »Für Felix, richtig?«

»Ja, genau.«

»Hier, bitte schön.«

»Danke.« Er presst die Karte an seine Brust und lächelt entrückt. Ich nehme mir vor, diesen Anblick in meinem Gedächtnis zu speichern. Und alles, wirklich alles daran zu setzen, David nie, nie wieder auf diese Weise anzuschauen.

»Wollten Sie sonst noch etwas?« Ich werfe Matthias einen bösen Blick zu. Wie kann man nur so unfreundlich sein?

»Nein, danke, das war alles«, antwortet Felix, ohne den Blick von Nadja abzuwenden.

»Also dann, alles Gute, Felix.« Sie hält ihm ihre schlanke Hand hin. Keine Kellnerin der Welt hat dermaßen perfekt manikürte Fingernägel, denke ich, während Felix sie so vorsichtig umfasst, als sei sie aus Porzellan. Weil er auch nach den gesellschaftlich akzeptierten vier Sekunden keine Anstalten macht, sie loszulassen, fasse ich ihn unterm Arm und sage betont munter: »Also, dann bringe ich dich mal wieder raus. Bis später!« Gehorsam lässt er sich von mir abführen.

»Geht's wieder?«, erkundige ich mich sanft, als wir gemeinsam aus dem Gebäude treten. Felix schüttelt sich wie ein nasser Hund und sieht ziemlich verwirrt aus. Dann schaut er auf das Foto in seiner Hand. FÜR FELIX ALLES LIEBE, hat Nadja darauf geschrieben.

»Ich brauche definitiv Hilfe. Das ist nicht normal.« Aus der Tasche seines Overalls zieht er ein Fläschchen Rescuetropfen hervor, die er sich unter die Zunge träufelt. In diesem Moment piepst das Handy in meiner Rocktasche.

ICH MACHE LASAGNE. KANNST DU NE FLASCHE ROTWEIN MITBRINGEN? DANKE! J.

»Was machst du heute Abend?«, frage ich Felix spontan. »Meine Mitbewohnerin macht die weltbeste Lasagne, und damit hauen wir uns vor den Fernseher und schauen ein paar Stunden ›Liebe à la carte‹. Bist du dabei?«

»Klingt lustig, gerne.«

»Gut, dann kann ich dich ja heute Abend gleich mitnehmen.«

»Hi, Fanny.« Erschrocken fahre ich herum.

»Äh, hallo, äh, äh …« Vor meinem geistigen Auge erscheint das Bild von Felix, wie er mit offenem Mund und verzücktem Blick vor Nadja stand und aussah wie ein Depp. Genau so wie ich jetzt gerade vermutlich. »Äh, äh«, versuche ich es noch einmal.

»David«, sagt David, und ich schüttele vehement den Kopf.

»Nein, ja, ich meine, das weiß ich doch.«

»Bis später dann.« Er schenkt mir noch ein süßes Grinsen, nickt Felix freundlich zu und geht seines Weges. Ich sehe ihm hinterher. Das gibt es doch gar nicht. Ich war bisher so begeistert von seinen Augen, dem Lächeln, überhaupt der ganzen Vorderseite, dass ich der Rückseite gar keine Beachtung geschenkt habe. Was ein Fehler war. Was für schöne, lange Beine er hat. Und dieser süße, kleine, perfekte, knackige …

»Fanny, mach mal den Mund auf«, unterbricht mich Felix in meinen Betrachtungen und wedelt fürsorglich mit den Bachblütentropfen. »Ich sehe schon, wir beide werden uns gut verstehen.«

Zurück im Büro bekomme ich erstmal einen Anpfiff meines Chefs, was mir einfiele, »irgendwelche wildfremden Leute« in sein Allerheiligstes zu bringen. Ob mir nicht klar sei, dass die gesamte Abteilung strengster Geheimhaltung unterliege. Er gebärdet sich, als ginge es um irgendwelche Staatsgeheimnisse.

»Felix ist ein Freund von mir und absolut vertrauenswürdig.« Hoffentlich fragt er mich nicht, wie lange wir einander schon kennen.

»Auf mich macht er eher den Eindruck eines ziemlich durchgeknallten Fans. Vielleicht ist er sogar ein Stalker. So, wie er Nadja angestarrt hat.«

»Jeder starrt Nadja so an«, sage ich nachdrücklich. »Wir wollen, dass man sie so anstarrt.«

»Da haben Sie natürlich Recht«, gibt Matthias plötzlich friedfertig zurück. »Dennoch, wir müssen kontrollieren, wer hier so ein und aus geht, das müssen Sie doch einsehen. Diese Serie hat ein Image, und unsere Aufgabe ist es, dieses Image zu erhalten und zu schützen.«

»Ja, ich habe es ja nun verstanden«, sage ich ungeduldig. »Ich wünschte nur, ich wüsste endlich Bescheid, was Schein und was Sein ist.« Prüfend schaut mein Boss mich an, und ich merke förmlich, wie es in ihm arbeitet. Ich versuche, möglichst vertrauenerweckend auszusehen.

»Na schön. Wie wäre es, wenn Sie mir erstmal erzählen, was Sie nach Ihrer aufmerksamen Lektüre jetzt über unsere Serie und die Hauptdarsteller wissen?«

»Soll das vielleicht ein Test sein?«, frage ich schnippisch, und er grinst breit.

»Durchaus. Aber es ist auch eine gute Gelegenheit, zu überprüfen, welches Bild wir der Öffentlichkeit vermitteln und ob es mit dem übereinstimmt, was wir darstellen möchten. Und das geht nur so lange, wie Sie noch quasi eine neutrale Beobachterin sind. Von Ihrer kleinen Schwärmerei für David mal abgesehen.«

Ich atme tief durch und beginne mit kühler Stimme meinen Vortrag: »Zunächst einmal zum Image von David Mory: Ein gut aussehender, liebeswerter Mann, achtundzwanzig Jahre alt, fast zu perfekt, um wahr zu sein. Der Traum sämtlicher Schwiegermütter und ihrer Töchter. Hat seine Ausbildung an der Hochschule für Musik und Theater in Hannover gemacht, danach Theaterengagements in Landshut, Ingolstadt und Bruchsal. Dort wurde er von einem Casting-Agenten in einer Inszenierung von Romeo & Julia entdeckt. Nadja Reichert dagegen ist kein unbeschriebenes Blatt in der Fernsehbranche, sie steht schon seit zehn Jahren in Hauptrollen vor der Kamera und stand bereits als Besetzung für die Lara fest, während nach dem männlichen Hauptdarsteller noch gesucht wurde. Nach den Probeaufnahmen mit David hat sie zu den Produzenten gesagt: Der oder keiner.« Ich sehe zu Matthias hinüber, der zufrieden in sich hineingrinst. »Seit Monaten spekulieren die Klatschzeitschriften, ob die beiden auch privat ein Paar sind. Ständig tauchen irgendwelche angeblichen Augenzeugen und unscharfe Beweisfotos auf, nur um dann in schöner Regelmäßigkeit dementiert zu werden. Vor wenigen Tagen kam dann die offizielle Bestätigung, dass die beiden tatsächlich eine Beziehung haben. Interessanterweise gab es parallel dazu bei ›Liebe à la carte‹ den ersten Kuss zwischen unseren beiden Hauptdarstellern zu bewundern.« Mit unschuldigem Gesichtsausdruck sieht mein Chef mich an.

»Sie meinen also, dass da ein Zusammenhang besteht?«

»Ich möchte fast wetten, dass den beiden jetzt, da Maximilians Ehefrau aufgetaucht ist, auch privat eine handfeste Krise ins Haus steht«, grinse ich. »Und genauso überzeugt bin ich davon, dass zwischen David und Nadja ein rein berufliches Verhältnis besteht«, fahre ich betont gleichgültig fort. »Stimmt's?«

»Sie sind gar nicht so dumm.« Matthias nickt anerkennend, und mein Herz beginnt aufgeregt zu klopfen. »Es stimmt, Nadja und David sind kein Paar, worüber wir übrigens alle sehr froh sind. Nicht nur Sie«, fügt er mit einem süffisanten Lächeln hinzu. Ich lasse die Spitze gelassen an mir abprallen.

»So?«

»Ja. Liebe am Arbeitsplatz ist immer eine schlechte Idee. Das bringt nur Unfrieden.« Einen Moment lang lässt er seine Worte wirken, dann fährt er fort: »So, im Grunde wissen Sie ja nun Bescheid: Die Beziehung zwischen den beiden ist erfunden, und wir füttern die Presse mit Neuigkeiten, die in etwa der Stimmung in der Serie entsprechen, aber nicht so sehr, dass es auffällt. Die Zielsetzung ist ganz einfach: Wir wollen, dass über uns geredet wird. Die Journalisten müssen durch interessante Storys bei Laune und vor allem beschäftigt gehalten werden, damit sie gar nicht auf die Idee kommen, im Privatleben unserer Stars herumzuwühlen.«

»Ach ja?« Ich horche auf. »Ich dachte, es ist egal, weshalb sie über uns reden. Wichtig ist nur, dass sie über uns reden.«

»Im Prinzip haben Sie schon Recht. Dennoch ist es mir lieber, das Ganze unter Kontrolle zu haben. Wir wollen schließlich, dass unsere Schauspieler funktionieren. Überraschende Schlagzeilen im BLATT haben schon ganze Drehtage gesprengt, das können Sie mir glauben.«

»Wir tarnen also die existenten Leichen im Keller durch erfundene auf dem Dachboden?«

»So ist es.«

»Und was sind das für Leichen?«

»Ich wollte Sie heute noch den anderen Castmitgliedern vorstellen«, erklärt Matthias unvermittelt und erhebt sich von seinem Schreibtisch, »kommen Sie, wir gehen runter ans Set.«

Auf dem Weg in die nebenan liegende Halle 2 grübele ich darüber nach, was das wohl für Leichen sind, die speziell in Davids Keller herumliegen und die wir vor der Entdeckung durch die Öffentlichkeit schützen müssen. Ich bin ein bisschen beleidigt, dass mein Chef offensichtlich nicht bereit ist, mir einen Vertrauensvorschuss zu gewähren, aber irgendwann wird er mich schon einweihen. Andererseits, will ich es überhaupt wissen? Und das Bild, das ich mir von David gemacht habe, zerstören? Als wir das Studio betreten, empfängt uns rege Betriebsamkeit. Staunend marschiere ich von der Empfangshalle des Restaurants über Maximilians Schlafzimmer direkt in das kleine, chaotische Einzimmerapartment von Lara. Nur durch eine Pappwand getrennt, ist dahinter die Restaurantküche, sehr edel in Weiß und Chrom gehalten, aufgebaut, in der sich in diesem Moment das gesamte Team und ein großer Teil der Cast tummelt. Ich lerne Franziska Leipold und Axel Wisner kennen, die Maximilians Eltern spielen, sowie seine Ehefrau, gespielt von Leonore Finke. Julia hat nicht übertrieben, mit dem glänzenden, hüftlangen, schwarzen Haar, den dunklen Augen und der kurvigen Figur sieht sie einfach hinreißend aus und bildet einen interessanten Kontrast zu der zierlichen, blonden Nadja.

»Wir sind drehfertig«, ertönt eine Stimme über Lautsprecher, und Matthias zieht mich in eine Ecke, wo der schwarzhaarige, bärtige Regisseur Anthony neben seinem Assistenten vor einem Monitor sitzt, auf dem die Gesichter von Nadja und Leonore im Profil, dicht voreinander, zu sehen sind.

»Da kannst du die Szene sehen, wie sie später auch im Fernsehen erscheint«, erklärt Matthias mir leise. »Wir drehen mit drei Kameras und geschnitten wird schon während der Aufnahme. Bei derjenigen Kamera, die gerade aufnimmt, leuchtet oben das Rotlicht. So wissen die Schauspieler immer genau, von welcher Seite sie gerade gefilmt werden.«

»Nadja, Leo, alles klar bei euch?«, erkundigt sich Anthony mit sonorer Stimme. Die beiden nicken, ohne den Blick vom jeweils anderen zu lassen. »Ton?«

»Läuft!«

»Kameras?«

»Laufen!«

»Und … bitte!« Gespannt verfolge ich die nun folgende Szene der beiden bildschönen Frauen, die sich mit funkelnden Augen und geröteten Wangen gegenüberstehen.

»Glauben Sie nicht, dass Sie die erste Frau sind, die ein Auge auf meinen Mann geworfen hat. Wenn Sie denken, dass Sie eine Bedrohung für mich und meine Ehe sein könnten, dann muss ich Sie leider enttäuschen, meine Liebe.« Mit einer arroganten Bewegung wirft Leonore ihre Mähne zurück und macht einen Schritt auf Nadja zu, die unwillkürlich zurückweicht. »Ich vermute, er hat Ihnen nicht erzählt, dass er verheiratet ist, nicht wahr?« Aus großen, blauen Augen schaut Nadja sie an, während sie sich auf die Unterlippe beißt und den Kopf schüttelt. »Armes Mädchen«, Leonores Stimme ist jetzt wie schwarzer Samt, während sie ihre Hand mitfühlend auf Nadjas Unterarm legt, »und Sie haben natürlich geglaubt, in ihm den Märchenprinzen gefunden zu haben. Dass er Sie aus Ihrem unglücklichen kleinen Leben herausholen und zu seiner Prinzessin machen würde, nicht wahr? Hm? Nicht wahr?« Mit spitzen Fingern fasst sie unter Nadjas Kinn und zwingt sie, ihr in die Augen zu sehen. »Nehmen Sie es Maximilian nicht übel, meine Liebe! Er hat mir natürlich alles von seinem kleinen Flirt mit Ihnen erzählt, schon, als ich noch in Italien war.« Nadja öffnet den Mund, um etwas zu sagen, doch ihr Gegenüber schneidet ihr das Wort ab: »Ob ich nicht eifersüchtig war, möchten Sie wissen? Auf Sie? Ganz sicher nicht. Aber ich mache mir nichts vor. Einen Mann wie Maximilian kann man nicht für sich alleine haben. Sie wissen doch, wie Männer sind. Sie lieben die Eroberung. Ich lasse ihm seinen Spaß mit kleinen Kellnerinnen wie Ihnen. Sie durften ihn sich ausleihen. Aber er ist mein Eigentum. Das sollten Sie niemals vergessen.« Sie zieht arrogant die linke Augenbraue nach oben, dann schneidet die Kamera auf Nadja, fährt immer näher an ihr wunderschönes Gesicht heran. Die hellblauen Augen füllen sich mit Tränen, von denen, genau in dem Moment, als die Kamera anhält, eine ihre Wange hinunterkullert.

»Danke«, brüllt Anthony so laut, dass ich zusammenzucke. »Das war perfekt. Gute Arbeit.« Wie gebannt schaue ich auf den Monitor. Nadja lächelt breit in die Kamera und will sich gerade verschmitzt die Träne aus dem Gesicht wischen, als eine grauhaarige Frau, der eine Kamera um den Hals hängt, vorstürzt und ruft: »Nicht! Darf ich vorher noch ein Standfoto machen? Nadja, bleib genau so!«

»Also gut, wir machen noch ein Standfoto, und wenn die Kamera sauber ist, dann wechseln wir rüber in die Wohnung Lara«, verkündet der Aufnahmeleiter, den mir Matthias als Robert vorgestellt hat. »Während wir uns dort einrichten, hat Nadja einen Masken- und Kostümwechsel.«

»Kamera ist sauber«, brüllt jemand.

»Die Kamera ist sauber. Dann los, beeilt euch ein bisschen, Leute, wir hängen wie die Glocken.« Es herrscht rege Aufbruchsstimmung, alle reden durcheinander.

»Wir hängen wie die Glocken?«, wiederhole ich verständnislos. »Was soll das denn heißen?«

»Dass man dem Zeitplan hinterherhängt«, erklärt Matthias. »Aber das ist hier eigentlich ein Dauerzustand.«

»Könntet ihr kurz da hinten aus dem Bild gehen?«, bittet die Fotografin mit einem verzweifelten Unterton in der Stimme und schießt hektisch ein Foto nach dem anderen, »und kann ich das Licht noch für eine Sekunde behalten?« Der Angesprochene unterbricht seine Arbeit und blickt gelangweilt in der Gegend herum. »Ja, Nadja, schau sie noch mal genau so an. Und Leo, den Kopf ein bisschen nach rechts. Noch ein letztes Bild. Okay, danke! Ich bin fertig!«

Ich hänge wie die Glocken, als ich mich um Viertel vor acht von Matthias verabschiede.

»Schönes Wochenende. Am Montag fangen wir dann mit der eigentlichen Arbeit an«, erklärt er mir. »Da können Sie unter Beweis stellen, was für eine fantasievolle Autorin Sie sind.«

»Ich freu mich drauf«, sage ich bemüht fröhlich, während ich in meine Winterjacke schlüpfe.

»Es ist nicht verboten, am Wochenende schon ein bisschen nachzudenken.« Sklaventreiber. Ich nicke brav und schiele unauffällig auf die Uhr. Verdammt, ich sollte Felix schon vor einer guten halben Stunde in der Studio-Kantine abholen.

»Also dann, schönes Wochenende!«

»Moment noch, Fanny. Auch wenn ich weiß, dass Sie eine Verschwiegenheitserklärung unterschrieben haben, möchte ich Sie doch noch mal darauf aufmerksam machen, dass nichts, was in diesem Büro besprochen wurde, an die Außenwelt dringt. Haben wir uns verstanden?«

»Äh, ja, natürlich.« Ein wenig verwirrt sehe ich ihn an. »Sie haben mir doch sowieso nichts erzählt.«

»Ich habe, und verzeihen Sie, wenn ich mich irren sollte, das Gefühl, dass Sie ziemlich scharf darauf sind, Ihrer besten Freundin zu erzählen, dass David und Nadja in Wirklichkeit kein Paar sind.« Ertappt zucke ich zusammen. »Eben. Auch diese Information haben Sie geheim zu halten. Verstanden?« Ich nicke ergeben, obwohl ich mir überhaupt nicht vorstellen kann, wie das möglich sein soll. Muss ich Julia von jetzt an permanent anlügen?

»Darf ich noch etwas fragen?«, erkundige ich mich. »Nadja hat doch offensichtlich einen Freund. Ich habe gehört, wie sie mit ihm telefoniert hat. Was sagt der denn zu dieser ganzen Sache?« Matthias zuckt die Schultern.

»Eine Beziehung mit einem Star zu haben erfordert Opfer. Man muss eben abwägen, ob es einem das wert ist.«

»Und David?«, frage ich todesmutig. »Ist der auch in festen Händen?« Matthias lächelt in einer Mischung aus Mitgefühl und leisem Spott.

»Haben Sie denn da unten eben nicht aufgepasst? Einen Mann wie David hat keine Frau für sich allein.«

Während ich mich im Laufschritt auf den Weg zur Kantine mache, grübele ich über Matthias' Aussage nach. Was genau wollte er mir damit sagen? Dass David ein Aufreißer ist, der sein umwerfendes Aussehen dazu benutzt, um eine Frau nach der nächsten in sein Bett zu ziehen? Irgendwie kann ich mir das nicht vorstellen. Auf mich macht David einen ganz anderen Eindruck. Bescheiden, empfindsam, liebevoll. Als mir bewusst wird, was ich da tue, muss ich über mich selber lachen. Selbstverständlich halte ich ihn für den perfekten, sensiblen und schüchternen Märchenprinzen. Ich bin bis über beide Ohren in ihn verknallt. Ein Opfer meiner Tango tanzenden Hormone. Ich benutze den Mann als Projektionsfläche für meine Sehnsüchte. Ich sollte wirklich mal die rosarote Brille abnehmen und mir klarmachen, dass es sehr viel wahrscheinlicher ist, dass David einfach nur ein selbstverliebter Aufreißer ist.

»Hey, da bist du ja.« Felix erhebt sich von den Stufen vor der Kantine. Er hat seinen Arbeitsoverall gegen Jeans und einen dicken, dunkelbraunen Norwegerpullover getauscht, auf dem Kopf trägt er eine Pudelmütze in der gleichen Farbe.

»Wieso hast du denn nicht drinnen gewartet, es ist doch eiskalt. Tut mir leid, dass ich so spät bin.« Er schüttelt den Kopf und lächelt gutmütig.

»Ach, kein Problem. Die haben bloß da drinnen schon angefangen, sauberzumachen, da wollte ich nicht stören.«

»Es tut mir wirklich leid. Mein Auto steht da hinten.« Einträchtig laufen wir nebeneinander her.

»Und du bist sicher, dass deine Freundin nichts dagegen hat, wenn ich mit zu euch komme?« Ich zucke zusammen. Mist, ich habe Julia gar nicht auf ihre SMS geantwortet.

»Gut, dass du das sagst, ich schick ihr noch schnell 'ne Nachricht«, sage ich und zücke mein Handy.

SORRY, DASS ICH MICH JETZT ERST MELDE. BRINGE JEMANDEN MIT. UND ROTWEIN NATÜRLICH AUCH.
BIS GLEICH. F.

»Ich möchte aber nicht stören.«

»Du störst überhaupt nicht. Julia liebt es, Gäste zu haben.«

Als ich eine halbe Stunde später mit Felix in unserem Hausflur stehe und den Wohnungsschlüssel ins Schloss stecke, wird die Tür von innen mit Schwung aufgerissen. Mit einem strahlenden Lächeln steht Julia im Rahmen. Ihre dunkelbraunen Haare umfließen das perfekt geschminkte Gesicht, ihr zarter Yogakörper steckt in einer fließenden, bunten Tunika und engen Jeans. Verwundert sehe ich meine Mitbewohnerin an, die normalerweise ungeschminkt und mit Pferdeschwanz herumläuft.

»Fanny, da bist du ja endlich. Und wen hast du …«, ihr Lächeln verrutscht, als sie Felix sieht, der, zwei Rotweinflaschen in der Hand, neben mir steht, »… da mitgebracht?«, vollendet sie den Satz eine Spur weniger enthusiastisch. Ich muss mir auf die Zunge beißen. Hat sie allen Ernstes geglaubt, ich würde David Mory mit nach Hause bringen? Felix tut mir ein bisschen leid, aber zum Glück gelingt es Julia, ihre Enttäuschung zu verbergen, als sie seine dargebotene Rechte ergreift.

»Ich bin Felix, hallo.«

»Ich heiße Julia.« Sie tritt einen Schritt zurück. »Komm doch rein.«

»Moment, ich zieh schnell die Schuhe aus, sonst trag ich euch den ganzen Dreck in die Wohnung.« Damit drückt er mir die Rotweinflaschen in die Hand und taucht ab, um die Schnürsenkel seiner Turnschuhe zu öffnen. Über seinen Kopf hinweg wirft Julia mir einen giftigen Blick zu. Ich zucke entschuldigend mit den Schultern und erkläre: »Felix arbeitet auch in den Scarlett-Studios und hat mir heute sehr geholfen. Und da dachte ich …«

»Aha, und was machst du so?«, unterbricht sie mich an Felix gewandt.

»Ich bin der Fensterputzer und sorge für den Durchblick«, erklärt er und lächelt sie entwaffnend an.

»Äh … Interessant.«

»Nicht besonders«, meint er schulterzuckend. »Aber ich mag den Job. Er finanziert mir meine Ausbildung und außerdem bin ich gerne an der frischen Luft.« Unbekümmert tritt er an Julia vorbei in unsere Wohnung und sieht sich neugierig um.

»Aha. Und was machst du für eine Ausbildung?«

»Ich werde Heilpraktiker.«

»Ach, echt? Das ist ja interessant«, ruft Julia aus, und dieses Mal klingt es, als würde sie es auch so meinen.

»Ja, finde ich auch.« Felix hält schnuppernd die Nase in die Luft. »Riecht ja köstlich hier.«

»Die Lasagne müsste gleich fertig sein. Komm mit in die Küche, du musst mir unbedingt alles von deiner Ausbildung erzählen, ich habe auch schon mal über so was nachgedacht. Ich bin nämlich Yogalehrerin und dachte, das wäre doch vielleicht eine gute Kombination. Was meinst du?«

»Klingt gut.«

»Ich habe schon Infomaterial bei einigen Schulen angefordert, aber ich kann mich noch nicht so recht entscheiden. Hier, gib mir deine Jacke. Also, ich halte ja nicht viel von Schulmedizin, die Selbstheilungskräfte des Körpers werden damit ja total ausgehebelt.«

»Genau mein Reden.« Die beiden strahlen über das ganze Gesicht.

»Äh, Entschuldigung«, mache ich mich bemerkbar, »könnte mir wohl einer den Wein abnehmen, damit ich mir auch die Jacke ausziehen kann?« Felix greift nach den Flaschen und verschwindet mit Julia in Richtung Küche. Ich werfe meine Winterjacke auf die überfüllte Garderobe.

»Fanny, wo bleibst du denn so lange?«, ruft Julia.

»Ich komme schon.« Ich betrete die in warmes Kerzenlicht getauchte Küche. Der Tisch ist liebevoll für drei Personen gedeckt, Felix hat es sich in einem der Korbsessel gemütlich gemacht, während Julia einen Blick in den Ofen wirft.

»Die braucht noch fünf Minuten«, entscheidet sie und dreht die Temperatur noch ein bisschen höher, damit die Käsekruste auch richtig schön knusprig wird. Dann schlingt sie die Arme um mich. »Wir haben uns ja noch gar nicht begrüßt. Ich muss schon sagen, die Wohnung ist ganz schön leer ohne dich.«

»Soll ich schon mal den Wein aufmachen?«, erkundigt sich Felix und greift nach einer der Flaschen auf der Anrichte. Ich nicke und reiche ihm den Korkenzieher.

»Kann ich euch beide kurz alleine lassen? Ihr habt ja offensichtlich ein Gesprächsthema, und ich müsste noch schnell was nachschlagen.«

»Klar, kein Problem.« Ich nehme das gefüllte Weinglas von Felix entgegen und gehe damit in mein Zimmer. Aus der Schreibtischschublade ziehe ich mein Exemplar des Arbeitsvertrages hervor, an das mit einer Büroklammer die Verschwiegenheitserklärung geheftet ist. Zwei eng beschriebene DIN A4-Blätter. Seufzend lasse ich mich in meinen Schreibtischsessel fallen, nehme einen großen Schluck Wein und beginne zu lesen:

VERSCHWIEGENHEITSERKLÄRUNG

zwischen

Stefanie May, geboren blablabla … Hiermit bestätige ich, dass ich heute zur Verschwiegenheit gemäß § blablabla … blabla … Ich bin nicht berechtigt, fremden, mit der Sache nicht befassten Personen Einblick in die im Büro vorkommenden Vorgänge zu gewähren blablabla … Die Verschwiegenheitsverpflichtung erstreckt sich insbesondere auf die persönlichen und wirtschaftlichen Verhältnisse des Auftraggebers, seiner Angestellten und Geschäftspartner sowie seine Absichten, Objekte, Planungen und internen Verhältnisse … Die Verschwiegenheitspflicht bleibt auch nach Beendigung der Zusammenarbeit bestehen … blablabla … Für jeden Verstoß wird eine Vertragsstrafe von 50 000 Euro vereinbart.

Ungläubig starre ich auf die Zahl, die vor meinen Augen verschwimmt. Wie viel Euro? 50 000? Ist das überhaupt legal? Ich könnte mir in den Hintern beißen. Zum ersten Mal begreife ich, warum meine Eltern mir eingeschärft haben, niemals etwas zu unterschreiben, ohne es vorher Wort für Wort durchgelesen zu haben. Ratlos starre ich auf die Verschwiegensheitserklärung. Kein Zweifel, mir bleibt gar nichts anderes übrig, als meinen Mund zu halten. Und das, obwohl ich vor lauter neuer Informationen fast überschäume. Gequält nehme ich einen weiteren Schluck Rotwein. Na schön, dann muss es eben so sein. Verschwiegenheit, dein Name ist Fanny!

Kati L. aus Bruchsal: »David gehört mir!«

Und was sagt Nadja dazu?

Kati L. traut ihren Augen nicht: Aus der Zeitung musste die Reiseverkehrskauffrau aus Bruchsal erfahren, dass ihr langjähriger Freund, Deutschlands beliebtester Soapstar David Mory jetzt mit seiner Serienpartnerin Nadja Reichert turtelt.

In der vergangenen Woche bekannte sich das Paar öffentlich zu seiner Liebe, doch für Kati, 29, war es ein tiefer, schmerzhafter Schock. Der Mann auf diesem Bild – ihr Freund David – mit einer anderen Frau. »Ich hätte das niemals von ihm gedacht«, erzählte sie dem BLATT mit zitternder Stimme am Telefon. »Wir sind schon so lange zusammen.« Kennengelernt hatte sich das Paar bei einer Premiere des Bruchsaler Theaters, an dem David Mory die letzten vier Jahre engagiert war. »Wir waren glücklich«, betont Kati L. Umso schmerzhafter sind jetzt die Bilder von David und Nadja. Kati: »Das ist alles ziemlich eindeutig.« Dennoch will sie nicht daran glauben, dass diese Bilder Dokumente einer großen Liebe sind. »Ich habe mit ihm gesprochen. Ich weiß nicht, wie es jetzt weitergeht, ich weiß es wirklich nicht«, sagt sie mit tränenerstickter Stimme. Weder David Mory noch Nadja Reichert waren bis Redaktionsschluss für eine Stellungnahme zu erreichen.

Kapitel 5

»Guck mal, was ich gerade über David gelesen habe.« Als ich in die Küche zurückkehre, wedelt Julia mir mit der heutigen Ausgabe des BLATTs vor der Nase herum. »Das ist doch nicht zu fassen. So ein Arschloch!«, schimpft sie vor sich hin, während ich den Artikel überfliege. »Das hätte ich mir ja denken können. Niemand kann so aussehen und dabei nett bleiben.«

»Die arme Nadja. Ob sie es schon gelesen hat?« Aus seinen hellbraunen Augen sieht Felix mich fragend an.

»Ich, äh, also …«, stammele ich, während ich noch versuche, das soeben Gelesene zu verdauen.

»Und seine arme Freundin erst«, regt Julia sich auf und klatscht mit Schwung eine Riesenportion Lasagne auf meinen Teller, dass die Soße nur so spritzt. »Verzeihung. Hier«, sie reicht mir ein Stück Haushaltspapier. »Was Männer sich so rausnehmen. Eigentlich müssten sich die Frauen zusammentun und ihn beide verlassen, aber vermutlich hassen sie einander und jede wird versuchen, ihn für sich zu behalten.«

»Du glaubst doch nicht, dass Nadja nach dieser Geschichte bei ihm bleiben wird?«, fragt Felix entsetzt.

»Du hast ja keine Ahnung, wie dumm verliebte Frauen sein können.«

»Verliebte Männer aber auch«, gibt Felix kläglich zurück.

»So, jetzt haltet mal beide die Luft an«, sage ich sehr bestimmt. »Wir wissen doch noch gar nicht, ob die Geschichte wahr ist«, ich wähle jedes meiner Worte mit Bedacht, weil die Zahl 50 000 wie ein rotes Leuchtsignal in mein Hirn eingebrannt zu sein scheint. Innerlich verfluche ich meinen Chef, und zwar nicht nur dafür, dass er mich die dämliche Erklärung hat unterschreiben lassen, sondern vor allem, dass er eindeutig versäumt hat, mir vor dem Wochenende ein Update zu geben. Wie stehe ich denn jetzt da? Da schimpfe ich mich ein Mitglied der Presseabteilung von »Liebe à la carte« und habe keinen blassen Schimmer von Davids angeblicher Ex aus Bruchsal. In diesem Moment fällt es mir wie Schuppen von den Augen. In der Serie ist gerade Maximilians Ehefrau aufgetaucht, und da muss in der Realität jetzt diese Kati herhalten. Es schüttelt mich bei so viel dreister Einfallslosigkeit. Vor meinem inneren Auge sehe ich Matthias vor mir, wie er mir seinen selbstgefälligen Vortrag über Pressearbeit hält. »Wir orientieren uns stimmungsmäßig an der Serie, aber nicht so, dass es auffällt.« Da lachen ja die Hühner.

»Eigentlich kann ich mir auch nicht vorstellen, dass David so etwas tun würde. Er ist doch gar nicht der Typ dafür«, sagt Julia, und ich kann mir gerade noch verkneifen, sie darauf hinzuweisen, dass sie ihn vor einer Minute noch zum Typ »Arschloch« abgestempelt hat.

»Das glaube ich auch. David und Nadja«, ich hole tief Luft, »machen auf mich einen sehr glücklichen Eindruck. Sie sind wirklich ein entzückendes Paar.« Felix verzieht das Gesicht, als habe er gerade in eine

Zitrone gebissen, und ich sehe ihn mitleidig an. »Tut mir leid. Ich bin auch nicht gerade glücklich darüber, weißt du.«

»Kann ich mir vorstellen.« Er schiebt sich eine Gabel voll Lasagne in den Mund. »Hmm, die ist ja absolut köstlich.« Julia lächelt geschmeichelt.

»Findest du?«

»Großartig!« Unauffällig lasse ich das BLATT unter den Tisch gleiten. Das ist ja gerade noch mal gut gegangen.

»Wirklich köstlich. Was haltet ihr davon, wenn wir die zweite Portion mit ins Wohnzimmer nehmen und ein paar Folgen schauen?«, schlage ich vor. »Ich muss dieses Wochenende eine ganze Menge schaffen!«

Als ich am Montagmorgen zur Arbeit fahre, habe ich ziemlich gute Laune. Wer würde keine gute Laune haben, nachdem er David fast zwanzig Stunden am Stück auf dem Bildschirm anschmachten durfte, nur unterbrochen von Ausflügen an die nahegelegene Tankstelle, um für Nachschub an Rotwein und Tiefkühlpizza zu sorgen? Felix hat das Wochenende bei uns auf der Couch campiert und sitzt gähnend neben mir im Auto.

»Das war ein ganz tolles Wochenende«, sagt er schwärmerisch, und ich nicke, obwohl ich mich insgeheim frage, ob wir eigentlich noch ganz gesund sind, tagelang vor der Glotze zu hängen. Drei Singles in den Dreißigern. Sollten wir nicht wild und gefährlich sein? Die Bars der Stadt unsicher machen? Neue Leute kennenlernen? »Ich hab das Gefühl, dass wir uns schon ewig kennen«, fährt Felix fort und zieht spielerisch an einer meiner Locken.

»Tja, so eine Schwärmerei ohne einen Funken Hoffnung hat doch was sehr Verbindendes.«

»Stimmt.« Gedankenverloren starrt er vor sich hin, während der Pförtner der Scarlett-Studios die Schranke für uns öffnet. Um Punkt acht Uhr parke ich den Wagen.

»Also vielen Dank noch mal«, sagt Felix während des Aussteigens. »Ich hoffe, ich bin euch nicht auf die Nerven gefallen.«

»Überhaupt nicht«, beteuere ich. »Wie wäre es, wenn wir das nächstes Wochenende wiederholen?«

»Das wäre wirklich toll, aber ich muss nach Hannover. Wochenendseminar für meine Heilpraktikerausbildung.«

»Schade.«

»Aber vielleicht die Woche drauf?«

»Gerne. Allerdings kann ich dir nicht versprechen, dass dann noch Folgen übrig sind. Damit kann ich leider nicht auf dich warten.«

»Ach, du Ärmste«, spottet er und nimmt mich in die Arme. »Das macht nichts, ich komme auch gerne so zu euch.« Er knuddelt mich ausgiebig, bis ein Wagen so dicht an uns vorbeifährt, dass wir erschrocken einen Satz zur Seite machen. Wenige Meter weiter hält der schwarze Mercedes mit den verdunkelten Scheiben, die hinteren Türen öffnen sich, und Nadja und David steigen aus. Während Nadja ins Studio eilt, sieht David zu uns herüber. Für den Bruchteil einer Sekunde wirkt er irritiert, dann lächelt er sein bezauberndes Lächeln.

»Sie scheint ja echt sauer auf ihn zu sein«, sagt Felix zufrieden, und ich sehe ihn irritiert an. Jetzt erst fällt mir auf, dass wir noch immer eng umschlungen dastehen. Schnell trete ich einen Schritt zurück und werfe einen

Blick über meine Schulter zu David, aber der hat uns bereits den Rücken zugewendet. Als würde es ihn wirklich interessieren, mit wem du hier stehst, schelte ich mich innerlich.

»Äh, was hast du gesagt?«

»Na, die beiden sahen doch aus, als hätten sie Streit, findest du nicht?« Verwirrt sehe ich ihn an. »Na, wegen der anderen. Aus Bruchsal«, hilft er mir auf die Sprünge, und endlich kapiere ich, was er meint.

»Ach so, ja, ähm, meinst du?«

»Vielleicht hat sie sich ja von ihm getrennt«, sagt er hoffnungsvoll.

»Hm, ja, vielleicht«, stammele ich. »Du, ich muss jetzt wirklich gehen. Bis bald, ja?«

»Okay!«

Im Büro lege ich das BLATT von Freitag mit der »DAVID GEHÖRT MIR«-Schlagzeile auf Matthias' Schreibtisch und gehe dann in die Kaffeeküche, um zwei Latte Macchiatos zuzubereiten. Gegen neun betritt mein Boss das Büro.

»Guten Morgen.«

»Guten Morgen«, gebe ich knapp zurück.

»Schönes Wochenende gehabt?« Er wirft seine Jacke über den Haken an der Wand und lässt sich ächzend auf seinem Schreibtischsessel nieder.

»Ich habe vierzig Folgen ›Liebe à la carte‹ gesehen«, kann sich die Streberin in mir nicht verkneifen zu sagen.

»Donnerwetter. Das nenne ich Pflichtbewusstsein.«

»Haben Sie das BLATT von Freitag gesehen?«, lenke ich ab und deute mit der Hand auf die Zeitung auf seinem Schreibtisch. Er nickt und greift nach dem daneben stehenden Kaffeebecher. Erst als er einen Schluck daraus nimmt, zeigt sein bis dahin gleichgültiges Gesicht eine Regung.

»Der ist ja eiskalt!«

»Um acht war er sehr heiß«, entgegne ich spitz.

»Holen Sie mir einen neuen.« Empört sehe ich ihn an. Nicht mal bitte hat er gesagt. Mit Matthias habe ich ja wirklich einen Macho-Chef erwischt, wie er im Buche steht.

»Finden Sie nicht, dass wir im Moment andere Probleme haben?« Er stößt einen tiefen Seufzer aus, streckt die langen Beine unter der Schreibtischplatte aus und verschränkt die Hände auf dem Bauch.

»Fanny«, sagt er dann in einem bedrohlich ruhigen Tonfall, »Ihnen scheint irgendetwas nicht zu gefallen, und ich bin durchaus bereit, mir Ihre Klagen anzuhören.« Ich öffne den Mund, um etwas zu erwidern, aber er schneidet mir das Wort ab. »Nur eines sollten Sie sich merken: Am Montagmorgen, nein, ich korrigiere mich, an jedem Morgen lassen Sie mich zuerst meinen Kaffee trinken. Vorher möchte ich von Ihnen kein Wort hören. Danach können Sie mich ansprechen, sich aufregen, was immer Sie möchten, aber erst nach meiner Koffeindosis. Haben Sie das verstanden?« Schweigend sehe ich ihn an, erhebe mich langsam von meinem Schreibtisch und gehe zur Tür. »Ob Sie das verstanden haben?«, wiederholt er laut und seine hellblauen Augen funkeln bedrohlich. Ich wende mich ihm zu und lächele mein strahlendstes Lächeln.

»Oh, Entschuldigung, ich wusste nicht, dass Sie die Antwort noch vor Ihrem Kaffee haben wollen. Sie lautet: Ja, ich habe verstanden.« Damit drehe ich mich auf dem Absatz um und rausche aus dem Büro.

Nachdem ich meinen Chef mit Koffein versorgt habe, setze ich mich schweigend an meinen Schreibtisch und ignoriere Matthias, bis er nach etwa zehn Minuten übertrieben aufseufzt.

»Nun sagen Sie schon, was Sie zu sagen haben.«

»Was hat es mit dieser Frau aus Bruchsal auf sich? Wie konnte das passieren?«

»Wie das passieren konnte? Fanny, Fanny, das sollten Sie aber mittlerweile wissen.«

»Diese Geschichte kommt also tatsächlich von uns?«

»Selbstverständlich.« Er nickt zufrieden.

»Und ich nehme an, es hat nie eine Ex-Freundin namens Kati L. in Davids Leben gegeben?«

»Na, sind Sie jetzt erleichtert?« Er grinst so unverschämt, dass ich heftiger als beabsichtigt frage: »Und wer hat sich diesen Schwachsinn ausgedacht?« An der Art, wie das Gesicht meines Gegenübers verrutscht und sich seine Augenbrauen verärgert zusammenschieben, kann ich die Antwort ablesen.

»Ich.« Einen Augenblick lang schweigen wir einander an.

»Nun, ich finde die Geschichte nicht ganz … geglückt. Zum einen ähnelt das Ganze doch sehr dem aktuellen Handlungsstrang der Telenovela. Das könnte dem aufmerksamen Zuschauer irgendwann auffallen«, sage ich angesichts der finsteren Miene von Matthias diplomatisch, obwohl ich ihm am liebsten das BLATT um die Ohren hauen würde. »Außerdem verlieren wir David als Sympathieträger. Wollen wir das? Der Frauenschwarm als Lügner und Betrüger? Ich kann mir nicht vorstellen, dass es sich nicht negativ auf die Einschaltquoten auswirkt, wenn Davids Bild in der Öffentlichkeit beschädigt wird!«

»Weil Sie nicht die leiseste Ahnung haben, wie diese Branche funktioniert«, unterbricht Matthias meinen Redestrom. »Also halten Sie jetzt mal die Luft an.« Empört schließe ich den Mund und sehe ihn trotzig an. »Zunächst einmal sage ich Ihnen jetzt zum letzten, und zwar wirklich zum allerletzten Mal, dass Sie Ihre Schwärmerei für David bitte auf der Stelle einstellen.« Als ob das so einfach wäre. »Ganz offensichtlich werden Sie davon wesentlich in Ihrem Urteilsvermögen beeinträchtigt. Ich glaube nämlich, dass Sie ganz persönlich ein Problem damit haben, dass unser lieber David in der Öffentlichkeit Schaden nimmt. Könnte ich damit Recht haben?« Ich sitze vor ihm wie das Kaninchen vor der Schlange. »Sie möchten nicht glauben, dass David zwei Frauen gegeneinander ausspielt. Dass er ein Draufgänger, ein Lügner, ein Betrüger ist. Sie möchten ihn weiterhin als Märchenprinzen sehen, von dem Sie heimlich träumen. David ist aber nicht dazu da, um Ihre Kleinmädchenträume zu erfüllen. Er hat einen Job zu erledigen, und das macht er verdammt gut. Und wenn Sie glauben, dass diese Schlagzeile unsere Quoten drückt, dann schauen Sie sich das hier mal an.« Er reicht mir einen Zettel mit Zahlen, aber bevor ich auch nur einen Blick darauf werfen kann, fährt er fort: »Die Wochenendwiederholung am Samstag hatte die beste Quote seit Serienstart.«

»Ehrlich?«, rutscht es mir heraus.

»Ehrlich. Sie müssen eins verstehen, Fanny. Friede,

Freude, Eierkuchen verkauft sich nicht. Nachdem sich David und Nadja nun angeblich endlich gefunden haben, freut sich das Publikum vielleicht eine Woche mit ihnen. Aber dann will es Skandale sehen. Betrug, Eifersucht, Herzschmerz.«

»Und David hat nichts dagegen, dass er vor der ganzen Welt als Betrüger dasteht?«

»David weiß, dass das Teil seines Jobs ist. Und es ist ihm lieber, dass man Lügen über ihn schreibt als die Wahrheit.«

»Was für eine Wahrheit?«, will ich wissen, aber in diesem Moment klingelt das Telefon.

»Ich plaudere keine Geheimnisse aus, die mir jemand anvertraut hat«, erklärt Matthias kurz angebunden und greift zum Hörer. »Sommerlein. Ach, hallo, ja, selbstverständlich hat er dazu etwas zu sagen. Und nicht nur er, ja, da haben Sie Recht. Hören Sie, in einer Stunde schicke ich Ihnen ein Statement von Nadja und David per E-Mail. Wollen wir es so machen? Alles klar. Ich melde mich wieder. Tschüss!« Mit einem triumphierenden Lächeln auf den Lippen legt Matthias den Hörer auf und sieht mich herausfordernd an: »Na, dann wollen wir mal!«

Während Matthias in den nächsten Stunden sämtliche Journalisten abklappert und ihnen, ob es sie interessiert oder nicht, die Geschichte von David, Kati und Nadja erzählt, logge ich mich unter dem Decknamen FUNNYGIRL in das Fan-Forum von »Liebe à la carte« ein, um mit BLUME74, ENGELCHEN, GLITZERFEE, GRÖSSTERFAN und anderen über die neuesten Ereignisse zu plaudern.

Ist David ein Betrüger?
von: BLUME74 um 13:09 Uhr

Hat einer von euch am Wochenende die Zeitung gelesen? Angeblich hat David noch ne Freundin in Bruchsal. Die ist Reiseverkehrskauffrau und hat in der Zeitung von ihm und Nadja gelesen. Was sagt ihr dazu?

Re: Ist David ein Betrüger?
von: ENGELCHEN um 13:13 Uhr

Ja, hab ich auch gelesen. Aber das glaube ich nicht. Wahrscheinlich will die sich nur wichtigmachen. David und Nadja sind ein Traumpaar!

Re (2): Ist David ein Betrüger?
von: GRÖSSTERFAN um 13:18 Uhr

Glaub ich schon, dass das wahr ist. Er hat ihr ja auch nicht gesagt, dass er verheiratet gewesen ist schon die ganze Zeit. Wenn einer einmal lügen tut, dann macht der das immer wieder.

Re (3): Ist David ein Betrüger?
von: FRAU-MORY um 13:22 Uhr

David, ICH LIEBE DICH und will Babys von dir!! :-)

Re (4): Ist David ein Betrüger?
von: SONNENSCHEIN um 13:23 Uhr

Ich glaube nicht, dass David das hier liest. @GRÖSSTERFAN: Verheiratet ist er doch nur in der Serie!

Re (5): Ist David ein Betrüger?
von: GLITZERFEE um 13:25 Uhr

David ist kein Betrüger! Er ist der tollste, sensibelste und liebste Mann der Welt! Wer sagt so etwas? Wo steht denn das? Bestimmt alles Lüge!

Re (6): Ist David ein Betrüger?
von: FUNNYGIRL um 13:26 Uhr

Guck mal hier, da gibt es den Artikel online: http://www.das-Blatt.de/stars/nadja-reichert-david-gehört-mir_aid_14234.html
Vielleicht klärt sich ja noch alles auf, möglicherweise ist es nur eine eifersüchtige Ex-Freundin, oder ein Stalker oder so?

Re (7): Ist David ein Betrüger?
von: BLUME74 um 13:26 Uhr

Oder FRAU-MORY :)

Re (8): Ist David ein Betrüger?
von: FRAU-MORY um 13:27 Uhr

Das ist nicht witzig, BLUME74! David, ich liiiiiiieeeeeebe Dich!! :-)

Re (9): Ist David ein Betrüger?
von: GRÖSSTERFAN um 13:30 Uhr

Es ist doch eine Tatsache, dass der verheiratet ist, und trotzdem hat der mit der Nadja rumgemacht vor ein paar Wochen. Und dann ist die Frau von ihm aufgetaucht und die arme Nadja hat von nix gewusst, das ist nun mal ein Faktum. Und ich sag, wenn einer so was macht, dann ist der ein Schwein. Und dann wundert mich auch nix mehr, wenn ich von dem lese, dass er ne Freundin hat in Bruchtal oder wie das heißt. Der nutzt die Frauen nur aus und die Nadja, die sollte sich das nicht gefallen lassen, weil, da ist sie viel zu gut dafür für den! So!

Re (10): Ist David ein Betrüger?
von: FUNNYGIRL um 13:31 Uhr
Bin ja echt mal gespannt, wie das ausgeht. Im BLATT stand ja, dass Nadja und David für ne Stellungnahme nicht erreichbar waren. Hoffentlich steht morgen was drin. Und habt Ihr schon gesehen, was es hier auf der Homepage Neues gibt? http://liebe-a-la-carte.de/insiderwissen_und-hintergrundinfos.asp

Re (11): Ist David ein Betrüger?
von: BLUME74 um 13:33 Uhr
Mann, GRÖSSTERFAN, das ist doch in der SERIE passiert!

Re (12): Ist David ein Betrüger?
von: GRÖSSTERFAN um 13:34 Uhr
Das sag ich doch! Der hat ne Frau und ne Freundin und die Nadja, der ist so ein Schwein!

Re (13): Ist David ein Betrüger?
von: BLUME74 um 13:36 Uhr
Aaaaaaaaaaaaaarrrggghhhhll!!!

»Na, was ist so komisch?«, erkundigt sich Matthias, weil ich mittlerweile kichernd vor dem Computer sitze.

»Ach, nichts«, winke ich ab, »dieses Fan-Forum ist einfach … wirklich unterhaltsam.«

»Sie sollen sich dort nicht vergnügen, sondern Informationen pflanzen und die Stimmungslage checken.«

»Genau das tue ich ja auch. Man tauscht sich lebhaft darüber aus, ob David ein Lügner und Betrüger ist oder nicht.«

»Sehr gut.« Matthias nickt zufrieden.

»Und eine hier im Forum kriegt es überhaupt nicht auf die Reihe, Fiktion und Realität auseinanderzuhalten. Sie argumentiert die ganze Zeit, dass David ja Nadja auch seine Ehefrau verschwiegen hat und deshalb ein Schwein ist. Verstehen Sie?« Das Gesicht meines Chefs zeigt keine Regung. »Sie denkt, David ist Maximilian, und Maximilian ist David.«

»Na und?«

»Na und?«, wiederhole ich ungläubig. »Das ist doch wohl ziemlich verwirrt, oder etwa nicht?«

»Schon möglich«, meint Matthias achselzuckend, »aber nicht so selten. Wir bekommen sogar Bewerbungen von Leuten, die gerne im Castello als Kellner anfangen wollen.«

»Sie meinen, als Komparsen?«

»Nein, ich meine als Kellner.«

»Es gibt Leute, die glauben, was sie da in ihrem Fernseher sehen sei die Realität? Ein echtes Restaurant, in dem ganz normale Menschen arbeiten?«

»Ja, offensichtlich.«

»Aber das ist doch vollkommen verrückt!«

»Dem widerspreche ich nicht.«

»Aber es ist Ihnen egal.« Er sieht mich an und grinst breit.

»Sie haben es erfasst. Mich interessiert nur die Quote und dass über uns geredet wird. Alles andere ist mir egal.«

»Du veräppelst mich! Das ist doch verrückt«, ruft Felix, als ich mit ihm in der Mittagspause zur Kantine hinübergehe und ihm von meinem bisherigen Arbeitstag erzähle.

»Danke! Das ist die Reaktion, die ich erwartet habe. Ich dachte schon, mit mir stimmt irgendetwas nicht.«

»Du willst mir allen Ernstes weismachen, dass es Zuschauer gibt, die denken, was sich in ihrem Fernseher abspielt, ist die Wirklichkeit?«

»Nicht alle Zuschauer«, schwäche ich ab, während wir uns mit unseren Plastiktabletts in die Schlange für die Salatbar einreihen, »nur ein paar traurige Ausnahmen. Das hoffe ich jedenfalls.«

»Eindeutiger Fall von Realitätsverlust.« Kopfschüttelnd häuft er geraspelte Möhren auf seinen Teller. In diesem Moment tritt Nadja, gefolgt von David, durch die gläserne Eingangstür der Kantine. Und gerade jetzt reißt der bisher von dunklen Wolken verhangene Himmel auf, die ersten Sonnenstrahlen seit Wochen fallen durch die Glasscheiben und hüllen das Traumpaar in ein unwirkliches Licht. Was für ein Auftritt. Ein unsanfter Rippenstoß von Felix reißt mich aus meinen Betrachtungen.

»Au«, mache ich empört und knuffe ihn zurück.

»'tschuldigung. Ich wollte nur verhindern, dass du auf den Boden sabberst.«

»Musst du gerade sagen.«

»Guck uns bloß mal an«, meint Felix kopfschüttelnd und schnappt mir den letzten Schokoladenpudding mit Kirschsoße vor der Nase weg. »Hier stehen wir und warten sehnsüchtig auf einen Blick oder ein Lächeln. Vergeblich. Wir sind schon zwei Loser, was?« Er macht sich auf den Weg zur Kasse, als Davids Blick plötzlich meinen trifft. Er lächelt und nickt mir zu. Stolz winke ich zurück.

»Sprich für dich selbst«, rufe ich Felix triumphierend hinterher und starre dann unentschlossen auf das Dessertregal. Grießpudding? Oder Wackelpeter?

»Hey, gut dass du da bist«, begrüßt mich Julia, als ich an diesem Abend nach Hause komme, »du musst mir unbedingt helfen, dieses Wagenrad hier zu vernichten.« Damit weist sie auf den Pizzakarton, unter dem unser gar nicht mal so kleiner Couchtisch komplett verschwindet. »Ich hatte nicht erwartet, dass eine Jumbopizza so groß ist.«

»Das ist jetzt genau das Richtige.« Erschöpft lasse ich mich auf den alten, abgeschabten Sessel aus dunkelbraunem Leder fallen, den Julia von ihrer Urgroßmutter geerbt hat. »Ich bin total erledigt und habe einen Mordshunger.« Sie öffnet den Pizzakarton und reicht mir ein Stück.

»Was ist denn da drauf?«, erkundige ich mich und nehme das Riesenteil mit beiden Händen entgegen.

»Artischocken, Pilze und extra Käse.«

»Hmmm.« Ich nehme einen großen Bissen und kaue genüsslich. »Köstlich.« In Null Komma nix habe ich das erste Stück weggeputzt und spüle mit dem Rotwein nach, den Julia mir in den blauen Becher einschenkt, aus dem ich normalerweise morgens meinen Milchkaffee trinke. »Oh, ich verstehe.« Ich werfe ihr einen schuldbewussten Blick zu. »Das ist wohl deine subtile Art, mich darauf aufmerksam zu machen, dass ich mit dem Abwasch an der Reihe bin. Sorry.«

»Schon gut«, sie macht eine wegwerfende Handbewegung, »ich weiß ja, wie gestresst du im Moment bist. Mit dem neuen Job und so. Ich übernehme deinen Abwasch.«

»Danke.« Erfreut nehme ich mir noch ein Stück Pizza.

»Unter einer Bedingung«, fährt sie fort und grinst von einem Ohr zum anderen. Das wäre ja auch zu schön gewesen.

»Die da wäre?«

»Du erzählst mir von David. Und zwar alles, was du weißt.« Ich seufze gequält. Vor meinem inneren Auge erscheint ein riesiger Berg schmutzigen Geschirrs, verkrustete Töpfe und Pfannen, klebrige Milchschaumreste in unzähligen Bechern. »Glaub nicht, dass mir nicht aufgefallen ist, wie sehr du dich am Wochenende damit zurückgehalten hast«, fährt Julia vergnügt fort, »und ich nehme dir das auch gar nicht übel. Obwohl ich nicht gedacht hätte, dass dieser Felix dein Typ ist. Aber na ja, wo die Liebe hinfällt.« Wie bitte? Was sagt sie da? Verwirrt sehe ich sie an und pruste dann los.

»Wie kommst du denn auf diese absurde Idee?«

»Wieso absurd? Du schleppst hier einen Typ an, er bleibt das ganze Wochenende und wann immer das Gespräch auf David kommt, lenkst du ab. Wie würdest denn du das interpretieren?«

»Ist dir aufgefallen, dass Felix ohne Punkt und Komma von Nadja geschwärmt hat?« Sie nickt missbilligend.

»Natürlich habe ich das bemerkt. Und es hat mir wahnsinnig leidgetan für dich. Aber da wird er schon drüber hinweg kommen. Das ist doch nur eine Schwärmerei für eine unerreichbare Schauspielerin. Die reine Projektion. Du dagegen bist eine Frau aus Fleisch und

Blut. Jemand, den man lieben kann.« Lächelnd tätschelt sie mir den Unterarm. »Er wird schon noch dahinter kommen, keine Sorge.«

»Julia, ich stehe nicht auf Felix.«

»Du kannst es ruhig zugeben.«

»Das würde ich ja. Aber es ist nun mal nicht so.«

»Bist du sicher?« Sie sieht mich so forschend an, dass ich lachen muss.

»Selbstverständlich bin ich sicher.«

»Aber er ist doch eigentlich ganz niedlich.«

»Das mag ja sein, aber du hast es doch eben selber gesagt: Er ist überhaupt nicht mein Typ.« Auch wenn Felix objektiv betrachtet sicher nicht gerade hässlich ist, mit seinen dunkelblonden, halblangen Haaren, dem schmalen Gesicht und dem schlaksigen Körper, für meine Begriffe ist er irgendwie ein bisschen zu schmuddelig, ohne das jetzt abwertend zu meinen. Und auch zu dünn, wenn ich schon mal dabei bin, oberflächlich zu sein. Ich mag große, breitschultrige Männer, an denen man sich anlehnen kann. Männer wie David. »Aber vielleicht könntest du ja bei ihm dein Glück versuchen«, schlage ich vor. »Ich habe das Gefühl, dass ihr super zusammen passen würdet. Und ihr habt euch doch auch auf Anhieb gut verstanden.«

»Na hör mal. Wenn er schon nicht dein Typ ist, wie könnte er denn dann meiner sein?«, fragt Julia empört und schüttelt energisch den Kopf. Und natürlich hat sie Recht. Julias Männergeschmack kann man nämlich mit Fug und Recht als sehr außergewöhnlich bezeichnen. Ich würde ihn sogar gewöhnungsbedürftig nennen.

»Muss es denn wirklich immer ein zwanzig Jahre älterer Glatzkopf mit Bauchansatz sein?«, frage ich und verziehe das Gesicht, während die Parade von Julias Ex-Freunden vor meinem inneren Auge vorbeizieht.

»Über Geschmack lässt sich nun einmal nicht streiten«, meint sie schulterzuckend. »Aber, um mal wieder auf das eigentliche Thema zurück zu kommen, warum hast du dich so zurückgehalten, wenn es um David ging?« Entschlossen stehe ich auf und gehe rüber in mein Zimmer. »He, wo gehst du hin?« Mit meinem Vertrag in der Hand komme ich kurz darauf zurück und halte ihn Julia unter die Nase. »Was ist das denn?«

»Das ist eine Verschwiegenheitserklärung, die ich dämlicherweise unterschrieben habe, ohne sie vorher richtig durchzulesen.«

»Das sollte man niemals tun«, wirft Julia kopfschüttelnd ein.

»Was du nicht sagst. Das weiß ich jetzt auch. Mir droht eine Vertragsstrafe von 50 000 Euro, wenn ich irgendwelche Firmeninterna ausplaudere.«

»50 000«, echot Julia beeindruckt.

»Jawohl. 50 000 Euro. Das ist der Grund, weshalb ich nicht über David spreche. Nicht, weil ich in Felix verknallt bin.«

»Das ist ja blöd«, mosert Julia und zieht eine Flunsch, »da arbeitest du beim Fernsehen, und ich hab gar nichts davon … außer Berge von schmutzigem Geschirr?«

»Ich wasche gleich ab«, verspreche ich ungeduldig. »Für mich ist die Situation viel schlimmer. Ich muss alles, was ich erlebe, mit mir ausmachen. Das ist bestimmt nicht gesund.« Ratlos sitzen wir da und starren vor uns hin, bis sich Julias Miene plötzlich aufhellt.

»Ich hab's«, ruft sie, »ich hab die Lösung.« Gleichermaßen neugierig wie hoffnungsvoll sehe ich sie an.

»Und zwar?«

»Du darfst mir nichts über deine Arbeit erzählen, aber wenn ich es erraten würde, dann kann dir niemand einen Vorwurf machen. Genial, oder?« Zweifelnd sehe ich sie an.

»Ich weiß nicht recht.«

»Ich werfe irgendwelche Behauptungen in den Raum und dass du in dem Moment vielleicht gerade eine Nackenverspannung hast und deshalb den Kopf ein bisschen von links nach rechts oder hoch und runter bewegst, hat damit überhaupt nichts zu tun.«

»Du hast Recht, mein Nacken bringt mich wirklich mal wieder um. Ich sollte ihn ein bisschen stretchen. Oder Yoga machen«, nehme ich sie auf den Arm.

»Das solltest du tatsächlich«, stimmt sie mir zu, »also, wollen wir dann? Ich verspreche auch hoch und heilig, dass ich nichts ausplaudere. Großes Ehrenwort.« Sie hebt drei Finger zum Schwur.

»Du gibst also eine Verschwiegenheitserklärung ab, sehr verlässlich.« Ironisch ziehe ich die Augenbrauen hoch, knicke aber schließlich doch ein. »Na gut, also, welches Schweinderl hätten's denn gerne?«

»Sind David und Nadja wirklich ein Paar?«

Die Unterhaltung schleppt sich zähflüssig dahin, weshalb ich mit steigendem Alkoholpegel die Regeln lockere und meine Kopfbewegungen mit kleinen Anmerkungen kommentiere. Irgendwann rede ich wie ein Wasserfall, erzähle von meinem merkwürdigen Chef, den erfundenen Geschichten für die Presse, Nadjas zweitem Gesicht und Davids unwiderstehlicher Ausstrahlung. Nachdem ich geendet habe, lehne ich mich erschöpft in meinem Sessel zurück.

»So, du hast mich in der Hand. Wenn du irgendjemandem davon erzählt, dann war das der teuerste Abend meines Lebens.«

»Keine Sorge, Süße. Ich schweige wie ein Grab. Fanny, ist dir eigentlich klar, was du mir gerade erzählt hast? Und vor allem, was das bedeutet?« Verständnislos sehe ich sie an. »David ist frei. Für dich«, hilft sie mir auf die Sprünge. »Wir müssen es nur ein bisschen geschickt anstellen, dann liegt er dir zu Füßen.«

»Sehr witzig.«

»Was heißt hier, sehr witzig. Bist du nun in ihn verliebt oder nicht?«

»Schon, aber …«

»Aber was?«

»Ich bin doch gar nicht seine Liga. David kann jede Frau haben, wieso sollte er sich ausgerechnet für mich interessieren, eine gescheiterte Romanautorin mit käsigen Beinen, breitem Hintern, einer Million Sommersprossen und karottenroten Haaren?« Liegt es am Rotwein oder an der Ausweglosigkeit meiner Situation, dass meine Stimme mit jedem Wort schriller wird?

»Was redest du denn da?«, fragt Julia mit einigem Entsetzen. »Süße, du bist eine tolle Frau. Jeder Mann kann sich glücklich schätzen, dich zu haben.«

»Genau. Deshalb bin ich ja auch seit drei Jahren Single. Weil die Männer Schlange stehen«, sage ich sarkastisch und springe auf. Leicht schwankend stehe ich vor ihr, anscheinend habe ich ein bisschen zu viel Rotwein erwischt. »Du hast leicht reden, du hast immer alles bekommen, was du wolltest, weil die Leute dich so niedlich und bezaubernd fanden. Du hast keine Ahnung, wie man sich da fühlt als die komisch aussehende Freundin. Und erzähl mir nichts von innerer Schönheit oder positivem Denken. Es ist leicht, positiv zu denken, wenn man dein Gesicht hat.«

»Aber du bist doch auch schön. Du bist nur ein etwas speziellerer Typ.«

»Genau«, sage ich. »Ich bin sicher, dass David genau so was an seiner Seite haben will. Eine Frau, die nicht hässlich ist. Nur speziell.«

TV-Traumpaar in der Krise

Bricht David Nadja das Herz?

David Morys Doppelleben (das BLATT berichtete) war ein Schock für seine Fans, doch wie tief mag der Schmerz für Nadja Reichert gewesen sein, als sie in der Zeitung von Davids angeblicher Freundin lesen musste? Das BLATT sprach mit den beiden Schauspielern.

Wir treffen eine bezaubernde Nadja Reichert, und David Mory, charmant, wie wir ihn kennen, zum Interview im Hamburger Atlantik-Hotel. Beide strahlen Professionalität und Gelassenheit aus, aber unter der mühsam aufrechterhaltenen Fassade entgeht dem aufmerksamen Beobachter die Spannung zwischen den beiden nicht. Zeigten sie sich in den letzten Wochen gerne Händchen haltend und turtelnd, ist die Stimmung nun merklich abgekühlt. Was sagen die beiden zu den Schlagzeilen über Kati L. aus Bruchsal? David: »Ich habe mich schon vor einer Weile von Kati getrennt.« Nachfragen über den genauen Zeitpunkt weicht er aus. »Das ist alles ganz fair über die Bühne gegangen.« Sein Blick sucht den Nadjas, die starr geradeaus schaut. Ihr Lächeln wirkt angestrengt. »Mir bleibt nichts anderes übrig, als David zu vertrauen«, erklärt sie. Aber es fällt ihr nicht leicht. »Ich bin schon so oft von Männern enttäuscht worden.« Bei allem Mitgefühl für Nadja ist es beruhigend, dass auch eine Traumfrau vor Herzschmerz und Liebeskummer nicht gefeit zu sein scheint.

Kapitel 6

In der folgenden Woche bekomme ich Julia kaum zu Gesicht und als ich am Samstagmorgen die Augen aufschlage, frage ich mich besorgt, ob sie mir unsere kleine Streiterei möglicherweise übelnimmt. Sollte ich mich vielleicht bei ihr entschuldigen? Auch wenn ich die Wahrheit gesagt habe, hätte ich sie ja nicht gleich so anschreien müssen, Rotwein hin oder her. Sie kann ja schließlich nichts dafür, dass sie die hübschere von uns beiden ist. Verschlafen taste ich nach dem Wecker, der neben meiner Matratze auf dem Boden steht. Kurz nach zehn. Ein kleines Nickerchen gönne ich mir noch, dann stehe ich auf und besorge für Julia und mich frische Croissants und Milchkaffee, beschließe ich und drehe mich wohlig auf die Seite. Vielleicht gibt es in der »Kaffeepause«, einem kleinen Bistro in unserer Straße, sogar noch einen von diesen köstlichen Double-Chocolate-Muffins, die Julia so liebt. Und dazu einen extragroßen Caramel-Macchiato.

»Guten Morgen, Schlafmütze.« Verwirrt setze ich mich auf und sehe Julia mit einem Tablett in der Hand vor meinem Bett stehen. Müde reibe ich mir die Augen.

»Wie spät ist es?«

»Gleich zwölf.« Mist. Da bin ich wohl doch nochmal

ziemlich fest eingeschlafen. Jetzt sind bestimmt alle Muffins aus der »Kaffeepause« ausverkauft. Schuldbewusst blinzele ich zu Julia hoch. Mit einem breiten Lächeln stellt sie ihr Tablett auf dem Boden ab, setzt sich zu mir auf die Matratze, reicht mir einen Milchkaffee und – einen Double-Chocolate-Muffin.

»Was guckst du denn so komisch?«, fragt sie verunsichert. »Falls es wegen Montagabend ist, es tut mir echt leid, wie das gelaufen ist. Also, ich finde es ganz schrecklich, wenn wir uns streiten.«

»Ich auch. Tut mir leid, dass ich dich angepampt habe.«

»Schon vergessen.« Erleichtert beiße ich in den Schoko-Muffin. Er ist noch köstlicher, als ich ihn in Erinnerung hatte. »Du kannst ja nichts dafür, dass du die schönere von uns beiden bist«, sage ich kauend und grinse sie schelmisch an.

»Über das Thema würde ich wirklich gerne nochmal mit dir reden«, sagt Julia, während sie sich eins meiner zahllosen Kissen in den Rücken stopft, um sich bequemer gegen die Wand lehnen zu können.

»Lass mal«, winke ich ab, »es ist nun mal, wie es ist. Du bist schön und reizend, dafür bin ich, na ja, speziell eben.«

»Aber das ist einfach nicht wahr«, sagt Julia heftig, »ich möchte mich wirklich nicht mit dir streiten, aber ich kann nicht zulassen, dass du weiter mit einem dermaßen verzerrten Selbstbild durch die Gegend läufst.«

»Vielleicht hast du auch einfach ein verzerrtes Fremdbild«, gebe ich friedfertig zurück, denn der Schokoladenkuchen verfehlt seine Wirkung nicht. Glückshormone jagen durch meinen Körper, ich schlürfe zufrieden meinen Kaffee und verspüre nicht das geringste Bedürfnis, den neu errungenen Frieden mit meiner Mitbewohnerin aufs Spiel zu setzen. Die jedoch denkt nicht daran, das Thema ruhen zu lassen.

»Fanny, was muss passieren, damit du glauben kannst, dass du schön bist?« Sie sieht mir tief in die Augen.

»Julia, jetzt hör auf mit dem Quatsch. Es ist schon gut. Ich bin durchaus zufrieden damit, wie ich bin. Schließlich hatte ich mein ganzes Leben Zeit, um mich daran zu gewöhnen. Es ist schon okay.«

»Okay sollte dir nicht genug sein.«

»Okay ist ganz in Ordnung. Es kommt nur darauf an, aus welcher Richtung man kommt«, sage ich, nun doch leicht gereizt. »Falls du dich dran erinnerst, dich hat man in der Grundschule Prinzessin genannt. Und mich …«

»Streichholz«, erinnert sich Julia und spielt an einem Zipfel meiner Bettdecke herum. »Ja, ich verstehe, dass das nicht so einfach für dich war. Aber das ist doch fünfundzwanzig Jahre her.«

»Aber ich sehe immer noch aus wie ein Streichholz«, gebe ich zu bedenken und wühle in meinen karottenroten Locken herum, »und zwar ein lichterloh brennendes.«

»Kinder können ganz schön scheiße sein«, erklärt Julia inbrünstig. »Aber lass uns von etwas anderem reden.«

»Gerne.« Ich war sowieso nicht scharf auf das Thema.

»Wir müssen uns einen Schlachtplan ausdenken, wie du David für dich gewinnen kannst. Und hör auf zu glauben, dass du nicht gut genug für ihn sein könntest. Vielleicht ist er ja gar nicht gut genug für dich.« Verblüfft sehe ich sie an und muss angesichts der Absurdität dieses Gedankens lachen. David und nicht gut genug für mich?

»Verstehe. Du meinst, wenn sich herausstellt, dass David sich nicht die Bohne für mich interessiert, kann ich immer noch sagen, die Trauben, an die ich nicht herankomme, sind mir viel zu sauer?«

»Quatsch! Warum sollte er sich nicht für dich interessieren? Alles eine Frage von weiblicher Raffinesse.«

»Mit der ich ja zum Glück überreich gesegnet bin«, sage ich sarkastisch.

»Das kann man alles lernen«, wischt Julia meine Bedenken vom Tisch. »Männer funktionieren im Grunde doch alle ziemlich gleich. Sie sind Jäger.«

»Hm«, mache ich wenig überzeugt.

»Vor allem müssen wir dein Selbstbewusstsein stärken. Das funktioniert zum einen über positives Denken und zum anderen über ein gutes Körpergefühl.«

»Lass mich raten: Yoga.«

»Und Ausdauersport«, nickt sie, und ich ziehe eine Grimasse.

»Kann ich mir David nicht einfach beim Universum bestellen?« Ohne auf meinen ironischen Tonfall einzugehen, nickt sie eifrig. »Das solltest du auf jeden Fall tun. Allerdings klappt das nur, wenn du auch daran glaubst. Hast du das denn immer noch nicht verstanden?« Vorwurfsvoll sieht sie mich an. »Du musst davon überzeugt sein, dass du es wert bist, David als Freund zu haben. Sonst kannst du dir die Bestellung auch gleich sparen. Und dafür müssen wir dich ein bisschen aufmöbeln. Ich habe mir dazu ein paar Gedanken gemacht. Allerdings musst du mir vertrauen und nicht bei jedem Punkt eine

Diskussion anfangen. Einverstanden?« Ich zögere einen Moment. »Komm schon, schließlich hast du nichts zu verlieren. Aber immerhin einen Traummann zu gewinnen.« Verheißungsvoll lächelt sie mich an. Ich bin wirklich gerührt, dass sie sich so viele Gedanken um mich macht. Und deshalb verspreche ich ihr auch, ohne lange darüber nachzudenken, mich vertrauensvoll in ihre Hände zu begeben.

Bereits eine Stunde später bereue ich diese Entscheidung aus tiefstem Herzen. In meiner grauen Snoopy-Unterwäsche stehe ich vor dem hohen Spiegel im Flur und winde mich vor Verlegenheit. Julia, die mit verschränkten Armen an der Wand lehnt, nickt mir aufmunternd zu.

»Na los doch!« Ich sehe mir selbst fest in die Augen und hole tief Luft.

»Ich bin eine wunderschöne Frau.« Mein Blick wandert über meinen kalkweißen, von Sommersprossen übersäten Körper.

»Nochmal. Sag es immer wieder.«

»Ich bin eine wunderschöne Frau.« Irgendwie wirken meine Oberschenkel heute ganz besonders plump, die Brüste sind im Vergleich zum Hintern geradezu lächerlich winzig. »Ich bin eine wunderschöne Frau.« Unglücklich starre ich mir ins Gesicht. »Ich bin eine wunderschöne Frau.« Ich wünschte, meine Haare wären nicht so kraus. Und nicht so rot. Ich wünschte, ich hätte Julias immer leicht gebräunten, ebenmäßigen Teint. »Ich bin eine wunderschöne Frau.«

»Ich glaube dir kein Wort«, sagt Julia heftig.

»Ich glaube mir auch kein Wort.«

»Was denkst du, wenn du dich ansiehst?«

»Ich denke: Oh Gott!« Missbilligend schüttelt sie den Kopf.

»Dann sag mir, von David mal abgesehen, wieso sollte irgendein Mann jemals etwas anderes darüber denken?« Betreten sehe ich sie an. Sie stellt sich hinter mich und legt sanft die Arme um mich. »Jetzt sage ich dir mal, was ich sehe. Und du atmest tief in den Bauch und schaust einfach mal, ob du irgendetwas davon entdecken kannst. Ich sehe eine junge Frau mit den größten, strahlendsten und grünsten Augen der Welt.« Aber die hat doch David, fährt es mir durch den Kopf, bevor ich mir selber in die Augen schaue. Sie sind tatsächlich ziemlich grün. Und groß. Und von sehr dichten, goldenen Wimpern umkränzt. Stimmt schon, eigentlich sind sie nicht übel. »Ich sehe kupferrote, üppige Locken und eine Haut wie Elfenbein. Einen schlanken Körper ...« Ja, von meinem dicken Hintern mal abgesehen. »... dem es aber an gewissen weiblichen Reizen nicht fehlt.«

»Haha, so kann man es auch nennen«, sage ich mit einem humorlosen Lachen, was Julia mit einem heftigen Nicken quittiert.

»Genau. Man kann die Dinge unterschiedlich benennen. Du musst lernen, sie von der positiven Seite zu sehen.«

»Hm.«

»Weißt du, warum ausgerechnet Rothaarige früher als Hexen verbrannt wurden? Es hieß, dass sie die Männer verzauberten und zur Unzucht verführten. Rothaarige üben nachweislich einen starken sexuellen Reiz auf Männer aus.«

»Ehrlich?« Ich betrachte mein rotes Haar genauer.

»Natürlich. Nur ein Prozent der Weltbevölkerung ist

rothaarig. Und wir wissen doch, wie Männer sind. Sie wollen, was nicht jeder hat.«

»Du hast deine Hausaufgaben gemacht, das muss ich dir lassen.«

»Los jetzt, schau dich an und sag zehnmal, dass du wunderschön bist. Und zwar so, dass ich es glaube.«

»Ich bin eine wunderschöne Frau. Ich bin eine wunderschöne Frau.« Ich betrachte mich im Spiegel, während ich mein Mantra hinunterbete, und finde mich tatsächlich nicht mehr ganz so übel wie am Anfang. Irgendwie gefällt mir der Gedanke, dass meine Leidensgenossinnen aus dem Mittelalter von den Männern dermaßen gefürchtet wurden. Bei dem Gedanken, wie man meine rothaarigen Schwestern dann auf den Scheiterhaufen geschleppt hat, schaudere ich aber. »Ich bin eine wunderschöne Frau.« Aber wie groß muss ihre Macht gewesen sein? »Ich bin eine wunderschöne Frau«, sage ich zum zehnten Mal. »Kann ich mich jetzt anziehen? Mir ist kalt.«

»Natürlich. Das war schon sehr viel besser«, lobt Julia mich und folgt mir in mein Zimmer. »Das machst du jetzt jeden Morgen und jeden Abend.«

»Okay«, sage ich ergeben und will gerade zu Jeans und einem kuscheligen, dunkelgrünen Rollkragenpullover greifen, als Julia mich aufhält.

»Halt. Zieh dir Sportsachen an!«

»Sportsachen?«

»Genau. Wir gehen Joggen.«

»Joggen?«

»Gibt es hier ein Echo?«

»Aber ich hasse Sport«, erhebe ich halbherzig Einspruch, aber ihr Blick duldet keinen Widerspruch.

»Sport ist neben Sex das Beste, was du deinem Körper antun kannst, und soviel ich weiß, hast du dir von beidem in den letzten drei Jahren nicht allzu viel gegönnt.« Autsch. Das ging unter die Gürtellinie. Auf Sex habe ich ja nun weiß Gott nicht freiwillig verzichtet. »Und je mehr Sport du treibst, desto wahrscheinlicher ist es, dass du auch ganz bald Sex haben wirst. Mit David«, fügt sie mit einem verheißungsvollen Lächeln hinzu. »Na, wie klingt das?«

»Aber ich bin doch eine wunderschöne Frau«, versuche ich sie mit ihren eigenen Waffen zu schlagen, »wer stört sich denn an so ein bisschen Orangenhaut, wenn er dafür eine rothaarige Sexgöttin bekommt?«

»Fanny, ich habe doch gesagt, keine Diskussionen.« Julia sieht mich streng an. »Wir joggen jetzt eine Runde durch den Park und dann bekommst du eine private Yogastunde von mir. Gratis. Also sei gefälligst dankbar. Zieh dir jetzt was an, damit wir los können.« Damit verschwindet sie, um sich ebenfalls umzuziehen. Schmollend beginne ich, meinen Kleiderschrank nach so etwas wie einer Jogginghose zu durchforsten. Alles, was ich finde, sind ein Paar uralte, durchgelatschte Sportschuhe, eine graublaue, ausgebeulte Trainingshose und ein weißes T-Shirt. Kaum habe ich die Sachen angezogen, erscheint Julia in einem schicken, pinkfarbenen Jogginganzug und hüpft munter auf der Stelle auf und nieder. Bei meinem Anblick erstarrt sie mitten in der Bewegung. »Du willst doch so nicht rausgehen?«

»Ich habe nichts anderes«, sage ich kläglich und vergleiche mein Outfit mit ihrer strahlenden Erscheinung.

»Du liebe Zeit.« Sie verschwindet in ihrem Zimmer, um gleich darauf mit einem hellblauen Trainingsdress in der Hand wieder herauszukommen. »Hier, der ist mir zu groß, müsste dir also passen.«

»Na, vielen Dank auch.« Trotzdem schlüpfe ich schnell in die Klamotten und finde, dass ich so auf jeden Fall schon um Längen besser aussehe.

»Dann mal los.« Als sie mit Schwung die Wohnungstür öffnet, stößt sie mit voller Wucht mit Felix zusammen, der plötzlich wie aus dem Nichts heraus vor uns steht. In der Hand hält er eine große Papiertüte mit der Aufschrift »Kaffeepause« und drei To-Go-Kaffeebecher im Papphalter, deren Inhalt sich jetzt über Julias Trainingsjacke ergießt.

»Au!«

»Oh mein Gott, entschuldige bitte«, stammelt Felix und gräbt in seiner Papiertüte nach einer Serviette. Eifrig beginnt er, den Milchschaum von Julias Oberteil zu wischen.

»Was soll das? Pfoten weg«, fährt sie ihn an, und er zuckt erschreckt zurück.

»Verzeihung, ich wollte nicht, ich wollte nur …« Er wird puterrot im Gesicht und zieht hilflos die Schultern hoch.

»Schon gut«, winkt Julia ab. »Was machst du denn hier? Ich denke, du hast heute ein Seminar.«

»Ist ausgefallen.« Er reicht Julia eine weitere Papierserviette, an der jede Menge Schokoladenkrümel kleben.

»Nein, danke, Schokolade geht noch schlechter raus als Kaffee«, erklärt sie mit einem schiefen Lächeln.

»Tut mir echt leid. Ich wollte euch doch nur Frühstück bringen, um mich für das letzte Wochenende zu revanchieren.« Resigniert sieht er auf die am Boden liegenden Becher, die mittlerweile in einer Kaffeepfütze schwimmen.

»Ups.« Ich gehe los, um eine Küchenrolle zu holen.

»Ich habe die letzten drei Schokoladenmuffins ergattert, hast du nicht gesagt, die mögt ihr so gerne?«, ruft er mir hinterher.

»Das ist wirklich nett von dir«, sagt Julia besänftigt. »Aber wir wollten gerade Joggen gehen.«

»Joggen?« Ich zucke resigniert mit den Schultern und knie mich hin, um die Bescherung auf dem Boden aufzuwischen. Felix lässt sich neben mir nieder, um zu helfen, während Julia ihre vollgekleckerte Jacke auszieht.

»Wir wollen Fanny ein bisschen auf Vordermann bringen!«

»Aber sie ist doch gut so, wie sie ist.« Er lächelt mich von der Seite an, und ich lächele dankbar zurück.

»Natürlich ist sie gut, wie sie ist. Es geht darum, ihr ein gutes Körpergefühl zu verschaffen. Auch im Hinblick auf all den Sex, den sie in Zukunft haben wird«, grinst Julia.

»Ach ja? Mit wem denn?«

»Na, mit David.« Felix Kopf schnellt empor.

»Wieso David? Der ist doch mit Nadja zusammen?«

»Ist er eben nicht, das ist doch das Gute. Das ist doch alles nur eine Erfindung für die Presse«, plappert Julia, noch ehe ich sie bremsen kann. »Ach ja, dann kannst du ja jetzt auch dein Glück bei Nadja versuchen.« Mit voller Wucht haue ich ihr auf den rechten Turnschuh.

»Aua, bist du verrückt geworden?« Fluchend hüpft sie auf einem Bein durch unseren Flur und hält sich den Fuß.

»Nein, aber du offensichtlich. Spinnst du?« Verständnislos sieht sie mich an, bis endlich der Groschen fällt.

»Ups, Verzeihung.«

»Mann, Julia, sagt dir die Zahl 50 000 Euro irgendetwas?«, frage ich sie vorwurfsvoll, während Felix verwirrt von einem zum anderen sieht.

»Die beiden sind gar nicht zusammen? Das ist nur ein Publicity-Gag?«

»Natürlich nicht«, sage ich bestimmt.

»Aber warum hat Julia das denn gerade behauptet?«

»Weil sie ein Plappermaul ist.« Ich werfe Julia, die schuldbewusst auf ihrer Unterlippe herumkaut, einen wütenden Blick zu.

»Meinst du nicht, wir könnten es ihm sagen?«

»Das hast du doch bereits getan«, sage ich vorwurfsvoll.

»Es tut mir leid. Ehrlich. Aber schließlich ist er direkt betroffen von der ganzen Sache. So wie du.«

»Das ist was ganz anderes. Nadja hat schließlich einen Freund.«

»Aber nicht David«, schlussfolgert Felix und sieht mich fragend an.

»Nein, nicht David«, gebe ich notgedrungen zu, während ich ein ganz flaues Gefühl in der Magengegend bekomme. Was weiß ich denn schon über Felix? Ich kenne ihn gerade mal seit einer Woche. Er könnte auch ein Undercover-Journalist sein. Doch wenn ich so in seine Augen schaue, kann ich mir das einfach nicht vorstellen. Außerdem ist das Kind ja sowieso schon in den Brunnen gefallen. »Bitte, du musst mir versprechen, dass du niemandem auch nur ein Sterbenswörtchen verrätst«, flehe ich ihn an.

»Natürlich nicht, Fanny, großes Ehrenwort!«

»Und wenn er das nicht hält, dann bezahlst du die 50 000 Euro, verstanden?«, wende ich mich an Julia, die noch immer ganz zerknirscht aus der Wäsche guckt.

»Verstanden«, sagt sie kleinlaut.

»Dafür müsstest du ganz schön viele Yogastunden geben«, bekräftige ich meine Drohung, woraufhin sich Julias Miene unverständlicherweise aufhellt.

»Apropos, wir wollten doch joggen gehen! Felix, du kommst mit.«

»Ich? Joggen? Niemals!«

»Doch, unbedingt«, nicke ich, denn plötzlich sehe ich eine Möglichkeit, mich nicht alleine zum Affen machen zu müssen. »Das ist total gut fürs Körpergefühl, und für die Ausstrahlung, und vielleicht hast du ja bald Sex mit Nadja«, versuche ich ihn zu überzeugen, während Julia sich ein Grinsen verkneift.

»Ich denke, sie hat einen Freund.«

»Nichts ist für die Ewigkeit. Bitte, bitte, komm mit!«

»Was hast du denn davon?«, fragt er mit einem verzweifelten Unterton in der Stimme.

»Dann bin ich wenigstens nicht die Einzige, der die Zunge bis zum Boden hängt, während Madame Sportlich hier wie ein junges Reh über die Wiesen hüpft.« Julia lächelt geschmeichelt, Felix dagegen scheint beleidigt.

»Ich bin gar nicht so unfit«, behauptet er und strafft die schmalen Schultern.

»Beweise es. Wir treffen uns in einer halben Stunde am Eingang vom Wohlerspark. Julia muss sich ja auch noch was anderes anziehen, das passt.« Damit schiebe ich ihn aus der Tür.

Zwanzig Minuten später ist mein Enthusiasmus schon wieder verschwunden. Wann habe ich zum letzten Mal Sport getrieben? Das muss vorm Abi gewesen sein. Und da auch nur gezwungenermaßen, weil Sport ein Pflichtfach war. Ich fühle mich jetzt schon müde und erschöpft, obwohl wir noch gar nicht angefangen haben, sondern lediglich schnellen Schrittes durch die Wohlersallee »walken«, wie Julia es nennt.

»Dadurch wird der Körper ein bisschen aufgewärmt. Es ist nicht gut, gleich loszurennen«, erklärt sie mir gut gelaunt und lässt die Arme kreisen. Ich ahme sie halbherzig nach und frage mich, ob Felix überhaupt auftauchen wird.

»Du siehst aus wie ein Kanarienvogel«, kommentiere ich Julias dottergelben Aufzug schlecht gelaunt, aber sie lässt sich die gute Laune nicht verderben.

»Du wirst schon sehen, wenn du dich erstmal dran gewöhnt hast, wirst du gar nicht mehr ohne Sport leben wollen. Du lebst im Moment einfach total ungesund. Kein Sport, nur Arbeit, viel Stress, das ist nicht gut. Gar nicht gut!« Na, was hat sie denn? Ich bin doch hier, oder etwa nicht? Es ist Samstagnachmittag, ich könnte jetzt gemütlich vor der Glotze hängen und David anschmachten, stattdessen bin ich im Begriff, durch den Park zu hetzen. Am Eingang der Grünanlage erkenne ich Felix, der an dem verschnörkelten Tor steht und Dehnübungen macht. Wie sieht der denn aus?

»Wie siehst du denn aus?« Kritisch mustert Julia seinen ausgebeulten, dunkelblauen Jogginganzug, der vermutlich noch aus den Achtzigern stammt.

»Ist doch völlig egal, was ich anhabe«, findet Felix. »Hauptsache, ich kann mich darin bewegen.« Kaum sind wir losgelaufen, setzen bei mir heftige Seitenstiche ein. Felix hat einen knallroten Kopf und keucht wie ein Walross. Ein paar hundert Meter zwingen wir uns noch voran, ich gekrümmt mit einer in die Seite gestemmten Hand und er lautstark nach Luft ringend. Julia zieht ihr Tempo durch und belehrt uns, dass es sehr gesund ist, so langsam zu laufen, wie wir es gerade tun. Langsam ist gut. Felix und ich tauschen einen Blick und lassen uns dann fast zeitgleich zu Boden fallen. Aaaahh, tut das gut. Ich will nie wieder aufstehen. Direkt neben mir schnauft mein Laufpartner erleichtert: »Ich hoffe, das reicht für heute.«

»Sport ist Mord«, quietsche ich und blinzele in den von grauen Wolken verhangenen Himmel. Julia hat endlich gemerkt, dass sie uns verloren hat, macht kehrt und baut sich jetzt mit verschränkten Armen über uns auf.

»Was macht ihr denn da unten?«

»Wir können nicht mehr«, jammern wir im Chor, und Julia schüttelt verständnislos den Kopf.

»Wir sind ja nicht mal fünf Minuten gelaufen. Ein bisschen Willensstärke bitte, meine Herrschaften.«

»Hab ich nicht«, jappst Felix.

»Will ich nicht«, ergänze ich, und wir beginnen, albern zu kichern.

»Ihr seid ja vielleicht ein paar Weicheier«, schimpft Julia, während sie auf der Stelle joggt und abwechselnd die Knie an die Brust zieht. Dann beugt sie sich ein wenig zu Felix hinunter und gewährt ihm Einblick in den Ausschnitt ihres knappen Tops. »Sag mal, ich hoffe, du hast nicht überall so eine schlechte Kondition«, gurrt sie. »Du weißt schon, was ich meine.« Sie lächelt vielsagend und schon ist Felix wieder auf den Beinen. Er sprintet los und ruft über seine Schulter zurück: »Was ist denn? Auf geht's! Jetzt kommt doch schon!« Ich setze mich langsam auf und sehe ihm sprachlos hinterher, während Julia selbstzufrieden nickt.

»Na also. Geht doch.«

»Sag mal, habe ich das eben richtig beobachtet? Flirtest du mit Felix?« Mit unschuldigen Kinderaugen sieht sie mich an.

»Ich weiß nicht, was du meinst. Das nennt man Motivationspsychologie. Übrigens, ich könnte mir vorstellen, David mag es auch gerne, wenn er nicht die ganze Arbeit allein machen muss. Du weißt schon, was ich meine.«

»Motivationspsychologie, ja?«, brumme ich und lasse mich wieder ins Gras zurückfallen. »Das funktioniert bei mir nicht.«

Ich übe lieber noch ein wenig das »Auf-dem-Rücken-Liegen«. Das wird David bestimmt auch gut gefallen. Bei dem Gedanken daran, ihn in dieser Position auf mir liegen zu haben, seufze ich tief. Ich wünschte, er würde sich für mich interessieren. Ich wünschte, ich hätte auch nur die geringste Chance bei ihm. Vielleicht sollte ich ihn mir lieber gleich und endgültig aus dem Kopf schlagen. Glaube ich denn ernsthaft, David könnte allen Ernstes auf einen rothaarigen, speziellen Typen wie mich stehen? Nicht wirklich. Aber immerhin hat er sich meinen Namen gemerkt, gleich beim ersten Mal, fällt mir plötzlich ein. Und es sieht eigentlich immer so aus, als würde er sich freuen, mich zu sehen. Vielleicht ist es reine Einbildung, aber sollte auch nur ein Funken Hoffnung bestehen, dann werde ich es versuchen! Julia hat Recht, schließlich habe ich nichts zu verlieren. Und etwas straffere Schenkel könnten bei diesem Vorhaben nicht schaden. Schließlich habe ich mich vor allem in Davids Lächeln und seine grünen Augen verliebt. Da muss ich ihm im Gegenzug vielleicht auch eine gewisse Oberflächlichkeit zugestehen. Ich hebe den Kopf und sehe Julia und Felix in weiter Ferne davontraben. Da sollte ich wohl mal hurtig hinterher.

»Ich bin eine wunderschöne Frau, eine wunderschöne Frau«, summe ich vor mich hin, als ich am Montagmorgen auf das Studiogelände einbiege. Nach dem anstrengenden Wochenende mit dem eisern durchgezogenen Sportprogramm tut mir zwar jeder einzelne Knochen weh, aber ich bin guter Dinge. Julia hat mich offensichtlich so einer Art Gehirnwäsche unterzogen, denn so langsam beginne ich, die »Affirmationen«, die ich permanent vor mich hinbete, selber zu glauben. Ich bin eine wunderschöne Frau. Ich bin begehrenswert. Jeder Mann kann sich glücklich schätzen, mich zu haben. Ich parke mit Schwung meinen Wagen und hüpfe leichtfüßig die Stufen zu unserem Büro hinauf. Matthias ist natürlich noch nicht da, was mir ganz recht ist. So kann ich erstmal in aller Ruhe meinen Kaffee trinken, die aktuellen Klatschzeitschriften und das Internet nach Neuigkeiten durchforsten und den Terminkalender sichten. Mittagessen mit Nadja und David steht auf dem Programm. Ich spüre, wie mir das Blut in die Wangen steigt, und konzentriere mich darauf, tief in den Bauch zu atmen. Tatsächlich beruhigt sich mein Herzschlag wieder. Ich bin eine schöne, selbstbewusste Frau.

Eine Stunde vor unserem Termin bin ich dermaßen nervös, dass ich nicht mehr ruhig auf meinem Stuhl sitzen kann. Also schnappe ich mir mein Handy vom Schreibtisch.

»Ich bin gleich wieder da«, flüstere ich Matthias zu, der mal wieder mit irgendeinem Journalisten am Telefon hängt und flüchte geradezu aus dem Büro. »Julia, ich werde wahnsinnig«, sage ich, kaum dass meine Mitbewohnerin sich am anderen Ende der Leitung gemeldet hat.

»Fanny, hallo. Ist es nicht herrlich?«

»Was ist herrlich?«

»Na, das Wetter. Endlich kommt der Frühling. Ich hatte schon nicht mehr daran geglaubt.« Verwirrt sehe ich in den klarblauen Himmel hinauf. Vereinzelte weiße Wattewölkchen ziehen wie Schafe an mir vorüber und aus den winterkahlen Ästen der Bäume lugen die ersten grünen Blätterspitzen hervor. »Du solltest unbedingt deine Mittagspause nutzen, um einen langen Spaziergang zu machen.«

»Ich kann nicht, deshalb rufe ich dich an. Matthias und ich haben heute eine Verabredung mit Nadja und David zum Mittagessen.«

»Ach ja? Wieso das?«

»Na, um das weitere Vorgehen zu besprechen, nehme ich an.«

»Ist ja prima, dann kannst du gleich heute damit anfangen, ihm zu demonstrieren, dass du in keiner Weise an ihm interessiert bist«, kommt es fröhlich zurück. »Sei die Prinzessin, nicht die Erbse!«

»Wie meinst du das denn jetzt?«

»Ist doch ganz einfach. Du kennst doch das Märchen von der Prinzessin auf der Erbse, oder nicht?«

»Klar.« Was will sie mir sagen?

»Für einen Mann bist du entweder die Prinzessin, die er wahnsinnig gerne in seinem Bett hätte und für die er alles tun würde. Oder die Erbse, die ihm den Schlaf raubt und die er gerne los wäre. Weil sie nervt. Verstanden?«

»Nicht so ganz«, gebe ich zu.

»Das ist ein Gleichnis«, erklärt Julia mir geduldig. »Sei die Prinzessin. Dräng dich nicht auf, sondern lass ihn ein bisschen zappeln. Dann wird alles gut werden.«

»Julia, bei mir klopft es an, ich muss Schluss machen.«

»Du schaffst das schon. Sei die Prinzessin, nicht die Erbse!«

»Ja, okay.« Ich lege auf. »Hallo?«

»Fanny, hier ist Matthias, wo stecken Sie denn?«

»Ich, äh, bin gleich wieder oben.«

»Bitte gehen Sie schon mal vor ins ›Luna‹, dort habe ich für uns einen Tisch reserviert. Der Drehplan ist mal wieder eng, und Nadja und David haben nur eine Dreiviertelstunde Zeit.«

»Ja, und?« Er seufzt vernehmlich in den Hörer.

»Sie sollen das Essen bestellen, damit wir nicht so lange warten müssen. Meinen Sie, dass Sie das schaffen?«

»Natürlich.« Er gibt mir die Bestellung durch, und ich mache mich auf den Weg zu dem kleinen Italiener, der sich nur ein paar Meter weiter die Straße hinunter neben dem Studiogelände befindet. Obwohl ich nur ein paar Minuten dorthin brauche, bin ich ziemlich durchgefroren und ärgere mich über mich selbst, keine Jacke mitgenommen zu haben. Als ich das kleine, gemütliche Restaurant betrete, steigt mir der Duft von gebratenem Knoblauch und Olivenöl in die Nase. Jeder der blauweiß gedeckten Tische scheint besetzt zu sein, die angeregten Gespräche der Gäste vermischen sich zu einem lebhaften Summen. Ein gut aussehender Italiener kommt auf mich zu und schenkt mir ein charmantes Lächeln.

»Buongiorno, Signorina.«

»Guten Tag. Ich meine Buongiorno. Ich habe eine Reservierung für vier Personen auf den Namen Sommerlein.«

»Sommerlein, natürlich. Ich bin Luigi. Zu Ihren Diensten. Wo ist Ihre Jacke, Signorina? Es ist zu kalt zu laufen ohne Jacke. Kommen Sie, kommen Sie!« Er winkt mich hinter sich her und führt mich zu einem hübschen Tisch, der halb hinter einer Steinmauer verschwindet. »Mehr Privatsphäre«, erklärt er mir mit leuchtenden Augen, »bitte, setzen Sie sich, Signorina, ich bin gleich bei Ihnen.« Schon ist er wieder verschwunden, um gleich darauf mit vier in braunes Leder gebundenen Speisekarten wiederzukommen.

»Danke. Die brauche ich nicht.« Nachdem ich die Bestellung aufgegeben habe, lehne ich mich entspannt in meinem Stuhl zurück und betrachte das leise Flackern der Kerze auf dem Tisch, bis ich Matthias mit David und Nadja zur Tür hereinkommen sehe. Während Nadja ununterbrochen auf Matthias einredet, sieht David sich im Restaurant um. Er trägt verwaschene Jeans, einen schlichten, schwarzen Pullover unter der dunklen Winterjacke. Als sich unsere Blicke treffen, lächelt er. Ich kann nicht anders, als zurückzulächeln. Das wird doch wohl erlaubt sein, oder nicht? Nachdem sie ihre Jacken abgelegt haben, kommen die drei zu unserem Tisch.

»Hallo«, sagt David und dann beugt er sich doch tatsächlich vor und gibt mir ein Küsschen auf die Wange.

Mir stockt vor Aufregung der Atem, und ich kann meine Haut an der Stelle prickeln fühlen.

»Hallo.« Ich bemühe mich, meine zitternden Knie unter Kontrolle zu bringen. Würde und Haltung, Fanny. Lass dir nicht anmerken, wie sehr du ihn willst. Sei die Prinzessin, nicht die Erbse. Also reiße ich mich mit aller Willensstärke, die ich aufbringen kann, von Davids Augen los und setze mich wieder hin. In diesem Moment tritt Luigi an unseren Tisch heran.

»Come stai, signorina, signores?«

»Danke gut.«

»Ah, natürlich gut. Ein guter Tag, mit zwei hübschen Signorinas am Tisch, ein guter Tag«, nickt er eifrig. »Zum Trinken wie immer San Pellegrino?«

»Ja, bitte«, nickt Matthias, während ich mich entspannt zurücklehne und das Gefühl genieße, mit Nadja in einem Atemzug als »hübsche Signorina« bezeichnet zu werden.

»Also, ich wollte eigentlich gerne noch mal mit euch die nächsten Schritte der Pressearbeit besprechen«, beginnt Matthias, als wir wenige Minuten später vor köstlich duftenden Spaghetti mit Meeresfrüchten sitzen. »Nächste Woche erscheint deine Fotostrecke im FHM-Magazin. Ist übrigens toll geworden. Zum Niederknien.« Nadja lächelt geschmeichelt. »Ich habe mir erlaubt, schon mal ein paar Gerüchte diesbezüglich zu streuen, weshalb du für nächste Woche schon fünf Interviewanfragen hast. Und David, du ebenfalls. Du bist natürlich immer noch reumütig wegen der Geschichte mit Kati, aber die Bilder ärgern dich.«

»Du kannst dich ja mal mit Alex unterhalten«, wirft Nadja ein und verzieht ihr hübsches Gesicht, »und dir erklären lassen, wie unerträglich und kränkend es ist, die eigene Freundin nackt in einem Männermagazin sehen und sie quasi, ich zitiere, mit aller Welt teilen zu müssen.«

»Immer noch so viel Stress zu Hause?« Mitfühlend legt Matthias eine Hand auf ihren Unterarm. Jetzt erst kapiere ich, dass Alex wohl Nadjas Freund ist, der von ihren Unterwäsche-Bildern nicht ganz so begeistert zu sein scheint. Wenn ich ehrlich bin, dann kann ich ihn sogar verstehen.

»Immer noch, schon wieder, ich weiß es nicht. Lasst uns nicht darüber reden, dabei vergeht mir der Appetit.« Sie stößt ihre Gabel heftig in eine unschuldige Garnele.

»Okay. Also, Fanny hat für jeden von euch ein paar Seiten mit möglichen Antworten zusammengestellt. Die bekommt ihr heute noch per E-Mail.«

Die Besprechung geht reibungslos über die Bühne, ich entspanne mich mehr und mehr in Davids Gegenwart. Die Zeit vergeht schnell und kaum sind unsere Teller geleert, schaut Matthias auf die Uhr.

»Ich habe Robert mein Wort gegeben, dass ihr pünktlich aus der Mittagspause zurück seid. Dann müssen wir ein anderes Mal weiterreden. David, hast du dir das Angebot wegen des Kalenders noch mal durch den Kopf gehen lassen?« Mit einem Schlag verfinstert sich Davids Miene, und ich erinnere mich daran, was Matthias mir erzählt hat. Nach Nadjas Fotosession bei der FHM soll als Nächstes David leicht bekleidet für einen Kalender posieren, sozusagen als »Retourkutsche«, aber er stellt sich offensichtlich quer. Auch jetzt schüttelt er den Kopf und kneift verärgert die Lippen zusammen.

»Ich habe doch gesagt, nein.« Verwundert betrachte ich ihn von der Seite. Ich wusste nicht, dass irgendetwas David die Laune verderben könnte.

»Du weißt, wenn wir den Journalisten keine Storys liefern, dann suchen sie sich selber welche. Und dass dir das gefallen würde, möchte ich bezweifeln.« Es klingt wie eine Drohung, angesichts derer sich Davids Miene noch mehr verfinstert.

»Mich halbnackt ablichten zu lassen wird ja wohl nicht die einzige Möglichkeit für eine interessante Geschichte sein!«

»Du könntest ruhig ein bisschen entgegenkommender sein«, mosert Nadja, »ich habe es schließlich auch gemacht und dafür jetzt jeden Tag einen Riesenkrach mit Alex. Und du hast noch nicht einmal eine Freundin.« Bei dieser Auskunft macht mein Herz einen freudigen Hüpfer, und ich muss mich konzentrieren, meinen neutralen Gesichtsausdruck beizubehalten.

»Es war deine Entscheidung, ich möchte das einfach nicht. Ich bin Schauspieler, kein Aktmodell.«

»Ich etwa?« Ich habe das dumme Gefühl, dass gleich Nadjas böser Zwilling erscheinen wird, wenn das Gespräch weiterhin in diese Richtung läuft, und anscheinend teilt David meine Befürchtung, denn er schaltet sofort um.

»Nadja, ich will dich doch nicht angreifen.«

»Ich habe keine Lust, mich dafür verurteilen zu lassen, dass ich diese Bilder gemacht habe.«

»Niemand verurteilt dich dafür. Am allerwenigsten ich.«

»Alex schon«, schluchzt sie und tupft sich mit der Papierserviette die Tränen aus den Augenwinkeln. »Verdammt, mein Make-up.«

»Reg dich nicht auf, Nadja, du hast noch einen anstrengenden Tag. Ich bringe dich rüber. Fanny, kannst du bitte zahlen?« Matthias reicht mir zwei Fünfzig-Euro-Scheine. »Und lass dir einen Bewirtungsbeleg geben. David, kommst du?«

»Ich trinke noch aus, ich bin erst im zweiten Bild nach der Mittagspause«, erklärt der und deutet auf seinen Cappuccino.

»Gut, dann kann Fanny dir ja noch Gesellschaft leisten. Und dich vielleicht doch noch von der Kalenderidee überzeugen.« Wenn ich mir Davids verschlossenen Gesichtsausdruck so ansehe, möchte ich das ernsthaft bezweifeln. Aber im Moment interessiert mich der blöde Kalender sowieso herzlich wenig. Ich werde gleich mit David alleine sein. In einem Restaurant. Das ist doch fast so etwas wie ein Date, oder? Zumindest das Ende eines Dates. Nachdem Matthias und Nadja gegangen sind, sitzen wir schweigend nebeneinander. Mir wäre wohler, wenn irgendjemand etwas sagen würde. Am liebsten er. Denn ich möchte ja schließlich die Prinzessin sein. Und nicht die Erbse. Nervös spiele ich an der karierten Tischdecke herum, schiebe Salz- und Pfefferstreuer hin und her und schnappe mir schließlich den Brotkorb, in dem sich noch eine halbe Scheibe Baguette befindet. Ich krümele daran herum und stecke sie mir schließlich in den Mund. Ausgerechnet in diesem Moment findet David, dass es an der Zeit ist, das Schweigen zwischen uns zu beenden.

»Möchtest du vielleicht noch ein Dessert bestellen?« Ich schüttele den Kopf und kaue angestrengt auf dem Stück Brot herum, das in meinem Mund immer größer und trockener zu werden scheint. Schließlich würge ich den ganzen Brocken auf einmal hinunter und spüle mit der letzten Pfütze San Pellegrino aus meinem Wasserglas nach. Dann schenke ich David mein schönstes Lächeln und hoffe, dass keine Krümel zwischen meinen Zähnen hängen.

»Ach, schade.«

»Wieso? Möchtest du?« Er schüttelt den Kopf.

»Nein. Alleine essen ist langweilig.«

»Nachtisch geht immer«, sage ich schnell und schiebe ihm die Speisekarte rüber. Nach der Riesenportion Spaghetti bin ich zwar pappsatt, aber hier eröffnet sich gerade die Möglichkeit, noch auf eine Dessertlänge mit David zusammen zu sitzen und zu plaudern. So mir denn irgendwann die Idee für ein unterhaltsames Gespräch kommen sollte. David studiert aufmerksam den Dessertteil.

»Ich liebe Süßes.«

»Ich auch.« Gemeinsam beugen wir uns über die Karte. Dabei weht sein unwiderstehlicher Duft zu mir herüber.

»Ich trau mich nie, Nachtisch zu bestellen, weil Nadja so eisern ist, was ihre Ernährung betrifft. Wusstest du, dass sie seit drei Jahren keinen Zucker mehr gegessen hat?«

»Oh.« Zack, das hat gesessen. »Ähm, also, ich mach ja jetzt immer Yoga«, versuche ich, meine Ehre zu verteidigen.

»Ehrlich? Beeindruckend. Ich hasse Sport.«

»Wirklich?« Verwundert lasse ich meinen Blick über seinen durchtrainierten Körper gleiten. So ist der doch nicht geboren, das kann er mir nicht erzählen.

»Ja, schon gut, du hast mich ertappt. Natürlich trainiere ich. Aber ich hasse es trotzdem. Ich hasse Sport.«

»Äh, ja, ich eigentlich auch.«

»Tatsächlich?« Seine schönen Augen sind jetzt von lauter amüsierten Fältchen umgeben. Er muss wirklich denken, ich bin total bescheuert. Oh, David, ich liebe Sport, nein, warte, wenn du Sport hasst, dann hasse ich Sport.

»Hm, was nehmen wir denn jetzt?«, wechsele ich das Thema und beuge mich tief über die Speisekarte, um meine geröteten Wangen vor ihm zu verbergen. Da wir uns beide nicht entscheiden können, nehmen wir je eine Portion Tiramisu und Crème Brulée. Luigi tauscht beim Servieren extra noch mal die Kerze auf unserem Tisch aus, damit wir einträchtig in ihrem Schein beieinandersitzen können.

»He, du kannst nicht nur die obere Schicht abkratzen und den Biskuit liegen lassen«, beschwere ich mich und beginne einen Löffelkampf mit David. Aber er ist schneller und ergattert die letzte Portion Mascarponecreme mit Kakao. »Frechheit.« David hält mir seinen Löffel vor die Nase. Ungläubig sehe ich darauf. David scheint mein Zögern falsch zu verstehen.

»Ähm, du ekelst dich doch nicht, oder?« Ich? Mich davor ekeln, mit David den Löffel zu teilen? Soll das ein Witz sein? Blitzschnell sperre ich den Mund auf wie ein hungriges Vogeljunges, und er schiebt mir das Tiramisu hinein. Ich lasse die süße Creme auf meiner Zunge zergehen und schwebe im siebten Himmel. Das ist fast so, als ob wir uns geküsst hätten. Dann bemerke ich, dass David mich amüsiert von der Seite beobachtet.

»Du willst also den Kalender nicht machen?«, frage ich unvermittelt, um ihn abzulenken. Ich kann förmlich spüren, wie er von mir abrückt und schelte mich innerlich eine Idiotin. Wieso muss ich diesen doch irgendwie intimen Moment zerstören, indem ich ein Thema anspreche, das David ganz offensichtlich unangenehm ist?

»Nein«, gibt er knapp zurück und schiebt das Dessertschälchen mit der Crème Brulée von sich. Na bravo, ich habe ihm den Appetit verdorben. »Hast du vielleicht was dagegen?« Ich schüttele den Kopf.

»Überhaupt nicht.«

»Ehrlich?«

»Ehrlich.« Und das ist die Wahrheit. Nicht, dass ich David nicht gerne nackt sehen würde.

»Aber du gehörst doch zur Presseabteilung. Matthias hat dir doch den Auftrag gegeben, mich weichzukochen.«

»Ich halte nichts davon, Leute zu irgendetwas zu zwingen, was sie eigentlich nicht machen wollen.« Nachdenklich sieht er mich an.

»Wahrscheinlich bist du der falsche Ansprechpartner dafür, aber ehrlich gesagt finde ich Pressearbeit schrecklich. All diese an den Haaren herbeigezogenen Storys. Die Geschichte von Nadjas und meiner angeblichen Beziehung. Man kann sich gar nicht mehr frei bewegen. Manchmal wünschte ich …« Er unterbricht sich mitten im Satz. »Ich weiß, ich jammere auf ziemlich hohem Niveau. Ich wusste ja schließlich, worauf ich mich einlasse. Aber diese Kalenderidee geht mir einfach zu weit. Ich will nicht halbnackt in jedem Teenager-Zimmer hängen. Das ist doch total peinlich. Was ist, wenn meine Großmutter einen dieser Kalender zu Gesicht bekäme?« Wie niedlich von ihm, sich solche Gedanken zu machen.

»Wenn du es nicht willst, dann solltest du es lassen.

Niemand kann dich zwingen!« Mein Chef würde mir vermutlich den Kopf abreißen, wenn er mich jetzt hören könnte.

Wir sitzen noch fast zwanzig Minuten zusammen und nachdem ich endlich aufgehört habe, mir um den Gesprächsstoff Sorgen zu machen, können wir uns tatsächlich ganz entspannt unterhalten. Und dabei wird mir mehr und mehr klar, dass David mehr zu bieten hat als sein strahlendes Lächeln. Er ist liebenswert, intelligent und überraschend bodenständig. All diese Erkenntnisse helfen mir leider gar nicht dabei, meine Begeisterung für ihn in den Griff zu bekommen. Im Gegenteil.

Nachdem ich die Rechnung bezahlt habe, gehen wir zurück zum Studio. Fröstelnd ziehe ich die Schultern hoch und beschleunige meine Schritte. Aus dem Augenwinkel sehe ich, wie David aus seiner Jacke schlüpft. Will er die mir jetzt etwa geben? Tatsächlich, er legt sie mir um die Schultern. In meiner inneren Märchenwelt setzt die Traumschiff-Musik ein, mir weht ein leichter Wind durchs Haar, Funken sprühen zwischen uns hin und her. Nicht nur wegen des Kleidungsstücks überschwemmt mich eine wohlige Wärme.

»Danke.« Ob seine Jacke nach ihm riecht? Unauffällig ziehe ich sie fester um mich, um daran schnuppern zu können, ohne dass er es mitbekommt. Eine unwiderstehliche Mischung aus Parfum, Waschmittel und Pfefferminz umhüllt mich.

»Hey, Fanny, hallo«, brüllt jemand, als wir an der Halle 3 vorbeigehen, und ich sehe mich irritiert um, bis ich Felix entdecke, der begeistert winkend auf seiner Leiter steht.

»Wow, da hast du wohl einen Fan.«

»Das ist Felix, wir sind Freunde.«

»Aber er ist doch total aus dem Häuschen.« Klar ist er das, wenn ich hier mit David herumlaufe und auch noch in dessen Jacke stecke, aber das kann ich ihm natürlich so nicht erklären. Ich wünschte, Felix würde sich mit seinen Begeisterungsbekundungen etwas zurückhalten, und stoße einen unterdrückten Schrei aus, als er auf seiner Leiter mal wieder bedrohlich zu schwanken beginnt.

»Sei vorsichtig.« Er lacht unbekümmert und zeigt mir den erhobenen Daumen. Peinlich berührt schiele ich zu David herüber, der das aber offensichtlich nicht auf sich bezieht. Im Studio angekommen reiche ich ihm seine Jacke.

»Vielen Dank nochmal.«

»Keine Ursache«, sagt er mit einem süßen Lächeln. »Übrigens, deine Haare sind toll.« Als David schon lange in Richtung Maske verschwunden ist, stehe ich noch immer am gleichen Punkt und sehe ihm verzückt hinterher. Wie soll sich irgendjemand nicht in diesen Mann verlieben?

Nadja Reichert: Rache ist sexy

Die Schauspielerin gibt sich freizügig wie nie

Sie hat das Gesicht eines Engels und einen Körper für die Sünde. In der nächsten Ausgabe der FHM zeigt Nadja Reichert ihrem Serienpartner David Mory, was er verloren hat.

Nach den Gerüchten um Davids angebliche Untreue sahen wir Nadja Reichert in letzter Zeit eher angespannt. Sie litt würdevoll, stand zu ihrem Freund und ließ kein schlechtes Wort auf ihn kommen. Doch jetzt schlägt sie zurück, zeigt sich in einem Männermagazin. Zu unserem Interviewtermin erscheint sie entspannt und gelöst. »Mir gefallen die Bilder, sie sind toll geworden«, antwortet sie, auf die Fotos angesprochen. Da hat sie zweifelsohne Recht. Aber was sagt David dazu, dass jetzt ganz Deutschland den sexy Körper sehen kann, der bis vor kurzem noch ihm allein gehörte? »David hat mit meiner Entscheidung nicht das Geringste zu tun. Über meinen Körper bestimme ich immer noch selbst. David fragt mich ja auch nicht bei jeder seiner Entscheidungen um Rat.« Aha, also doch ein Racheakt? »Um Rache zu üben, müsste ich sehr starke Gefühle für jemanden haben«, sinniert die schöne Schauspielerin, »mir sind David und Kati einfach nur egal. Ich wünsche ihnen alles Gute.« Das sind deutliche Worte. Also alles aus und vorbei zwischen den ehemaligen Traumpartnern? David Mory, den wir am Telefon um eine Stellungnahme zu dem Thema bitten, scheint es ebenso wie uns die Sprache verschlagen zu haben: Kein Kommentar!

Kapitel 7

In den nächsten Tagen läuft Matthias mit einem langen Gesicht durch die Gegend und ist, sogar unabhängig von seinem Koffeinpegel, ziemlich unausstehlich. Ständig faselt er etwas von undankbaren Schauspielern mit Starallüren und gebärdet sich, als hätte David mit seiner Weigerung, sich für den Kalender ablichten zu lassen, eine der sieben Todsünden begangen. Dann wiederum diene ich meinem Chef als Blitzableiter, als wäre es meine persönliche Verantwortung, David zu überzeugen. Mir ist all das angebliche Chaos relativ gleichgültig. Was kümmert es mich, ob unser »gesamtes Konzept« zusammenbricht? David findet meine Haare toll. Mehr muss ich gar nicht wissen.

Es ist sieben Uhr am Freitagabend, der Drehtag ist zu Ende, und ich schnappe mir erleichtert meine Tasche. Es war eine anstrengende Woche, und ich sehne mich danach, mich mit einer Tasse Tee im Bett zu verkriechen, die heutige Folge von »Liebe à la carte« zu gucken, die im Videorekorder auf mich wartet, und früh schlafen zu gehen. Gerade will ich die Tür hinter mir ins Schloss ziehen, als das Telefon auf Matthias' Schreibtisch klingelt. Nein, ich gehe nicht dran. Ich bin schon weg. Ein

Blick auf meine Armbanduhr lässt mich umdenken. Genau genommen ist es nämlich achtzehn Uhr neunundfünfzig. Bis Punkt sieben muss die Presseabteilung erreichbar sein, und zwar jeden Tag, das hat mir Matthias schon am ersten Tag nachdrücklich eingeschärft. Seufzend stoße ich die Tür wieder auf und hechte zum Schreibtisch.

»Presseabteilung ›Liebe à la carte‹, hier ist Fanny.«

»Hallo Fanny, hier ist David.«

»David, hi! Matthias ist schon weg, aber vielleicht kann ich dir weiterhelfen?«

»Äh, ja, sogar besser als er, nehme ich an.« Er lacht verlegen.

»Worum geht es denn?«

»Um heute Abend.« Heute Abend? Ich blättere in Matthias Terminkalender herum. Was ist heute Abend? Eine wichtige Veranstaltung? Irgendeine Modenschau, die Eröffnung einer schicken Boutique in der Innenstadt, eine Filmpremiere oder sonst ein Event, zu dem unsere Schauspieler eingeladen sind? Es ist nichts dergleichen eingetragen. »Ich wollte fragen, nun, ähm, ich …«, stammelt David und lacht wieder sein niedliches Lachen. »Du musst denken, ich bin total bescheuert, hier so rumzustammeln.«

»Überhaupt nicht. Worum geht es?«

»Was machst du heute Abend?«

»Och, nichts, ich wollte früh schlafen gehen«, antworte ich und würde mir am liebsten augenblicklich die Zunge abbeißen. Es ist Freitagabend, und ich will früh ins Bett? Das klingt ja wirklich aufregend. Ich wünschte, ich hätte jetzt eine Fernbedienung und könnte ein paar Sekunden zurückspulen: »Oh, ich treffe erst einen …

nun ... guten Bekannten zum Essen«, kleiner Kicherer, »und danach stürzen wir uns wahrscheinlich ins Nachtleben.« Das hätte gut geklungen. Ich bin begehrenswert, die Männer reißen sich um mich und selbstverständlich habe ich am Freitagabend eine Verabredung mit Adonis. Leider habe ich aber keine Fernbedienung. Und deshalb bin ich in Davids Augen jetzt wahrscheinlich eine vertrocknete Jungfer. Könnte auch sein, dass ich das in meinen eigenen Augen bin.

»Oh, schade«, erklingt es vom anderen Ende der Leitung. »Ich dachte, du würdest vielleicht gerne ... ach, schon gut.«

»Nein, warte.« Ich schreie fast in den Hörer. »Was wolltest du sagen?«

»Na ja, ich fand es irgendwie total nett mit dir im ›Luna‹. Und deshalb wollte ich fragen, ob du mit mir was trinken gehst.«

»Ich? Mit dir? Was trinken?«

»Ich weiß, es ist etwas kurzfristig. Tut mir leid. Also, wenn du keine Lust hast ...« Ich und keine Lust? Auf einen Abend mit David? Na, der ist gut. Wie käme ich denn dazu?

»Doch, doch. Das können wir machen. Gerne.«

»Prima. Wo wohnst du?« Wie meint er das denn jetzt?

»Wie meinst du das denn jetzt?«

»Damit ich dich abholen kann.« Ach so. Wie nett. Ein Gentleman. Ich aber auch immer mit meinen bösen Gedanken.

»Marktstraße 46.«

»Um neun?«

»Gern.«

»Bis dann. Ich freu mich.« Es tutet eine ganze Weile in

mein Ohr, bis ich mitkriege, dass David aufgelegt hat und das Gespräch beendet ist. Ich kann mein Glück kaum fassen. Ich habe ein Date mit David! Gut gelaunt verlasse ich das Büro. Während ich abschließe, danke ich Matthias im Stillen für seine derzeitige schlechte Laune. Wäre er ein sanftmütiger Chef, der Fehler vergibt, wäre ich sicher nicht noch einmal zurückgegangen, um den späten Anruf entgegenzunehmen.

Um zwanzig vor neun sitze ich geschniegelt und gespornt mit Julia und Felix an unserem Küchentisch. Die beiden wollen sich heute Abend ausführlich über Julias Möglichkeiten bezüglich einer Heilpraktikerausbildung unterhalten, aber im Moment brauche ich noch ihre volle Aufmerksamkeit. Vor lauter Aufregung zittere ich am ganzen Körper.

»Wir trinken jetzt erstmal ein Glas Prosecco, damit du ein bisschen runterkommst«, beschließt meine Mitbewohnerin und lässt schon den Korken knallen. »Im Übrigen kannst du dich wirklich entspannen. Du siehst toll aus. Stimmt doch, Felix, oder? Fanny, steh auf!« Gehorsam stelle ich mich auf meine Füße, die in braunen, hochhackigen Stiefeln stecken. Dazu trage ich eine enge Hose in der gleichen Farbe, die mir bis zu den Waden reicht, eine fließende, olivgrüne Bluse mit passendem Halstuch. Die Haare fallen mir dank Julias Glätteisen in weichen Wellen über die Schultern, dazu ein leichtes Make-up. Felix betrachtet mich von oben bis unten und nickt anerkennend.

»Du siehst super aus.«

»Auf Nachfrage, na toll«, sage ich nervös, nehme das langstielige Glas mit dem prickelnden Getränk entgegen und leere es in einem Zug. Dann sehe ich in das etwas irritierte Gesicht meiner Freundin, die ihr Glas am ausgestreckten Arm von sich weghält. Ups, sie wollte wohl mit mir anstoßen.

»Na, dann halt nicht.«

»Doch, doch«, widerspreche ich, »ich hatte nur … schrecklichen Durst. Schenk mir nochmal nach!«

»Durst, soso«, spottet Felix, während Julia mir das Glas erneut bis zum Rand füllt, »ich denke ja, Prosecco ist gegen Durst genauso wirksam wie gegen Aufregung. Nämlich gar nicht.« Pling, unsere Gläser klirren leicht, als wir sie aneinanderstoßen.

»Auf einen supertollen Abend!«

»Hoffentlich.« Ich stürze das Getränk hinunter. »Noch mal dasselbe, bitte!« Felix wiegt bedenklich den Kopf hin und her.

»Ich glaube nicht, dass das so eine gute Idee ist. Prosecco trinkt man doch eher, um den Kreislauf in Schwung zu bringen. Dein Puls liegt doch sowieso schon bei hundertzwanzig.«

»Da verbrennst du nebenher gleich noch ein bisschen Fett«, freut sich Julia. Als es an der Tür klingelt, springe ich auf wie von der Tarantel gestochen. Genauso schnell versperrt Julia mir den Weg und drückt mich auf den Stuhl zurück.

»He, was soll das?« Sie schüttelt energisch den Kopf.

»Bleib sitzen.« Es klingelt erneut.

»Ich muss jetzt aufmachen. Womöglich geht er sonst.« Ein unerträglicher Gedanke.

»Dann ist er es ohnehin nicht wert. Felix, sei so lieb und sag ihm durch die Gegensprechanlage, dass Fanny gleich runterkommt.« Wir sehen Julia verwundert an, aber Felix leistet ihrem Befehl widerspruchslos Folge. »Er wird sich sofort fragen, wer dieser andere Mann in deiner Wohnung ist«, grinst Julia.

»Ja, eben.« Besorgt stürze ich Felix hinterher, der den Hörer der Gegensprechanlage abnimmt.

»Sie wird gleich kommen.« Drei Sekunden später legt er auf.

»Was hat er gesagt?«

»Ist gut.« Aha. Na ja, was soll er sonst auch sagen? Julia hält mir ihre taillierte dunkelbraune Lederjacke hin, die sie mir für diesen Abend ausnahmsweise borgt, und schärft mir noch ein paar Verhaltensregeln ein.

»Ich weiß, du willst ihn unbedingt, aber lass ihn das um Himmels willen nicht spüren, hörst du?«

»Ja, ja, lass mich endlich gehen.«

»Damit fängt es schon an. Nun lass ihn doch da unten ruhig ein bisschen schmoren.«

»Ihr Frauen habt wirklich ganz schön miese Tricks drauf. Der Arme«, mischt sich Felix von hinten in unser Gespräch ein.

»Der arme Kerl da unten bekommt pro Woche an die hundert Liebesbriefe«, erklärt Julia ihm geduldig ihr Konzept. »Fanny muss seinen Jagdinstinkt ein bisschen ankurbeln. Schlimm genug, dass sie so kurzfristig für eine Verabredung zur Verfügung stand.« Sie sieht mich strafend an, was mich dazu veranlasst, mich zu verteidigen.

»Wenn ein Mann wie David einen zum Drink einlädt, dann sagt man Ja.«

»Und ist damit schon sichere Beute für ihn. Ein Nein hätte dich in seinen Augen sehr viel reizvoller erscheinen lassen.«

»Nun ist es ja zu spät. Musst du mich jetzt noch zusätzlich verunsichern?«

»Es ist ganz schön kalt draußen«, bemerkt Felix, und ich nicke erschrocken.

»Das stimmt. Hoffentlich erkältet er sich nicht.«

»Das wird er schon aushalten«, erklärt Julia gnadenlos.

»Darf ich jetzt gehen?«

»In Gottes Namen, dann geh halt. Also, ein letztes Mal: Was bist du?«

»Die Prinzessin«, sage ich gehorsam.

»Und was nicht?«

»Die Erbse.«

»Sehr gut!« Endlich bin ich entlassen. In der Tür stehend, winken die beiden mir nach.

»Viel Glück«, wünscht Felix.

»Und trink keinen Alkohol mehr. Sonst kommst du womöglich noch auf die Idee, mit ihm zu schlafen«, ruft Julia.

»Natürlich nicht, was denkst du denn von mir?«, frage ich entrüstet und konzentriere mich dann auf die Treppenstufen, die auf diesen Absätzen auch ohne drei Gläser Prosecco eine echte Herausforderung sind.

Als ich die Haustür öffne, schlägt mir die kühle Abendluft entgegen. In der Marktstraße herrscht, wie immer am Wochenende, reges Treiben, Grüppchen verrückt angezogener Leute ziehen von Kneipe zu Kneipe. Inmitten dieses Trubels steht David, die Hände in den Taschen seiner Jeans vergraben, an eine Straßenlaterne gelehnt, von der er sich jetzt abstößt und mir lächelnd entgegenkommt. Ein wenig verlegen stehen wir voreinander, dann küsst er mich links und rechts auf die Wange. Vor lauter Glück kralle ich die Fingernägel in meine Handtasche.

»Toll, dass es geklappt hat.« Wir gehen ein paar Meter die Straße hinunter bis zu einem beigen Käfer-Cabrio mit schwarzem Verdeck.

»Das ist dein Auto?«, frage ich perplex. »Das gibt es doch nicht. Das ist mein Lieblingsauto.« Und das stimmt diesmal tatsächlich. David öffnet mir die Tür, und es gelingt mir, mich einigermaßen elegant in den tiefen Sitz hineinzubugsieren.

»Ich dachte, wir fahren ins Lola, das ist so ein Laden in Altona, ist dir das recht?«

»Klar!« Mit dir fahre ich überall hin.

»Sag mal, hast du eigentlich einen Mitbewohner?«, erkundigt David sich so betont gleichgültig, dass ich innerlich jubiliere. Danke, Julia, du bist wirklich gut.

»Welcher … ach, so, nein, das war bloß Felix.«

»Felix. Das ist doch dein … Freund, der im Studio die Fenster putzt, oder?« Das hat er sich gemerkt? Alle Achtung.

»Genau. Er ist heute mit meiner Mitbewohnerin Julia verabredet. Deshalb war er bei mir zu Hause.«

»Ach so.«

Zwanzig Minuten später betreten wir gemeinsam das »Lola«, einen etwas schmuddeligen, aber urgemütlichen Laden im Siebziger-Jahre-Look. Ein endloser Tresen zieht sich einmal diagonal durch den ganzen Raum. Wie zu erwarten an einem Freitagabend sind schon fast alle Tische und die meisten Barhocker belegt. Ganz hinten in der Ecke finden wir aber noch einen wackeligen Zweiertisch, an dem wir uns niederlassen, nachdem

David mir, ganz Gentleman, aus der Jacke geholfen hat. Eine asiatisch aussehende Kellnerin bringt uns eine neue rote Kerze an den Tisch.

»Hi, David.«

»Hi, Lucy. Das ist Fanny.«

»Freut mich. Was darf ich euch bringen?« Ich blättere ein bisschen unschlüssig in der Karte herum.

»Ähm. Orangensaft?«

»Für mich bitte auch.«

»Kommt sofort«, verspricht Lucy und wendet uns ihre zugegebenermaßen entzückende Kehrseite zu, als sie in Richtung Tresen davongeht. Es ist alles in bester Ordnung, Fanny, rede ich mir selber gut zu. Lass dich jetzt bloß nicht davon runterziehen, dass das Mädchen vermutlich gerade zwanzig ist und fünfundvierzig Kilo wiegt. Wenige Minuten später erscheint Lucy mit zwei Gläsern Orangensaft, und ich beobachte David verstohlen. Nein, er scheint nicht das geringste Interesse an ihr zu haben.

»Trinkst du gar keinen Alkohol?« Irgendwie klingt diese Frage von David so, als würde er sich über ihre Bejahung freuen. Aber irgendwie bringe ich es mit meinem derzeitigen Blutalkohol nicht über mich, ihn dermaßen anzulügen.

»Selten.« Sein Lächeln zeigt, dass ich die richtige Antwort gewählt habe. »Und du?«

»Nicht mehr.« Was immer das heißen mag. In diesem Moment treten zwei Frauen Anfang zwanzig kichernd an unseren Tisch.

»Entschuldigung«, sagt die mit der hellblond gefärbten Mähne, »du bist doch David Mory, oder?« Ganz kurz flackert so etwas wie Unwillen in seinen Augen auf, dann lächelt er freundlich.

»Ertappt.« Die beiden Mädchen brechen in eine Art Indianergeheul aus und bestürmen ihn um ein Autogramm. Als die eine ihr sowieso schon recht knappes T-Shirt lüftet, um David mit einem schwarzen Edding auf ihren Bauch signieren zu lassen, sieht dieser mich peinlich berührt an und hebt entschuldigend die Schultern. Das veranlasst die beiden Damen, nun auch endlich meine Anwesenheit zur Kenntnis zu nehmen. Ihre Blicke sind dabei jedoch alles andere als freundlich. Mit ihren Handys schießen sie noch jeweils ein Foto von sich und David und ziehen dann tuschelnd wieder ab. Ich bilde mir ein, zu hören, dass die eine der anderen zuflüstert: »Das ist sicher diese Kati. Was will er denn mit der?« Aber ich kann mich auch täuschen.

»Sorry«, entschuldigt sich David, aber ich winke ab.

»Schon gut. Alles andere hätte mich gewundert. Das passiert dir doch sicher ständig.«

»Ziemlich häufig, ja.« Er sieht nicht sehr glücklich aus. »Versteh mich nicht falsch, ich will mich wirklich nicht beschweren. Ich bin sehr dankbar für meinen Job, es gibt weiß Gott genug arbeitslose Schauspieler. Aber auf das ganze Drumherum könnte ich ganz gut verzichten, allem voran auf die ständig neuen Schlagzeilen in der Klatschpresse. 'tschuldigung, da beschwere ich mich wohl gerade bei der Falschen.«

»Nein, nein. Ich kann das total verstehen. Und ich verpetze dich auch nicht bei Matthias.« Schelmisch zwinkere ich ihm zu, und er lächelt erleichtert zurück.

»Danke. Wie gesagt, ich möchte nicht undankbar wirken, aber … Na ja, eigentlich bin ich eher schüchtern und … es ist schon ziemlich anstrengend, wenn man auf Schritt und Tritt beobachtet wird. Hast du gehört, was das eine Mädchen beim Weggehen gesagt hat? Ob du Kati bist?« Dann habe ich es also doch richtig verstanden. »Mit jemandem wie mir zusammen zu sein, das ist gar nicht so einfach.« Er sieht mich unsicher an, und ich sehe ebenso verunsichert zurück. Was will er mir denn damit sagen? »An Nadja sieht man das ja.«

»In ihrer Beziehung läuft es wohl nicht so gut«, erkundige ich mich mehr aus Höflichkeit, denn erstens liegt das wohl auf der Hand und zweitens interessiert es mich nicht sonderlich.

»Nicht so gut ist gut. Es ist eine Katastrophe. Alex kann überhaupt nicht damit leben, in der Öffentlichkeit verleugnet zu werden. Und ich kann das sogar verstehen. Die Alternative wäre aber, von allen Zeitschriften durchgehechelt zu werden, was ich auch nur bedingt empfehlen kann.« In diesem Moment bekomme ich einen kleinen Schreck und sehe mich unauffällig um. Nicht, dass mein Foto am Montag die Titelseite des BLATTs ziert. Darüber wäre mein Chef bestimmt alles andere als amüsiert. David scheint meine Gedanken zu erraten, denn er legt mir beruhigend die Hand auf den Arm: »Keine Sorge, Paparazzi gibt es nur in Hollywood.« Ich starre auf seine Hand, die er daraufhin schnell wegzieht. Mist. So hatte ich das nun wirklich nicht gemeint. »So, jetzt habe ich dir aber genug die Ohren vollgejammert. Lass uns lieber über dich reden.«

»Ach, da gibt es gar nicht so viel zu erzählen.« Na, bravo, Fanny, das klingt ja mal wieder spannend! Ich wünschte, ich hätte mir ein paar lustige Anekdoten auf einen Spickzettel geschrieben, mit denen ich David jetzt beeindrucken könnte. Wozu bin ich schließlich

Schriftstellerin? Stattdessen herrscht in meinem Kopf gähnende Leere.

»Das kann ich mir nun wirklich nicht vorstellen.« Wie kann ein Mensch so entzückend sein? Ich betrachte sein schönes, ebenmäßiges Gesicht und bleibe an seinem Mund hängen. Was würde ich dafür geben, ihn zu küssen? Reiß dich zusammen, Fanny! Du bist die Prinzessin, nicht die Erbse. Denk daran, Männer sind Jäger.

»Fanny?«

»Wie? Oh, entschuldige, was hast du gesagt?«

»Ich habe gefragt, ob du nicht die Stefanie May bist, die ›Im Wandel der Zeiten‹ und ›Kalte Welt‹ geschrieben hat?« Mit offenem Mund starre ich ihn an. Woher hat er das denn jetzt?

»Äh, ja, doch, die bin ich«, stammele ich. »Wie hast du das denn rausgefunden?«

»Na, bei Google.« Er hat mich tatsächlich gegoogelt? »Und ich muss sagen, ich bin schwer beeindruckt. Das muss ein tolles Gefühl sein, wenn man sein eigenes Buch in den Händen hält.« Stimmt. Das war es auch. In einem anderen Leben.

»Ja, schon.« Ich würde jetzt lieber das Thema wechseln.

»Toll, ich habe noch nie eine Romanautorin getroffen.«

»Ich bin jetzt aber Presseassistentin.«

»Ja, wieso eigentlich?« Das Gespräch geht irgendwie nicht in die von mir erhoffte Richtung. »Ich bin jedenfalls schon total gespannt auf deine Bücher.«

»Du willst sie lesen?«

»Na klar. Schon bei Amazon bestellt.« Er hat mich nicht nur gegoogelt. Er hat meine Bücher bestellt. Das gibt es doch alles gar nicht. Meine Bücher wollte doch sonst auch niemand lesen. Außer meinen Eltern. Und Julia.

»Ach, sie sind nicht so gut.«

»Findest du das wirklich?«

»Nein, eigentlich nicht«, gebe ich zu. »Eigentlich finde ich sie gut. Aber leider sonst niemand.«

»Na, immerhin sind sie doch gedruckt worden.«

»Schon, aber kaum gekauft.« Und dann sprudelt es auf einmal aus mir heraus wie ein Wasserfall. Ich erzähle David, wie ich schon als kleines Mädchen davon geträumt habe, eine berühmte Schriftstellerin zu werden, von meinem Job im Call-Center und meinen durchgeschriebenen Nächten, wie glücklich mich das Schreiben gemacht hat und wie unglücklich die Erkenntnis, dass ich mir offensichtlich selbst etwas vorgemacht habe. Nach meinem minutenlangen Vortrag halte ich plötzlich inne. Was denke ich mir dabei, ihm die Ohren von meiner missglückten Karriere vollzujammern? Wahrscheinlich langweilt er sich zu Tode. Unsicher sehe ich ihn an. Besonders gelangweilt sieht er eigentlich nicht aus.

»Ich glaube nicht, dass man die Qualität eines Kunstwerkes wirklich daran messen kann, wie viele Leute es zu schätzen wissen. Wie viele Künstler sind schließlich erst posthum von der Welt anerkannt worden?« Jetzt fängt er schon genau so an wie mein Vater. Ob ich die beiden einander mal vorstellen sollte? »Stell dir mal vor, Kafka, Van Gogh oder Mozart hätten sich davon abhalten lassen. Das wäre doch wirklich schade drum gewesen.« Misstrauisch sehe ich ihn an. Will der mich verarschen? »Ein Lehrer von mir hat mal gesagt: Manchmal ist Erfolg einfach eine Frage des Durchhaltens.«

»Ich finde, ich habe lange genug durchgehalten«, sage ich müde. »Ich konnte einfach nicht mehr.«

»Das kann ich verstehen. Vielleicht tut dir eine Pause gerade mal ganz gut, um dich von den Rückschlägen zu erholen.«

»Ich mache keine Pause. Ich werde nie wieder schreiben.«

»Wieso nicht? Wenn es dich glücklich macht.« Irgendwie fühle ich mich in die Enge getrieben.

»Es macht mich aber auch unglücklich«, sage ich patzig.

»Schon gut, ich will mich doch gar nicht mit dir streiten.« Betreten sitzen wir da und drehen unsere leeren Gläser in den Händen hin und her. Mist, verdammter Mist! Das läuft aber wirklich alles überhaupt nicht nach Plan.

»Tut mir leid«, sage ich zerknirscht.

»Nein, mir tut es leid. Ich verstehe dich vollkommen.« Ach ja? Das möchte ich doch stark bezweifeln! »Schon klar, du denkst gerade, was weiß so ein erfolgreicher Serienschnösel, dem die Frauen in Scharen nachrennen, schon von einer gequälten Künstlerseele?« Ertappt zucke ich zusammen, und er grinst mich gutmütig an. »Ist schon gut. Aber ich war auch nicht immer erfolgreich. Ich habe über zwölf Jahre versucht, in diesem Geschäft Fuß zu fassen, und ohne undankbar klingen zu wollen, war eine Telenovela jetzt auch nicht das, wovon ich geträumt habe. Aber ich will mich nicht beschweren.«

»Moment mal, zwölf Jahre?«, frage ich, nachdem ich kurz im Kopf zurückgerechnet habe, »da übertreibst du doch jetzt wohl ein bisschen. Dann wärest du ja mit sechzehn von der Schauspielschule abgegangen.«

»Quatsch. Du glaubst doch wohl nicht allen Ernstes, dass ich achtundzwanzig bin.«

»Sondern?«

»Versprich mir, es nicht weiterzusagen.«

»Von mir aus unterschreibe ich sogar eine Verschwiegenheitserklärung«, sage ich ironisch, aber natürlich versteht er den Witz nicht.

»Das wird wohl nicht nötig sein. Ich bin vierunddreißig.« Wann werde ich endlich begreifen, dass man in dieser Branche offensichtlich nichts und niemandem einfach so glauben kann? Ich freue mich wie eine Schneekönigin. Er ist in meinem Alter. Sogar ein bisschen älter.

»Jedenfalls, was ich damit ja eigentlich nur sagen wollte, es kann jederzeit passieren. Oder auch nicht. Auf jeden Fall sollte man tun, was einen glücklich macht, denn ob man damit Erfolg haben wird, kann man doch nicht beeinflussen.«

»Es sei denn, man versteht es, sich zu vermarkten«, sage ich grinsend.

»Das stimmt. Wer weiß, was das BLATT für van Goghs Karriere hätte tun können?«

»Stimmt! Die Nummer mit dem Ohr, das wäre eine Titelschlagzeile.« In diesem Moment bekommt David eine SMS.

»So ein Mist.« Unsicher sieht er mich an.

»Was ist denn?«

»Ein Kumpel von mir hat heute Geburtstag, ich hab es total vergessen, und jetzt fragen die mich, wo ich bleibe.«

»Oh.« Für einen Moment gelingt es mir nicht, meine Enttäuschung zu verbergen. Doch dann fange ich mich wieder und winke großmütig ab: »Ist doch kein Problem.«

»Wirklich nicht?« Er sieht ganz zerknirscht aus. Oder ist er nur ein guter Schauspieler? Ist das ein abgekartetes Spiel? Hat er sich vorsichtshalber eine SMS schicken lassen, damit er, für den Fall, dass unsere Verabredung ihn langweilt, den Abend schnell beenden kann? Misstrauisch schiele ich auf sein Handy. »Aber es ist doch gerade so nett hier.« Plötzlich schäme ich mich meiner Gedanken.

»Das finde ich auch«, sage ich. »Aber trotzdem solltest du auf diesen Geburtstag gehen.« Eigentlich würde ich gerne hinzufügen, dass wir den Abend ja ein anderes Mal wiederholen können, aber damit wäre Julia bestimmt nicht einverstanden.

»Nochmal dasselbe für euch?«, erkundigt sich Lucy, und ich schüttele den Kopf.

»Nein, danke, wir wollen gehen.«

»Jetzt warte doch mal, wir müssen doch nicht sofort aufbrechen.« Ich frohlocke innerlich.

»Doch«, sage ich bestimmt.

»Dann bringe ich euch die Rechnung.« David beugt sich zu mir rüber und legt eine Hand auf meinen Arm. Ein wenig unwillig sehe ich ihn an. Ja, schon klar, er findet es ganz toll, dass ich so verständnisvoll bin. Aber im Inneren bin ich doch enttäuscht. David sieht mir tief in die Augen und sagt: »Nur, wenn du mitkommst.«

Ich kann mein Glück kaum fassen, als ich zehn Minuten später neben David in seinem Käfer sitze und in Richtung Elbstrand brause. Er nimmt mich tatsächlich mit zur Geburtstagsfeier seines Freundes. Während wir an einer roten Ampel stehen, wühlt er mit einem Arm auf dem mit allem möglichen Kram vollgestopften Rücksitz herum und zieht schließlich eine dunkelgraue Fleece-Jacke hervor.

»Meine Freunde sind leider solche Frischluftfanatiker, die beim ersten schönen Wetter zum Grillen an den Elbstrand fahren, egal, wie kalt es ist.«

»Na ja, wenigstens wird es noch nicht so voll sein wie im Sommer«, gebe ich mich positiv. Sobald die Temperaturen steigen, trifft sich nämlich halb Hamburg an diesem Stadtstrand, um spazieren zu gehen, mit Freunden zu picknicken, ein Bier zu trinken oder einfach die vorbeifahrenden Schiffe zu beobachten. »Hier, zieh das an«, damit reicht er mir das Kleidungsstück. »Eine Decke müsste ich hier auch noch irgendwo haben.«

»Es ist grün.«

»Danke. Also, ich hoffe wirklich, dass du nicht zu sehr frierst.« Da mache ich mir keine Sorgen. Im Moment ist mir jedenfalls ziemlich warm ums Herz. Wir fahren durch die sternklare Nacht über die Elbchaussee und parken an einer steilen, schmalen Treppe, die runter zum Strand führt. David öffnet mir galant die Tür, klemmt sich die graue Decke unter den Arm und holt einen großen Kasten aus dem Kofferraum.

»Eine Gitarre? Ist das etwa dein Geschenk?«

»Nicht direkt. Hier, die Treppe runter, ich hoffe, das geht mit deinen Schuhen?«

»Natürlich, was denkst du denn«, behaupte ich großspurig, klettere aber doch relativ wackelig die steilen Stufen hinab.

»Wenn dir zu kalt wird, musst du es sagen, ja?«, wiederholt er zum x-ten Mal, und ich bin von seiner Fürsorge gerührt.

»Entspann dich. Es ist alles gut.«

Nach dem abenteuerlichen Abstieg stehen wir schließlich am nächtlichen Elbstrand. Etwa zwanzig Meter weiter sitzt eine Gruppe von neun Personen um ein Lagerfeuer herum, aus einem tragbaren CD-Player ertönt leise Musik, ansonsten ist der Strand menschenleer. Der Wind pfeift mir um die Ohren, und ich ziehe den Reißverschluss der Fleece-Jacke bis zum Kinn hoch, obwohl man dann nichts mehr von meinem sorgfältig zusammengestellten Outfit sieht. Auf meinen hohen Absätzen stakse ich neben David her, der mir seine Hand reicht. In diesem Moment werden wir von der Festgemeinschaft entdeckt und freudig begrüßt.

»David, endlich, wir dachten schon, du kommst nicht mehr.«

»Hey, schön, dass du da bist.« Wir gratulieren dem Geburtstagkind, ich schüttele jedem die Hand und versuche relativ erfolglos, mir die Namen zu den jeweiligen Gesichtern einzuprägen. Dann sitzen wir einträchtig um das knisternde Lagerfeuer herum und hören zu, wie die Wellen sich sanft plätschernd am Ufer brechen. David sitzt so dicht neben mir, dass ich seine Körperwärme spüren kann. Ich lehne mich an seine Schulter und schaue in den sternklaren Himmel.

»Hier, möchtest du?« Die hübsche, dunkelhaarige Frau zu meiner Linken hält mir einen Pappbecher mit einer dunkelroten Flüssigkeit hin. »Sangria.«

»Sangria im März, ihr habt sie wirklich nicht mehr alle«, bemerkt David kopfschüttelnd und lässt sich ein Glas Saft geben.

»Ich liebe den Elbstrand«, sage ich begeistert.

»Ich auch. Sobald es warm genug ist, sind wir fast jeden Abend hier.«

»Glaub ihm kein Wort«, unterbricht ihn meine Nachbarin. Wie heißt sie? Melanie? »Seit David ein Fernsehstar ist, beehrt er uns nur noch äußerst selten mit seiner Anwesenheit.«

»Ist doch gar nicht wahr.«

»Überleg dir gut, ob du das willst«, flüstert Melanie mir zu, woraufhin David ihr einen Schubs gibt.

»Na, vielen Dank auch. Wer solche Freunde hat, braucht keine Feinde mehr.«

»Friede, Kinder, Friede«, ruft Michael, der heute Geburtstag hat, und zaubert gleich darauf eine riesige Tüte Marshmallows und mehrere angespitzte Stöcke hervor.

»Wow, toll, das habe ich glaube ich seit zwanzig Jahren nicht mehr gemacht.« Friedlich sitzen wir beieinander und bemühen uns, den Marshmallows eine gleichmäßige Bräunung zu verleihen, ohne dass sie Feuer fangen. Ich stopfe mir eine der süß-klebrigen Köstlichkeiten nach der anderen in den Mund und spüle mit Sangria nach. Zwar hallt Julias Warnung noch in meinen Ohren wider, aber man wird ja wohl seine Nerven ein bisschen beruhigen dürfen. Während ich mir den Becher ein weiteres und, wie ich mir fest vornehme, letztes Mal nachfüllen lasse, packt David neben mir seine Gitarre aus.

»Na endlich.« Micha stellt die Musik aus und plötzlich herrscht erwartungsvolle Stille. David räuspert sich.

»Ja, also, auch wenn einige von euch der Meinung sind, dass ich meine Freunde gerade etwas vernachlässige«, sagt er mit einem schiefen Seitenblick auf Melanie,

»möchte ich doch sagen, dass …« Er bricht ab und grinst verlegen in die Runde. »Im Reden war ich noch nie besonders gut. Lasst es mich anders ausdrücken.« Und dann beginnt er zu spielen. Fasziniert beobachte ich seine Hände, die mit großer Leichtigkeit über die Saiten des Instruments fliegen. Er hat schmale, haarlose Finger mit etwas breiteren Gelenken. Schöne Finger. Und dann öffnet er den Mund und fängt an zu singen. Seine raue und zugleich weiche Stimme klingt so wunderschön durch die Stille der Nacht, dass ich eine Gänsehaut bekomme. Ich bin so fasziniert von ihm, dass es mir schwerfällt, dem englischen Text zu folgen, aber auf einem anderen Level verstehe ich das melancholische Lied auch ohne Worte. Ich glaube, es geht um Verletzungen, die man geliebten Menschen immer wieder zufügt und um die Kunst der Vergebung. Ich bin richtig traurig, als das Lied zu Ende ist. Einen Augenblick lang ist es mucksmäuschenstill, dann sagt David: »Herzlichen Glückwunsch zum Geburtstag.«

»Mann, David, willst du, dass wir uns allesamt in der Elbe ertränken?«, fragt Micha mit belegter Stimme. Die beiden stehen auf und umarmen einander.

»Danke für alles, Kumpel«, meine ich David flüstern zu hören. Plötzlich fühle ich mich fehl am Platz. Als würde ich gerade einen heiligen Moment alleine dadurch stören, dass ich nicht den blassesten Schimmer habe, worum es eigentlich geht. David setzt sich neben mich, und Micha schaltet den CD-Player wieder an. Irgendein Sommerhit von vor fünf Jahren erklingt. »Das war wunderschön«, sage ich begeistert. »Was war das für ein Lied?«

»Ach, nur so ein Lied.« Ungläubig sehe ich ihn an.

»Das hast du selbst geschrieben?«

»Na ja. Ja.«

»Das gibt es doch nicht. Du hast mir gar nicht erzählt, dass du Musiker bist.«

»Musiker ist man erst, wenn man einen Plattenvertrag hat.«

»Das ist nicht wahr.«

»Stimmt«, bestätigt er grinsend, »aber das wissen die meisten Leute nicht. Für die ist man bloß ein verträumter Spinner, wenn man noch kein Album vorzuweisen hat. Ich schreibe schon seit der Schule Songs und hab mein Band schon an Dutzende von Produzenten geschickt. Aber ohne Erfolg.«

»Aber du bist doch gut. Was sage ich, du bist großartig.«

»Das Thema hatten wir doch heute schon«, grinst er. »Darauf kommt es gar nicht an.«

»Aber warte mal, mit deiner Popularität …«

»Vergiss es. Ich werde kein singender Soapstar, der irgendwelche Coverversionen plärrt und dazu in der Gegend rumhüpft.«

»Vielleicht musst du das auch gar nicht. Du könntest deine eigenen Songs machen. Und dazu denken wir uns eine schöne Geschichte aus. Darüber, dass du schon als Kind deine eigenen Lieder geschrieben hast zum Beispiel.«

»Das habe ich ja auch.«

»Umso besser.«

»Ich weiß nicht so recht.«

»Aber warum denn nicht?«, frage ich und bin ganz begeistert von der Idee. »Du bist kein singender Soapstar. Sondern Musiker. Und das bist du kein bisschen weniger, nur weil du deinen Bekanntheitsgrad jetzt dafür benutzt, deine Songs an den Mann zu bringen.« Erwartungsvoll sehe ich ihn an, ich kann förmlich spüren, wie es in seinem Kopf arbeitet. »Van Gogh hätte es bestimmt getan«, sage ich schelmisch.

»Vielleicht hast du Recht.«

»Vielleicht?« Ich schüttele den Kopf. »Ganz bestimmt sogar. Also, wenn du einverstanden bist, spreche ich mit Matthias über die Idee. Vielleicht lässt er dann auch endlich von seiner Obsession mit dem doofen Kalender.« Dieses Argument scheint David endgültig zu überzeugen.

»Mach das!« Damit streckt er mir seine ausgestreckte Rechte entgegen. »Und jetzt komm.« Er zieht mich auf die Füße. »Wir tanzen.«

»Nee, lass mal.«

»Jetzt zier dich nicht so.« Er beginnt, um mich herumzutanzen, während ich reglos dastehe.

»David, das geht wirklich nicht. In den Schuhen«, vorsichtig hebe ich ein Bein in die Höhe, um ihm die Unmöglichkeit seines Anliegens zu demonstrieren. Mit einer schnellen Bewegung schnappt er sich meinen Fuß und öffnet den Reißverschluss des Stiefels. Schon fliegt mein teurer Schuh in hohem Bogen in den Sand. Dann kniet David vor mir nieder und entledigt mich auch des zweiten. Bei diesem Anblick bleibt mir fast das Herz stehen, und als er wieder hochkommt und die Arme um mich legt, lasse ich mich tatsächlich zum Tanzen animieren, und wir zappeln ausgelassen durch die Gegend.

»Ich kann nicht mehr, ich kann nicht mehr«, keuche ich nach einer ganzen Weile und lasse mich schwer atmend zurück ans Lagerfeuer plumpsen.

»Was? Jetzt schon?«

»Kann ja nicht jeder für immer achtundzwanzig sein«, ziehe ich ihn auf, und er grinst.

»Wie wahr, wie wahr. Willst du noch was trinken?«

»Ja, bitte. Aber keinen Alkohol. Saft!« Kaum ist er weg, löst sich Melanie, die bis eben in inniger Umarmung mit ihrem Nebenmann vereint war, von diesem und wendet sich mir zu.

»Fanny, hör mal zu«, sagt sie hastig, »versteh mich nicht falsch, David ist ein guter Freund, und ich wünsche ihm nur das Beste, aber trotzdem will ich dich warnen.«

»Was? Wovor denn?«

»Vor David. Du weißt gar nichts von ihm. Und ein Blinder kann sehen, dass du total verschossen in ihn bist.«

»Ehrlich?«, frage ich peinlich berührt.

»Du solltest vorsichtig sein«, fährt sie fort und sieht besorgt David entgegen, der mit zwei Bechern zu uns zurückkommt. »Er hat seine Schattenseiten«, flüstert sie, wirft mir einen bedeutungsschwangeren Blick zu und wendet sich dann wieder ihrem Freund zu.

»Hier.«

»Danke.« Was war das denn jetzt bitte? Warum sollte eine Freundin von David versuchen, ihn vor mir schlecht zu machen? Will sie ihn vielleicht für sich haben? Aber so tief, wie die Zunge eines anderen gerade in ihrem Hals steckt, sieht es nicht danach aus.

»He, ist alles okay mit dir?«

»Ja, schon gut. Ich glaube, ich möchte nach Hause.«

»Okay. Warte, ich hole deine Schuhe.« Ich räuspere mich vernehmlich, um Melanie die Gelegenheit zu geben, ihre rätselhafte Warnung zu erklären, aber für sie scheint das Thema abgeschlossen. Verstimmt wende ich mich von dem knutschenden Pärchen ab und beschließe, ihre Worte aus meinem Gedächtnis zu streichen. Da kann ja jeder kommen. Zum zweiten Mal an diesem Abend kniet David vor mir nieder und befreit meine Strümpfe sorgfältig vom Sand, bevor er mir die Schuhe wieder überstreift. Eine Sekunde länger als nötig hält er meinen Fuß in den Händen und sieht mich aus seinen wunderschönen Augen an. Und da soll man sich nicht wie Cinderella vorkommen.

Im Auto sitzen wir schweigend nebeneinander, und obwohl es nicht unangenehm ist, schalte ich schließlich den CD-Player an.

»Das ist ja das Lied von eben.« Ich will die Lautstärke hochdrehen, aber David ist schneller und schaltet die Musik aus. »Hee, was soll das?« Empört sehe ich ihn an und stelle fest, dass er knallrot angelaufen ist. Wie niedlich.

»Na toll, jetzt hältst du mich für einen selbstverliebten Egozentriker, der durch die Gegend fährt und sich an seiner eigenen Musik ergötzt«, stöhnt er.

»So ein Quatsch.«

»Ich höre nicht dauernd meine Songs. Nur manchmal, um zu überprüfen, ob man noch was daran verbessern kann«, beteuert er, während ich die gebrannte CD aus dem Player hole.

»Darf ich die haben?«

»Ja … in Ordnung. Gern.«

»Danke.« Ich lasse sie in meiner Handtasche verschwinden. In diesem Moment bremst David scharf und fährt rechts ran. Was ist denn jetzt los? Er stellt den Motor ab und beugt sich zu mir rüber. Als seine Lippen nur noch wenige Zentimeter von meinen entfernt sind, begreife ich endlich und Panik erfasst mich. Er will mich küssen. Mein Mund wird auf der Stelle staubtrocken, und ich schlucke nervös. Hoffentlich kleben unsere Lippen nicht aneinander. Hoffentlich wird es schön. Hoffentlich habe ich es nicht verlernt. Ich schließe die Augen und spüre Davids Lippen auf meinen. Sie sind ganz weich und schmecken nach Orangensaft und Labello. Sanft und zugleich fordernd drücken sie sich auf meine. Ich öffne ganz leicht meinen Mund, um seine Zunge hereinzulassen. Es ist so gut, so gut, so viel besser, als ich es mir jemals erträumt habe.

Wenn aus Liebe Hass wird

David Mory: Vom Schwiegermutter-Traum zum Alptraum

War noch vor einer Woche von einer »Trennung in Freundschaft« die Rede, scheint die Realität am Set der Telenovela »Liebe à la Carte« anders auszusehen.

Seine angebliche Untreue (das BLATT berichtete) machte die noch junge Beziehung des Traumpaares zunichte, und nun herrscht bei der Arbeit Funkstille zwischen Nadja Reichert und David Mory. Eine schwierige Situation für alle Beteiligten. Ein Insider verriet uns: »Sie hassen sich und sprechen kein Wort mehr miteinander. Sie kann ihm die öffentliche Demütigung einfach nicht verzeihen. David hat versucht, sich mit ihr zu versöhnen, aber langsam reicht es ihm, so von ihr behandelt zu werden. Er flirtet am Set offensiv mit anderen Frauen.« Dem schönen Schauspieler sollte es nicht schwerfallen, innerhalb kürzester Zeit einen Ersatz für Nadja zu finden. Das beweisen auch die Scharen weiblicher Fans, die jeden Abend bei Drehschluss vor den Scarlett-Studios auf ihn warten. Vielleicht gibt es unter den gegebenen Umständen für die Damen Grund zur Hoffnung, mehr als nur ein Autogramm von David zu erhaschen. »Nadja tobt vor Eifersucht. Sie will ihn nicht zurück, aber auch nicht mit einer anderen sehen«, so unser Informant. »Die Stimmung am Set ist miserabel. Hier hat im Moment niemand besonders viel Spaß bei der Arbeit.« Außer vielleicht David Mory, der seine neu gewonnene Freiheit ganz offensichtlich zu genießen scheint.

Kapitel 8

Ich liege nackt in dem zwei mal zwei Meter großen Bett, das in einem typischen Männerschlafzimmer steht. Viel Schwarz, viel Chrom, champagnerfarbene Satin-Bettwäsche, mehrere schwarz-weiße Aktfotos von schlanken, schönen, glänzenden Frauenkörpern an den Wänden, neben denen ich mich äußerst unvollkommen fühle. Ich ziehe die Decke bis unter mein Kinn hoch und wende mich dem schlafenden Mann neben mir zu. Seinen Arm hat er unter meinen Nacken geschoben, er liegt auf der Seite, dicht an mich gekuschelt und atmet friedlich. Ich beobachte das leichte Flattern seiner Augenlider und zeichne ganz sanft mit meinem Zeigefinger die Linie seiner Augenbrauen nach. Eine leise Stimme in meinem Hinterkopf flüstert mir zu, dass ich gerade einen großen Fehler begangen habe. Aber wer sagt denn, dass Beziehungen nicht funktionieren, nur weil man beim ersten Date miteinander geschlafen hat? Gibt es irgendwelche statistischen Erhebungen darüber? Was soll gut daran sein, gegen die eigenen Gefühle zu handeln? Sich rar zu machen und dieser ganze Blödsinn, wer hat sich so was ausgedacht? In diesem Moment höre ich es neben dem Bett surren. Ich lehne mich über den Rand und taste in meiner

Handtasche nach dem Handy. »Julia ruft an«, steht auf dem Display.

»Hallo«, wispere ich in den Apparat und werfe David einen besorgten Blick zu.

»Weißt du, wie spät es ist?«

»Keine Ahnung.«

»Halb vier. Ich mache mir Sorgen. Wo steckst du?«

»Ich bin bei David«, flüstere ich. Stille am anderen Ende der Leitung. »Bist du noch da?«

»Wieso kannst du nicht einmal auf mich hören?«

»Es ging nicht anders.«

»Soso.«

»Was heißt hier soso?«

»Das war wirklich dämlich von dir.«

»Wieso kannst du dich nicht einfach für mich freuen?«

»Worüber denn? Dass du dich für einen One-Night-Stand hergegeben hast und die nächsten Monate damit beschäftigt sein wirst, dein gebrochenes Herz zu heilen?« Ich bin so schockiert über ihre Worte, dass mir dazu erstmal gar nichts einfällt. David murmelt im Schlaf und dreht sich auf die andere Seite.

»Warte«, zische ich in den Hörer, schlüpfe leise aus dem Bett und tapse über den langen, mit abgeschliffenen Dielen ausgelegten Flur ins Badezimmer. Davids weitläufige Altbauwohnung bildet nicht nur durch ihre Lage im gediegenen Hamburger Stadtteil Winterhude einen ziemlichen Kontrast zu Julias und meiner schrammeligen Studentenbude. »So«, sage ich in normaler Lautstärke, »und jetzt erklär mir bitte, warum du mir den schönsten Abend seit Jahren versaust, indem du so gemeine Sachen sagst.«

»Ich meine es doch nicht böse«, kommt es zerknirscht

zurück, »aber ich habe gestern Abend, nachdem du weg warst, etwas über David in der Zeitung gelesen. Dass er jetzt so viel am Set rumflirtet, seit er nicht mehr mit Nadja zusammen ist.«

»Aber er war doch sowieso nie mit ihr zusammen«, erinnere ich sie.

»Schon, aber trotzdem. Du hättest noch ein bisschen warten sollen.«

»Ja, das habe ich aber nicht. Jetzt kann ich es auch nicht mehr …« Ich erstarre mitten im Satz, als mein Blick auf ein rosa Post-it fällt, das am Badezimmerspiegel klebt.

»Das weiß ich. Aber du könntest Schadensbegrenzung betreiben, indem du jetzt von dort verschwindest.«

»Du hast Recht, das sollte ich wohl tun«, sage ich tonlos, während die mit rotem Kugelschreiber geschriebenen Worte vor meinen Augen verschwimmen: »Ich bin immer für dich da! Leila«

Natürlich weiß ich, dass ich überreagiere. Schließlich gibt es tausendundeine völlig harmlose Erklärung für das Post-it an Davids Badezimmerspiegel. Immerhin zwei fallen mir ein, während ich zurück ins Schlafzimmer schleiche und lautlos meine Klamotten zusammensuche. Leila könnte Davids Schwester sein. Oder eine gute Freundin. Wobei mir einfällt, dass David ein Einzelkind ist. Also bleibt nur noch eine einzige harmlose Erklärung übrig. Leise schlüpfe ich in meine Sachen und trete auf Zehenspitzen ans Bett heran, in dem David leise schnarchend auf dem Rücken liegt. Verzückt betrachte ich sein friedliches Gesicht und kann nicht widerstehen, mich über ihn zu beugen und einen zarten

Kuss auf seine Lippen zu hauchen. Er gibt einen verschlafenen Laut von sich, und ich hoffe inständig, dass er die Augen aufschlägt. Bitte, wach auf und hindere mich daran zu gehen. Aber er rollt sich auf die Seite und wendet mir den Rücken zu. Enttäuscht richte ich mich auf und verlasse leise die Wohnung.

Nach einer zwanzig Euro teuren Fahrt mit einem unangenehmen Taxifahrer, der angesichts meines lädierten Aufzugs die ganze Zeit über anzüglich gegrinst hat, stolpere ich zerknittert und unglücklich in meine Wohnung. Überrascht halte ich inne, als ich aus der Küche Stimmen höre.

»Nanu, ihr seid noch wach? Und du bist noch hier?«, erkundige ich mich überflüssigerweise und lasse mich neben Felix und Julia am Tisch nieder.

»Wir haben uns noch einen Film zusammen angesehen«, erklart Julia, »aber jetzt erzähl du erstmal. Wie war es?«

»Es war wunderschön«, sage ich bedrückt. Ich erzähle vom Verlauf des Abends und spiele den beiden sogar die CD mit Davids Lied vor. Die Nachricht von Leila an seinem Badezimmerspiegel spare ich aus.

»Ich finde, das klingt doch eigentlich alles sehr vielversprechend«, sagt Felix und tätschelt meinen Arm. Auch Julia scheint ein bisschen weichgekocht. Sie spult »Don't give up on me« zum zweiten Mal zurück und lauscht andächtig.

»Trotzdem war es kein besonders kluger Schachzug von dir, am ersten Abend mit ihm ins Bett zu hüpfen.« Sie reicht mir das BLATT mit dem Artikel über David und Nadja.

»Das brauchst du mir nicht zu zeigen, ich habe die Pressemitteilung geschrieben, auf der die Story basiert«, sage ich genervt.

»Oh. Das heißt, es ist durchaus möglich, dass David doch der Traum jeder Schwiegermutter ist?«

»Der Traum meiner Mutter ist er auf jeden Fall«, nicke ich und verdränge relativ erfolgreich den Namen Leila aus meinen Gedanken.

»Dann warten wir doch einfach ab, was passiert«, meint Felix und gähnt vernehmlich, »er wird dich sicher anrufen am Wochenende. Ich geh dann jetzt, bevor ich hier am Tisch einpenne.«

»Kannst doch auf der Couch schlafen.«

»Danke, aber ich muss morgen früh raus und lernen. Sag mir Bescheid, wenn David sich meldet.«

Am Sonntagmorgen bin ich so zermürbt, dass ich mich von Julia zu einer Yogastunde breitschlagen lasse. Aber so sehr ich mich auch verrenke und auf meine Mitte zu konzentrieren versuche, das Gedankenkarussell dreht sich immer schneller. War unsere Liebesnacht für David wirklich nur ein One-Night-Stand? Und der wunderschöne Abend am Elbstrand unterm Sternenhimmel? Alles nur Masche? War es das, was Melanie mir sagen wollte? Dass David jede Woche eine andere Frau in seiner Clique anschleppt, ihr das Gefühl gibt, etwas Besonderes zu sein, um dann mit ihr zu schlafen und sie nie wieder anzurufen?

»Jetzt geh in den Hund mit dem Gesicht nach unten und drück die Schienenbeine in die Waden. Streck die Knie. Mach den Rücken lang, Nacken entspannt.« Stöhnend versuche ich, Julias Anweisungen Folge zu leisten.

»Ich kann an nichts anderes als an David denken«, jammere ich und lasse mich auf meine Yogamatte plumpsen.

»Noch ist doch nicht alles verloren. Vielleicht ist er ja auch verliebt in dich. Dann heiratet ihr und setzt jede Menge Schreihälse in die Welt. Na, wie klingt das?«

»Ganz ehrlich? Weit hergeholt«, antworte ich düster.

»Sei doch nicht so negativ.«

»Aber wenn er in mich verliebt wäre, dann würde er mich doch anrufen.«

»Warte doch erstmal ab. Vielleicht meldet er sich ja heute.«

Den ganzen Tag liege ich auf unserer Couch und gebe vor, ein Buch zu lesen, doch in Wirklichkeit starre ich nur stundenlang auf ein und denselben Satz und warte auf eine Nachricht von David. Jedes Mal, wenn mein Handy klingelt, falle ich fast vor Schreck vom Sofa, nur um jedes Mal wieder enttäuscht zu werden. Entsprechend ist meine Stimmung, als ich am Montagmorgen zur Arbeit fahre. Mit Ach und Krach bringe ich den Vormittag hinter mich und bin gerade dabei, die neuesten Klatschzeitschriften ganz unten in das überquellende Regal zu stopfen, bevor ich in die Mittagspause gehe, als ich aus Richtung der Tür Davids Stimme höre.

»Hallo, Matthias.«

»Hey, David. Alles klar?«

»Bestens.« Wie aus weiter Ferne dringt das Gespräch an mein Ohr, während mir alles Blut in die Füße sackt und ich mich mitten auf den Boden setze. »Sag mal, ist Fanny noch hier?« Habe ich da gerade meinen Namen gehört?

»Da unten ist sie doch. Sie hat mir übrigens erzählt, dass du ein begnadeter Musiker bist, und mir deine CD vorgespielt. Respekt. Da können wir was draus machen.«

»Super! Allerdings nur unter der Bedingung ...«

»Ja, ich weiß schon. Keine Sorge. Keine Coverversionen mit Boyband-Gehüpfe. Wir reden später darüber, ich muss los.« Matthias verlässt den Raum, während ich noch immer regungslos und von meinem Schreibtisch verdeckt auf dem Boden hocke.

»Fanny?«

»Äh, ja, hier.« Noch ehe ich mich aufrichten kann, steht David in voller Größe vor mir und schaut auf mich herunter.

»Was machst du denn da unten?«

»Ich ... äh ...«, David leibhaftig vor mir stehen zu haben, überschwemmt mich mit einer Welle von Erinnerungen an unsere gemeinsame Nacht und hält mich davon ab, ihm eine witzige und ungemein schlagfertige Antwort zu geben. Bevor ich irgendwas Blödes sage, halte ich lieber den Mund und ergreife stattdessen seine Hand, die er mir hilfreich entgegenstreckt. Wieder könnte ich schwören, die Funken dabei förmlich fliegen zu sehen. Kann aber auch reine Einbildung sein. Kaum stehe ich einigermaßen sicher auf meinen Füßen, entreiße ich David meine Hand.

»Danke.« Würdevoll gehe ich in Richtung Tür davon. Wenn Julia mich jetzt sehen könnte, sie wäre so stolz auf mich. Wer ist jetzt hier die Erbse?

»He, warte doch mal.«

»Worauf?« Ich bin so kühl wie Sharon Stone in »Basic Instinct«.

»Na, auf mich.«

»Und warum sollte ich das tun?« Gekonnt drehe ich mich auf dem Absatz zu ihm um und hebe fragend eine Augenbraue in die Höhe. Gerade will er zu einer Antwort ansetzen, als plötzlich Felix atemlos in der Tür erscheint.

»Fanny«, keucht er, »so, da bin ich. Können wir los?« Verwirrt sehe ich ihn an. »Zu unserer gemeinsamen Mittagspause«, hilft er mir auf die Sprünge und rollt verschwörerisch mit den Augen.

»Richtig, unsere Verabredung«, schalte ich geistesgegenwärtig. »Ja, ich bin so weit. Oder war noch etwas, David?« Dieser sieht mit einem ganz merkwürdigen Gesichtsausdruck von mir zu Felix und wieder zurück. Ich frohlocke innerlich. Was für eine brillante Idee von Felix. Wahrscheinlich hat er David in mein Büro kommen sehen und blitzschnell geschaltet. Und jetzt ist der mächtig eifersüchtig, das kann ich ihm ansehen. Geschieht ihm ganz recht. Wenn er glaubt, er kann mit mir schlafen und sich dann einfach nicht mehr melden. Er soll bloß nicht denken, dass ich ihm hinterherweine.

»Nein, nichts«, sagt er knapp. »Viel Spaß.«

»Danke.« Mit einem strahlenden Lächeln gehe ich auf Felix zu und gebe ihm einen Kuss auf die Wange, als ich plötzlich seine Hand auf meinem Hintern spüre.

»He, was soll das?«, fahre ich ihn an, denn das geht ja nun wirklich etwas zu weit.

»Deine Hose ist ganz staubig.« Eifrig klopft er mir die Kehrseite ab.

»Oh, danke«, sage ich und werde puterrot. Mein Blick trifft den von David, dessen Gesichtsfarbe sich ebenfalls merklich verändert, während er das Schauspiel betrachtet. »Ich denke, das reicht jetzt«, bremse ich Felix, und er lässt grinsend von mir ab. »Also, tschüss, David.«

»Ja«, sagt der wütend. »Tschüss.«

Wir suchen uns einen Sitzplatz an einer der Fensterwände, wo die Frühlingssonne hereinscheint und die karge Atmosphäre der Studiokantine wenigstens ein bisschen erwärmt. Felix beginnt mit gutem Appetit, seinen überquellenden Salatteller zu leeren, während ich in meinem lustlos vor mich hin stochere. Ich fühle mich alles andere als wohl in meiner Haut und frage mich, ob ich nicht doch ein bisschen zu unfreundlich zu David gewesen bin.

»Er hat dich das ganze Wochenende nicht angerufen«, erinnert mich Felix. »Er hat ein bisschen Strafe verdient.«

»Vielleicht hatte er seine Gründe«, beginne ich David zu verteidigen und knabbere an einer Stange Sellerie herum. »Vielleicht wollte er mir das gerade erklären, als du reingeplatzt bist.« Nun macht Felix ein beleidigtes Gesicht.

»Ich wollte ja nur helfen.«

»Das weiß ich«, beeile ich mich zu sagen, »und das war auch echt nett von dir. Ich meine ja nur, vielleicht sollte ich ihn das nächste Mal ausreden lassen, wenn er zu mir kommt. Oder was meinst du?« Mein Gegenüber wiegt nachdenklich den Kopf hin und her, nickt aber dann.

»Ja, du hast Recht. Eine zweite Chance hat jeder verdient.«

Dieser Meinung ist David offensichtlich nicht, denn in

den nächsten Tagen bekomme ich ihn nicht ein einziges Mal zu Gesicht. Jedes Mal, wenn es an unserer Bürotür klopft, hebe ich hoffnungsvoll den Kopf, nur um ihn Sekunden später enttäuscht wieder sinken zu lassen. Ans Set hinunterzugehen traue ich mich nicht, also bringe ich am Donnerstag bei Matthias noch einmal Davids Gesangstalent zur Sprache.

»Stimmt, gut, dass Sie mich daran erinnern, richtig, hm, ja, was können wir damit machen?«, überlegt er zerstreut und schlürft seinen obligatorischen Kaffee.

»Ich habe mir da etwas ausgedacht«, sage ich so selbstbewusst wie möglich und setze ihm meine Idee auseinander.

»Fanny, Sie sind gut, Sie sind wirklich gut. Sie haben verstanden, wie gute Pressearbeit funktioniert.« Ich lächele geschmeichelt. »Rufen Sie in der Aufnahmeleitung an. David soll in seiner nächsten Pause zu uns hochkommen.«

Und so sehe ich David nach vier Tagen das erste Mal wieder. In seiner weißen Kochjacke über der verwaschenen Jeans sieht er einfach zum Anbeißen aus. Mein Blick fällt auf seine zerstrubbelten dunklen Haare und sofort muss ich wieder daran denken, wie ich meine Hände in diesem Schopf vergraben habe. Gerade mal sechs Tage ist das jetzt her. Ich schmelze bei dem Gedanken daran wie Butter in der Sonne. Ich denke, ich habe jetzt lange genug geschmollt. Also stehe ich von meinem Schreibtisch auf und gehe mit einem strahlenden Lächeln auf David zu. Wie gut, dass Matthias gerade mal wieder in der Kaffeeküche ist, so dass ich einen Augenblick mit David alleine habe.

»Hallo David.« Ich stelle mich auf die Zehenspitzen, um ihm einen Kuss auf die Wange zu geben, aber David dreht sich brüsk von mir weg und lässt sich auf den Stuhl gegenüber von Matthias Schreibtisch fallen, während ich mühsam um mein Gleichgewicht und meine Fassung ringe.

»Hallo«, sagt er knapp, »wo ist Matthias?«

»Er kommt gleich«, sage ich vollkommen verdattert. »David, ich …«

»Ich habe nur eine Viertelstunde Zeit, dann muss ich in die Maske.«

»Es wird nicht lange dauern. Willst du einen Kaffee?«

»Nein.« Ratlos stehe ich mitten im Raum wie bestellt und nicht abgeholt und sehe hilflos auf David herunter, der mit verschlossenem Gesicht auf seinem Stuhl sitzt und die langen Beine von sich streckt. Noch nie war ich so froh, meinen Chef zu sehen, als der jetzt zur Tür hereinkommt.

»David, da bist du ja. Also, wie es aussieht, kommst du nun doch noch um den Kalender herum, was?«, scherzt er gut gelaunt. »Dafür kannst du dich bei Fanny bedanken. Es war ihre Idee.« David wirft mir einen so eisigen Blick zu, dass es mir kalt den Rücken runter läuft.

»Danke«, sagt er in einem relativ neutralen Tonfall, so dass Matthias nichts mit bekommt, aber ich spüre deutlich den Hohn in seiner Stimme. Warum ist er so gemein zu mir? »Aber ich sage es noch einmal, ich will keiner von diesen singenden Soapstars werden. Ich bin Musiker. Ich mache meine eigenen Lieder oder gar keine«, fährt er fort, und Matthias nickt.

»Genau das ist der Plan. Fanny, was stehst denn du da so rum? Setz dich und erklär David, was du dir ausgedacht hast.« Er deutet auf den freien Stuhl neben David und ich stöhne innerlich auf. Womit habe ich das verdient? Matthias bemerkt mein Zögern und grinst. »Nur zu. Keine Sorge, David beißt nicht.«

»Manchmal schon«, sagt der und wirft mir einen undurchdringlichen Blick zu, »aber nicht jede.« Matthias amüsiert sich königlich über diesen, wie ich finde, ausgesprochen geschmacklosen Witz, während ich mal wieder einen roten Kopf bekomme und mich unwillig neben David setze. Die nun folgende Besprechung ist ein Alptraum. Ich setze ihm meine Idee auseinander und komme mir dabei vor, als würde ich gegen eine Wand reden. Um den Schein zu wahren, schaut David zwar in meine Richtung, aber er sieht mir nicht in die Augen, sondern genau dazwischen auf die Nasenwurzel, was mich wahnsinnig nervös macht. Sobald er eine Frage hat, wendet er sich damit an Matthias, der sie sodann an mich weitergibt, und das Spiel beginnt von neuem. Immerhin boykottiert er das Konzept nicht, sondern nickt es am Ende gnädig ab. Ich bin mittlerweile richtig wütend. Was fällt dem eigentlich ein? Ist ihm klar, dass durch meine Idee seine Musik bald endlich die Anerkennung bekommt, die sie verdient? Und statt mir dankbar zu sein, starrt er durch mich hindurch, als sei ich Luft. Dieser Mistkerl!

»Und am Ende steht dann natürlich eure große Versöhnung«, schließt Matthias das Thema mit einem zufriedenen Lächeln ab. »Die Marktforschungen haben nämlich ergeben, dass die Öffentlichkeit doch lieber den Schwiegermutter-Traum als den Aufreißer in dir sehen möchte.«

»Ist mir auch recht«, erklärt David achselzuckend und

erhebt sich. Aber er ist ein Aufreißer, möchte ich am liebsten brüllen und David den Rest von Matthias Kaffee über sein blütenweißes Koch-Kostüm schütten. Ich hätte nicht übel Lust, meine ganz persönliche Pressemitteilung über David herauszugeben. Ich sehe schon die Schlagzeile vor mir.

David Mory: Der Wolf im Schafspelz

Mütter, passt auf eure Töchter auf!

»Ich muss wieder runter.« Noch einmal streift mich ein eiskalter Blick aus seinen wunderschönen Augen und schon ist David verschwunden. Matthias scheint von der frostigen Stimmung überhaupt nichts mitbekommen zu haben, denn er pfeift fröhlich vor sich hin.

»Das lief ja wunderbar«, erklärt er fröhlich, »dann mal an die Arbeit. Worauf warten Sie noch?«

Davids Song auf YouTube?
von: FUNNYGIRL um 16:09 Uhr

Hi Ihr alle ...! Ich hab auf YouTube dieses Video gefunden mit lauter Zusammenschnitten von David und Nadja. Da steht, dass das Lied von David gesungen und geschrieben ist ... Das ist doch gelogen, oder was meint ihr?

Re: Davids Song auf YouTube?
von: FRAU-MORY um 16:18 Uhr

Was? Ein Lied von David? Wo? Wo ist es? Ich kann es

nicht finden! Wenn man David und Nadja eingibt, kommen Tausende von Videos. HILFE!!!

Re(2): Davids Song auf YouTube?
von: FRAU-MORY um 16:19 Uhr

PS: David, ich liebe dich!

Re(3): Davids Song auf YouTube?
von: ENGELCHEN um 16:25 Uhr

Ich kann es auch nicht finden. Hast du nen Link, Funnygirl?

Re(4): Davids Song auf YouTube?
von: FUNNYGIRL um 16:30 Uhr

Na klar, sorry. Hier ist der Link: http://www.YouTube.com/watch?v=cO6nGgqRLRs Ist mir eigentlich ganz egal, ob das Lied von David ist, bin schon total verliebt. Es ist soooooo schööööön und traurig.

Re(5): Davids Song auf YouTube?
von: FRAU-MORY um 16:40 Uhr

Danke, Funnygirl. Sieht David nicht einfach unglaublich gut aus? Und das Lied ist wirklich toll! Könnte von ihm sein. Die Stimme klingt danach.

Re(6): Davids Song auf YouTube?
von: BLUME74 um 16:44 Uhr

Könnte aber auch von jedem anderen sein. Das kann man doch so gar nicht erkennen. Aber schön ist das Lied schon. Aber ich kann es weder bei I-Tunes noch bei Musicload finden :-(

Re(7): Davids Song auf YouTube?
von: GLITZERFEE um 16:48 Uhr
Ooooooh, ist das wunderschön! Weiß einer von euch vielleicht, wie man das Lied runterladen kann?

Re(8): Davids Song auf YouTube?
von: BLUME74 um 16:53 Uhr
Sag ich doch, gibt es nicht. Wer lesen kann, ist klar im Vorteil!

Re(9): Davids Song auf YouTube?
von: GLITZERFEE um 16:55 Uhr
Ich KANN lesen. Ich wollte wissen, wie ich das Video auf meinen Computer ziehen kann.

Re(10): Davids Song auf YouTube?
von: FUNNYGIRL um 16:56 Uhr
Ich schreib, glaub ich, mal ne E-Mail und frage nach, ob das stimmt. Oder?

Re(11): Davids Song auf YouTube?
von: BLUME74 um 16:56 Uhr
@GLITZERFEE: HAHAHA. Wenn das so einfach ginge … Schon mal was von Urheberrechtsverletzung gehört?
@FUNNYGIRL: Na, wenn du meinst … Die kriegen ja da auch bestimmt nicht zehntausend Mails am Tag. Und ist dir mal aufgefallen, dass du jeden deiner Beiträge mit »Oder« beendest? Das nervt!

Re(12): Davids Song auf YouTube?
von: GRÖSSTERFAN um 17:00 Uhr

Habt ihr eure Tage, oder was? Hört ma auf euch anzuzicken. Wer will denn überhaupt so ein Lied hören von dem David, der ist doch ein Schwein, das ist ja jetzt wohl eindeutig bewiesen. Steht ja überall. PS: Kann einer den Text von dem Lied mal übersetzen? Mein Englisch ist nicht gut.

Re(13): Davids Song auf YouTube?
von: FRAU-MORY um 17:07 Uhr

Ich bin schon dabei, den Text rauszuschreiben. Ist aber nicht so leicht zu verstehen. Ich schick dir die Übersetzung, GRÖSSTERFAN, aber nur, wenn du aufhörst, David schlecht zu machen! Ich glaube das alles nicht, was in der Presse über ihn geschrieben wird. Der Arme. Er tut mir total leid! David, ich liiiiiiiieeeeeeebe Dich! @FUNNYGIRL: Sag Bescheid, wenn du Antwort bekommst.

Re(14): Davids Song auf YouTube?
von: BLUME74 um 17:10 Uhr

Das tröstet ihn bestimmt! Den Armen!

Re(15): Davids Song auf YouTube?
von: FRAU-MORY um 17:11 Uhr

GRÖSSTERFAN, ich glaube, du hast Recht. BLUME74 hat eindeutig ihre Tage.

Mit vereinten Kräften haben Matthias und ich es geschafft, Davids Song in einer in drei Wochen laufenden Folge unterzubringen. Zwar haben die Jungs von der Postproduktion ziemlich geflucht, aber es hat funktioniert. So kann die Aktion reibungslos ihren Lauf nehmen, was eigentlich ein Grund zur Freude wäre. Meine Laune ist dennoch auf dem Nullpunkt und hebt sich nicht gerade, als ich an diesem Abend aus der Studiotür trete und in einen Menschenauflauf hineingerate. Eine Gruppe junger Frauen belagert kichernd und mit Fotoapparaten bewaffnet den Ausgang, und es ist nicht schwer zu erraten, auf wen sie warten. Eilig laufe ich an ihnen vorbei zu meinem Auto. Als ich gerade den Schlüssel ins Schloss stecken will, ertönt ein vielstimmiges Gekreische, das mir signalisiert, dass David aufgetaucht zu sein scheint. Um das zu erraten, brauche ich mich nicht mal umzudrehen. Hastig steige ich in mein Auto. Bloß weg hier. Dummerweise machen mir meine Augen einen Strich durch die Rechnung. Die fangen nämlich, kaum dass ich die Wagentür zugeschlagen habe, völlig ungefragt an zu tränen. Plötzlich fällt meine für Matthias den ganzen Tag mühsam aufrecht gehaltene Fassade in sich zusammen wie ein Kartenhaus. Übrig bleibt ein tränenüberströmtes Häufchen Elend in einem zerbeulten Fiat Punto. Schluchzend sitze ich da und warte, dass die Heulattacke vorüberzieht. Wie konnte nur alles so entsetzlich schieflaufen? Warum nur habe ich mit David geschlafen? Ich komme mir so benutzt vor, so billig, so … Ich fahre heftig zusammen, als jemand an das Beifahrerfenster klopft. Das ist aber nichts im Vergleich zu dem Schreck, den ich bekomme, als zwei Sekunden später David einfach die Autotür öffnet und sich neben mich setzt.

»Was ist denn los mit dir?« Er hat allen Ernstes die Frechheit, mich mitfühlend anzusehen. Ich fühle plötzlich den Drang in mir, ihm ins Gesicht zu schlagen, aber das wäre dann doch zu schade um sein schönes Profil. Ein knappes »Verschwinde« wäre sowieso um einiges cooler als körperliche Gewalt, aber ich befürchte, dass meine rotgeweinten Augen und die Schnodder-Nase den Effekt erheblich mindern würden. Deshalb sitze ich nur ratlos da, starre in Davids schönes Gesicht und ziehe ab und zu die Nase hoch. Wieso bist du so gemein zu mir, schreit es in meinem Kopf. Wieso hat es dir nichts bedeutet? Wieso bist du nicht so, wie ich mir dich erträumt habe, sondern genau so, wie man es von jemandem wie dir erwarten musste? Wieso hast du mich nicht angerufen? Natürlich werde ich keine dieser Fragen laut stellen. Ich muss mich nicht noch tiefer demütigen als sowieso schon.

»Nun sag doch schon, was los ist«, sagt David leicht genervt.

»Alles bestens«, antworte ich ihm mit eisigem Blick und einigermaßen fester Stimme.

»Jetzt komm schon, du hast doch was.«

»Du bist schon ein echtes Sensibelchen, was?«, spotte ich höhnisch, woraufhin sich seine Augenbrauen zusammenziehen und eine steile Falte zwischen ihnen entsteht.

»Sag mal, was habe ich dir eigentlich getan?« Ungläubig sehe ich ihn an.

»Du bist doch vollkommen krank.«

»Ich?«

»Natürlich du. Wer denn sonst?«

»Na, du zum Beispiel.«

»Warum hast du mich nicht angerufen?«, frage ich wütend und möchte mir gleich darauf die Zunge abbeißen. Aber zu spät.

»Weil ich deine Nummer nicht hatte.« Oh.

»Na, du hättest mich ja danach fragen können«, gebe ich eine Spur verunsichert zurück, obwohl ich schon ahne, was er darauf antworten wird. Und richtig.

»Wann denn? Als ich aufgewacht bin, warst du plötzlich weg. Ohne ein Wort.«

»Hmm. Ja, das stimmt«, gebe ich zögernd zu.

»Ich habe drüber nachgedacht, ob ich einfach bei dir vorbeifahren soll, aber ich wollte dich nicht drängen. Ich wusste ja nicht, ob es dir recht wäre, wenn ich einfach so bei dir zu Hause auftauche. Ganz offensichtlich hast du ja ein Nähe-Distanz-Problem, wenn du es nach dem Sex nicht mal bis zum nächsten Morgen bei mir aushältst.« Ein Nähe-Distanz-Problem? Wer? Ich? Wie kommt er denn auf die Idee?

»Ich habe …«

»Dann komme ich am Montagmittag bei dir im Büro vorbei, um dich zum Essen einzuladen, und du behandelst mich wie etwas, das die Katze von draußen reingeschleppt hat.«

»Also hör mal …«

»Du redest keine zehn Worte mit mir und lässt mich einfach stehen. Jetzt sag mir bitte, was ich darüber anderes denken soll, als dass unsere Nacht für dich eben nur ein One-Night-Stand war?«

»Ein One-Night-Stand?«, echoe ich ungläubig. »Dafür bin ich überhaupt nicht der Typ. Wie kommst du denn bloß auf diese absurde Idee?«

»Ich dachte, das hätte ich gerade erläutert«, sagt er gereizt.

»Aber so war das alles gar nicht. Ich dachte nur, der Elbstrand bei Mondschein, das Lagerfeuer, die Musik, ich dachte, das sei eben deine Masche. Und dass ich nur ein weiteres Groupie bin, das du zum Dessert vernaschst.«

»Das traust du mir zu?«

»Ähm, nun ja«, winde ich mich, »eigentlich nicht, aber …«

»Aber was?« Selbst in dieser Situation kann ich nicht umhin, seine Schönheit zu bewundern. Und genau das ist es. Das große Aber. Aber du bist so schön. Und ich bin so durchschnittlich. Du bist ein Star, ein erfolgreicher Künstler. Und ich bin ein Niemand.

»Aber du kannst doch jede haben«, flüstere ich, und er grinst.

»Schon möglich. Aber mir gefällt nun mal der kleine Rotschopf mit den Sommersprossen.«

»Ehrlich?«, frage ich atemlos. Er nimmt mein Gesicht in beide Hände und sieht mir in die Augen.

»Ganz ehrlich.«

»Und warum?« Er lässt vor Überraschung die Hände sinken. Gut, das ist vielleicht jetzt eine etwas unromantische Frage, aber ich möchte das wirklich wissen. Warum keine von den tausend anderen Frauen, die ihm nachlaufen? Warum ich?

»Nun, da wären zunächst mal deine Haare«, sagt er gedehnt und spielt mit einer meiner Locken. Ich haue ihm auf den Oberarm. »Schon gut. War doch nur ein Scherz. Wobei ich die wirklich toll finde. Aber … ich weiß auch nicht. In deiner Gegenwart zu sein fühlt sich einfach so viel besser an als, na ja, nicht in deiner Gegenwart zu sein.« Mit einem hilflosen Schulterzucken sieht er mich an. »Du trägst keine Maske, das gefällt mir. Man kann dir immer ansehen, was du gerade fühlst.« Ich spüre, wie mir das Blut in die Wangen steigt. »Genau das meine ich. Und ich mag deine Augen«, fährt er fort, »sie sind immer so ernsthaft. Dauernd habe ich Frauen um mich herum, die ständig von einem Ohr zum anderen grinsen und dabei ihre gebleichten Zähne präsentieren. Aber wenn du mal lächelst, dann bedeutet es wirklich etwas. Ich liebe es, mich mit dir zu unterhalten, weil ich das Gefühl habe, bei dir ehrlich sein zu dürfen. Wirklich ich selbst.«

»Beantwortest du mir dann auch ehrlich eine Frage?«

»Natürlich. Jede.«

»Wer ist Leila?« Als er mich überrascht ansieht, füge ich schnell hinzu: »Ich habe das Post-it in deinem Badezimmer gesehen.« Er greift nach meiner Hand.

»Leila ist eine sehr wichtige und gute Freundin für mich. Nicht mehr und nicht weniger.«

»Aber ihr seid nicht in einer Beziehung?«, vergewissere ich mich, und er schüttelt heftig den Kopf.

»Natürlich nicht. Was ist, soll ich fortfahren, dir zu erzählen, warum ich dich wundervoll finde?« Ich überlege einen Moment lang und lege dann die Arme um seinen Hals.

»Ich komme bei Gelegenheit darauf zurück«, flüstere ich, bevor ich ihn küsse.

Am nächsten Morgen sitze ich früh an meinem Schreibtisch und bin mächtig stolz auf mich. Nein, ich bin David nicht sofort wieder mit Haut und Haaren verfallen. Ja, zugegeben, ich habe ihm einen kleinen Kuss zugestanden. Na schön, vielleicht waren es auch zwei oder drei. Aber dann habe ich mich verabschiedet und bin ganz brav und alleine nach Hause gefahren. Selbstbeherrschung, dein Name ist Fanny. Gerade will ich meinen Computer hochfahren, als ein Schatten auf den Monitor fällt. Hinter mir steht Felix, einen Becher Latte Macchiato und ein Stück Kuchen in der Hand.

»Hi. Ich wollte gar nicht stören, ich dachte, ich bring dir schnell was zum Frühstück vorbei«, sagt er und stellt beides vor mich hin.

»Wie nett, vielen Dank.«

»Keine Ursache.« Ein wenig unentschlossen sieht er sich um.

»Tut mir leid, Nadja kommt eigentlich fast nie ins Pressebüro«, sage ich bedauernd, und die Enttäuschung ist ihm deutlich anzumerken.

»Hm, na ja, was soll's. Ist vielleicht auch besser so. Nach dem, was du mit David so durchgemacht hast. Wie geht es dir denn?« Ich habe ihm noch gar nichts von den neuesten Entwicklungen erzählt.

»Oh, ganz gut eigentlich.«

»Das freut mich. Er ist es auch nicht wert, sich seinetwegen zu grämen. Du hast was viel Besseres verdient«, sagt er grimmig.

»Äh, na ja, ich …«

»Nein, wirklich, er ist echt ein Arschloch. Wenn du willst, dass ich ihm eins aufs Maul haue …« Ungläubig sehe ich an seiner schmächtigen Gestalt herunter. »Ja, ich weiß, vermutlich würde ich dabei alt aussehen«, gibt er zu, »aber für dich würde ich es tun.«

»Danke«, sage ich gerührt, »aber das ist nicht nötig. Außerdem bist du doch Pazifist.«

»Stimmt. Also dann.« Er lächelt mich nochmal an und prallt beim Herumdrehen fast mit David zusammen.

»Ups, das war knapp«, sagt dieser und deutet auf den Kaffeebecher in seiner Hand. Dann schaut er auf meinen Schreibtisch und zieht ein langes Gesicht. »Oh, wie ich sehe, bist du schon versorgt.«

»Tja, das lässt sich nicht leugnen.« Feindselig starrt Felix ihn an, während ich die Situation zu retten versuche.

»Gib nur her, ich kann jeden Kaffee brauchen, den ich kriegen kann. Wie süß von euch. Da hattet ihr beide die gleiche Idee.«

»Nur, dass ich auch an Kuchen gedacht habe«, trumpft Felix auf.

»Ich auch«, erwidert David und zaubert aus seiner Umhängetasche eine Papiertüte mit einem Schokomuffin hervor.

»Aber ich muss doch auf meine Linie achten«, kokettiere ich und beobachte amüsiert, wie die beiden Gockel einander misstrauisch beäugen.

»So ein Unsinn, du bist absolut perfekt«, streicht David einen Punkt für sich ein, was Felix mit einem verächtlichen Schnauben kommentiert.

»Also, Fanny, mein Angebot von vorhin steht noch«, erklärt er kampfeslustig.

»Ich komme schon klar. Noch mal danke!«

»Okay.« Ohne David noch eines Blickes zu würdigen, räumt Felix das Feld. Der nimmt die Gelegenheit wahr, um mir einen Kuss auf die Lippen zu drücken.

»Guten Morgen.«

»Guten Morgen.« Ein wenig ängstlich schiele ich in Richtung Tür. »Wenn Matthias das sieht, feuert er mich auf der Stelle.«

»Sorry.« Er tritt ein paar Schritte zurück. »Dieser Felix scheint mich nicht besonders gut leiden zu können.«

»Er macht sich nur Sorgen um mich. Er ist so was wie mein bester Freund.«

»Und was bin ich?«

»Was möchtest du denn sein?«, erkundige ich mich mit einem gekonnten Augenaufschlag.

»Ich würde ja sagen dein Freund, aber neben dem besten Freund klingt das natürlich läppisch.«

»Stimmt«, grinse ich. »Dann geh mal und lass dir was Besseres einfallen.«

»Bleibt es bei heute Abend? Ich hole dich ab.«

»Mach das. Tschüss. Und danke.«

»Gern geschehen.« Als er hinausgeht, riskiere ich noch einen letzten Blick. Er hat wirklich einen entzückenden Hintern.

»Er hat bitte was gesagt?«, fragt Julia mich am Abend entgeistert, während sie mir beim Schminken zusieht.

»Dass er mein Freund sein will«, wiederhole ich zufrieden und werfe einen prüfenden Blick auf mein Konterfei, das mich aus dem Badezimmerspiegel heraus ansieht. »Ich bin eine wunderschöne Frau«, murmele ich vor mich hin, und es fällt mir aufgrund der derzeitigen Ereignisse erstaunlich leicht, mir das zu glauben. Ich bin vielleicht wirklich nicht so übel, wenn ein Traummann wie David sich ernsthaft für mich interessiert. Julia lässt sich fassungslos auf dem Badewannenrand nieder.

»Und was hast du gesagt?«

»Du wärest stolz auf mich gewesen. Ich war kühl wie Zitroneneis.« Sie nickt nachdenklich.

»Vielleicht solltest du die Finger von der Sache lassen.«

»Wie bitte? Wieso das denn?«

»Mit dem Typen ist doch eindeutig etwas faul.«

»Wie kommst du denn da drauf?«

»Süße, ich will dich ja nicht deiner Illusionen berauben, aber hast du in deinem ganzen Leben schon mal einen Mann getroffen, der so erpicht darauf ist, eine feste Bindung einzugehen? Der nach einem einzigen Date die Frau als seine Freundin bezeichnet? Da stimmt doch was nicht.« So, da stimmt also etwas nicht, wenn ein Mann sich mich als die Frau an seiner Seite wünscht?

»Auch wenn du es für total abwegig hältst, aber vielleicht hat er sich ja einfach in mich verliebt. Schönen Abend.« Hoch erhobenen Hauptes verlasse ich das Badezimmer.

»Das halte ich überhaupt nicht für abwegig. Fanny, jetzt warte doch, so habe ich das nicht …« Aber in diesem Moment lasse ich die Haustür mit einem lauten Knall hinter mir zufallen. Ich gehe jetzt ins Kino. Mit so einem komischen Vogel, der mehr von mir will als einen One-Night-Stand.

David ist so reizend, wie man es sich nur wünschen kann. Er lässt mich den Film auswählen, und sein Gesicht entgleist nicht einmal für den Bruchteil einer Sekunde, als ich mich für die romantische Komödie entscheide, obwohl er begehrlich auf das Actionfilm-Plakat schaut. Zur Belohnung darf er ein bisschen mit mir knutschen, bevor der Hauptfilm anfängt. Wir landen noch auf ein Getränk in der Milchbar und schließlich in meinem Bett. Danach liege ich in Davids Armen. Er drückt mich an sich und flüstert mir ins Ohr:

»Ich mag dich.«

»Tatsächlich?«, frage ich ironisch. Er nickt ernsthaft.

»Sehr. Du mich auch?«

»Sonst lägest du nicht in meinem Bett«, antworte ich trocken.

»Wenn ich ganz ehrlich bin, dann bin ich wohl sogar ziemlich verliebt in dich«, murmelt David, legt seinen Kopf auf meine Schulter und schlummert selig ein.

Am nächsten Morgen treffen wir in der Küche auf Julia, die sich gerade an der Kaffeemaschine zu schaffen macht. Dafür, dass sie ihn vor dem Fernseher immer so anschmachtet, guckt Julia ziemlich reserviert, während sie David von oben bis unten mustert. Ich werfe ihr einen warnenden Blick zu. Nach dieser wunderschönen Nacht bin ich friedlich gestimmt und bereit, ihr den Fauxpas von gestern zu verzeihen, aber dann soll sie sich jetzt gefälligst auch wieder einkriegen. Immerhin reicht sie uns jeweils einen Becher Kaffee und setzt sich mit uns an den Küchentisch.

»Was ist denn da passiert?«, erkundigt sich David mit einem Blick auf die noch immer schwarz verkokelte Wand hinter dem Herd. Sofort beginnt Julia ihm lang und breit von meiner »Buchverbrennung« zu erzählen, und die beiden sind sich sofort einig, dass das eine Schnapsidee von mir war.

»Du hast dein Manuskript verbrannt? Wie konntest du das nur tun?«

»Genau mein Reden«, stößt Julia ins gleiche Horn, und ich rutsche unruhig auf meinem Stuhl hin und her.

»Wie schön, dass ihr euch so einig seid«, sage ich bissig, woraufhin David mir den Arm um die Schultern legt und mich an sich zieht.

»Ich streiche euch die Wand am Wochenende«, verspricht er. Verzückt sehe ich ihn von der Seite an und werfe dann Julia einen triumphierenden Blick zu.

»Ehrlich?«, fragt die erstaunt.

»Na klar. Kein Problem.« Dann schaut er irritiert auf die silberne Wanduhr über dem Kühlschrank. »Ich hoffe, das stimmt nicht«, sagt er mit einem Anflug von Panik in der Stimme. Ich schüttele beruhigend den Kopf.

»In unserer Küche ist es halb zehn, seit die Batterien vor vier Monaten ihren Geist aufgegeben haben.«

»Okay, dann bringe ich wohl auch neue Batterien mit. Aber jetzt muss ich los, mein Fahrer holt mich in zwanzig Minuten zu Hause ab.«

»Kannst du ihn nicht anrufen, dass er hierhin …?«, setze ich an und unterbreche mich dann kopfschüttelnd selbst. »Nein, blöde Idee, vergiss es.«

»Leider«, sagt er bedauernd und drückt mir einen langen Kuss auf die Lippen. Ich höre Julia unterdrückt seufzen. Wahrscheinlich hat sie das Gefühl, mitten in einer Telenovela gelandet zu sein. »Bis bald, Julia.«

»Ja, hoffentlich«, sagt meine Mitbewohnerin zu meinem Erstaunen.

»Warte, ich bringe dich noch zur Tür.«

»Nein, bleib sitzen und frühstücke in Ruhe mit Julia zu Ende.« Schon ist er aus der Küche, doch fünf Sekunden später steht er schon wieder vor mir.

»Eine Sache noch, bevor ich das vergesse.«

»Ja?«

»Gibst du mir bitte deine Telefonnummer?«

DREI WOCHEN SPÄTER:

Gestrige Folge
von: ENGELCHEN um 10:09 Uhr
War das nicht wunderschön, wie Maximilian Lara am Ende der letzten Folge geküsst hat? Ich gebe es zu, ich habe ein paar Tränchen verdrückt! Weiß einer, wie das Lied heißt, das im Hintergrund gelaufen ist? Irgendwas mit »Don't give up«. Sooo schön! Danke für die Antworten!

Re: Gestrige Folge
von: GRÖSSTERFAN um 10:13 Uhr
Die Lara ist so dumm, dass sie wieder auf ihn reinfällt. Da reg ich mich auf drüber. Warum nimmt sie nicht den Konstantin, das ist doch so ein Netter!

Re(2): Gestrige Folge
von: BLUME74 um 10:18 Uhr
Wenn sie aber doch den Maximilian liebt, dann ist es eben so. Man kann das nicht erzwingen. Aber ich finde Konstantin auch süß. @ENGELCHEN: Über das Lied haben wir vor ein paar Wochen schon hier im Forum gesprochen. Ich glaube, es heißt »Don't give up on me«, aber man kann es nirgendwo kaufen :(Aber hier kannst du es finden und dann halt immer wieder auf dem Computer abspielen:
http://www.YouTube.com/watch?v=cO6nGgqRLRs

Re(3): Gestrige Folge
von: FUNNYGIRL um 10:22 Uhr
Hallo zusammen. Das Lied ist tatsächlich von David!!! Und

man kann es hier auf der Seite kostenlos downloaden. Hier ist der Link: http://liebe-a-la-carte.de/insiderwissen_und-hintergrundinfos/don't-give-up-on-me.asp

Re(4): Gestrige Folge
von: SONNENSCHEIN um 10:23 Uhr

Ich hab die Folge aufgenommen und guck die Szene immer wieder. Wie die beiden im Auto sitzen und dann küssen sie sich und dazu singt David auch noch im Hintergrund. Schmelz! Da krieg ich jedes Mal Gänsehaut.

Re(5): Gestrige Folge
von: FRAU-MORY um 10:25 Uhr

http://www.das-blatt.de/stars/david:ein-lied-fuer-die-liebe_aid_14234.html Seufz!

Re(6): Gestrige Folge
von: FUNNYGIRL um 13:26 Uhr

Kopf hoch! Andere Mütter haben auch schöne Söhne!

Ein Lied für die Liebe

Wie David jetzt um seine Nadja kämpft

Während andere Männer nach einem Seitensprung versuchen, ihre Angebetete mit Rosen zu betören, geht David Mory einen Schritt weiter. Und offenbart ganz nebenbei, dass ein weiteres Talent in ihm schlummert.

Nachdem Nadja Reichert sich offiziell von ihrem Kollegen trennte, herrschte Krieg zwischen den beiden Ex-Lovern. Vor allem David soll sich von einer Affäre in die nächste gestürzt haben. »Ich habe Fehler gemacht und zu spät erkannt, dass keine Nadja ersetzen kann«, gesteht er nun im Interview. In seinem Schmerz schrieb er, der seit seinem achten Lebensjahr Gitarre spielt, ein Liebeslied mit dem bezeichnenden Titel »Don't give up on me«. Durch einen Zufall gelangte der Song an die Öffentlichkeit. »Ich war bei der Open Mike-Night des Downtown-Pubs und glaubte meinen Augen nicht zu trauen, als ich plötzlich David mit seiner Gitarre auf der Bühne sah, der ganz selbstvergessen diesen wundervollen Song spielte«, so Gabriele Barth, Regisseurin bei »Liebe à la Carte«. »Ich ließ nicht locker, bis er mir erlaubte, das Lied in einer meiner Folgen zu verwenden.« Unzählige Male wurde Davids Liebesbeichte seitdem von der Homepage der Telenovela heruntergeladen, die Radiosender reißen sich um den Song, und sobald das zugehörige Video gedreht ist, wird er unserer Einschätzung nach auch die VIVA-Charts stürmen. »Das ist mir alles nicht wichtig«, erklärt David. »Dieses Lied ist für Nadja. Ich hoffe, dass sie mir verzeihen kann.« Wir wünschen es ihm.

Kapitel 9

»Also, ich weiß nicht so recht«, sagt David zweifelnd und lässt das BLATT sinken. »Und das soll irgendjemand glauben? Außerdem ist der Artikel fürchterlich geschrieben, findest du nicht?« Er sieht mich fragend an. »Ich meine, den hast du doch nicht geschrieben, oder? In diesem Fall …«

»Nein, nein.« Mit dem Zeigefinger male ich Muster auf seine nackte Brust. »Ich schreibe nur die Pressemitteilungen, und die Journalisten bereiten das Ganze dann reißerisch auf.«

»Reißerisch, ja, das ist wohl der richtige Ausdruck.« Kurzerhand nehme ich ihm die Zeitung aus der Hand und werfe sie in hohem Bogen auf den Fußboden.

»Ist doch egal. Du weißt doch, in der Schlagzeile von heute wird morgen Fisch eingewickelt. Immerhin hat die Geschichte ihren Zweck erfüllt. Deine Musik findet Beachtung, und einen Plattenvertrag hast du jetzt auch. Und zwar so.« Ich schnippe mit den Fingern und kuschele mich dann wieder an ihn, schließe die Augen und genieße es, Davids warmen, nackten Körper an meinem zu spüren. Die letzten drei Wochen waren die schönsten meines Lebens. Seit unserer Aussprache im Auto sind David und ich unzertrennlich und haben beinahe jede

Nacht miteinander verbracht. Jeden Morgen, wenn ich aufwache, erfasst mich für den Bruchteil einer Sekunde Panik, er könnte nicht mehr da sein, wenn ich die Augen öffne. Es könnte nur ein Traum gewesen sein. Aber auch am heutigen Sonntagmorgen fiel mein erster Blick auf den schlafenden David an meiner Seite. Mein Leben ist einfach wundervoll, und dass wir unsere Beziehung verheimlichen müssen, damit komme ich ganz gut klar. Julia und Felix sind natürlich eingeweiht, und gestern konnte ich nicht widerstehen, auch meiner Mutter von meiner neuen Liebe zu erzählen. Sie hat mir wieder so mit dem Wunsch nach Enkelkindern in den Ohren gelegen, dass ich glaubte, ihr zumindest ein Krümelchen Hoffnung hinwerfen zu müssen. Wie man sich vorstellen kann, war sie ziemlich aus dem Häuschen über die Neuigkeiten, und ich musste sie schwören lassen, dass sie niemandem ein Sterbenswort davon erzählt.

»Wir sollten wirklich langsam mal aufstehen«, sage ich mit einem Blick auf die Uhr, kuschele mich aber entgegen dieser Aussage noch näher an ihn. »In einer halben Stunde kommt Felix zum Brunch, und wir können doch Julia nicht alles alleine machen lassen.« Wie auf ein Zeichen klopft es in diesem Moment an meiner Zimmertür.

»Vögelt ihr gerade oder kann ich reinkommen?«

»Komm rein.«

»Morgen, ihr Schlafmützen. Ihr wisst aber schon, dass wir gleich Besuch bekommen, oder?«

»Wir wollten gerade aufstehen und dir helfen.«

»Da kommt ihr zu spät. Es ist schon alles fertig. Wenn du nur noch so nett wärest, das Rührei zu machen?«, fragt sie David.

»Klar, mache ich.«

»Oder du verrätst mir deine geheime Zutat, dann könntet ihr noch ein bisschen liegen bleiben«, schlägt Julia mit unschuldigem Augenaufschlag vor, doch er schüttelt lachend den Kopf.

»Netter Versuch. Ich bin gleich da.« Schmollend zieht Julia ab, und David steigt aus dem Bett.

»Was ist denn die geheime Zutat?«, erkundige ich mich neugierig, während er in seine Boxershorts schlüpft.

»Fanny, du weißt, ich bin sehr verliebt in dich, aber ein paar kleine Geheimnisse musst du einem Mann schon lassen.« Er gibt mir einen schnellen Kuss auf den Mund und verlässt das Zimmer, während vor meinem inneren Auge plötzlich ein weibliches Gesicht auftaucht, das ich in den letzten Wochen erfolgreich aus meinen Gedanken verbannt hatte. Melanies Gesicht. »Du weißt nichts von ihm. Er hat seine Schattenseiten.« Was hat sie damit bloß gemeint? Ich sehe seit drei Wochen ganz genau hin, aber kann an David weit und breit keine dunkle Seite entdecken.

Fünfundvierzig Minuten später sitzen wir zu viert um unseren großen Küchentisch herum und genießen ein köstliches Frühstück. Wie schön das Leben sein kann. Selbst Felix hat schließlich seine Feindseligkeit gegenüber David aufgegeben, weil er zugeben musste, dass er ein wirklich feiner Mensch ist. Die beiden unterhalten sich gerade über das letzte Spiel des HSV, und Julia isst mit konzentrierter Miene ihre zweite Portion Rührei, ohne die Geheimsubstanz ausmachen zu können, als es an der Tür klingelt.

»Wer kann das denn sein?«, frage ich überrascht, und Julia zuckt mit den Schultern.

»Kannst du bitte gehen? Ich glaube, gleich komme ich drauf. Senf, oder? Es ist Senf«, richtet sie sich an David, der aufsteht.

»Ich gehe schon. Nein, es ist kein Senf.« Zwei Minuten später dringen Stimmen aus dem Flur zu uns herein.

»Wer ist es denn?« David erscheint in der Küchentür.

»Deine Eltern.«

»Wie bitte?«, frage ich perplex. »Wessen Eltern?«

»Deine.« Kein Zweifel, er meint mich.

»Aber wieso …?«, frage ich mit kaum verhohlenem Entsetzen in der Stimme und erhebe mich mit wackeligen Beinen, als mein Vater und meine Mutter die Küche betreten.

»Guten Morgen«, trällert meine Mutter und reißt mich an ihren üppigen Busen, den ich leider nicht von ihr geerbt habe. Dann küsst sie Julia auf beide Wangen und gibt Felix die Hand. »Hallo, ich bin Ute, es freut mich sehr. Ja, und David haben wir ja auch schon kennengelernt. Nun komm doch auch endlich richtig rein, Karl-Heinz!« Mein Vater drückt mir einen Kuss auf die Wange und wispert mir dabei ins Ohr: »Das war nicht meine Idee.« Mir ist eigentlich ziemlich egal, wessen Idee es war. Ratlos stehe ich da und sehe in die Gesichter um mich herum, mein Vater zerknirscht, meine Mutter begeistert und meine Freunde irgendwo zwischen perplex und amüsiert.

»Was macht ihr denn hier?«, erkundige ich mich schwach, während David geistesgegenwärtig zwei Stühle aus meinem Zimmer herbeischleppt.

»Sehr aufmerksam, vielen Dank, David.« Meine Mutter schenkt ihm ein strahlendes Lächeln und lässt sich auf den Stuhl plumpsen. »Was wir hier machen? Na, frühstücken natürlich. Du hast mir doch gestern erzählt, dass ihr heute ein großes Frühstück macht. Oder nein, wie hast du es genannt? Karl-Heinz, wie ist noch dieser englische Ausdruck?«

»Brunch«, sagt mein Vater geduldig.

»Genau. Brunch.« Davon habe ich ihr tatsächlich erzählt. Aber ich kann mich beim besten Willen nicht daran erinnern, sie dazu eingeladen zu haben.

»Du hast uns zwar nicht direkt eingeladen«, bestätigt meine Mutter, »aber wir dachten, das wäre eine tolle Gelegenheit, unseren zukünftigen Schwiegersohn kennenzulernen.«

»Mama!«, rufe ich entsetzt und möchte vor Scham im Erdboden versinken. Meine Mutter zwinkert ihrem Schwiegersohn in spe vertraulich zu, und der grinst gutmütig zurück.

»Wir haben auch Brötchen mitgebracht, schließlich wollen wir euch ja nichts wegessen. Karl-Heinz?«

»Oh nein, die Brötchen. Die habe ich im Auto gelassen.«

»Na, dann hol sie bitte!« Mein Vater fährt von seinem Stuhl hoch wie ein Stehaufmännchen.

»Papa, bleib sitzen, wir haben genug Brötchen.« Besorgt sehe ich zu David herüber. Der sieht eigentlich ganz entspannt aus. Nicht so, als würde er gleich die Flucht ergreifen wollen. Was ich ihm nicht übelnehmen würde. Na gut, mir bleibt wohl nichts anderes übrig, als gute Miene zum bösen Spiel zu machen. Rausschmeißen kann ich sie ja schlecht.

»Wir wollen euch keine Mühe machen, nur ein bisschen gemütlich zusammensitzen«, beteuert meine Mutter, als hätte sie meine Gedanken erraten, und plötzlich finde ich es gar nicht mehr so schlimm, dass sie gekommen sind.

»Okay, dann mache ich euch mal einen Kaffee«, sage ich friedfertig, und mein Vater nickt dankbar.

»Das wäre toll, vielen Dank, Fanny.«

»Aber bitte entkoffeiniert«, wirft meine Mutter ein, während ich ihr einen Teller und Besteck reiche. »Du weißt ja, unser Blutdruck.«

»Wo soll ich denn jetzt bitte entkoffeinierten Kaffee hernehmen?«, frage ich leicht gereizt.

»Im Schrank steht welcher.« Julia reicht meiner Mutter die Schüssel mit dem Rührei. »Ute, das hier musst du probieren. Hat David gemacht«, fügt sie mit einem Zwinkern hinzu, »und er will mir einfach nicht seine geheime Zutat verraten.«

»Ich bin gleich wieder da«, murmele ich und greife nach Davids Hand. »Kommst du mal bitte kurz mit?«

Draußen im Flur lehne ich mich erschöpft gegen seine Brust, und er streichelt sanft meinen Rücken. Dann sehe ich zu ihm hoch und sage: »Hör zu, ich weiß, man sagt, schau dir ihre Mutter an, dann weißt du, wie deine Freundin irgendwann mal werden wird, aber ich schwöre dir, in meinem Fall stimmt das nicht.«

»Ach, das sagt man?«

»Das wusstest du nicht?«

»Noch nie gehört.«

»Dann vergiss es am besten gleich wieder. Es ist überhaupt nicht wahr.« Beruhigend zieht er mich an sich und drückt mir einen Kuss auf die Stirn.

»Entspann dich. Ich mag deine Mutter.«

»Geschmolzener Schweizer Käse, oder?«, ruft diese in diesem Moment zu uns nach draußen.

»Stimmt«, ruft David zurück, und dann, an mich gewandt: »Jetzt kennst du auch dieses Geheimnis.« Er küsst mich zärtlich auf den Mund, und wir gehen Hand in Hand in die Küche zurück.

»Schweizer Käse, natürlich, warum bin ich da nicht selber drauf gekommen?«, sagt Julia kopfschüttelnd und schiebt sich eine weitere Gabel Rührei in den Mund.

»Ach, Fanny«, wendet sich mein Vater an mich, während ich mich an der Kaffeemaschine zu schaffen mache, »Frau Breuer hat uns dein Buch mitgegeben. Zum Signieren. Ute, gib doch mal das Buch her.«

»Ja, richtig, das hätte ich fast vergessen.« Meine Mutter beginnt, in dem riesigen bunten Strandbeutel, den sie als Handtasche benutzt, herumzukramen. »Hier.« Sie reicht mir eine etwas lädierte Ausgabe von »Kalte Welt«. »Schreib ihr doch was Liebes rein, da freut sie sich.«

»Okay, das mache ich später.« Es wäre mir lieber, wenn wir das Thema »Fannys Autorenkarriere« möglichst schnell fallen lassen würden. Aber leider handelt es sich dabei ja um das Lieblingsthema meines Vaters. Er nimmt das Buch, das ich achtlos auf dem Herd abgelegt habe, in die Hand und betrachtet es stolz. Dann wendet er sich an David.

»Ein wunderschönes Buch, das Fanny da geschrieben hat. Wir sind sehr stolz auf sie.«

»Dazu haben Sie allen Grund.«

»Haben Sie es denn gelesen?«

»Papa«, sage ich empört.

»Natürlich«, antwortet David. Vollkommen perplex sehe ich ihn an. Ich muss nämlich zugeben, dass ich mich nie getraut habe, ihn danach zu fragen, obwohl er mir ja schon bei unserem ersten Date angekündigt hatte, meine Bücher lesen zu wollen. Und das hat er nun also wirklich getan? Und mir nichts davon erzählt? Das kann eigentlich nur eines bedeuten: Er findet sie schrecklich. Unbehaglich sehe ich David an.

»Das hast du mir ja gar nicht erzählt.«

»Tut mir leid. Ich wollte mit dir darüber sprechen, wenn ich fertig bin. Aber ich lese ziemlich langsam und bin erst auf Seite vierhundert.«

»Oh, da kommt ja das Beste noch«, sagt mein Vater erfreut. »Und wie gefällt es Ihnen?« David denkt eine Sekunde lang nach, die mir wie eine Ewigkeit vorkommt.

»Ich finde es überraschend.« Ich spüre, wie mir das Blut in die Wangen schießt. »Man würde nicht denken, dass eine junge, hübsche Frau wie Fanny über ein so düsteres Thema schreibt. Aber je näher ich ihre Tochter kennenlerne, desto mehr begreife ich, dass sie sich genau für die Facetten des Lebens interessiert, an denen andere gerne vorbei schauen. Mich hat der Roman sehr berührt. Ihre Tochter ist eine begabte Schriftstellerin«, sagt er schließlich, und ich weiß, dass mein Vater ihn in diesem Moment in sein Herz geschlossen hat. Und wenn das überhaupt möglich ist, liebe auch ich David jetzt noch mehr als vorher.

»Nicht wahr, nicht wahr?«

»Und es ist ein Jammer, dass sie mit dem Schreiben aufgehört hat«, fährt David fort. Mein Vater strahlt über das ganze Gesicht, während Davids Blick meinen sucht. Durchdringend sieht er mich an, als wollte er sagen: »Das sage ich jetzt nicht nur für deine Eltern. Das ist meine Meinung.« Verlegen verstecke ich mich hinter meiner Kaffeetasse.

»Ich finde es auch total schade«, wirft Julia ein, als meine Mutter einen kleinen Schrei ausstößt.

»Da fällt mir ein, Karl-Heinz, du solltest mich doch dran erinnern, wir haben doch noch etwas mitgebracht.« Verheißungsvoll strahlt sie mich an. Was kommt denn jetzt? Schon wieder wühlt meine Mutter in ihrem Ungetüm von Tasche herum und zieht schließlich ein mit Kinderschrift beschriebenes Blatt Papier in einer Klarsichthülle hervor.

»Was ist das?«, frage ich alarmiert, während meine Mutter das Papier wie eine Trophäe hin- und herschwenkt.

»Das ist deine erste Kurzgeschichte. Ich habe sie letztens beim Aufräumen im Keller gefunden. Als du sie geschrieben hast, warst du neun Jahre alt. Ich werde sie euch vorlesen. Wollt ihr?«, fragt sie in die Runde und trifft auf begeisterte Zustimmung. Außer von mir, aber meine Meinung scheint hier wenig zu zählen.

»Mama, bitte nicht«, bettele ich, denn wer weiß, was ich da für einen Unsinn verzapft habe.

»Doch, wir wollen das hören!«

»Bitte!«

»Es ist eine ganz tolle Geschichte«, sagt mein Vater leise in meine Richtung und tätschelt beruhigend meinen Arm.

»Na schön. Dann lies sie vor.« Meine Mutter nimmt noch einen großen Schluck Kaffee, räuspert sich geziert und beginnt zu lesen.

Die Geschichte von dem kleinen Mädchen Annabelle

Es waren einmal ein Mann und eine Frau, die lebten gemeinsam in einem kleinen Haus und waren sehr glücklich miteinander. Weil sie sich so liebten, bekamen sie eines Tages ein Kind, eine kleine Tochter mit roten Haaren und grünen Augen. Sie freuten sich sehr und fanden, dies sei wohl das schönste Mädchen, das je das Licht der Welt erblickt hätte. Sie tauften sie Annabelle und es war alles gut. Aber eines Tages war es für das Kind an der Zeit, in die Welt hinaus zu gehen, um für das Leben etwas zu lernen. So kam Annabelle in die Schule, wo sie lesen und schreiben lernen durfte. Das gefiel ihr. Aber da waren auch noch andere Kinder. Sie hatten braune, blonde oder schwarze Haare und das leuchtend rote Haar von Annabelle stach ihnen wohl in die Augen. Sie riefen ihr böse Wörter hinterher und zogen an ihren flammenden Locken, nahmen ihr den Schulranzen weg und versteckten ihn, so dass sie ohne ihre Bücher nach Hause gehen musste. Eines Abends saß Annabelle in dem schönen Garten ihrer Eltern und weinte bittere Tränen, weil sie anders war als die anderen Kinder. Da hörte sie eine leise Stimme ihren Namen rufen und dann entdeckte sie ein winziges Männlein, kaum größer als ihr Daumen, in einem grünen Anzug und mit leuchtend roten Haaren unter der Zipfelmütze. »Oje, du Armer«, sprach sie voller Mitleid.
»Du bist genauso hässlich wie ich. Lachen sie dich auch aus? Musst du auch immer weinen?« Und das Männlein nickte, doch es sah dabei gar nicht traurig

aus, sondern lächelte fröhlich und flüsterte: »Es ist eine Gabe.« Dann schnippte es mit den Fingern und verschwand. Und vor ihr im grünen Gras begann es zu funkeln und zu leuchten und als sie genauer hinsah, da waren Hunderte Diamanten zwischen den Grashalmen, genau dort, wo ihre Tränen hingefallen waren.

»Wow«, sagt Felix beeindruckt. »Und da warst du wirklich erst neun Jahre alt?« Ich nicke, dabei bin ich mir sicher, dass ich erst acht gewesen bin. Schon nach den ersten Sätzen war die Erinnerung an Annabelle wieder da, und ich frage mich, wie ich sie so lange vergessen konnte. Auf dem Papier, das meine Mutter in der Hand hält, befindet sich die erste, aber nicht die letzte Geschichte, die ich im Laufe meiner Kindheit über Annabelle, meine kleine, rothaarige Heldin, geschrieben habe. Zum neunten Geburtstag bekam ich von meiner Omi Ursel ein Tagebuch geschenkt, rot und weiß gestreift und mit einem kleinen Vorhängeschloss, damit niemand meine geheimsten Gedanken und Wünsche würde lesen können, so erklärte sie mir. In dieses Buch schrieb ich Dutzende Geschichten von dem kleinen Mädchen, das Diamanten weinen konnte. Ob ich das Tagebuch wohl noch auf irgendeiner Kiste auf meinem Speicher finden kann? Oder bei meinen Eltern im Keller?

»Wie weise. Du hast schon damals erkannt, dass der Schmerz des Künstlers sein Talent erblühen lässt«, reißt Julia mich aus meinen Gedanken.

»Na ja, das halte ich jetzt aber doch für eine Überinterpretation«, wehre ich ab. »Darf ich das haben?« Meine Mutter reicht mir den Bogen und zieht dann ein rot-weißes Büchlein aus der Tasche hervor.

»Und hier ist noch mehr.«

»Toll. Ich habe mich gerade gefragt, wo es wohl ist.«

»Noch mehr Geschichten?«, fragt Julia und klatscht in die Hände, aber ich schüttele den Kopf und nehme das Buch an mich.

»Nein, das reicht jetzt.«

»Ich habe natürlich zu Hause Kopien davon gemacht«, erklärt mein Vater stolz. »Wir haben doch jetzt diesen neuen Drucker, mit dem man auch fotokopieren kann.«

Wir verbringen noch einen vergnügten Nachmittag miteinander, gegen vier verabschieden sich meine Eltern.

»Sollen wir an die Elbe fahren und Marshmallows grillen?«, schlage ich vor und lächele David in Erinnerung an unser erstes Date an. Er wirft einen Blick aus dem Fenster.

»Von da hinten ziehen ganz dunkle Wolken auf. Ich glaube, bald regnet es«, gibt er zu bedenken, als draußen im Flur ein Handy zu klingeln beginnt. »Das ist meins, bin gleich wieder da.«

»Wir könnten ins Kino gehen«, schlägt Julia vor und gemeinsam beugen wir uns über die Zeitung mit dem aktuellen Kinoprogramm.

»Der neue Fatih-Akin-Film läuft im Abaton. Hast du Lust?«, frage ich David, als er wieder in die Küche kommt.

»Ich muss leider los.«

»Was? Wohin denn?«

»Ich bin verabredet. Hab ich total vergessen.« Verwundert bemerke ich, dass er schon seine Lederjacke und Schuhe angezogen hat.

»Moment mal. Soll das heißen, du gehst jetzt sofort?«

»Bin spät dran. Tut mir leid.« Er gibt mir einen flüchtigen Kuss, hebt an die anderen gerichtet grüßend die Hand und schon ist er verschwunden.

»Meint ihr, der Besuch von meinen Eltern war doch ein bisschen zu viel?«, frage ich besorgt.

»Aber er hat sich doch prima mit ihnen verstanden.« Aufmunternd tätschelt Julia meinen Arm.

»Genau. Das ist sicher nur reiner Zufall«, pflichtet Felix ihr bei. »Er war eben einfach verabredet und hat es verpennt. Das kann doch mal passieren.«

Kurz bevor wir uns auf den Weg zum Kino machen, öffnet der Himmel, wie von David angekündigt, seine Schleusen. Mit zwei großen Schirmen bewaffnet trotzen wir dem schlechten Wetter.

»Geht ruhig schon mal rein«, sage ich zu den anderen, als wir schließlich im Foyer des Abatonkinos stehen. »Ich muss nochmal kurz …«

»Was?«, erkundigt sich Julia. »Aufs Klo, Popcorn kaufen oder David hinterhertelefonieren?« Ertappt zucke ich zusammen. »Dachte ich es mir doch. Das kommt überhaupt nicht infrage.«

»Warum denn? Ich möchte ihm doch bloß einen schönen Abend wünschen. Er war so schnell weg.«

»Fanny, jetzt reiß dich zusammen. Es ist ausgesprochen wichtig, dem anderen innerhalb der Beziehung auch seine Freiräume zu lassen. Damit man sich auch mal wieder vermissen und aufeinander freuen kann.«

»Ich vermisse ihn schrecklich«, winsele ich.

»Aber es ist doch noch nicht einmal drei Stunden her, seit du ihn das letzte Mal gesehen hast.«

»Ich weiß. Aber es tut trotzdem richtig weh. Siehst du, hier.« Ich zeige mit dem Daumen auf meine Brust.

»Das Herz ist auf der linken Seite, Süße«, sagt Julia trocken. »Und jetzt komm mit rein.«

»Ja, ja, schon gut. Ich will nur noch schnell aufs Klo.«

»Fanny!«

»Nur aufs Klo, ich rufe ihn nicht an. Versprochen.«

»Na gut. Dann bis gleich.«

Fünf Minuten später lasse ich mich äußerst schlecht gelaunt neben meinen zwei Freunden auf dem Kinosessel nieder. Vom Film bekomme ich nicht viel mit. Natürlich habe ich David doch angerufen. Aber sein Telefon war ausgeschaltet, so dass ich nur die Mailbox erreicht habe. Jetzt ärgere ich mich über mich selbst, dass ich es überhaupt versucht habe. Und grübele den ganzen Film über darüber nach, wo David wohl stecken mag. Mit wem er sich trifft. Und weshalb er dafür das Telefon abschalten musste.

Am nächsten Morgen erhalte ich von David eine SMS.

SORRY, DASS ICH SO PLÖTZLICH
WEGMUSSTE. HABE DICH VERMISST
HEUTE NACHT.
D.

Einigermaßen besänftigt beginne ich meinen Arbeitstag. Wahrscheinlich hat Julia doch Recht. Ein bisschen Abstand hin und wieder hält die Liebe frisch. Ich schwöre mir, Davids Verabredung von mir aus nicht wieder anzusprechen. Sollte er mir erzählen wollen, was es damit auf sich hatte, bitte sehr. Falls nicht, interessiert es mich nicht. Oder hat man jemals von einer Prinzessin gehört, die die Erbse fragt, wo sie gestern gewesen ist?

Am Montagabend gehe ich erneut ins Kino, diesmal jedoch nicht in das altmodische, gemütliche Abaton mit seiner kleinen Leinwand, sondern ins Cinemaxx, wo ein Film der Scarlett-Studios Premiere hat. Als die Stars des erfolgreichsten Formats dieser Produktionsfirma sind David und Nadja natürlich auch eingeladen, und ich darf sie begleiten. Eine große Ehre, wie mir Matthias versichert hat. Zunächst fand ich die Idee noch sehr aufregend, gemeinsam mit David auf eine Filmpremiere zu gehen. Habe mir ein schickes, petrolfarbenes Kleid angezogen, dazu hohe silberne Schuhe und eine Handtasche in derselben Farbe. Für meine Verhältnisse sehe ich ausgesprochen gut aus, aber das interessiert hier natürlich niemanden. Nicht einmal David. Immerhin habe ich es kurz in seinen Augen aufleuchten sehen, als wir uns vor dem Eingang des Kinos trafen, aber vor all den Leuten und nicht zuletzt vor Nadja durfte er sich natürlich nichts anmerken lassen. So hat er mir nur einen flüchtigen Kuss auf die Wange gehaucht und sich dann seiner Begleitung zugewandt, die heute mal wieder ganz besonders schlechter Laune ist. Offensichtlich hat sie schon wieder Streit mit ihrem Alex, der sich meiner Meinung nach endlich mal mit seiner Situation abfinden sollte. Schließlich tue ich das doch auch. Beklage ich mich etwa darüber, dass David, mein Freund David Hand in Hand mit einer anderen über den roten Teppich wandert, sie im Blitzlichtgewitter zärtlich an sich zieht und ihr auf Zuruf der Fotografen sogar einen langen Kuss auf den Mund gibt? Nein, ich mache gute Miene zum bösen Spiel, während ich, mit Nadjas Mantel und Tasche über dem Arm, in gebührendem Abstand hinter den beiden herschleiche. Nachdem sie eine halbe

Ewigkeit für die Presse posiert haben, führe ich meine beiden Schützlinge zum Moderator des Abends, der mit ihnen ein Interview, gespickt mit anzüglichen Kommentaren über das neu vereinte Traumpaar, führt.

»Ich brauche eine Cola«, sagt Nadja danach, während David ihr galant zurück in den Mantel hilft. Ich kämpfe mich durch die Menschenmassen vor bis zur Bar, wo ich nach einer Ewigkeit eine Cola bekomme, nur um mir dann von Nadja sagen zu lassen, sie hätte eine Cola light verlangt.

»Nein, du hast gesagt Cola, ich bin ganz sicher.« Ich halte ihr das eisgekühlte Getränk hin, und sie rümpft ihr kleines Näschen, als handele es sich um pure Blausäure.

»In einem Liter normaler Cola sind 110 Gramm Zucker drin«, sagt sie schnippisch. »Wenn ich Cola sage, dann meine ich Cola light.«

»Das wusste ich nicht. Woher hätte ich das auch wissen sollen?«

»Mach mal deine Augen auf und sieh mich an, das könnte helfen.« Empört sehe ich David an, der hilflos die Schultern hebt. Plötzlich fühle ich mich unendlich müde.

»Okay, es tut mir leid. Ich hole dir sofort deine Cola light.«

»Mit Eis und Zitrone«, ruft sie mir hinterher. Eine Viertelstunde später bringe ich ihr das Gewünschte. Sie beäugt das Glas misstrauisch, nimmt einen Schluck und findet offensichtlich nichts daran auszusetzen. Deshalb lässt sie mich vorerst in Ruhe und beginnt stattdessen, an David herumzunörgeln. »Es wäre nett, wenn du mich das nächste Mal fragen würdest, ehe du mir die Zunge in den Hals steckst.«

»Nadja, jetzt hör aber auf. Meine Zunge war überhaupt nicht in deiner Nähe«, antwortet David beleidigt und wirft mir einen schnellen Seitenblick zu.

»Es sah aber so aus«, gibt sie zurück.

»Natürlich. Das ist doch der Sinn der Sache. Falls ich dich erinnern darf, wir sind ein glücklich wiedervereintes Paar. Und wenn du nicht so ein Gesicht ziehen würdest, dann müsste ich dich auch nicht küssen, um den Leuten unsere Beziehung glaubhaft zu machen.«

»Tut mir leid. Es ist nur … Alex und ich hatten wieder Streit.«

»Ach, Nadja«, sagt David mitfühlend und nimmt sie in den Arm. Dieses Mal nicht für die Presse. Sondern als Freund. Es versetzt mir einen leisen Stich, aber tatsächlich fällt Nadjas eisige Miene, und sie sieht plötzlich erschöpft aus. »Ich weiß, es ist nicht leicht für dich. Für mich übrigens auch nicht.« Wieder ein schneller Blick in meine Richtung. »Aber wir sind uns doch beide einig, dass es so am besten ist. Du willst doch dein Privatleben schützen? Außerdem haben wir einen Vertrag unterschrieben.«

»Ich weiß. Aber wenn Alex diese Knutschfotos von uns sieht, dann streiten wir wieder. Und ich will das einfach nicht mehr.« Sie tut mir jetzt richtig leid. Am liebsten würde ich ihr meine Hand auf den Arm legen und ihr anbieten, dass ich mal mit ihrem Alex reden könnte. Weil ich doch in der gleichen Situation bin. Aber davon weiß Nadja ja noch gar nichts. Wieso eigentlich nicht?

»Immer noch besser als Bilder von dir und Alex in der Klatschpresse. Das würde eure Beziehung mit Sicherheit noch mehr belasten. Na komm«, er schiebt sie ein wenig von sich weg und lächelt ihr aufmunternd zu, »wir gehen jetzt da rein und schauen uns den Film an.«

»Okay.« Sie nimmt seine Hand, wischt sich eine Träne aus dem Gesicht und wendet sich im Weggehen noch einmal mir zu. »Tut mir leid. Danke für die Cola.«

»Gern geschehen«, murmele ich und folge den beiden kopfschüttelnd.

Wenn man sich nicht allzu genau mit der eigenen Situation befassen möchte, sollte man Kinosäle meiden. Eingelullt von der Dunkelheit und dem flackernden Licht der Leinwand beginnt mein Gedankenkarussell wieder zu kreisen. Immer wieder schiele ich zu dem Pärchen an meiner Linken herüber, das während des ganzen Films Händchen hält. Ist das denn wirklich nötig? Als würde irgendjemand darauf achten, von mir einmal abgesehen. Eifersüchtig beobachte ich Davids Daumen, der hin und wieder über Nadjas Handrücken streichelt. Wieso tut er das, während seine Freundin zwei Plätze weiter sitzt? Könnte er nicht ein bisschen Rücksicht auf mich nehmen? Von Sekunde zu Sekunde fühle ich mich elender, und schließlich beuge ich mich zu Nadja hinüber und wispere: »Es tut mir leid, ich fühle mich nicht besonders gut. Ich glaube, ich gehe nach Hause. Kommt ihr zurecht?«

»Klar. Gute Besserung«, flüstert sie zurück, als hätte sie mich nicht eben noch wegen einer blöden Cola zusammengestaucht.

»Ja, danke.« Ohne David eines Blickes zu würdigen, stehe ich auf und drängele mich an meinen Sitznachbarn vorbei.

»Entschuldigung, Verzeihung, tut mir leid.« Vor dem

Kinosaal empfängt mich das grelle Neonlicht. Ich blinzele ein wenig, um mich an die Helligkeit zu gewöhnen, und gehe dann in Richtung Snackbar. Ich werde mir jetzt einen großen Eimer Popcorn, süß und salzig gemischt, kaufen und mich damit zu Hause vor den Fernseher knallen. Missmutig sehe ich an mir herunter. Der ganze Aufwand für nichts. Wozu ruiniere ich mir die Wirbelsäule mit diesen Absätzen, wenn mein Freund mit einer anderen im Kino herumkuschelt?

»So, bitte sehr, wollen Sie es als Menü mit einem Getränk dazu?«

»Ja. Cola, bitte«, sage ich trotzig. Sie stellt mir einen Eineinhalb-Liter-Becher vor die Nase. 165 Gramm Zucker, denke ich befriedigt.

»Das macht zehn Euro, bitte.«

»Ich dachte, dir ist schlecht«, erklingt in diesem Moment Davids Stimme hinter mir, und ich lasse vor Schreck beinahe mein Popcorn fallen.

»Ich habe nicht gesagt, dass mir schlecht ist, sondern dass es mir schlecht geht.«

»Was hast du denn?« Er mustert mich besorgt.

»Einen Freund, der vor meinen Augen mit Nadja knutscht«, rutscht es mir heraus.

»Aber doch nur für die Fotografen.«

»Und der im Kino mit ihr Händchen hält. Im Dunkeln. Wo weit und breit kein Fotograf zu sehen ist.«

»Jetzt komm schon, Fanny«, sagt er und macht einen Schritt auf mich zu. Dann bremst er sich selbst in seinem Impuls, mich an sich zu ziehen und sieht ein wenig verunsichert umher. Aber außer der Verkäuferin an der Snack-Bar, die gelangweilt auf ihrem Kaugummi herumkaut, ist niemand zu sehen. »Du hast doch gesehen, wie sie drauf ist. Ich versuche doch nur, für sie da zu sein. Immerhin ist sie eine gute Freundin.«

»Ist dir mal aufgefallen, dass sich immer alles nur um Nadja dreht? Mag ja sein, dass es ihr schlechtgeht, aber interessiert dich eigentlich auch, wie es mir geht?«

»Natürlich interessiert mich das.«

»Davon merke ich nichts.«

»Was soll ich denn machen? Ich bin doch nicht privat hier.« Natürlich weiß ich, dass er Recht hat. Ich verhalte mich total unprofessionell.

»Wo warst du gestern Abend?« David zuckt zusammen, und mir wird plötzlich heiß und kalt. Warum schaut er mir nicht in die Augen?

»Ich muss wieder rein. Können wir das nicht später …?«

»Nein. Jetzt.«

»Ich kann nicht. Wenn ich Nadja noch länger da drin allein lasse …«

»Natürlich. Wieder deine geliebte Nadja.«

»Du bist doch nicht allen Ernstes eifersüchtig auf sie?«

»Wieso erzählst du ihr nicht von uns beiden?«

»Weil … weil …« Dazu fällt ihm offensichtlich nichts ein.

»Ja? Weil … weil …«, äffe ich ihn nach. Er wirft der Popcornverkäuferin ein entschuldigendes Lächeln zu und tritt dann ganz nah an mich heran.

»Fanny, ich weiß nicht, was du hier gerade tust, aber das hier ist nun wirklich nicht der Ort oder die Zeit dafür. Ich gehe jetzt wieder rein. Kommst du mit?«

»Nein«, sage ich trotzig. »Ich gehe nach Hause, sehe mir einen Film an und trinke normale Cola mit zweitausend Kilogramm Zucker drin.« Kampfeslustig schüttele ich meinen Becher, dass er überschwappt und mir die Cola über das Handgelenk läuft.

»Viel Spaß«, sagt er, wendet mir brüsk den Rücken zu und geht zurück in den Kinosaal. Fassungslos sehe ich ihm hinterher und halte nur mit Mühe die Tränen zurück.

Mit Koffeinschock und Zuckerhigh liege ich um zwei Uhr nachts in meinem Bett und kann vor Selbstvorwürfen nicht einschlafen. Unruhig werfe ich mich hin und her. Wie konnte ich mich nur so benehmen? Und David mitten auf einer offiziellen Veranstaltung eine Eifersuchtsszene machen? Und dazu auch noch ausgerechnet wegen Nadja. Ich weiß doch, dass zwischen den beiden nichts läuft. Oder? Nun, zumindest bin ich mir fast sicher! Jedenfalls habe ich jetzt wahrscheinlich alles verbockt. Das sagt Julia auch, der ich, kaum dass ich zu Hause war, mein Leid geklagt habe. Statt mir mitfühlend das Köpfchen zu streicheln, hat sie mir eine Standpauke gehalten. War das die Türglocke oder habe ich mich verhört? Verwirrt setze ich mich auf und lausche in die Nacht hinein. War es nur ein Wunschtraum? Dass David vor meiner Tür steht, mitten in der Nacht, um sich mit mir auszusprechen? Ich schlüpfe aus dem Bett und gehe in den Flur. In diesem Moment öffnet sich Julias Zimmertür, und sie streckt ihren verwuschelten Kopf hinaus.

»Was'n los?«, fragt sie schläfrig.

»Nichts. Geh wieder ins Bett.« Ich nehme den Hörer von der Gegensprechanlage. »Hallo?«

»Hallo.«

»Es ist David. Schlaf weiter«, wispere ich Julia zu und drücke gleichzeitig den Türöffner.

»Sei nett«, warnt sie mich und stolpert zurück in ihr

Zimmer. Sekunden später steht David vor mir, in seinem braunen Cordanzug, den er schon auf der Premiere getragen hat.

»Hallo«, sagt er und bleibt zögernd im Türrahmen stehen.

»Hallo.« In meinem rosa Flanell-Pyjama komme ich mir neben seiner perfekten Erscheinung mal wieder ziemlich unzulänglich vor. »Möchtest du reinkommen?« Ich lasse ihn an mir vorbei in den Flur und greife schüchtern nach seiner Hand.

»Vielleicht erwartest du jetzt die große Aussprache, aber ehrlich gesagt bin ich einfach nur erschöpft. Ich habe die letzten drei Stunden damit zugebracht, Nadja vor einem Nervenzusammenbruch zu bewahren. Dieser ganze Beziehungsalptraum macht sie fertig. Sie bekommt von Alex überhaupt keine Unterstützung. Nur Misstrauen. So kann es nicht funktionieren. Verstehst du?« Eindringlich sieht er mich an. Unter seinen schönen Augen liegen dunkle Schatten. Er sieht müde und traurig aus. Plötzlich sind meine Zweifel wie weggeblasen, ich nehme sein Gesicht in beide Hände und küsse ihn sanft auf den Mund.

»Ich verstehe. Und es tut mir leid. Ich werde versuchen, dich zu unterstützen. Und dir zu vertrauen.«

»Ich weiß, es ist nicht so einfach, mit mir zusammen zu sein. Ich finde es auch blöd, dass wir unsere Beziehung verheimlichen müssen, aber das ist doch nicht für immer so. Nur, solange ich noch in der Serie bin. Und mein Vertrag läuft im Herbst aus. Kannst du es so lange aushalten?«

Das Liebes-Comeback

Nadja und David gehen in die nächste Runde

Auf der Premiere des TV-Event-Movies »Die Höhle« im Cinemaxx-Kino Hamburg (Filmbesprechung siehe Seite 5) turtelte das Telenovela-Traumpaar verliebt auf dem roten Teppich. Hat Nadja ihm den Seitensprung verziehen?

»Vertrauen ist der Grundpfeiler einer Beziehung. Durch einen Seitensprung wird es zerstört«, erklärt sie uns im Interview. Also doch keine Beziehungs-Reunion? Die leidenschaftlichen Küsse der beiden sprechen eine andere Sprache. »Meine Großeltern sind seit über fünfzig Jahren verheiratet. Ich glaube, heutzutage geben wir zu schnell auf, machen Schluss und suchen uns jemand anderen, mit dem dann ein paar Monate später die gleichen Probleme auftauchen. Wenn man sich eine langfristige Beziehung wünscht, muss man auch schwere Zeiten miteinander durchstehen.« Ist das nun ein Freifahrtschein für David? »Jeder Mensch kann einen Fehler machen und hat eine zweite Chance verdient. Aber wenn so etwas nochmal vorkommt, bin ich endgültig weg.« »Ich werde Nadja nie wieder verletzen«, beteuert David, der an diesem Abend tatsächlich nur Augen für seine Freundin hatte und nicht von ihrer Seite wich. Und wie gefällt Nadja der Song »Don't give up on me«, den David extra für sie geschrieben hat und der in dieser Woche den DSDS-Siegertitel »Summerloving« von Platz Eins der deutschen Single-Charts verdrängt hat? »Ich liebe den Song. Und ich liebe David.«

Kapitel 10

Am darauffolgenden Freitagabend liege ich erschöpft von einer langen Woche in Davids Bett, während der an der Wohnungstür unser Abendessen entgegennimmt. Es gibt chinesisch, für ihn Ente süßsauer, für mich gebratene Nudeln mit Huhn und Gemüse. Auf dem Fußboden stapelt sich eine Vorauswahl von sechs DVDs, von denen ich jetzt eine auswählen soll. Ich lehne mich über den Bettrand, um danach zu greifen, als mein Blick auf einen dicken Stapel Papier unter dem Bett fällt. Neugierig ziehe ich ihn hervor, nachdem ich mich mit einem schnellen Blick davon überzeugt habe, dass die Zimmertür nach wie vor halb angelehnt ist. Es ist vielleicht nicht die feine englische Art, aber schließlich liegt der Stapel hier ziemlich frei in der Gegend herum, und ich möchte einfach einen kurzen Blick darauf werfen. Ich lese ein paar Zeilen des ersten bedruckten Blattes, und irgendwie kommen sie mir merkwürdig bekannt vor. Aber das kann doch gar nicht sein. Hektisch beginne ich zu blättern und schließlich finde ich, ziemlich weit unten, das Deckblatt des Manuskripts: »Geborgte Stunden« von Stefanie May.

»So, einmal gebratene Nudeln mit Huhn für die Dame«, höre ich Davids Stimme wie aus weiter Ferne. Ich hänge noch immer halb über der Bettkante und rappele mich mühsam auf, mein Manuskript mit beiden Händen umklammert. »Oh«, macht David und lässt das Tablett, auf dem das Essen auf zwei Tellern verführerisch vor sich hindampft, etwas sinken.

»Ja. Oh.« Das Blut rauscht in meinen Ohren, während ich noch immer fassungslos auf den Stapel Papier starre. Wie kommt der hierher? Plötzlich muss ich an all die Filme denken, in denen den Figuren etwas schier Unglaubliches passiert. Die plötzlich durch die Zeit reisen können. Oder einem Toten begegnen. Genau so fühle ich mich jetzt gerade. Ich habe »Geborgte Stunden« verbrannt. Zumindest die ersten achtzig Seiten. Noch vor wenigen Wochen hatte ich sogar die ruinierte Tapete in der Küche als Beweis. Bevor David sie neu gestrichen und damit ein Indiz vernichtet hat. Misstrauisch sehe ich zu ihm hoch. Was wird hier gespielt?

»Sei nicht böse.« Er stellt das Tablett auf den Fußboden und setzt sich zu mir aufs Bett. »Julia hat es mir gegeben.«

»Julia?« Sie steckt also auch mit drin in der Geschichte? »Ich kapiere überhaupt nichts mehr. Dieses Manuskript dürfte eigentlich gar nicht existieren. Ich habe es vernichtet.«

»Ich weiß, das hast du mir erzählt. Aber Julia hat sich an dem Tag, als du es beendet hast, ein Exemplar ausgedruckt. Dieses hier.« Er deutet auf den Stapel Papier in meiner Hand. »Sie hat gesagt, du hättest es ihr erlaubt.«

»Ja, stimmt.« Jetzt erinnere ich mich. »Aber davon hat sie mir gar nichts erzählt.«

»Sie hatte wohl Angst, dass du drauf bestehen würdest, auch diese Kopie zu vernichten.« Das hätte ich vermutlich auch getan. Wieder blättere ich in meinem Manuskript. Es kommt mir vor wie eine Ewigkeit, seit ich es geschrieben habe.

»Und was macht der Roman jetzt hier bei dir?«

»Julia hat ihn mir ausgeliehen, damit ich ihn lesen kann. Und sie hat mir das Versprechen abgenommen, dass du davon nichts mitbekommen würdest.« Er zieht eine Grimasse. »Na, das hat ja gut funktioniert.«

»Und? Hast du?«

»Habe ich was?«

»Ihn gelesen?« Ich bemühe mich, meiner Stimme einen neutralen Klang zu verleihen.

»Natürlich. Was denkst du denn?« Schweigend sehe ich ihn an, die Lippen fest aufeinandergepresst. Ich werde ihn nicht fragen, wie er ihn fand. Wenn er mir etwas zu sagen hat, wird er das schon von sich aus tun. Das Herz klopft mir bis zum Hals, und plötzlich bemerke ich, dass ich zu atmen aufgehört habe. Keuchend ringe ich nach Luft. »Fanny, was ist los? Alles in Ordnung?«

»Alles bestens«, japse ich. »Komm, lass uns essen.«

»Willst du gar nicht meine Meinung hören?«

»Ich weiß nicht. Will ich?« Er nimmt meine Hände in seine und sieht mir fest in die Augen. Oje, mir schwant Böses. »So schlimm?« Ich lache nervös.

»Fanny, der Roman ist einfach toll.«

»Aaaaber?«

»Nichts aber. Er ist unterhaltsam, fesselnd und berührend. Ich habe mir zwei Nächte damit um die Ohren geschlagen, weil ich einfach nicht aufhören konnte.«

»Ach? Hattest du etwa deswegen so wenig Zeit in der letzten Woche?« Mir hatte er gesagt, er muss zum Sport und hätte auch sonst einfach viel zu tun.

»Na ja, auch.« Er weicht meinem Blick aus, wodurch ich gleich wieder ein komisches Gefühl in der Magengegend bekomme. Seit der Filmpremiere haben wir uns nämlich kaum gesehen, und irgendwie habe ich Angst, dass ich ihn durch mein Benehmen nachhaltig abgeschreckt habe. Er geht gerade definitiv auf Abstand. »Es ist ein ganz großartiger Roman. Und du solltest ihn dringend veröffentlichen.« Als ob das so einfach wäre. Plötzlich kommen all die Erinnerungen wieder hoch, die ich so tief in mir vergraben habe, die Enttäuschungen und Rückschläge, mein Rauswurf aus der Agentur.

»Hör auf damit!«, sage ich brüsk. »Kann ich jetzt endlich was zu essen haben?« Erstaunt sieht er mich an und reicht mir dann den Teller mit den Bratnudeln. Wütend stoße ich meine Gabel hinein.

»Was ist denn los? Warum bist du so sauer?«

»Weil du keine Ahnung hast, was du da redest. Veröffentlichen, ja, ist schon klar. Es ist nicht jeder ein Soapstar, der nur irgendwas ins Mikro trällern muss und schon kauft es die ganze Welt.« Kaum ist mir das rausgerutscht, möchte ich mir am liebsten die Zunge abbeißen. Was rede ich denn da? Jetzt habe ich David bestimmt zutiefst beleidigt, und richtig, seine dunklen Augenbrauen ziehen sich zusammen und es entsteht wieder diese tiefe Falte dazwischen, die anzeigt, dass er sauer ist.

»Du irrst dich. Ich bin mir durchaus bewusst, wie schwer es für einen Künstler ist, in seinem Gebiet Fuß zu fassen. Falls du dich erinnern kannst, ich bin schon seit fünfzehn Jahren Musiker.«

»Ja, ich …«, will ich einlenken, aber er schneidet mir das Wort ab.

»Und meinen derzeitigen Bekanntheitsgrad zu nutzen, um meine Musik zu verkaufen, war deine Idee. Nicht meine. Ich wäre dir also dankbar, wenn du das jetzt nicht gegen mich verwenden würdest. Wobei ich sowieso nicht ganz verstehe, warum du anfängst, um dich zu schlagen, nachdem ich dir gerade gesagt habe, dass ich dich für eine großartige Schriftstellerin halte.« Ich verstehe mich selber nicht.

»Tut mir leid«, piepse ich.

»Ja, ja, schon gut.« Er greift nach seinem Teller, setzt sich damit auf den Fußboden, mit dem Rücken ans Bett gelehnt, und schlingt die Ente in sich hinein, während ich betreten auf ihn hinuntersehe. Warum streiten wir uns in letzter Zeit eigentlich dauernd? Minutenlang herrscht eisiges Schweigen, lustlos stochere ich in meinen Nudeln herum, bis ich es schließlich nicht mehr aushalte und mich neben David auf den Fußboden setze.

»Es tut mir wirklich leid«, wiederhole ich, und er nickt. »Nein, wirklich. Es tut mir ganz ehrlich und furchtbar leid. Ich weiß auch nicht, was mit mir los ist. Sobald das Thema aufs Schreiben kommt, bin ich einfach furchtbar …«

»… zickig?«

»Ich wollte eigentlich sagen empfindlich, aber deins passt auch«, gebe ich zerknirscht zu. Sein linker Mundwinkel zuckt leicht nach oben, ein amüsierter Ausdruck tritt in seine Augen.

»Schon gut, du kleine Zicke!«

»Ehrlich?«

»Ehrlich.« Ich küsse ihn, um zu überprüfen, ob er das ernst meint, aber er scheint wirklich nicht mehr sauer zu sein. Während ich meine Nudeln esse, schiele ich zu ihm rüber. Er fand meinen Roman also gut. Nein, wie hat er es genannt? Großartig. Mein Herz beginnt vor lauter Freude über dieses Lob schneller zu klopfen. Jetzt ärgere ich mich über mich selbst, dass ich ihn nicht habe ausreden lassen. Vielleicht wären ihm ja noch mehr hübsche Superlative eingefallen, um mein geknicktes Autoren-Ego zu streicheln. Wieso musste ich ihn bloß unterbrechen, um ihn anzupflaumen?

»Und er gefiel dir also wirklich? Was gefiel dir denn daran?« Er sieht mich überrascht von der Seite an.

»Ist das jetzt ein Test? Willst du überprüfen, ob ich ihn wirklich gelesen habe?«

»Was? So ein Quatsch!«

»Ich habe ihn gelesen. Und fand ihn gut.«

»Gut?«, frage ich beleidigt, und er lacht.

»Na hör mal, ich habe dir doch eben schon gesagt, dass ich es großartig finde.«

»Schon. Aber da war ich zu abgelenkt davon …«

»… mich anzuschreien?«

»Genau. Ich konnte es gar nicht richtig genießen.«

»Na schön«, seufzt er übertrieben und wendet sich mir zu. »Versprichst du, mich nicht wieder anzupampen?«

»Versprochen.«

»Also dann: Dein Roman ist toll. Ich würde sagen, sogar noch besser als die ersten beiden. Du hast dieses Liebesdreieck so perfekt eingefädelt, dass man irgendwann selber nicht mehr weiß, zu wem man nun eigentlich halten soll. Irgendwie kann man sie alle verstehen. Und bei jeder Wendung leidet man mit, weil irgendjemand immer verliert.« Ich hänge wie gebannt an seinen

Lippen. »Ein paar Mal musste ich mich schwer zusammenreißen, um nicht loszuheulen.«

»Wirklich?«, frage ich glücklich.

»Schön, dass dich meine Tränen so erfreuen könnten«, grinst er ironisch. »Jedenfalls ist es ein tolles Buch, du bist eine begabte Autorin, und ich finde es eine Schande, dass du dein Talent damit vergeudest, erlogene Pressemitteilungen zu verfassen.«

»Wie bitte?«

»Vergiss nicht, was du versprochen hast«, erinnert er mich, und ich nicke, schließe meinen Mund wieder und beiße mir fest auf die Zunge. Auf keinen Fall darf mir wieder etwas über einen verwöhnten Soapstar rausrutschen, der offensichtlich nicht versteht, dass es Leute gibt, die in ihrem Berufsleben Kompromisse schließen müssen, um die Miete bezahlen zu können. »Andererseits bin ich sehr dankbar, dass du den Job angenommen hast, denn sonst hätte ich dich vielleicht nie kennengelernt.« Er gibt mir einen Kuss, und ich schmelze dahin wie Butter in der Sonne. Ja, ich bin auch richtig froh, dass alles so gekommen ist. »Darf ich nach dieser Lobhudelei noch eine klitzekleine kritische Anmerkung machen? Eigentlich ist es eher ein Vorschlag.«

»Ja?«

»Ich habe mich gefragt, warum deine Geschichten immer so traurig sind. Wieso schreibst du nicht mal ein Happy End?« Unwillig sehe ich ihn an.

»Wie meinst du das denn jetzt? Vor meinen Eltern hast du doch noch behauptet, es gefällt dir, dass ich mich für die dunklen Seiten des Lebens interessiere. Und in diesem Roman gibt es nun einmal kein Happy End. Ihr Ex hat Krebs im Endstadium. Er muss sterben.«

»Ich spreche ja auch nicht von einer Wunderheilung. Aber muss sie am Ende wirklich alles verlieren? Nicht nur ihre Vergangenheit, sondern auch noch die Zukunft?«

»Wie realistisch ist es denn, dass ihr Mann sie zurücknimmt, nachdem sie ihn betrogen hat?«

»Die Liebe verzeiht viel.«

»Das Leben ist aber keine Seifenoper.« Er hebt abwehrend die Hände.

»Jetzt lass uns nicht schon wieder streiten. Ich will dir nichts aufdrängen. Ich sage nur, dass ich, nachdem ich die Protagonistin durch die ganze Geschichte begleitet habe, sie gerne mit einem Funken Hoffnung für die Zukunft zurücklassen würde. Das ist alles. Aber es ist dein Roman und deine Entscheidung.«

»Genau. Und ich glaube nun einmal nicht an Happy Ends.« David legt mir seine warme Hand an die Wange und beugt sich zu mir herüber.

»Ich hoffe, dass ich dich vielleicht irgendwann vom Gegenteil überzeugen kann«, sagt er, bevor sich unsere Lippen treffen.

Die nächsten Wochen verlaufen harmonisch, zumindest, was unsere Beziehung betrifft, obwohl David und ich uns meiner Meinung nach noch immer zu selten sehen.

»Komm bloß nicht auf die Idee zu klammern«, warnt mich Julia, als ich ihr mal wieder mein Leid klage, »das mögen Männer überhaupt nicht.« Ich muss mir auf die Zunge beißen, um sie nicht zu fragen, woher ausgerechnet sie, die mittlerweile schließlich auch seit fast einem Jahr ohne festen Freund ist, ihre Beziehungsweisheiten hernimmt. Aber meine beste Freundin gegen mich aufzubringen, ist nun wirklich kein guter Schachzug, jetzt noch viel weniger, da ich wieder mindestens drei Abende in der Woche alleine zu Hause sitze. Außerdem kenne ich die Antwort: Aus den Stapeln Selbsthilfebücher, die sie in ihrem Zimmer hortet. Darin steht zum Beispiel, dass es »vollkommen normal ist, dass auf die erste Euphorie, in der man jede freie Minute miteinander verbringt, eine Phase der Abkühlung folgt. Einer der Partner, meistens der Mann, wendet sich wieder verstärkt seinen anderen Interessen zu und schraubt die gemeinsame Zeit zurück. Eine kluge Frau lässt ihn gewähren.« Ich muss zugeben, dass es mir schwerfällt, eine kluge Frau zu sein. Wieso klingt diese sogenannte »erste Euphorie« bei Männern denn bloß so schnell ab? Ich könnte noch immer Tag und Nacht mit David verbringen. Sobald er zur Tür hinaus ist, vermisse ich ihn schon. Aber er mich offensichtlich nicht.

»Die Frau sollte das nicht persönlich nehmen, sondern die neu gewonnene Zeit nutzen, um ihrerseits Freundschaften und Hobbys zu pflegen«, zitiert Julia aus dem »Venus-Leitfaden«. »Zum Beispiel könntest du mal wieder mit Felix und mir zum Joggen gehen.«

»Wie bitte?«

»Joggen«, wiederholt sie, »mit Felix und mir. Wenn du dich in den letzten Wochen nicht vollkommen von deiner neuen Beziehung hättest in Beschlag nehmen lassen, dann wüsstest du auch, dass wir uns mittlerweile vier Abende in der Woche treffen, um durch den Wohlerspark zu laufen.«

»Und das macht Felix freiwillig?«

»Er hat mittlerweile verstanden, wie ungemein gut

Sport für Körper und Seele ist. Außerdem ist er seit kurzem in meinem Donnerstagskurs.«

»Yoga?« Ich komme aus dem Staunen nicht mehr raus.

»Was ist nun, kommst du mit? Es würde dir bestimmt guttun. Außerdem hast du doch erzählt, dass David auch wie verrückt trainiert. Da ist es bestimmt keine gute Idee, wenn du dich hängen lässt und aufgehst wie ein Hefekloß.«

»Ich lasse mich nicht …«, beginne ich empört, bremse mich dann aber selbst, als ich in ihr feixendes Gesicht schaue. »Du willst mich bloß provozieren.«

»Stimmt. Also was ist? Kommst du mit?«

»Jetzt?«

»Ja, ich treffe Felix in zwanzig Minuten. Komm schon, gib dir 'nen Ruck. Ich leihe dir auch wieder was zum Anziehen.«

Zwanzig Minuten später walken wir durch die Wohlersallee. Ich kann immer noch nicht so recht glauben, dass Felix unter die Bewegungsfanatiker gegangen ist. Erst ist meine Mitbewohnerin eine Sportskanone, dann bekomme ich meinen Freund kaum noch zu Gesicht, weil er ins Fitnessstudio muss, und jetzt auch noch Felix. Wo soll das bloß hinführen?

Ich sehe ihn schon aus der Ferne, ein Bein auf eine Mauer gelehnt und den Oberkörper nach vorne gebeugt. Sein schlabberiges Jogging-Outfit von damals ist einer gut sitzenden blauen Sporthose und einem weißen Shirt gewichen.

»Wow, er ist ja richtig gelenkig geworden.«

»Und nicht nur das. Er ist ziemlich fit. Hi, Felix!«

»Hey. Nanu, Fanny, was machst du denn hier?« Das frage ich mich auch.

»Sie läuft mit uns, ist das nicht toll?«

»Super!« Ich lächele zaghaft, während ich ihn verstohlen mustere. Irgendwie sieht er anders aus als sonst. Gesünder. Besser. Ob es am Sport liegt? Das will ich auch. Motiviert beginne ich auf der Stelle zu tänzeln.

»Na, dann wollen wir mal, oder?« Gemeinsam traben wir durch das gusseiserne Tor des Parks.

»Du, sag mal, ist Nadja eigentlich immer noch mit ihrem Freund zusammen?«

»Ja, tut mir leid.« Er schaut so enttäuscht aus der Wäsche, dass ich hinterherschiebe: »Aber es kriselt ganz gewaltig zwischen den beiden.«

»Das höre ich doch schon seit Monaten.«

»Vielleicht solltest du sie dir endlich aus dem Kopf schlagen«, mischt sich Julia ein. »Ich weiß, sie ist wunderschön, aber Fanny sagt, sie ist nicht besonders nett.«

»Sie kann sehr nett sein«, korrigiere ich. »Aber nur, wenn sie will. Wenn sie nicht will, ist sie Satans Braut.«

»Siehst du?« Neckisch stupst sie ihm ihren Ellenbogen in die Seite. »So eine willst du doch gar nicht. Und andere Mütter haben auch schöne Töchter.«

»Genau«, stimme ich zu und krümme mich, denn schon haben bei mir wieder die Seitenstiche eingesetzt. Während Felix und Julia fröhlich miteinander plaudern, ringe ich um Atem und falle immer mehr zurück. Als die beiden endlich merken, dass sie mich verloren haben, liege ich mal wieder keuchend am Boden und blicke in den Himmel hinauf, wo langsam die Dämmerung hereinbricht.

»'tschuldigung, Fanny, wir haben gar nicht daran gedacht, es ein bisschen langsamer angehen zu lassen«, sagt Julia, während Felix zustimmend nickt und auf der Stelle hüpft. Ungläubig sehe ich zu ihm hoch. Was ist denn bloß mit dem passiert?

»Ach, schon gut. Ich will euch ja nicht aufhalten. Lauft ruhig in eurem Tempo los. Ich drehe nur eine kleine Runde und treffe euch dann am Eingang wieder, okay?«

»Wenn du meinst.«

»Das meine ich. Nun lauft schon.«

»Okay. Unsere Runde dauert eine Dreiviertelstunde. Dann treffen wir uns am Tor«, ruft sie mir über die Schulter zu und schon düsen die beiden davon. Stöhnend komme ich zurück auf die Füße. Eine Dreiviertelstunde? Sind die wahnsinnig? Andererseits hat mich Felix' plötzliche Fitness doch angespornt, deshalb setze ich mich wieder in Bewegung. Ganz langsam und in Minischrittchen laufe ich über die angelegten Kieswege zwischen Bäumen, Rasenflächen und Beeten hindurch. Einatmen, eins, zwei, drei, vier. Und ausatmen, fünf, sechs, sieben, acht. Einatmen … Meine Beine fühlen sich von Minute zu Minute schwerer an, als würden riesige Gewichte daran hängen, aber immerhin bekomme ich keine Seitenstiche mehr. Ich ignoriere die Fußgänger, die mich beim gemächlichen Spaziergang überholen, und konzentriere mich auf meine Atmung. Schließlich bleibe ich erschöpft stehen und werfe einen Blick auf meine Armbanduhr. Immerhin zwanzig Minuten am Stück bin ich gelaufen. Das reicht für den Anfang. Langsam schlendere ich durch den Park zurück in Richtung Ausgang. Die bleierne Schwere in meinen Beinen erfüllt mich mit Stolz. Vielleicht sollte ich wirklich mehr Sport treiben. In diesem Moment fällt mir auf, dass ich seit fast einer halben Stunde nicht mehr an David gedacht und ihn somit auch nicht vermisst habe. Eine kluge Frau nutzt die Zeit, um sich selbst etwas Gutes zu tun, statt zu Hause herumzusitzen und auf ihren Mann zu warten. An der Mauer, die schon Felix vorhin für seine Stretchingübungen benutzt hat, dehne ich meine Oberschenkelmuskulatur und setze mich dann darauf. Mit baumelnden Beinen schaue ich in den dämmrigen Himmel. Ein leichter Wind kommt auf, und ich schließe rasch den Reißverschluss von meiner, beziehungsweise Julias Jacke. Mein erhitzter Körper kühlt merklich ab, und mir läuft eine Gänsehaut den Rücken runter. Ein Blick auf die Uhr zeigt mir, dass Felix und Julia erst in knapp fünfzehn Minuten wieder hier sein werden. Entschlossen springe ich von der Mauer und laufe strammen Schrittes die kopfsteingepflasterte Wohlersallee am Rande des Parks hinunter, um mich ein wenig aufzuwärmen. Ich lasse meinen Blick über die Altbauten schweifen, deren Fassaden hellblau, weiß, gelb und pastellgrün gestrichen sind. Hübsch ist es hier. Zwei Mädchen mit Zöpfen überholen mich mit ihren rosa Fahrrädern und steuern kichernd auf die weiße Kirche am Ende der Straße zu. Gerade, als ich beschließe, umzukehren, öffnet sich im Haus daneben, etwa fünfzehn Meter von mir entfernt, eine Tür und heraus tritt eine Gruppe von Menschen. Erstaunt reiße ich die Augen auf. Was ist das denn für ein lustiger Zufall? Ich beschleunige meine Schritte und will gerade »David« rufen, als mir das Wort im Hals stecken bleibt. In diesem Moment tritt nämlich eine schwarzhaarige Frau an ihn heran und umarmt ihn. Instinktiv schlüpfe ich in einen Hauseingang und luge vorsichtig um die Ecke. Plötzlich wird mir nämlich klar, dass David mich angelogen hat. Er ist nicht im Fitnessstudio. Ist er vielleicht schon dort gewesen? Und hat sich jetzt spontan mit ein paar Freunden getroffen? Angestrengt spähe ich um die Ecke. Kein einziges Gesicht kommt mir bekannt vor. Sie verstreuen sich ziemlich schnell in alle Richtungen, nur David und die Schwarzhaarige stehen noch beieinander. Eng umschlungen. Seine Hand streichelt ihr Haar. Endlich lösen sie sich voneinander, sie nimmt sein Gesicht in beide Hände. Wenn sie sich jetzt küssen, dann schreie ich. Aber stattdessen zieht sie ihn zu sich heran und legt den Mund an sein Ohr. Natürlich kann ich von hier aus nichts verstehen, aber es sieht so aus, als würde sie ihm etwas zuflüstern. Vielleicht kaut sie aber auch an seinem Ohrläppchen herum. Ich würde es tun. Und in diesem Moment vermutlich kräftig zubeißen. Schließlich lösen sich die beiden voneinander, und David geht zu seinem Auto, das auf der gegenüberliegenden Straßenseite geparkt ist. Er hebt noch mal die Hand, die Schwarzhaarige winkt zurück. Die Tür hinter ihr öffnet sich, und ein Mann mit Halbglatze streckt den Kopf heraus.

»Leila?« Die Frau dreht sich um. Ich fühle mich, als hätte mir jemand einen Schlag in die Magengrube versetzt und presse mich dicht an die Hauswand, damit David, der gerade an mir vorbeifährt, mich nicht sieht. Das ist also Leila. Die Leila, deren Post-it noch immer am Badezimmerspiegel meines Freundes hängt. Die er trifft, wenn er mir erzählt, dass er ins Fitnessstudio geht. Meine Gedanken rasen. Was läuft hier? Entschlossen stoße ich mich von der Wand ab, verlasse den Hauseingang und gehe schnellen Schrittes auf Leila zu, die noch immer mit dem Halbglatzen-Mann in ein Gespräch vertieft ist. Meine Schritte werden langsamer, etwa eineinhalb Meter von den beiden entfernt bleibe ich stehen. Zögere. Vielleicht sollte ich doch umkehren? Ich werfe einen Blick auf den Hauseingang, aus dem David gemeinsam mit Leila und den anderen gekommen ist.

»Hallo«, sagt Leila und lächelt freundlich. Sie hat eine tiefe Stimme, fast wie ein Mann. Irritiert sehe ich sie an. Mit ihrer schlanken Figur und der üppigen Haarmähne sah sie von weitem jung aus, aber jetzt kann ich die tiefen Falten um ihren Mund und die Augen erkennen. Ich schätze sie auf Anfang fünfzig.

»Äh, hallo.«

»Wolltest du zur Versammlung?«, erkundigt sie sich schleierhafterweise und deutet mit der Hand auf den Hauseingang. Vorsichtshalber nicke ich, auch wenn ich keine Ahnung habe, von was für einer Versammlung die Rede ist. »Tut mir leid, die ist schon vorbei.« Sie zuckt bedauernd die Schultern. »Wir treffen uns hier jeden Dienstag und Donnerstag um halb sieben.«

»Ach so. Aha«, murmele ich. Dienstags und donnerstags. Das passt. An keinem dieser Abende habe ich David in den letzten Wochen gesehen. Statt im Fitnesscenter war er also hier. Mit Leila. Aber warum?

»Lass dich davon nicht entmutigen. Warst du schon mal bei einem Treffen?« Ich schüttele den Kopf und sehe sie ängstlich an. Worum geht es hier? Scientology? Swinger-Club? Terrorismus? Die wildesten Fantasien schießen mir durch den Kopf. »Es ist gut, dass du diesen Schritt gehst«, sagt Leila mit ihrer samtigen Stimme und sieht mir fest in die Augen. »Komm unbedingt am Donnerstag wieder. Oder schau auf unsere Homepage.« Sie zieht ein Kärtchen aus ihrer Tasche und reicht es mir. »Es gibt fast jeden Tag irgendwo in Hamburg ein Meeting. Okay?« Ich nehme die weiße Karte, auf der nichts als die Adresse einer Internetseite abgedruckt ist, entgegen. In meinen Ohren beginnt es zu rauschen.

»Danke«, sage ich mechanisch.

»Keine Ursache. Also, bis bald?« Ich nicke, drehe mich auf dem Absatz um und laufe wie betäubt den Bürgersteig entlang.

»Da bist du ja«, ruft Felix mir entgegen, als ich das Tor zum Park erreiche.

»Wie siehst du denn aus? Du bist leichenblass.« Julia nimmt mein Gesicht in beide Hände und sieht mich forschend an. »Ist alles in Ordnung?«

»Ja, ja, alles bestens.« Meine Faust schließt sich fest um die Karte.

»Wirklich?«

»Ich bin nur ein bisschen erschöpft, das ist alles.«

»Fühlst du dich nicht auch ein bisschen gut, weil du deinen Schweinehund überwunden hast?« Ob ich mich gut fühle? Nein, das kann ich nicht behaupten. Ich fühle mich schrecklich. Seit drei Monaten bin ich jetzt mit David zusammen, doch eigentlich weiß ich nichts von ihm. Nichts von seinem bisherigen Leben, von seinen Problemen, von seinen Abgründen. Wieso hat er kein Vertrauen zu mir? Wieso belügt er mich? Glaubt er, ich würde ihn nicht mehr lieben, wenn ich die Wahrheit über ihn wüsste? Und könnte er damit vielleicht sogar Recht haben? Muss er mir den perfekten Märchenprinzen vorspielen, weil ich das von ihm erwarte? Den ganzen Rückweg über ergehe ich mich in Selbstvorwürfen.

David tut mir unendlich leid. Wem auf der Welt kann man vertrauen, wenn nicht einmal der eigenen Freundin? Nun, zum Beispiel Leila, fällt mir ein, und es versetzt mir einen Stich. Doch sofort rufe ich mich selbst zur Ordnung. Ich sollte mich freuen, dass es jemanden gibt, mit dem David reden kann. Der »immer für ihn da ist«. Auch wenn ich diese Person lieber selber wäre.

»Fanny, was ist denn bloß los?«, unterbricht Julia meine Gedanken. »Du siehst wirklich aus, als hättest du einen Geist gesehen. Nun sag doch endlich, ist irgendetwas passiert?« Ich sehe in ihre warmen braunen Augen, die mich voller Sorge mustern, und einen kurzen Moment lang bin ich versucht, ihr alles zu erzählen. Aber es geht hier nicht um mich, sondern um David. Und um seine Privatsphäre. Nicht einmal mir wollte er davon erzählen, jetzt kann ich das Geheimnis nicht einfach so ausplaudern. Auch wenn ich schon Verschwiegenheitserklärungen gebrochen habe und die für beste Freundinnen sowieso nicht greifen, in diesem Fall werde ich ausnahmsweise mal den Mund halten. Auch wenn es schwerfällt.

»Ich glaube, mein Kreislauf ist einfach im Keller«, sage ich deshalb entschuldigend zu Julia, während wir die Stufen zu unserer Wohnung erklimmen.

»Vielleicht bist du auch dehydriert. Oder unterzuckert«, meint Felix und reicht mir seine Hand.

»Genau, du trinkst gleich erstmal ein großes Glas Wasser und dann koche ich uns Nudeln mit Gemüse. Dich kriegen wir schon wieder auf die Beine.«

»Ja, danke, es geht schon.«

»Vielleicht bist du auch zu stark abgekühlt. Schnell unter die heiße Dusche mit dir.«

»Okay.«

Während das heiße Wasser auf mich herunterprasselt, ergibt plötzlich alles einen Sinn. Dass David mehrere Abende in der Woche keine Zeit hat, er sich mit all den gefälschten Klatschgeschichten und seiner angeblichen Beziehung mit Nadja arrangiert, nur um die Presse davon abzuhalten, in seinem wirklichen Leben herumzuschnüffeln. Auch Melanies Warnung fällt mir wieder ein. »Du weißt nichts von ihm. Er hat seine Schattenseiten.« Dann sein Song, »Don't give up on me«, den er eben nicht aus Reue über einen angeblichen Seitensprung geschrieben hat. Sondern für seine Freunde.

»Don't give up on me.
You stood by me for so long,
while I was screwing up
in a hundred different ways.«

Ich drehe den Wasserhahn ab und hülle mich in ein großes Badelaken. Die Worte lassen mich nicht los. Gib mich nicht auf. Du hast mir so lange beigestanden, während ich auf hundert unterschiedliche Weisen versagt habe. Mein Blick fällt auf die Sportklamotten, die ich achtlos auf dem Boden zusammengeknüllt habe. Obenauf liegt das zerknickte Kärtchen, das Leila mir in die Hand gedrückt hat und mit dem sie mir, ohne es zu wissen, die Schattenseite meines Freundes offenbart hat.

www.anonyme-alkoholiker.de

In dieser Nacht bekomme ich kein Auge zu. Irgendwann in den frühen Morgenstunden beschließe ich, David nicht auf meine Entdeckung anzusprechen. Schließlich wird er seine Gründe gehabt haben, mir nichts von seinen AA-Meetings erzählt zu haben. Offensichtlich vertraut er mir noch nicht genug. David muss selber entscheiden, wann er sich mir öffnet. In Zukunft werde ich nicht mehr unverhohlen ein langes Gesicht ziehen, wenn er mir mal wieder für den Abend absagt. Schließlich weiß ich ja jetzt, wo er hingeht. Und vielleicht wird er mir eines Tages von sich aus alles erzählen.

Am nächsten Morgen sitze ich früh im Büro, als David hereinkommt.

»Guten Morgen! Ist Matthias schon da?«

»Nein«, antworte ich, und er schließt grinsend die Tür.

»Was für ein Glück!« Er kommt auf mich zu und gibt mir einen langen Kuss. »Ich habe dich wahnsinnig vermisst heute Nacht.«

»Ich dich auch.« Ich sehe ihm tief in die grünen Augen, möchte durch sie hindurch und bis auf den Grund seiner gequälten Seele gucken.

»Was ist denn los? Ist dir schlecht?«

»Nein. Alles bestens. Wie war dein Abend?« Fanny, ermahne ich mich innerlich, hör auf damit.

»Gut. Anstrengend. Ich habe Muskelkater.«

»Ich auch«, sage ich betont munter. »Ich war gestern mit Felix und Julia joggen. Im Wohlerspark«, schiebe ich hinterher. Falls er einen Schreck bekommt, lässt er es sich jedenfalls nicht anmerken.

»Schön.« In diesem Moment öffnet sich die Tür, und Matthias tritt ein.

»Nanu?«

»Hey, Matthias. Ich habe Fanny gerade gefragt, wann nochmal genau die Verleihung der Goldenen Rose stattfindet«, erklärt David und rückt von mir ab. Mit einer Mischung aus Bewunderung und Misstrauen sehe ich ihn an. Er kann wirklich ausgezeichnet lügen.

»Am letzten Maiwochenende, wie oft soll ich dir das noch sagen? Und es wäre gut, wenn wir gewinnen«, fügt er düster hinzu und lässt sich auf seinen Schreibtischsessel fallen. »Die Quoten der letzten Woche waren nicht so berauschend.«

»Vielleicht liegt es am Wetter«, sage ich tröstend, »jetzt, wo es endlich wieder warm ist, sind die Leute natürlich lieber draußen, als zu Hause vor der Glotze zu hängen.«

»Sie sollen aber nicht draußen sein. Sie sollen gefälligst unsere Serie gucken«, antwortet mein Chef barsch. Erschrocken ziehe ich den Kopf ein, während sich Davids Miene verfinstert. Ich kann erkennen, wie seine Kiefermuskeln sich anspannen. Doch mir ist der Anraunzer von Matthias egal, ich freue mich, dass Davids Beschützerinstinkt offenbar davon geweckt wird. Aber natürlich kann er jetzt nicht für mich in die Bresche springen. Schließlich kennen er und ich uns ja offiziell kaum. Alles rein beruflich.

»Für unsere Quoten kann Fanny nun wirklich am allerwenigsten etwas«, sagt David, und Matthias grunzt schlecht gelaunt.

»Wir brauchen bessere Geschichten für die Presse. Und das fällt sehr wohl in ihren Aufgabenbereich.«

»Nadja könnte schwanger sein. Von einem anderen«, schlage ich vor.

»Das ist eine dämliche Idee«, bügelt er mich ab. »Überhaupt, die Nummer mit den Beziehungsdramen ist irgendwie durch. Das lockt keinen Hund mehr hinterm

Ofen hervor. Wir müssen uns was anderes ausdenken. Einen richtigen Skandal! So was wie Christian Bale, der am Set den Kameramann zusammenbrüllt.« Sein Blick durchbohrt David, und plötzlich fällt es mir wie Schuppen von den Augen: Matthias weiß Bescheid. Aber das würde er doch nicht tun, oder? David als ehemaligen Alkoholiker zu outen?

David Mory: Sein Kampf gegen die Sucht

Die große Lebensbeichte jetzt exklusiv im BLATT

»Ich schreie dir jeden zusammen, den du willst, du musst es nur sagen.«

»Andererseits hat dein Image sowieso schon gelitten. Vielleicht sollten wir das lieber Nadja machen lassen«, überlegt Matthias laut.

»Das dürfte ihr nicht schwerfallen«, rutscht es mir, sehr zum Unwillen meines Chefs, heraus. »'tschuldigung.«

»Also, ich gehe dann mal wieder runter«, verabschiedet sich David, während Matthias den nächsten Grund findet, mich anzuschnauzen.

»Fanny, verdammt nochmal, wo ist denn mein Kaffee?«

David mit einer Unbekannten

von: SONNENSCHEIN um 09:09 Uhr

Ihr glaubt nicht, was mir passiert ist. Ich dachte, ich falle vom Stuhl, als ich so ganz gemütlich im Café Balzac hier in Hamburg meinen Kaffee trinke, und plötzlich kommt Maximilian zur Tür rein. Also David. Aber die Frau an seiner Seite, das war definitiv nicht Nadja. Leider saßen sie ganz weit weg von mir, so dass ich nicht hören konnte, worüber sie gesprochen haben :(

Re: David mit einer Unbekannten
von: GRÖSSTERFAN um 09:20 Uhr
Was sagst du da? Betrügt der die Nadja etwa schon wieder? Der ist so ein Schwein.

Re (2): David mit einer Unbekannten
von: FRAU-MORY um 09:28 Uhr
@GRÖSSTERFAN: Lass David in Ruhe! @SONNENSCHEIN: Und? Wie sah er aus?

Re (3): David mit einer Unbekannten
von: FUNNYGIRL um 09:32 Uhr
Bist du sicher, SONNENSCHEIN? Vielleicht hast du dich ja vertan.

Re (4): David mit einer Unbekannten
von: SONNENSCHEIN um 09:46 Uhr
Quatsch, ich bin doch kein Trottel. Das war David, wie er leibt und lebt. Ich sehe ihn doch jeden Tag im Fernsehen. Oder glaubst du wirklich, dass noch ein Doppelgänger von ihm in der Gegend rumläuft? Und dann auch noch ausgerechnet hier in Hamburg? Ich bleibe dabei. Es war David. Mit einer fremden Frau.

Re (5): David mit einer Unbekannten
von: ENGELCHEN um 09:52 Uhr
Vielleicht war das ja seine Frau. FRAU-MORY! Buuuuhahahahahaha! Ich lach mich tot!! :-D :-D :-D

Re (6): David mit einer Unbekannten
von: SONNENSCHEIN um 10:00 Uhr
Hey, keine schlechte Idee, ENGELCHEN. @FRAU-MORY: Hast du rote Haare?

Re (7): David mit einer Unbekannten
von: GLITZERFEE um 10:01 Uhr
Wieso? Hatte die Frau rote Haare?

Re (8): David mit einer Unbekannten
von: SONNENSCHEIN um 10:02 Uhr
Wo nimmst du nur diesen Scharfsinn her, GLITZERFEE? Ja, feuerrote Locken. Sie hatte ne Sweatjacke mit Kapuze an, aber die roten Haare konnte man erkennen.

Re (9): David mit einer Unbekannten
von: FRAU-MORY um 10:04 Uhr
Ich war es nicht. Schluchz. Aber vielleicht würden mir rote Haare auch gut stehen.

Re (10): David mit einer Unbekannten
von: GRÖSSTERFAN um 10:06 Uhr
Dieser Betrüger! Wir müssen Nadja vor ihm warnen! Dem gehört das Handwerk gelegt, dem Betrüger-Schwein!!!

Re (11): David mit einer Unbekannten
von: FUNNYGIRL um 10:08 Uhr
Vielleicht war es ja seine Schwester!

Re (12): David mit einer Unbekannten
von: SONNENSCHEIN um 10:12 Uhr
Auf seiner Homepage steht, dass er Einzelkind ist. Außer-

dem sah es nicht danach aus. Er hatte den Arm um sie gelegt und so. Ich habe heimlich ein Foto von den beiden gemacht, ist aber nicht so viel drauf zu erkennen.

Re (13): David mit einer Unbekannten
von: ENGELCHEN um 10:13 Uhr
HER DAMIT!

Re (14): David mit einer Unbekannten
von: GRÖSSTERFAN um 10:14 Uhr
SCHWEIN! DRECKSKERL! BETRÜGER! MISTSACK!

Re (15): David mit einer Unbekannten
von: SONNENSCHEIN um 10:15 Uhr
@ENGELCHEN: Kann ich das hier hochladen? Ich weiß nicht, wie das geht. Warte, ich schicke es dir per Mail.
@GRÖSSTERFAN: Pass bloß auf mit dem vielen Fluchen, sonst löschen die deinen Account!

Re (16): David mit einer Unbekannten
von: GRÖSSTERFAN um 10:16 Uhr
Schickst du mir das Foto auch, SONNENSCHEIN? Du hast ja recht. Ich bin mich nur voll am Aufregen, dass der Typ das wieder macht. Dabei hat er doch geschworen, der Nadja nicht mehr wehzutun. Aber so ist es, einmal ein Betrüger, immer ein Betrüger.

Re (17): David mit einer Unbekannten
von: FUNNYGIRL um 10:16 Uhr
Moment mal! Können sich hier alle mal beruhigen? Das heißt doch noch gar nichts. Vielleicht war es eine Freundin von ihm. Oder seine Cousine. Darf man denn

nicht einmal mit einer anderen Frau Kaffee trinken gehen? Und SONNENSCHEIN, schick das Bild lieber nicht rum. Ich glaube, da könntest du rechtliche Probleme kriegen.

Re (18): David mit einer Unbekannten
von: GLITZERFEE um 10:20 Uhr

So ein Quatsch! David ist doch eine Person des öffentlichen Lebens. Da muss er damit rechnen, dass er fotografiert wird. Schick das Foto doch an das BLATT. Die freuen sich bestimmt :)

Re (19): David mit einer Unbekannten
von: GRÖSSTERFAN um 10:21 Uhr

Genau! Dann sieht die Nadja mal, was das für einer ist. Das ist ne gute Idee, GLITZERFEE.

Re (20): David mit einer Unbekannten
von: FUNNYGIRL um 10:23 Uhr

NEIN!!! Mach das nicht! DAS IST EINE ABSOLUT BESCHISSENE SCHEISS-IDEE!

Re (21): David mit einer Unbekannten
von: GRÖSSTERFAN um 10:23 Uhr

Nicht fluchen, FUNNYGIRL, die löschen dir sonst den Account.

Wie weh tut David ihr mit dieser schönen Unbekannten?

Arme Nadja

Ein Mann und eine Frau in einem Hamburger Lokal, sie tauschen zärtliche Blicke, sanft berührt er ihre Hand. Die Intimität zwischen ihnen ist deutlich zu spüren. Und dabei hatte der Mann noch vor wenigen Tagen vor aller Welt beteuert, von nun an nur noch einer Frau treu sein zu wollen.

Doch jetzt ist ein Foto aufgetaucht, das ihn erneut innig mit einer anderen zeigt. Wie sehr schmerzt dieses Bild das Herz einer liebenden Frau? Auf unsere Nachfrage hin demonstriert das Fernsehpaar harmonische Einigkeit. David: »Diese Frau ist eine Bekannte, deren Namen ich nicht nennen möchte. Wir sind nur gute Freunde. Dass Menschen heimlich Fotos machen, um Nadja zu verunsichern und gegen mich aufzubringen, finde ich abstoßend!« Nadja: »Ich kenne Davids Bekannte persönlich und vertraue beiden vollkommen. Dieses Foto ist eine bösartige Hetzkampagne, um uns auseinanderzubringen.« Medienpsychologin Nina Klemm meint dazu: »Nadja muss jetzt um jeden Preis Haltung bewahren, nachdem sie David vor aller Augen nach seinem Seitensprung zurückgenommen hat. Es ist nur menschlich, dass sie jetzt lieber wegsieht, als sich der Realität zu stellen. Vielleicht ist aber auch wirklich alles ganz harmlos.« Vielleicht, vielleicht auch nicht. Wir jedenfalls haben genug vom ständigen Zirkus um diese Beziehung und finden, dass sich David und Nadja endlich entscheiden sollten.

Kapitel 11

An diesem Tag ist in der Produktion die Hölle los, und ich erlebe meinen Chef schlecht gelaunt wie nie. Ich selber habe in der Nacht vor Erscheinen des Artikels kaum geschlafen, und bin jetzt sehr erleichtert, dass von der »schönen Unbekannten« auf dem Bild eigentlich gar nichts zu erkennen ist. Nur eine dunkle Jacke und unter der Kapuze hervorquellende Locken, und weil es sich um einen Schwarz-Weiß-Druck handelt, kann meine Haarfarbe mich nicht verraten. Dennoch bin ich wahnsinnig wütend auf SONNENSCHEIN und habe heute Morgen als Erstes ihren Account im Forum gelöscht.

»Das ist eine riesengroße Scheiße«, flucht Matthias und wirft die Zeitung in hohem Bogen in den Mülleimer. Ich muss ihm Recht geben. Immerhin war der Journalist vom BLATT so nett, uns das Erscheinen des Bildes anzukündigen und die Möglichkeit für eine Stellungnahme zu geben, aber ich muss auch sagen, dass unsere Erklärungen mehr als fadenscheinig klingen.

»Es muss doch möglich sein, dass David mal einen Kaffee trinken geht, ohne dass ihm gleich eine Affäre angedichtet wird. Schließlich hat Nadja doch sogar eine Beziehung.«

»Aber sie ist klug genug, sie hinter geschlossenen Türen zu führen«, fährt Matthias mich an. »Außerdem geht es darum gar nicht. Wenn wir der Presse interessante, neue Geschichten liefern würden, dann müssten die nicht irgendwelche unscharfen Handyfotos abdrucken und dazu die ewig gleiche Story zum hundertsten Mal durchkauen. Sehen Sie doch mal, was hier steht«, damit fischt er die Zeitung wieder aus dem Müll hervor und hält sie mir unter die Nase. »Sie haben genug von David und Nadja. Das ist das Schlimmste, was uns passieren kann. Das Allerschlimmste.« Ja doch, ich habe es ja verstanden. »Wir müssen uns etwas ausdenken. Etwas richtig Originelles. Denken Sie nach«, herrscht er mich vorwurfsvoll an und fährt sich mit der Hand über den kahlen Schädel.

»Wie wäre es, wenn ich Ihnen einen Kaffee hole?«

»Nein. Sie gehen jetzt runter und schauen nach, ob David und Nadja Zeit für eine Besprechung haben.«

»Oh. Ja, okay.«

»Und auf dem Rückweg bringen Sie den Kaffee mit.«

Langsam gehe ich die Treppe hinunter und biege in den Gang ein, in dem sich die Schauspielergarderoben befinden. Eigentlich ist doch alles ganz glimpflich verlaufen. David und ich sind nicht aufgeflogen, und, wie ich immer sage, in der Schlagzeile von heute wird schon morgen Fisch eingewickelt werden. Außerdem steht am nächsten Wochenende die Verleihung der Goldenen Rose an, und falls die Serie gewinnt, haben die Zeitungen wieder ganz andere Themen, über die sie schreiben können. Vor der dunkelrot lackierten Tür mit Nadjas Foto und Namen darauf bleibe ich stehen. Einen Augenblick lang betrachte ich ihr strahlendes Lächeln, das aussieht, als könnte sie kein Wässerchen trüben, dann klopfe ich zaghaft an. Drinnen rührt sich nichts.

»Nadja?« Vorsichtig drücke ich die Klinke hinunter und luge in ihre Garderobe. Mein Blick fällt auf ein weißes Sofa, auf dem eine kuschelige, braune Wolldecke liegt, ein Holztisch mit einem aufgeschlagenen Buch und ein schmaler, weißer Schrank, an dessen Tür bunte Fotos und Postkarten kleben. Von Nadja keine Spur. Ich schließe die Tür wieder und gehe ein paar Meter weiter zu Davids Garderobe, aus der Stimmen nach draußen dringen, da die Tür nur angelehnt ist.

»Ich will jetzt gefälligst die Wahrheit hören, David. Wenn du mich schon vor der ganzen Welt demütigst, habe ich doch wohl ein Recht darauf zu erfahren, mit wem du deine wertvolle Zeit verbringst«, höre ich Nadja fauchen. Erschrocken bleibe ich stehen und lausche.

»Nadja, jetzt beruhige dich, ist doch alles halb so schlimm. Es hat halt irgend so ein Fan ein Foto von uns geschossen. Das hätte dir und Alex genauso passieren können.«

»Eben nicht! Und weißt du auch, warum? Weil ich nicht so dämlich bin, mich mit Alex in der Öffentlichkeit zu zeigen. Weil ich, im Gegensatz zu dir, weiß, dass ich ständig unter Beobachtung stehe. Ich halte seit über einem halben Jahr meine Freundin unter Verschluss, da ist es doch wohl nicht zu viel verlangt, dass du dasselbe tust.«

»Jetzt tu doch nicht so, als würdest du das für mich tun. Du hast eine Heidenangst, dass die Presse dich als Lesbe outet, bevor du deinen Eltern von Alex erzählt hast. Das ist der einzige Grund, weshalb du dieses Theater mitmachst.«

»Du hast leicht reden. Du hast ja auch keine streng katholische Mutter, die denkt, Homosexualität ist der schnellste Weg in die Hölle.«

Ich bin so verblüfft, dass die nächsten paar Sätze des Streitgespräches an mir vorbeiziehen, ohne dass ich von ihrem Inhalt etwas mitbekomme. Zum zweiten Mal in dieser Woche scheint plötzlich alles einen Sinn zu ergeben. Nadjas geheimnisvoller »Alex« ist wohl offensichtlich eine Abkürzung für Alexandra anstatt, wie ich dachte, für Alexander. Ihre ständigen Beziehungsprobleme, die Launenhaftigkeit, jetzt wundert mich gar nichts mehr. Nadja ist lesbisch, hat sich aber offensichtlich noch nicht getraut, ihrer Familie davon zu erzählen. Und nun muss sie ständig befürchten, dass irgendein Klatschblatt ihr Geheimnis lüftet. Auch wenn ich oft unter ihren Zickigkeiten zu leiden habe, tut sie mir jetzt doch leid. Und ihre Freundin auch. Plötzlich wird die Tür aufgerissen, Nadja stürmt heraus und bleibt abrupt vor mir stehen.

»Was zum Teufel machst du hier? Hast du gelauscht?«

»Ich, äh, es tut mir leid, ich wollte nicht, aber, wie soll ich sagen, ihr wart nicht gerade leise.« David tritt aus seiner Garderobe.

»Komm rein«, sagt er zu mir und dann, an Nadja gewandt: »Und du bitte auch. Das geht auch dich was an.«

»Was geht mich was an?« Ich gehe an David vorbei in den Raum, der genauso eingerichtet ist wie Nadjas Garderobe. Nur die typisch weiblichen Details wie die Kuscheldecke, Postkarten und Kerzen fehlen hier.

»Komm rein, dann erkläre ich es dir.« Er deutet auf das Sofa, aber nur ich nehme die Einladung, mich hinzusetzen, an. Nadja bleibt mitten im Raum stehen und sieht zwischen David und mir hin und her.

»Was soll das werden?«

»Ich glaube, es ist an der Zeit, reinen Tisch zu machen.« Vor Schreck halte ich die Luft an. »Nadja, die Frau auf dem Foto war Fanny. Und wir sind seit drei Monaten zusammen.« Nadja wirft einen kurzen Blick auf mich und fängt dann an, aus voller Kehle zu lachen. Hält sie diese Vorstellung wirklich für dermaßen abwegig?

»Sehr witzig, David, wirklich komisch. Wenn du mich aufmuntern wolltest, dann ist dir das in jedem Fall gelungen. Vielen Dank.« Verletzt sehe ich David an, der mich von der Couch hochzieht und in den Arm nimmt. Ich lege meine Stirn an seine Brust und schließe die Augen. Noch nie habe ich mich so gedemütigt gefühlt. »Gib dir keine Mühe, David, und wenn du sie hier vor meinen Augen abknutschst, glaube ich dir trotzdem kein Wort«, kommentiert Nadja amüsiert unsere Umarmung. Langsam werde ich richtig wütend. Vielleicht bin ich keine Modelschönheit, aber so schrecklich, wie sie tut, bin ich nun auch wieder nicht. In diesem Moment umfasst David mein Gesicht mit beiden Händen und küsst mich. Ausgiebig und mit Zunge. Ich werfe Nadja, die uns mit offenem Mund anstarrt, einen triumphierenden Blick zu. »Warte mal, das ist doch wohl nicht dein Ernst?« Offensichtlich hat sie es nun endlich begriffen, denn wenn Blicke töten könnten, würde ich auf der Stelle tot zusammenbrechen.

»Natürlich ist es mein Ernst. Und ich habe genug von

dem Versteckspiel. Dein Einverständnis vorausgesetzt würde ich gerne zu Matthias gehen und ihm vorschlagen, diesen Publicity-Gag von unserer angeblichen Beziehung langsam ausklingen zu lassen. Damit wir beide mit unseren wirklichen Partnern eine Tasse Kaffee trinken gehen können, ohne dass die Wölfe uns gleich zerfleischen.«

»Mein Einverständnis vorausgesetzt? Du hast sie wohl nicht mehr alle. Nur über meine Leiche.« Kurz sieht es so aus, als wollte sie entweder mir oder David oder uns beiden an die Gurgel gehen. »Und wie willst du das der Öffentlichkeit erklären? Dass du mich verlässt, für die da?« Sie sieht mich an, als sei ich ein besonders unappetitliches Insekt. Und plötzlich frage ich mich auch, was die Leute wohl dazu sagen werden, wenn die süße, perfekte, zarte, blonde Nadja, von der jeder Mann träumt, ausgetauscht wird gegen, nun ja, mich. Vor meinem inneren Auge blitzt eine Schlagzeile auf.

Was findet er nur an dieser Frau?

Warum David die schöne Nadja für ein Mauerblümchen sitzen ließ

»Jetzt komm mal wieder runter, Nadja. Es gibt überhaupt keinen Grund, beleidigend zu werden. Ich habe die ganze Heimlichtuerei einfach satt, und ich dachte, du würdest das am allerbesten verstehen können. Meinst du nicht, es wird langsam Zeit, deinen Eltern zu erzählen, wer du wirklich bist?« Nadja sieht aus, als würde sie gleich eine Panikattacke bekommen.

»Misch dich gefälligst nicht in meine Angelegenheiten ein«, faucht sie und sagt dann, an mich gewandt: »Rede ihm das aus. Oder ich lass dich feuern.« Sie verlässt fluchtartig die Garderobe, und ich sehe ihr betreten hinterher, während David die Arme um mich legt.

»Ihre Eltern sind wirklich ziemlich radikal in ihren Ansichten. Aber diese ständige Lügerei macht doch alles nur noch schlimmer.«

»Da hast du wahrscheinlich Recht.«

»Na komm, jetzt mach doch nicht so ein Gesicht. Sie schafft das schon. Was ist, gehen wir jetzt gleich zu Matthias?«

»Wie bitte?« Entsetzt sehe ich ihn an. »Ich weiß nicht so recht.« Die Vorstellung, meinem Chef unter die Augen treten und ihm meine Beziehung beichten zu müssen, ist alles andere als reizvoll.

»Aber du sagst doch immer wieder, wie sehr du unter dieser ganzen Geheimniskrämerei leidest.«

»Schon. Aber ich möchte meinen Job nicht verlieren.«

»Das wirst du auch nicht.«

»Ich glaube schon. Matthias hat mir das von Anfang an sehr deutlich gemacht.«

»Ach ja? Er hat mit dir über mich gesprochen?« Ein amüsiertes Grinsen tritt auf Davids Gesicht. »Wie kam er denn nur auf diese Idee?« Das Grinsen wird noch breiter.

»Vermutlich ist ihm aufgefallen, dass ich jedes Mal knallrot angelaufen bin, wenn du den Raum betreten hast«, sage ich ärgerlich, weil er mich so in die Enge drängt.

»Niemand kann dir vorschreiben, mit wem du zusammen bist. Das ist deine Privatangelegenheit.« Es klopft an der Garderobentür, und der Aufnahmeleiter streckt seinen Kopf herein.

»David, oh, sorry, wollte nicht stören.« Ich mache verlegen einen Schritt von David weg. »Ich wollte dir Bescheid sagen, dass die Mädels in der Maske dich jetzt gerne hätten.«

»Bin sofort da. Danke.«

»Alles klar.«

»Lass uns später weitersprechen, okay? Heute Abend?« Ich nicke erleichtert. So kann ich noch einmal meine Gedanken sortieren, bevor ich dieses vollkommen unerwartete Gespräch mit David fortführe.

Matthias sieht mir übellaunig entgegen, als ich wenige Minuten später zurück ins Büro komme.

»Wo ist mein Kaffee?« Erschrocken ziehe ich den Kopf ein. Den habe ich in der ganzen Aufregung glatt vergessen.

»Kommt sofort.« Ich flüchte in Richtung Kaffeeküche. Während geschäumte Milch aus der Maschine rinnt, versuche ich zu verarbeiten, was gerade geschehen ist. David hat Nadja von uns erzählt. Und will jetzt also in aller Öffentlichkeit zu mir stehen. Sollte ich nicht eigentlich Luftsprünge machen vor lauter Freude? Schließlich müsste ich dann nicht mehr dabei zusehen, wie er mit Nadja das verliebte Pärchen mimt. Ich wäre offiziell die Frau an seiner Seite. Die ihn zu Filmpremieren und allerlei sonstigen Veranstaltungen begleitet. Für einen kurzen Augenblick gestatte ich mir einen Tagtraum, in dem ich an Davids Hand in einem wunderschönen, langen Kleid aus dunkelgrüner Seide über den roten Teppich schreite. Kaum werden die Fotografen unserer ansichtig, beginnt ein wahres Blitzlichtgewitter. David legt seinen Arm um meine Taille, zieht mich zu sich heran und demonstriert damit der ganzen Welt: Das ist die Frau, zu der ich gehöre.

»Fanny?« Matthias Gebrüll bringt mich unsanft zurück in die Wirklichkeit.

»Ich habe die beiden nicht gefunden«, lüge ich, als ich ihm den gewünschten Kaffee bringe. »Sie waren beim Drehen.«

»Und um das rauszufinden, haben Sie so lange gebraucht?«

»Tut mir leid, ich …«

»Schon gut. Jetzt sind Sie ja wieder da. Ich möchte, dass Sie sich etwas ausdenken, was die Öffentlichkeit schnellstmöglich von diesem ungeplanten Zwischenfall ablenkt. Los, fangen Sie an.«

»Jetzt?«

»Na los!«

»Ähm. Wie wäre es mit einer Verlobung?«, sage ich lahm und schweren Herzens. Mein Chef rollt die Augen gen Himmel.

»Wir brauchen was Besseres. Sehen Sie sich die Quote von gestern an. Wenn das so weitergeht, dann sind wir in ein paar Wochen Geschichte. Und das, obwohl wir so gut gestartet sind. Im ersten halben Jahr waren wir die erfolgreichste Telenovela aller Zeiten. Wir dürfen jetzt nicht untergehen.«

»Vielleicht liegt es aber auch an den Drehbüchern«, wage ich einzuwerfen. »Mir kommt die Dramaturgie der Geschichte jedenfalls in letzter Zeit etwas holprig vor.«

»An den Drehbüchern kann ich aber nichts ändern. Das ist eine andere Abteilung.«

»Das weiß ich selber.« Für wie blöd hält der mich? »Ich meine doch nur, vielleicht können wir gar nichts dafür.«

»Fanny, Sie gehen mir auf die Nerven. Ich suche nicht nach einem Schuldigen, ich suche nach einer Lösung. Also los jetzt. Durchforsten Sie das Internet nach den größten Promiskandalen der Geschichte. Vielleicht können wir da was abkupfern.«

Wo ist SONNENSCHEIN?
von: GLITZERFEE um 15:46 Uhr
Hey, Ihr alle. Ich habe gerade versucht, SONNENSCHEIN eine Nachricht zu schicken, aber von ihr sind alle Daten gelöscht.

Re: Wo ist SONNENSCHEIN?
von: GRÖSSTERFAN um 15:50 Uhr
Vielleicht haben die der den Account gelöscht.
Was willst du denn von ihr?

Re(2): Wo ist SONNENSCHEIN?
von: GLITZERFEE um 15:55 Uhr
Mich nur bedanken für das Foto. Außerdem wollten wir auch mal Telefonnummern austauschen, weil wir uns hier so gut verstehen im Chat. Wie fandet ihr die Folge gestern? Ich finde es so gemein, dass Maximilians Frau diese fiese Intrige spinnt. Das muss er doch merken.

Re(3): Wo ist SONNENSCHEIN?
von: ENGELCHEN um 15:58 Uhr
Ja, ist vielleicht nicht die feine englische Art, aber man

darf auch nicht vergessen, dass sie nun mal verheiratet sind. Ist für sie auch nicht schön, wenn er plötzlich mit der jungen, hübschen Lara abzieht und sie einfach sitzenlässt. Ist doch so, oder? Und übrigens, vielleicht hat SONNENSCHEIN ja einfach keine Lust mehr aufs Forum gehabt.

Re(4): Wo ist SONNENSCHEIN?
von: NEBELSCHWADE um 16:00 Uhr

Hey, Leute, ich bin wieder da. Unter Pseudonym sozusagen. Plötzlich konnte ich mich nicht mehr anmelden, alles war gesperrt. Komisch.
Ich verstehe das gar nicht. Dürfen die das einfach so machen? Hab Angst, dass ich gleich wieder rausfliege. GLITZERFEE, meine Telefonnummer ist in deinem Postfach.

Re(5): Wo ist SONNENSCHEIN?
von: GLITZERFEE um 16:01 Uhr

Willkommen zurück. Das ist ja ne Frechheit! Du hast doch gar nicht gegen die Forenregeln verstoßen.
@ENGELCHEN: Da hast du schon Recht. Aber trotzdem ist es gemein von ihr.

Re(6): Wo ist SONNENSCHEIN?
von: FUNNYGIRL um 16:03 Uhr

Das haben die bestimmt gemacht, weil du das Bild von David an die Presse gegeben hast. Vielleicht haben die das hier im Forum gelesen. Ich habe doch gleich gesagt, dass du das lieber sein lassen solltest. Jetzt hast du den Salat.

Re(7): Wo ist SONNENSCHEIN?
von: NEBELSCHWADE um 16:05 Uhr
Ich habe nichts an die Presse gegeben,
ich schwöre es!

Re(8): Wo ist SONNENSCHEIN?
von: GRÖSSTERFAN um 16:09 Uhr
Aber ich dafür. Ich habe das gemacht und dazu steh ich. Ich finde das gut, dass die es direkt gedruckt haben und dass jetzt die Nadja weiß, was der David für einer ist.

Re(9): Wo ist SONNENSCHEIN?
von: NEBELSCHWADE um 16:11 Uhr
Mann, GRÖSSTERFAN, das kannst du doch nicht machen. Dafür habe ich dir das Bild nicht geschickt, dass du es dann weitergibst. Und mich kicken die dafür aus dem Forum. Falls das hier einer von den Verantwortlichen liest, ich beteuere hiermit, dass ich unschuldig bin. Bitte lasst meinen Account in Ruhe!! Bitte!!

Re(10): Wo ist SONNENSCHEIN?
von: GLITZERFEE um 16:12 Uhr
Finde ich auch ne ganz miese Nummer, GRÖSSTERFAN. Das Bild gehörte dir doch gar nicht. Ich finde, du solltest dich dafür entschuldigen.

Re(11): Wo ist SONNENSCHEIN?
von: GLITZERFEE um 16:19 Uhr
He, GRÖSSTERFAN, du hast doch sonst immer ne Antwort parat. Hat es dir die Sprache verschlagen?

Re(12): Wo ist SONNENSCHEIN?
von: GLITZERFEE um 16:40 Uhr
Hallooooo? GRÖSSTERFAN??? Bist du noch da????

Bevor ich an diesem Abend nach Hause gehe, präsentiere ich Matthias eine Liste der spektakulärsten Promiskandale, bei denen sich einem die Nackenhaare aufstellen.

»Also. O.J. Simpson wurde angeklagt, seine Ex-Frau und deren Freund umgebracht zu haben. Tatjana Gsell soll gemeinsam mit ihrem Mann einen Überfall zwecks Versicherungsbetrugs vorgetäuscht haben, bei dem ihr Mann unglücklicherweise ums Leben kam. Pete Doherty setzte sich während eines Interviews einen Schuss Heroin und spritzte die mit seinem Blut vermischten Reste in Richtung Kamera.« Ich hebe den Kopf und suche im Gesicht meines Gegenübers nach irgendeiner Reaktion, aber mein Chef sitzt einfach nur da und macht sich hin und wieder Notizen. Er wird doch nicht allen Ernstes etwas Derartiges in Erwägung ziehen? »Michel Friedman konsumierte Kokain und käuflichen Sex, Paris Hiltons privates Sex-Video landete, genau wie das von Pamela Anderson, im Internet, Prinz Ernst August vermöbelte einen Fotografen mit dem Regenschirm, Britney Spears rasierte sich den Kopf und trug selten eine Unterhose, dafür aber ziemlich kurze Röcke. David Hasselhoff pinkelte sich am Flughafen in die Hose, und Winona Ryder ließ sich beim Ladendiebstahl erwischen. Soll ich fortfahren?«

»Hm. Ich finde das Sexvideo nicht schlecht«, überlegt Matthias laut, und ich sehe ihn entsetzt an.

»Das ist doch nicht Ihr Ernst?«

»Ich fürchte, dazu werde ich die beiden nicht überreden können.« Er lacht vergnügt, als hätte er gerade einen wer weiß wie komischen Scherz gemacht. Ich persönlich finde das gar nicht witzig. »Na, kommen Sie, wir machen Feierabend.«

»Okay.« Erleichtert packe ich meine Sachen zusammen und bin in Windeseile aus dem Büro verschwunden.

Zu Hause angekommen treffe ich in der Küche auf Julia und Felix, die sich über den Flyer vom Pizzabringdienst beugen.

»Du kommst gerade richtig. Möchtest du auch was bestellen?« Ich entscheide mich für eine Pizza mit Tomaten und Schafskäse und lasse mich erschöpft am Küchentisch nieder.

»Gut, dass ihr hier seid. Ich brauche euren Rat.«

»Sag mal, bist das eigentlich du?« Mit dem BLATT von heute wedelt mir Felix vor der Nase herum.

»Ja, das bin ich«, gebe ich zu, und damit bin ich dann auch schon beim Thema. Ich erzähle meinen Freunden von der Auseinandersetzung zwischen David und Nadja und seinem Entschluss, sich von jetzt an öffentlich zu mir zu bekennen. Meine neuen Erkenntnisse über Nadjas sexuelle Orientierung behalte ich allerdings für mich, obwohl es mir in der Seele wehtut, als Felix sich wieder nach ihr und dem derzeitigen Beziehungsstatus erkundigt. »Tut mir wirklich leid, aber ich fürchte, du musst sie dir aus dem Kopf schlagen.«

»Ich verstehe sowieso nicht, was du an dieser Ziege immer noch findest«, wirft Julia ungewohnt patzig ein,

»du hast doch wohl mittlerweile mitbekommen, wie fies sie Fanny gegenüber ist.«

»Schon, aber ...«

»Jaja, ich weiß schon«, unterbricht sie ihn ärgerlich, »wer so aussieht, darf auch einen miesen Charakter haben.« Obwohl Nadja auch heute mal wieder alles andere als freundlich zu mir war, fühle ich mich genötigt, sie zu verteidigen. Schließlich kann ich jetzt viel besser verstehen, weshalb sie ständig so gereizt ist.

»So schlimm ist sie auch wieder nicht. Sie ist einfach einem enormen Druck ausgesetzt.«

»Fall du mir auch noch in den Rücken!« Julia verschränkt beleidigt die Arme vor der Brust.

»Können wir jetzt vielleicht mal wieder über mich reden? Habt ihr mir zugehört? David will uns outen. Erst vor meinem Chef und dann vor aller Welt!«

»Aber das ist doch prima. Das ist es doch, was du die ganze Zeit wolltest. Oder habe ich mir all die Abende, in denen du auf der Couch gesessen und rumgejammert hast, dass David sich nicht zu dir bekennt, etwa nur eingebildet?«

»Ich habe doch gar nicht ...«

»Doch, Süße, das hast du, und zwar zu Recht. So eine heimliche Beziehung, das geht niemals gut. Ist vielleicht ganz aufregend für ein paar Wochen, aber irgendwann nervt es. Und meiner Meinung nach ist Ehrlichkeit sowieso der einzig richtige Weg. Also freu dich doch. Offensichtlich ist David bereit, zu dir zu stehen, und deine ganzen Befürchtungen, nicht gut genug für ihn zu sein, sind völlig unbegründet.« In diesem Moment klingelt es an der Tür.

»Oh, die Pizza.« Felix springt erfreut auf, nur um drei

Minuten später mit langem Gesicht wieder in der Küche zu erscheinen. »Doch nicht. Bloß David.«

»Vielen Dank auch«, grinst der und klopft Felix von hinten auf die Schulter. »Da fühlt man sich doch gleich willkommen.«

»Mir bist du sehr willkommen.« Ich gebe ihm einen Kuss.

»Das ist die Hauptsache.«

»David, wegen der Sache mit Matthias«, beginne ich, als wir uns im Bett aneinanderkuscheln, »ich habe da so meine Zweifel. Ich möchte meinen Job wirklich nicht verlieren.«

»Das wirst du schon nicht. Er darf dich deshalb nicht feuern.«

»Das nicht, aber … Matthias wird schon irgendein offizieller Grund einfallen. Außerdem bin ich doch noch in der Probezeit. Da darf er mich auch ohne Begründung rauswerfen.«

»Moment mal.« David richtet sich halb auf, stützt sich auf den Unterarmen ab und sieht mich vorwurfsvoll an. »Ich bin bereit, vor aller Augen eine der beliebtesten Serienschauspielerinnen des Landes zu verlassen und wie der letzte Arsch dann auch noch gleich meine Neue zu präsentieren. Und jetzt erzählst du mir, du bangst um deinen Job?« Ich setze mich ebenfalls auf.

»Bis jetzt war es dir doch auch egal, was die Leute von dir halten und was in den Zeitungen steht.«

»Es war mir überhaupt nicht egal. Aber ich konnte irgendwie damit leben, weil ich selber wusste, dass es nicht der Wahrheit entsprach. Aber langsam habe ich die Nase voll von all den Lügen. Ich will reinen Tisch machen und zu dem stehen, was ich bin.«

»Ach ja? Um jeden Preis und auf Kosten meiner Karriere?«, frage ich angriffslustig.

»Karriere?«, fragt er und hängt dann einen Laut hintendran, der verdächtig nach »Pffff« klingt. Ich spüre, wie mir das Blut in die Wangen schießt. »Das ist doch bloß ein Job, und du magst ihn nicht einmal besonders. Warum auch? Schließlich bist du Schriftstellerin.« Das Wort trifft mich wie eine Ohrfeige.

»Ich kann es nicht fassen, dass du das gegen mich verwendest«, sage ich erstickt.

»Ich verwende überhaupt nichts gegen dich.« Er will mich in seine Arme ziehen, aber ich rücke von ihm ab. »Hör mal, Fanny, ich glaube wirklich, dass du übertreibst und das alles viel höher hängst, als es ist. Matthias wird vielleicht ein bisschen schockiert sein, aber das geht bestimmt vorbei.«

»Da kennst du ihn aber schlecht.«

»Selbst wenn, wäre es wirklich so schlimm, wenn du diesen Job verlieren würdest? Vielleicht wäre es deine Chance, dich dem zu widmen, was du wirklich willst. Nämlich Romane zu schreiben.«

»Ich habe damit abgeschlossen. Warum akzeptierst du meine Entscheidung nicht einfach?«

»Dann schreib von mir aus nie wieder ein Wort, ist mir auch recht.« Er sieht jetzt genau so wütend aus, wie ich mich fühle. »Ich möchte doch einfach nur ehrlich sein, ist das zu viel verlangt?«

»So, du willst ehrlich sein?« Angriffslustig sehe ich ihn an, obwohl mir eine leise Stimme in meinem Kopf zuflüstert, diesen Weg nicht weiter zu gehen.

»Ja, natürlich.«

»Dann solltest du erstmal damit aufhören, mich anzulügen.«

»Wie meinst du das denn jetzt?« Ich sehe in sein verständnisloses Gesicht und werde jetzt ernsthaft sauer. Er tut so, als wäre die Idee, dass er mir etwas verheimlicht, vollkommen weit hergeholt.

»Ich weiß, dass du Alkoholiker bist.« Im selben Moment wünsche ich, ich hätte meine Klappe gehalten. Ein Schatten fällt über seine Augen, die Kiefermuskeln treten deutlich hervor, und er sieht mich feindselig an.

»Woher weißt du das?« Ich fühle mich plötzlich schrecklich unwohl in meiner Haut und ziehe schutzsuchend die Decke fester um mich.

»Ich habe dich gesehen, als du von einem Treffen kamst. In der Wohlersallee.«

»Du hast mir nachspioniert?«

»Nein, es war reiner Zufall. Ich war mit Julia und Felix im Park nebenan joggen, das hatte ich dir doch erzählt.«

»Stimmt. Aber offensichtlich hast du ein wichtiges Detail bei deiner Erzählung ausgelassen.« Er mustert mich aus schmalen, kalten Augen, und mir läuft ein Schauer den Rücken herunter. Ich will meine Hand nach ihm ausstrecken, wage es aber nicht. Der Mann vor mir hat plötzlich nichts mehr gemein mit dem David, den ich kenne.

»Es tut mir leid, ehrlich. Ich wollte es auch gar nicht erwähnen. Ich dachte, vielleicht hast du irgendwann genug Vertrauen zu mir, um es mir von dir aus zu erzählen.«

»Ach ja? Und warum reibst du mir das ausgerechnet jetzt unter die Nase?« Er steigt aus dem Bett und beginnt, sich anzuziehen.

»Weil Ehrlichkeit das Wichtigste ist. Und weil Lügen alles nur schlimmer machen, das hast du doch heute selbst gesagt. Was machst du denn da?«

»Wonach sieht es denn aus? Ich ziehe mich an.«

»Aber warum denn?«

»Weil ich nicht nackt auf die Straße will, darum.« Seine Stimme trieft vor Sarkasmus. »Obwohl das Matthias vielleicht ganz recht wäre.« Er zieht sich den Pullover über den Kopf, greift nach seiner Jacke und geht ohne ein weiteres Wort Richtung Tür. Mit einem Satz bin ich aus dem Bett und halte ihn am Arm fest.

»Warte! Bitte geh nicht. Es tut mir leid.«

»Lass meinen Arm los.« Wieder trifft mich dieser kalte Blick, ich lasse unwillkürlich meine Hand sinken und folge David durch den Flur.

»David, bitte. Lauf nicht einfach weg. Komm zurück in mein Zimmer und lass es mich erklären.«

»Da gibt es nichts zu erklären. Jetzt ist mir natürlich klar, warum du dich so dagegen sträubst, dich öffentlich zu mir zu bekennen. Es tut mir leid, dass ich nicht der Traumprinz bin, für den du mich gehalten hast. Willst du es von mir hören? Bitte sehr, kannst du haben. Hallo, ich bin David, und ich bin Alkoholiker.« Damit wendet er mir den Rücken zu und reißt die Wohnungstür auf.

»David.« Er dreht sich nochmal zu mir um.

»Hast du es Julia erzählt?« Ich schüttele den Kopf, meine Kehle ist wie zugeschnürt. »Gut.« Plötzlich sieht er traurig und erschöpft aus. »Bitte sag es niemandem. Im Gegenzug werde ich auch keinem verraten, dass wir was miteinander hatten.« Wie betäubt stehe ich in der offenen Wohnungstür und sehe David hinterher, wie er die Treppen hinunterläuft. Dann das Schlagen der Haustüre und Stille. Ich fahre mir mit der Hand über das Gesicht und stelle fest, dass es nass von meinen Tränen ist. Julia streckt verschlafen den Kopf aus ihrer Tür.

»Fanny, was ist denn los? Was machst du hier draußen?« Erschrocken hält sie inne, als sie mein Gesicht sieht. »Wie siehst du denn aus? Was ist passiert?«

»David ist weg«, bringe ich mühsam über die Lippen.

»Weg? Wieso weg?«

»Nicht mehr da.« Hilflos hebe ich die Schultern, weil ich doch selber keine Erklärung dafür habe. Vor wenigen Minuten lagen wir noch zusammen im Bett, und jetzt habe ich das sichere Gefühl, dass ich David nie wieder sehen werde. Was natürlich kompletter Blödsinn ist. Schon morgen werde ich ihm begegnen. Und auch an jedem der darauffolgenden Tage. Aber es wird nicht mehr das Gleiche sein. Nadja wird er erzählen, dass er es sich anders überlegt hat. Vielleicht schafft er es sogar, ihr weiszumachen, dass die ganze Nummer tatsächlich nur so etwas wie ein verspäteter Aprilscherz war. Und niemand wird je davon erfahren, dass David und Fanny mal mehr waren als Schauspieler und Presseassistentin. »Ich werde keinem davon erzählen, dass wir was miteinander hatten.« Davids Worte hallen in meinen Ohren wider. So nennt er das also. Wir »hatten was miteinander«. Vielleicht eine Affäre, vielleicht einen Flirt, ganz sicher aber etwas in der Vergangenheit Liegendes, Unwiederbringliches.

»Fanny, jetzt sag doch was«, drängelt Julia und fasst nach meiner Hand. »Du bist ja eiskalt. Wie lange stehst du denn schon barfuß hier herum? Schnell ins Bett, bevor du dir den Tod holst!«

Minuten später schiebt sie mir eine Wärmflasche unter die Bettdecke und setzt sich zu mir auf die Matratze.

»Was ist passiert, Süße? Warum ist er gegangen?« Ich sehe in ihre liebevollen braunen Augen und möchte nichts mehr, als ihr mein Herz auszuschütten, aber ich bringe es nicht über mich.

»Wir haben uns gestritten«, antworte ich vage und ziehe mir die Decke bis unter das Kinn hoch. »Ich möchte nicht darüber reden. Ich bin müde.«

»Dann schlaf jetzt. Er regt sich bestimmt ab, und dann vertragt ihr euch wieder.«

»Ja, bestimmt.« Ich drehe mich auf die Seite, spüre, wie Julia mir über die Wange streichelt, höre, wie sie auf Zehenspitzen aufsteht und das Zimmer verlässt. Gequält öffne ich die Augen und starre an die vom Mondschein erleuchtete Decke. In dieser Nacht finde ich keinen Schlaf.

Übermüdet sitze ich am nächsten Tag im Büro, wo das Telefon heißläuft, weil die Verleihung der Goldenen Rose kurz bevorsteht und Dutzenden Journalisten plötzlich einfällt, dass sie vorher gerne noch ein Interview mit unseren Hauptdarstellern führen würden. Aus diesem Grund fällt unser »Wir-basteln-uns-einen-Skandal«-Plan erstmal hintenüber. Weil die Produktionsassistentin ausgerechnet heute wegen einer Magen-Darm-Grippe ausfällt, muss ich mich zusätzlich zu allem anderen auch noch um Nadjas und Davids Reiseplanung für das Wochenende kümmern, die Flüge nach Luzern buchen, den Transfer zum Hotel und anschließend zur Verleihung organisieren.

»Jetzt drucken Sie alles aus und legen es Nadja und David in die Garderobe.« Ich sehe Matthias an wie ein Huhn, wenn es donnert. »Gibt es ein Problem?«

»Nein, nein, kein Problem.« Die zwei Klemmordner an den Bauch gepresst mache ich mich auf den Weg in die Höhle des Löwen. Vielleicht ist er ja gar nicht in seiner Garderobe. Vielleicht ist er in der Maske. Oder am Set. Oder auf dem Klo. Nadjas Garderobe ist jedenfalls leer, als ich dort zaghaft anklopfe und dann die Tür öffne. Schnell lege ich die Unterlagen gut sichtbar auf den flachen Tisch. Bei David habe ich weniger Glück, denn er antwortet auf mein Klopfen.

»Herein.« Todesmutig drücke ich die Klinke herunter. »Hallo, David.« Zögernd komme ich einen Schritt näher, wage es aber nicht, die Tür hinter mir zu schließen.

»Hallo.« Die Distanz zwischen uns ist geradezu körperlich spürbar. Mir läuft eine Gänsehaut den Rücken hinunter. »Was kann ich für dich tun?«

»Nichts, ich wollte dir nur den Reiseplan für die Preisverleihung vorbeibringen. Du wirst am Samstagmorgen um acht von einem Taxi abgeholt, es ist schon bestellt und bezahlt. Alles steht hier drauf.« Ich reiche ihm den Klemmordner. Er scheint peinlich genau darauf zu achten, mich bei der Übergabe nicht zu berühren. Mein Herz krampft sich schmerzhaft zusammen.

»Danke schön.«

»Gern geschehen.« Ein paar Sekunden verharre ich noch in meiner Position und sehe ihn an, in der Hoffnung, dass er irgendetwas sagt, aber er blättert einfach nur übertrieben interessiert in seiner Reisedisposition herum. »Also dann.« Ich will gerade den Rückzug antreten, als die Tür hinter mir mit Schwung aufgerissen wird.

»David, ich wollte dich noch fragen, ob …« Nadja unterbricht sich mitten im Satz und sieht mich feindselig an. Dann schließt sie sorgfältig die Tür, fährt zu uns herum und funkelt David böse an: »Habe ich mich unklar ausgedrückt? Es ist mir ja egal, wenn du sie im stillen Kämmerlein durchvögelst, aber ich werde nicht zulassen, dass du mich vor aller Welt demütigst.« Jedes ihrer Worte trifft mich wie eine Ohrfeige, aber David bleibt ganz ruhig.

»Keine Sorge, Nadja, es bleibt alles beim Alten.«

»Ehrlich?« Mit so einem schnellen Sieg hat sie offensichtlich nicht gerechnet.

»Ehrlich. Allerdings mag ich die respektlose Art nicht, mit der du über Fanny sprichst. Ich weiß, dass du in einer schwierigen Situation steckst, aber das ist nun wirklich nicht Fannys Schuld, und du kannst deinen Frust nicht ständig an anderen auslassen.« Nadja läuft knallrot an, während mir die Tränen in die Augen schießen. »Stell dir mal vor, ich würde mit solchen Ausdrücken über Alexandra sprechen.«

»Da hast du Recht«, gibt Nadja zögernd zu, »es tut mir leid.«

»Schon gut«, sage ich leise und ziemlich verwirrt.

»Also, ich komme dann später nochmal rein. Tschüss, Fanny.«

»Tschüss.« Die Tür schließt sich hinter ihr. Voller Hoffnung sehe ich David an. Ist vielleicht doch noch nicht alles verloren? Sind wir noch zusammen? Immerhin hat er Nadja gegenüber nicht das Gegenteil behauptet. Er hat nur gesagt, dass offiziell alles beim Alten bleibt. Und er hat mich ihr gegenüber verteidigt. Das würde er doch nicht machen, wenn ich ihm egal wäre. Wenn er noch wütend wäre. Oder?

»War sonst noch was?«, erkundigt er sich und macht

damit meine Hoffnung zunichte. Sein Blick ist distanziert, seine Stimme höflich, aber ohne Wärme.

»Nein.« Entmutigt lasse ich die Schultern hängen und mache Anstalten, das Zimmer zu verlassen. Aber ich mag noch nicht gehen. Das kann es doch nicht gewesen sein. Mutig drehe ich mich noch einmal zu ihm um. »Es sei denn …«

»Nein«, sagt er schnell. »Nein.«

Goldene Rosen für »Liebe à la carte«

Die deutsche Telenovela räumt ab

Auf dem weltweit größten internationalen TV-Festival Rose d'Or in Luzern wurde »Liebe à la carte« am Samstagabend gleich dreifach ausgezeichnet.

Die tägliche Serie erhielt den begehrten Preis in der Kategorie »Soap«, Nadja Reichert und David Mory wurden von der Jury zu den besten Darstellern gewählt. Produzent Heiner Waschke: »Die Auszeichnungen der Rose d'Or, zeigt uns, dass wir mit unserer Serie auch im internationalen Vergleich ganz vorne liegen. Darauf sind wir natürlich stolz.« Nadja und David, die in den letzten Wochen vor allem durch ihre undurchsichtigen Beziehungsverwicklungen von sich Reden machten, wichen einander auf dem roten Teppich nicht von der Seite. Von ausgelassener Fröhlichkeit konnte aber auch hier nicht die Rede sein. »Es sah aus, als würden sie sich aneinander festhalten«, kommentiert eine Schweizer Fernsehjournalistin. »Sie wirkten angespannt und gestresst. Ich hätte von zwei Preisträgern eigentlich bessere Laune erwartet.« Ganz offensichtlich zehrt der ständige Rummel um ihre Person an den Nerven der jungen Künstler. Dennoch möchten wir vor allem Nadja gerne folgenden Ratschlag für ihre weitere Karriere mit auf den Weg geben: Bei der nächsten Preisverleihung bitte einfach freudig lächeln. Schließlich sind Sie Schauspielerin, oder etwa nicht?

Kapitel 12

Auch wenn mein Chef sich über Nadjas Benehmen bei der Preisverleihung mal wieder maßlos aufregt, ist der Rest der Produktion nach diesem dreifachen Sieg vollkommen aus dem Häuschen vor Begeisterung. Prompt ziehen am folgenden Montag auch die Zuschauerquoten wieder an, was die Scarlett-Studios dazu veranlasst, die Spendierhosen anzuziehen und am nächsten Wochenende eine große Siegesfeier zu schmeißen. Eigens zu diesem Zweck wurde ein großes Schiff angemietet, mit dem die dreihundert Gäste gemütlich unter dem hoffentlich klaren Sternenhimmel über die Elbe schippern werden. Wenn ich nicht so verdammt dämlich gewesen und einfach mal zur Abwechslung die Klappe gehalten hätte, könnte ich als die Frau an Davids Seite seinen Preis in dieser romantischen Atmosphäre feiern. Stattdessen begegnen wir uns in dieser Woche wie zwei Fremde. Am liebsten würde ich gar nicht erst zur Party gehen, lasse mich aber schließlich von Felix breitschlagen und schmeiße mich in mein kleines Schwarzes. Während ich mich schminke, sitzt Julia auf dem Badewannenrand und gibt mir Ratschläge mit auf den Weg.

»Diese Party ist eine gute Gelegenheit, dich mit David zu versöhnen. Ich kapiere sowieso nicht, was eigentlich zwischen euch vorgefallen ist. Im einen Moment seid ihr ein Herz und eine Seele, und im nächsten verschwindet David mir nichts dir nichts aus unser aller Leben.«

»Ich kann wirklich nicht darüber reden«, ist meine Standardantwort zu dem Thema, »aber eine Versöhnung ist nicht sehr wahrscheinlich.«

»Und dabei ward ihr so ein tolles Paar.«

»Ja, das fand ich auch«, würge ich an dem blöden Knoten in meinem Hals vorbei.

»Auf jeden Fall siehst du hinreißend aus.« Julia mustert mich anerkennend von oben bis unten. »Versuch, trotzdem ein bisschen Spaß zu haben. Und grüß Felix!«

Felix erwartet mich bereits auf dem Steg des Anlegers, an dem das elegante Festschiff mit dem Namen »Ocean Pride« sanft auf den Wellen der Elbe hin- und herschaukelt. Er will mir zwei Luftküsschen auf die Wange hauchen, aber heute brauche ich eindeutig mehr Zuwendung. Deshalb umschlinge ich ihn mit beiden Armen und vergrabe mein Gesicht an seinem Hals.

»Hallo, Felix«, sage ich leidend, und er nimmt mich ebenfalls in die Arme.

»Oje. Wieder ein schlimmer Tag?«

»Schlimmes Leben«, entgegne ich düster.

»Tut mir leid. Und dabei siehst du so toll aus.« Er schiebt mich auf Armeslänge von sich weg und nickt anerkennend. »Geradezu bezaubernd.«

»Danke. Du übrigens auch.« Er dreht sich in seinem dunkelblauen Cordanzug einmal um die eigene Achse und errötet vor Freude.

»Findest du?«

»Ja, total schick, ehrlich.« Galant reicht er mir seinen

Arm, und ich hake mich bei ihm unter. Über den schwankenden Steg betreten wir gemeinsam das von Hunderten bunter Lichterketten erleuchtete Schiff. Das Deck ist gerammelt voll. Mitarbeiter der Scarlett-Studios stehen in Grüppchen zusammen, und einige Mutige schwingen bereits zur Live-Musik das Tanzbein. Felix und ich belegen einen der runden Bistro-Tische an der Reling mit Beschlag und während Felix sich begeistert dem Büffet widmet, knabbere ich ziemlich lustlos an einem Lachsschnittchen herum. Immer wieder sehe ich mich suchend nach David um. Es ist schon fast neun Uhr, sollte er nicht längst da sein? In diesem Moment sehe ich ihn, gemeinsam mit Nadja, das Deck betreten. Er trägt einen perfekt sitzenden schwarzen Anzug, darunter ein schwarzes Hemd und sie ein bodenlanges, schwarzes Kleid mit Spaghettiträgern. Düster, beinahe tragisch sehen sie aus, aber trotzdem umwerfend. Ein tosender Applaus begrüßt die beiden Ehrengäste. Eine Haarsträhne fällt David in die Stirn, und er streicht sie zurück, während er den Blick über die Menge wandern lässt und schließlich meinen findet. Über die Köpfe hinweg sehen wir einander einen unendlichen Moment lang an, bis David von Herrn Waschke, dem Produzenten der Serie, begrüßt wird.

»Also, euch beide soll einer verstehen. Was ist denn da bloß schiefgelaufen?«, fragt Felix neugierig.

»Ich kann nicht darüber sprechen.« Aus den Augenwinkeln heraus beobachte ich, wie David und Nadja von einer Person zur nächsten gereicht werden, wie sie Hände schütteln und Gratulationen entgegennehmen.

»Musst du ja nicht«, meint Felix kauend und bietet mir einen Käsespieß an.

»Nein danke.«

»Aber mit ihm solltest du unbedingt mal drüber reden. Ist ja nicht zum Aushalten, wie ihr beiden hier die zwei Königskinder mimt.«

»Wie meinst du das denn?«

»Na, das sieht doch ein Blinder, dass zwischen euch noch nicht alles geklärt ist.« Da hat er Recht. Nichts ist geklärt. Deshalb fühlt es sich ja auch so schrecklich an. Weil ich überhaupt nicht weiß, was eigentlich los ist. »Du solltest zu ihm rübergehen.«

»Meinst du?«

»Na klar. Vielleicht wartet er ja sogar darauf, dass du einen Schritt auf ihn zu machst.«

»Aber ...«

»Komm mir jetzt bitte nicht mit der Erbsen-Theorie unserer lieben Freundin Julia. Sicher liegt sie nicht ganz falsch damit, dass man sich einem Mann nicht unbedingt an den Hals werfen sollte, aber leider vergisst sie manchmal, dass Männer auch ihre Unsicherheiten haben. Vielleicht traut David sich einfach nicht.« Verstohlen sehe ich mich erneut nach David um, der schnell in eine andere Richtung sieht. Hat er mich etwa angeschaut? Hat Felix möglicherweise Recht?

»Wow, sie sieht so toll aus heute«, sagt der gerade mit verträumtem Blick, und ich brauche eine Sekunde, bis ich kapiere, dass er Nadja meint. »Wo ist denn eigentlich ihr Freund?«

»Der kommt bestimmt nicht. Du weißt doch ...« Er lässt mich gar nicht ausreden.

»Aber sie hat ihn noch?« Ich nicke mitfühlend.

»Ja. Immer noch ... Alex.«

»So ein Glückspilz«, seufzt er und dann legt das Schiff

ab, und wir hängen beide unseren Gedanken nach, während das nächtliche Hamburg langsam an uns vorbeizieht.

Eine Stunde später fasse ich mir ein Herz und mache mich auf die Suche nach David. Ich finde ihn schließlich am Bug des Schiffes, wo er gegen die Reling gelehnt auf die Elbe hinaussieht.

»Hey.«

»Oh. Hallo.« Immerhin ein Anfang. Wenigstens haben seine Augen nicht gleich wieder diesen feindseligen Ausdruck angenommen. Sein Blick wirkt eher melancholisch.

»Herzlichen Glückwunsch.«

»Danke schön.« Auch wenn er mein Lächeln vielleicht nicht gerade erwidert, so ist der Ausdruck seiner Augen doch zumindest recht freundlich. Ein vielversprechender Anfang. Jetzt nur nicht das Gespräch abreißen lassen!

»Das ist wirklich toll! Du hast es verdient.«

»Gut siehst du aus.« Ich merke, wie mir vor Freude das Blut in die Wangen schießt. Er hat mir ein Kompliment gemacht. Jetzt wird alles gut, alles wird sich wieder einrenken. Wir werden uns aussprechen und dann gestärkt aus dieser Krise hervorgehen.

»Danke. Du auch. Das ist ein toller …« Mein Blick fällt auf seine rechte Hand, und ich halte unwillkürlich inne, als ich den glühenden Zigarettenstummel sehe. »Was ist das denn?«

»Das ist eine Zigarette.« Seine Stimme ist plötzlich wieder kalt wie Eis.

»Ja, das weiß ich doch«, sage ich verlegen. »Ich wusste nur nicht, dass du rauchst.«

»Vielleicht wolltest du es aber auch nur nicht wissen. Schon mal darüber nachgedacht?«

»Sag mal, was habe ich dir eigentlich getan?« Ich habe Mühe, meine Tränen zurückzuhalten. Was ist denn jetzt schon wieder schiefgelaufen? Ich wollte doch nur mit ihm sprechen. Ihm sagen, dass es mir leidtut. »Was erwartest du von mir? Dass ich kein Wort darüber verliere, wenn ich dich nach drei gemeinsamen Monaten plötzlich rauchen sehe? Da werde ich doch wohl mal nachfragen dürfen.« Er drückt die Zigarette am Geländer der Reling aus und behält den Stummel in der Hand.

»Ich möchte aber nicht, dass du fragst.«

»Warum nicht?«

»Weil du es nicht verstehen würdest.« Damit stößt er sich von der Reling ab, offensichtlich ist das Gespräch für ihn beendet.

»Das weißt du doch gar nicht. Du hast ja nicht mal versucht, mit mir zu sprechen. Über gar nichts«, rufe ich ihm wütend hinterher. Einige Leute in unserer Nähe drehen sich verwundert zu uns um, und David kommt wieder ein paar Schritte auf mich zu.

»Fanny, mach jetzt bitte keine Szene, okay?«

»Ich will doch nur mit dir sprechen.« Ich hasse den flehentlichen Unterton in meiner Stimme.

»Es gibt aber nichts zu reden.« Er greift nach meiner Hand und drückt sie. »Es tut mir leid. Wirklich.«

Ich stehe noch immer benommen an der Reling, als Felix mich schließlich findet.

»Hier steckst du, ich habe mir schon Sorgen gemacht. Ist alles in Ordnung?« Ich nicke mühsam. »Du bist ja eiskalt. Hier, nimm meine Jacke.« Er legt mir sein Jackett um die Schultern und den Arm um mich. »Komm, wir gehen rein, hier draußen wird es doch langsam zugig, findest du nicht?« Gehorsam lasse ich mich von ihm ins Innere des Schiffes führen und auf einen der mit dunkelbraunem Leder bezogenen Hocker an der Bar setzen.

»Haben Sie vielleicht so was wie Pfefferminztee«, erkundigt er sich bei dem freundlich lächelnden Barkeeper im weißen Sakko, aber ehe der antworten kann, schüttele ich den Kopf.

»Keinen Tee. Lieber einen Cocktail. Irgendwas, das knallt.« Ein wenig überrascht sieht Felix mich an, lässt sich dann aber achselzuckend auf dem Hocker neben mir nieder.

»Sie haben es gehört. Für mich dasselbe.«

Zwei Cocktails später ist meine Zunge so weit gelöst, dass ich Felix von meinem missglückten Zusammentreffen mit David berichten kann.

»Es ist vorbei.« Düster starre ich in mein Glas, auf dessen Boden nur noch eine knallpinke Pfütze übrig geblieben ist. »Endgültig vorbei.«

»Es tut mir so leid.« Tröstend tätschelt er meinen Arm.

»Du bist ein echter Freund«, sage ich mit schon etwas schwerer Zunge und sehe ihn dankbar an. Sein Blick wirkt seltsam glasig, und er starrt über meine rechte Schulter irgendwo ins Nichts. Offensichtlich verträgt er den Alkohol noch schlechter als ich. Mein Herz wird wieder schwer. Ach, David, wieso hast du mich verlassen? In diesem Moment springt Felix auf, ringt leicht schwankend um sein Gleichgewicht und setzt ein entschlossenes Gesicht auf. »Was'n los?«

»Fanny, ich weiß, dir geht es schlecht, aber darf ich dich trotzdem kurz alleine lassen?«

»Musst du aufs Klo?«

»Nein, ich muss …« Wieder dieser glasige Blick über meine Schulter. Verwundert drehe ich mich um und sehe Nadja ein paar Meter weiter am Tresen stehen. Schnell packe ich Felix am Handgelenk.

»Was hast du vor?«

»Lass mich los. Ich habe das Gefühl, das ist jetzt meine Chance.«

»Deine Chance, was zu tun?«

»Na, sie anzusprechen.« Er schaut mich aus verklärten Augen an. »Wirklich. Ich habe plötzlich ein gutes Gefühl bei der Sache.« Mit einer schnellen Bewegung reißt er sich von mir los und stolziert in Nadjas Richtung, die soeben ein Glas Cola, in dem die Eiswürfel klirren, vom Barkeeper entgegennimmt. Als sie sich zum Gehen wendet, steht Felix so plötzlich vor ihr, dass sie zusammenzuckt. Entschlossen rappele ich mich von meinem Barhocker auf und stürze auf die beiden zu.

»Hallo«, höre ich Felix sagen, während Nadja ihn irritiert ansieht.

»Nadja, hallo, ich habe dich ja heute noch gar nicht gesehen, herzlichen Glückwunsch, wirklich toll, das mit dem Preis. Du hast ihn aber wirklich verdient«, plappere ich los, als ich bei den beiden ankomme, und lege Felix meinen Arm um die Schultern. Der sieht mich verständnislos von der Seite an, und auch Nadja guckt ziemlich überrascht aus der Wäsche, entscheidet sich aber dann doch, meine Glückwünsche freundlich entgegenzunehmen.

»Danke, Fanny, das ist lieb von dir.«

»Du kennst doch noch meinen Freund Felix?« Sie lässt sich nicht anmerken, ob sie sich tatsächlich an ihn erinnert, sondern entblößt ihre perlweißen Zähne.

»Selbstverständlich. Hallo, Felix, wie geht es dir?«

»Gut«, sagt der atemlos, »ausgezeichnet.«

»Schön. Also dann. Viel Spaß noch!«

»Warte, ich wollte dich fragen …« Obwohl sie ihn gehört haben muss, dreht Nadja sich nicht noch einmal zu uns um, sondern verschwindet in der Menschenmasse. Vorwurfsvoll sieht Felix mich an. »Fanny, was sollte das denn jetzt? Ich wollte sie fragen, ob sie mit mir was trinken möchte. Ich hatte so ein gutes Gefühl bei der Sache.« Er sieht ganz geknickt aus, und nun ist es an mir, ihn vorsichtig zurück an unseren Platz zu führen, während ich beruhigend auf ihn einrede.

»Glaub mir, Felix, es war nur zu deinem Besten.«

»Aber ich hatte ein wirklich gutes Gefühl dabei.«

»Dein Gefühl hat sich getäuscht. Vertrau mir.« Ich bestelle uns zwei weitere Cocktails und beobachte Felix besorgt von der Seite, der düster vor sich hinstarrt.

»Das war vielleicht meine einzige Chance. Wieso musstest du dazwischenfunken?« Entschlossen fasse ich ihn bei den Schultern und drehe ihn zu mir herum.

»Felix, was ich dir jetzt sage, ist absolut geheim, hörst du? Noch viel geheimer, als alles, was ich dir sonst so verbotenerweise erzählt habe.«

»Noch geheimer als deine Beziehung zu David?«, fragt er mit großen Augen, und es versetzt mir einen Stich. Aber in diesem Moment geht es schließlich nicht um mich, also nicke ich tapfer.

»Ja, noch viel geheimer. Aber du bist mein Freund, und ich kann nicht zusehen, wie du in dein Unglück rennst. Du musst mir nur hoch und heilig versprechen, es niemals irgendjemandem weiterzuerzählen. Verstehst du?« Er nickt treuherzig. »Schwöre. Auf dein Leben.« Er hebt feierlich drei Finger.

»Ich schwöre auf mein Leben, dass ich niemandem etwas erzähle.«

»Nadja ist lesbisch und hat eine Freundin«, sage ich schnell, ehe mich der Mut verlässt, und warte besorgt auf Felix Reaktion. »Felix? Hast du mich gehört?« Er nickt mühsam. »Tut mir leid. Vielleicht hätte ich es etwas einfühlsamer formulieren sollen.«

»Nein, nein, schon gut. Ich glaube, ich brauche noch was zu trinken.«

Eine Stunde später hängen wir ziemlich windschief, aber deutlich besser gelaunt, am Tresen und schlürfen immer neue Cocktails unseres kreativen Barkeepers.

»Fanny, du bist meine beste Freundin«, lallt Felix und haut mir ziemlich unsanft auf die Schulter, »und ich verspreche dir, ich werde schweigen wie ein Grab und niemandem ein Sterbenswörtchen von dem Geheimnis erzählen. Danke, dass du mich davon abgehalten hast, etwas sehr, sehr Dummes zu tun.«

»Ich dachte, es reicht, wenn sich von uns beiden heute einer zum Affen macht«, kichere ich und bin zugleich beglückt, dass ich über mein Elend lachen kann. »Sieh sie dir an, die beiden.« Mit dem Kinn deute ich zur anderen Seite des Raumes, wo Nadja und David mit ihren Schauspielkollegen zusammenstehen. »Wer so schön ist, muss doch zwangsläufig einen an der Klatsche haben, meinst du nicht auch?«

»Absolut.«

»Womit ich aber nicht sagen will, dass Homosexualität bedeutet, einen an der Klatsche zu haben. Nicht, dass du denkst, ich wäre politisch unkorrekt.«

»Das würde ich nie von dir denken«, beteuert Felix und sieht mich aus seinen treuherzigen Augen an.

»Nadja hat ganz unabhängig von ihrer sexuellen Orientierung einen an der Klatsche«, stelle ich richtig. »Das versuche ich dir ja schon seit Monaten durch die Blume mitzuteilen. Sie ist manchmal nicht sehr nett, und dabei bist du doch ganz besonders nett. Ihr würdet gar nicht gut zusammenpassen.«

»Du bist auch besonders nett! David ist wirklich ganz schön blöd, dass er nicht erkennt, was er an dir hatte. Du bist doch so eine tolle Frau. Wunderschön und klug und witzig und lieb. Jeder Mann müsste dankbar sein, dich haben zu dürfen.«

»Und das sagst du nicht nur so?«

»Machst du Witze? Natürlich nicht. Du bist ein Geschenk Gottes an die Männerwelt.« Ich kichere geschmeichelt.

»Du bist selbst auch nicht übel.« Wohlwollend betrachte ich Felix von der Seite. Vielleicht ist er nicht gerade ein griechischer Gott wie David, aber mit seinem schmalen Gesicht mit den ausnehmend schönen braunen Augen, dem verwuschelten Haarschopf und der sehr schlanken Figur doch durchaus attraktiv. Außerdem hat er einen tollen Charakter, was viel wichtiger ist. Sicher würde er nie eine Frau so einfach von sich stoßen, nur weil sie durch Zufall eine seiner dunkleren Seiten entdeckt. »Vielleicht ist es ganz gut, dass du jetzt die Wahrheit über Nadja weißt. Dann kannst du sie endlich vergessen und dich anderen Frauen zuwenden. Da werden bestimmt einige interessiert sein.«

»Ach, ich weiß nicht.«

»Doch, ganz bestimmt. Du bist so ein toller Mann.«

»So toll wie David?«

»Viel toller. David ist vielleicht nach außen hin ein Märchenprinz, aber was hat man denn davon, wenn man plötzlich hinter die Fassade blickt und er nur noch gemein zu einem ist?«

»Du hast Recht. Da hat man rein gar nichts von«, bestätigt Felix und schüttelt vor lauter Unverständnis den Kopf, dass David zu mir, einer so tollen Frau, dem Geschenk Gottes an die Männerwelt, so gemein sein kann. Nachdenklich sehe ich ihn von der Seite an.

»Du, Felix, weißt du, was ich gerade denke?«

»Nein, woher auch?« Ich stimme in sein Kichern mit ein. Es ist so schön, dass wir den gleichen Humor haben und so gut zusammen lachen können. Ich frage mich, warum mir der Gedanke nicht schon viel eher gekommen ist.

»Wieso versuchen wir beide es nicht mal miteinander?« Verunsichert sieht er mich an.

»Wie meinst du das denn jetzt?«

»Na, überleg doch mal. Wir sind doch die besten Freunde, wir haben uns von Anfang an total gut verstanden. Richtig?«

»Richtig.«

»Und wir haben immer Spaß miteinander, richtig?«

»Richtig.« Seine Augen beginnen zu leuchten.

»Und wir können in der Gegenwart des anderen ganz wir selber sein, müssen uns nicht verstellen oder Angst haben, unzulänglich zu sein, richtig?«

»Richtig. Wir sind das perfekte Paar«, jubelt er, und ich nicke zufrieden. Wir heben unsere Gläser und stoßen miteinander an. »Dass wir da nicht viel eher drauf gekommen sind«, wundert Felix sich kopfschüttelnd. Ich schiele zu der Gruppe von Schauspielern hinüber, kann aber David nirgendwo zwischen ihnen entdecken. Ist er etwa schon gegangen?

»Wir waren eben beide total abgelenkt.«

»Verblendet«, korrigiert mich Felix, und ich nicke.

»Jawohl. Verblendet.«

»Und was machen wir jetzt?«, fragt Felix schließlich, und ich zucke mit den Schultern. »Sollen wir uns küssen?« Ich nicke begeistert.

»Gehört doch wohl dazu, oder?«

»Auf jeden Fall. Hast du vielleicht einen Kaugummi?«

»Oh, na klar.« Eifrig krame ich in meiner Handtasche herum, reiche ihm das Gewünschte und nehme selber auch gleich einen.

»Bist du nervös?«, erkundigt sich Felix heftig kauend.

»Gar nicht. Wir sind doch schließlich die besten Freunde. Da kann man sich ganz sicher fühlen.« Ich weiß nicht, wem von uns ich Mut zusprechen will, ihm oder mir. Vermutlich uns beiden.

»Völlig richtig.« Er nickt zustimmend. »Das ist ja das Schöne, wenn man sich schon ewig kennt vor dem ersten Kuss.«

»Genau.« Ein paar Sekunden sitzen wir noch kauend nebeneinander, ich betrachte ihn verstohlen von der Seite, schaue mir speziell seinen Mund ganz genau an. Merkwürdig, obwohl ich ihn schon seit Monaten kenne, habe ich nie darauf geachtet. Felix' Mund war mir eigentlich immer total egal. Jetzt erst sehe ich, dass seine Oberlippe ein bisschen voller als die Unterlippe ist, und schön geschwungen. Langsam werde ich doch neugierig, wie es sich wohl anfühlen wird, ihn gleich zu küssen und mein Herz beginnt vor lauter Vorfreude, schneller zu schlagen. Lag mein Glück möglicherweise tatsächlich die ganze Zeit über viel näher, als ich dachte? Werden wir uns heute das tausendunderste Mal berühren und es wird Zoom machen? Wird die Welt um uns herum versinken? Entschlossen spucke ich den durchgekauten Kaugummi in mein Glas und halte es dann Felix hin, der es mir nachmacht.

»Also dann. Wollen wir?« Wir fassen uns an den Händen und sehen uns konzentriert in die Augen. Neigen uns einander zu, er legt seinen Kopf ein wenig nach links, ich lege meinen ein wenig nach rechts. So weit, so gut. Immer näher kommt sein Gesicht, schließlich trennen unsere Lippen nur noch wenige Millimeter voneinander, bis unsere Münder sich schließlich berühren.

Seine Lippen fühlen sich weich und warm an und riechen nach Pfefferminz. Er presst sie auf meine und für mehrere Sekunden scheint es irgendwie nicht weiterzugehen. Wir sitzen auf unseren wackeligen Barhockern, gegeneinander gelehnt und an den Lippen zusammengeklebt, und scheinen nun beide nicht zu wissen, was weiter zu tun ist. Schließlich gebe ich mir einen Ruck und öffne den Mund ein wenig, und prompt erwacht auch Felix aus seiner Starre. Er rutscht von seinem Hocker herunter, nimmt mein Gesicht in beide Hände, und schon spüre ich seine Zunge, die meinen Mund zu erforschen beginnt. Und ich muss sagen, dass er das gar nicht schlecht macht. Wirklich nicht übel. Leider bin ich so betrunken, dass mir schwindelig wird, wenn ich die Augen zu lange geschlossen halte, also mache ich sie lieber wieder auf. Ich kann mich nicht erinnern, jemals mit geöffneten Augen geküsst zu haben. Es ist ein wenig merkwürdig, aber irgendwie auch schön, Felix geschlossene Augen mit dem dichten, dunklen Wimpernkranz zu beobachten. Mir fällt auf, dass meine Hände, nachdem er sie losgelassen hat, nutzlos an mir herunterhängen, und ich überlege, was ich damit wohl tun könnte. Sie im Gegenzug auch an seine Wangen zu legen wäre einfallslos. Ich könnte vielleicht eine Hand auf seine Brust legen, die andere an seine Hüfte. Er fühlt sich gut an. Sehr schlank, aber dabei irgendwie drahtig. In diesem Moment heben sich seine Augenlider, und er sieht mich mit seinen braunen Augen an. Mitten im Kuss halten wir inne.

»Küsst du immer mit offenen Augen?«, fragt er etwas befremdet, und ich schüttele vehement den Kopf.

»Hab sie gerade erst aufgemacht.« Ich kann ja schlecht sagen, dass mir sonst übel wird.

»Und warum?«

»Ich wollte wissen, ob du sie zu hast.« Felix guckt zwar ein wenig skeptisch, gibt sich aber dann mit dieser Antwort zufrieden. Doch in diesem Moment fällt mir ein, dass es mein bester Freund ist, der da vor mir steht und ich ihn nicht belügen müssen sollte.

»Ich habe die Augen auf, weil ich betrunken bin und mir sonst schlecht wird«, gebe ich zu.

»Das kann ich verstehen. Mir ist auch ein bisschen mulmig zumute.« Noch immer hält er mein Gesicht in den Händen und grinst auf mich herunter.

»Ist es nicht toll, dass ich dir das einfach so sagen kann?«, frage ich begeistert, und er nickt.

»Ja, das ist toll.« Einen Moment lang sehen wir einander an. »Sollen wir noch mal?«

»Na klar, wieso nicht?« Wir küssen uns erneut. Er hat wirklich eine gute Technik, denke ich, während er mich an sich zieht. Da gibt es nichts dran zu meckern. Aber irgendwie will kein rechtes Kribbeln aufkommen. Wieso nicht? Wieso habe ich keine Schmetterlinge im Bauch? Felix und ich würden doch so fantastisch zusammenpassen. Wenn doch bloß während dieses technisch einwandfreien Kusses ein paar Funken zwischen uns hin- und herfliegen würden, denke ich verzweifelt, schlinge meine Arme um seinen Hals und verdoppele meine Bemühungen. Aber vergeblich. Nach einigen Minuten lösen wir uns voneinander, und Felix setzt sich zurück auf seinen Hocker. Besorgt sehe ich ihn von der Seite an. Was, wenn es bei ihm anders war? Wäre das möglich? Könnte er sich in mich verliebt haben, während mich dieser Kuss vollkommen kaltgelassen hat? Muss ich meinem besten Freund gleich das Herz brechen?

»Und?« Unsicher blinzelt er mich an.

»Na ja.«

»Stimmt, so würde ich das auch bezeichnen.« Er sieht plötzlich sehr erleichtert aus.

»Ehrlich?«, frage ich überrascht. »Du fandest es auch nicht umwerfend?«

»Ehrlich gesagt Nein.«

»Gott sei Dank.«

»Also, nichts gegen dich. Du bist eine ausgezeichnete Küsserin«, beeilt er sich zu sagen, und ich gebe das Kompliment gerne zurück.

»Du küsst ebenfalls sehr gut. Wirklich!«

»Danke.« Ein wenig ratlos sitzen wir nebeneinander. Eigentlich schade, dass es nicht funktioniert hat. Das wäre doch die Lösung gewesen. Aber vielleicht ist ein bester Freund manchmal eben doch nur ein bester Freund.

»Meinst du, wir haben unsere Freundschaft jetzt nachhaltig beschädigt?«, frage ich besorgt.

»Bestimmt nicht. Ist doch ganz gut, dass wir das jetzt aus dem System haben. So müssen wir uns niemals fragen, ob möglicherweise mehr zwischen uns sein könnte.«

»Da hast du Recht. Sollen wir noch was trinken?«

»Ich glaube, wir haben genug. Sollen wir uns ein Taxi teilen?« Arm in Arm verlassen wir das Schiff, das mittlerweile wieder am Ufer angelegt hat. An der Reling in der Nähe des Stegs entdecke ich David, der ganz alleine dort steht und eine Zigarette raucht. Er sieht so verlassen und unglücklich aus, dass sich mein Herz schmerzhaft zusammenkrampft. Kurz entschlossen lotse ich Felix in seine Richtung.

»Was machst du denn da? Bist du wahnsinnig?«, wispert der mir aufgeregt zu, aber ich entwickle in meinem Bestreben, zu David zu kommen, offensichtlich übermenschliche Kräfte. Jedenfalls schleife ich Felix quasi hinter mir her, bis wir David gegenüberstehen.

»Willst du dir mit uns ein Taxi teilen?«

»Ich möchte nicht stören, danke.«

»Aber du störst doch gar nicht.«

»Es sah mir da drinnen ganz anders aus.« Seine grünen Augen funkeln mich wütend an, und mein Herz macht einen kleinen Hüpfer. Der Mann ist ja total eifersüchtig. Also bin ich ihm doch nicht egal. Ich freue mich so über diese Erkenntnis, dass ich haltlos zu kichern beginne. »Was ist so komisch?«

»Ach nichts.« Vor lauter Lachen bekomme ich Schluckauf.

»Du solltest sie nach Hause bringen, Felix. Sie ist ja total betrunken.« Davids Stimme trieft vor Verachtung, und das Lachen bleibt mir im Halse stecken.

»Das musst du gerade sagen.«

»Halt den Mund.« Erschrocken mache ich einen Schritt zurück, stolpere über meine eigenen Füße und lande unsanft auf dem Hintern. Felix, den ich mit zu Boden gerissen habe, hält sich wehleidig jammernd den Ellenbogen, während David mit einem Schritt bei mir ist, mir die Hand hinstreckt und mich hochzieht. Das Gesicht ganz dicht vor meinem sieht er mir gerade in die Augen und flüstert: »Sag es niemandem. Versprich es mir.« Ich bin mit einem Schlag wieder nüchtern.

»Natürlich nicht. Ich verspreche es«, murmele ich. Er nickt, lässt meine Hand los und verschwindet in der Dunkelheit.

Nadja Reichert: Lesbisch!!!

Nadja und David: Ihre Liebe war nur ein PR-Gag!

Seit einem halben Jahr halten sie die Presse mit ihrer On-off-Beziehung in Atem. Jetzt kommt die Wahrheit ans Licht: Alles war nur ein Publicity-Gag.

Sie gaben ihren Fans das, was sie wollten: Nadja Reichert und David Mory, hin- und hergerissen von den Stürmen des Lebens, aber immer wieder glücklich vereint – wie ihre Charaktere in der beliebten Telenovela. Der aufmerksame Beobachter hätte aber schon viel früher bemerken können, dass mit diesen beiden etwas nicht stimmt. Bestes Beispiel hierfür die Verleihung der Goldenen Rose am letzten Wochenende in Luzern. Da erschienen die beiden Schauspieler Hand in Hand auf dem roten Teppich, räumten sämtliche Preise ab und konnten sich doch kaum zu einem Lächeln für die Fotografen durchringen. »Vor allem Nadja sah eher gequält als glücklich aus«, erzählte uns eine Schweizer Journalistin. Warum Nadja so unglücklich ist, erklärt uns ein Insider aus ihrem engsten Umfeld: »Nadja hat schon mit sechzehn Jahren entdeckt, dass sie Frauen liebt. Ihre Berater haben sie jedoch davon abgehalten, sich öffentlich zu outen. Die Beziehung zu David ist nur inszeniert und soll von der Wahrheit ablenken.« Da wurden wir also ganz schön an der Nase herumgeführt. Zu diesen Neuigkeiten gab es mal wieder keine Stellungnahme von den Betroffenen.

Kapitel 13

Als ich am Montagmorgen ein bisschen verspätet die Treppen zur Presseabteilung hinaufeile und in unseren Büroflur einbiege, steht plötzlich, wie aus dem Boden gewachsen, David vor mir.

»Hast du mich erschreckt.« Ich bremse abrupt ab, um ihn nicht über den Haufen zu rennen. »Guten Morgen.« Versöhnlich lächele ich zu ihm auf. Das ganze Wochenende habe ich mich mit dem Gedanken herumgequält, dass ich vor seinen Augen mit Felix herumgeknutscht habe. Ich bin froh, dass ich jetzt die Möglichkeit bekomme, die Sache aufzuklären. Doch bevor ich auch nur den Mund öffnen kann, hält er mir mit unbeweglichem Gesicht das BLATT von heute unter die Nase.

»Lies vor«, fordert er mich zähneknirschend auf.

»Nadja Reichert: Lesbisch«, lese ich die Titelschlagzeile. »Ach du Schande!« Erschrocken sehe ich ihn an. »Wie konnte das denn passieren?«

»Genau das will ich jetzt von dir wissen!«

»Von mir?«

»Von wem denn sonst? Los, sag schon, wem hast du auf der Party im Suff von Nadja erzählt?« Ertappt zucke ich zusammen, und er sieht mich feindselig an. »Das habe ich mir doch gedacht.«

»Moment mal, ich …«

»Und was lesen wir morgen in der Zeitung? Hm? David ist ein Säufer? Telenovela-Star dem Alkohol verfallen?« Ich trete unwillkürlich einen Schritt zurück.

»Natürlich nicht, ich …«

»Weißt du überhaupt, was du getan hast? Nadja sitzt in ihrer Garderobe und heult. Vielleicht kannst du dir ungefähr vorstellen, wie ihre Eltern auf den Artikel reagiert haben. Und die Presse wird uns auseinandernehmen. Deine dämliche Racheaktion kann die gesamte Produktion in Gefahr bringen.«

»Wieso sollte ich mich rächen wollen?«

»Weil ich dich verlassen habe. Glaub mir, wenn ich gewusst hätte, wozu du fähig bist, hätte ich mich niemals mit dir eingelassen.« Er entreißt mir das BLATT und macht auf dem Absatz kehrt.

»Jetzt warte doch mal.« Ich will ihm hinterherlaufen, um die Sache aufzuklären, bleibe aber, wie zur Salzsäule erstarrt, stehen, als ich sehe, wer da mit verschränkten Armen am Treppenabsatz steht und mich mit schief gelegtem Kopf anschaut.

»Guten Morgen, Fanny«, wünscht mein Chef mir mit einem süffisanten Grinsen. »Das sind ja interessante Neuigkeiten, die ich hier so nebenbei erfahre.« Ohne ein Wort stürze ich an ihm vorbei. Jetzt ist es sowieso schon egal. Er wird mich ohnehin feuern, nachdem meine Beziehung zu David aufgeflogen ist. Aber zunächst einmal muss ich dem jetzt hinterher. Wie kann er glauben, dass ich so etwas tun würde? Aus Rache? Gerade will ich den Weg zu den Schauspielergarderoben einschlagen, als ein furchtbarer Verdacht in mir aufsteigt und ich mitten in der Bewegung innehalte.

»Felix«, rufe ich schon von weitem, als ich ihn schließlich am anderen Ende des Studiogeländes mit seinem Fensterputzwagen entdecke.

»Hey!« Er tippt mit dem Finger gegen seine Schiebermütze und grinst mich ein wenig verlegen an.

»Hast du irgendjemandem erzählt, dass Nadja lesbisch ist?«, frage ich außer Atem und halte mir die Seite.

»Was? Nein.«

»Wirklich nicht?«

»Natürlich nicht. Ich hatte es doch versprochen.«

»Aber es steht heute im BLATT, und du bist der Einzige, dem ich es erzählt habe.«

»Du glaubst, dass ich Nadja in der Presse geoutet habe? Warum sollte ich so etwas tun?«

»Na, aus Rache.«

»So etwas denkst du von mir?«

»Ist doch egal, was ich von dir denke. Irgendjemand muss es gewesen sein. Und ich habe es nur dir erzählt.«

»Ich war es aber nicht«, sagt er wütend und stellt seinen Eimer mit Putzutensilien heftig auf dem Boden ab, dass es nur so scheppert.

»Wie konntest du das nur tun? Du hast alles kaputt gemacht«, werfe ich ihm vor und lasse ihn dann einfach stehen.

»Sag mal, spinnst du jetzt total? Fanny, jetzt warte doch mal«, höre ich ihn rufen, aber ich sehe mich nicht noch einmal um.

»Soso, Sie konnten es also nicht sein lassen.« Mit diesen Worten begrüßt mich mein Chef, als ich wenige Minuten später, zerzaust und mit verschmierter Wimperntusche, das Büro betrete.

»Ich habe der Presse nichts von Nadja erzählt.« Erschöpft lasse ich mich auf meinen Schreibtischsessel fallen. »Bitte, das müssen Sie mir glauben.«

»Davon spreche ich gar nicht«, sagt er scharf. »Ich dachte, ich hätte mich klar ausgedrückt, dass Sie Ihre Schwärmerei für David im Zaum halten sollen. Oder etwa nicht?«

»Doch.« Betreten sehe ich auf meine Schuhspitzen hinunter. Was nützt es jetzt noch, meine Beziehung zu David zu verteidigen? Soll ich meinem Chef sagen, dass ihn das gar nichts angeht? Dass es meine Privatangelegenheit ist? Wozu denn? Es ist sowieso vorbei. Vielleicht kann ich wenigstens meinen Job retten, indem ich jetzt klein beigebe und so etwas wie Reue zeige. Und die Beziehung zu David zu bereuen, fällt mir in diesem Moment nicht schwer. »Es tut mir leid«, sage ich gepresst. »Es war ein Fehler.«

»Ich nehme an, er hatte seinen Spaß mit Ihnen und hat Sie dann abserviert.« Die Vorstellung scheint ihm ein diebisches Vergnügen zu bereiten. »Nun?« Ich nicke ergeben. Wenn ihm diese Art von Sadismus Spaß macht und ich dafür meinen Job behalten kann, dann soll es mir recht sein.

»Ja, so war es.«

»Das hätte ich Ihnen gleich sagen können. Einen Mann wie David …«

»… kann keine Frau für sich alleine haben.«

»Ihnen ist klar, dass ich Sie eigentlich feuern sollte?« Ich setze ein schuldbewusstes Gesicht auf. Fast eine ganze Minute lang lässt er mich zappeln. »Aber Sie haben Glück, dass ich hier im Moment jede Hand brauche. Der Artikel im BLATT hat das Medieninteresse an unserer Serie endlich wieder nach oben gepuscht. Der Anrufbeantworter ist voll mit Interviewanfragen. Darunter sind auch Einladungen zu Talkshows, von denen wir bisher nur zu träumen gewagt haben. Also, Sie sehen, es gibt eine Menge zu tun. Allerdings werde ich in Zukunft ein Auge auf Sie haben, verstanden?«

»Ja.«

»Dann los jetzt. An die Arbeit.«

»Darf ich eine Frage stellen? Sind Sie gar nicht sauer, dass die Presse hinter Nadjas Homosexualität gekommen ist?«

»Wieso sollte ich?«

»Weil wir damit als Lügner dastehen. All die Geschichten, die wir uns ausgedacht haben …«

»… interessieren doch heute sowieso niemanden mehr. Sie wissen doch, Fanny, in der Schlagzeile von gestern wird heute nur noch Fisch eingewickelt. Und ein Skandal war doch schließlich genau das, was wir brauchten. Ich bin sicher, unsere Quote erreicht heute ein neues Hoch.« Er reibt sich mit einem hochzufriedenen Gesichtsausdruck die Hände und zwinkert mir fröhlich zu. Mir wird plötzlich sehr schwindelig.

»Soll das etwa heißen, dass Sie …?« Ich wage es nicht, den Satz zu Ende zu sprechen. Das kann doch nicht wahr sein!

»Haben Sie es immer noch nicht verstanden, Fanny? Es ist egal, was sie über uns reden, was zählt ist …«

»… dass sie über uns reden«, vollende ich den Satz tonlos. Er nickt zufrieden. »Das können Sie doch nicht machen«, sage ich wütend. Mit hochgezogenen Augenbrauen sieht mein Chef mich an. Ich spüre, dass ich meine Klappe halten sollte, aber ich bin nicht mehr zu bremsen. »Haben Sie denn überhaupt keine Skrupel? Wissen Sie, was Sie Nadja damit antun? Sie hat Ihnen vertraut, dass Sie ihre Privatsphäre schützen. Sie hat all diese lächerlichen Geschichten mitgetragen und dämliche Interviewfragen beantwortet und so danken Sie es ihr?«

»Das reicht jetzt.« Mein Chef mustert mich kalt von oben bis unten. »Ich kann mich nicht daran erinnern, Sie nach Ihrer Meinung gefragt zu haben. Die interessiert hier nämlich überhaupt nicht. Sie werden jetzt die Anrufe auf dem AB abarbeiten. Und außerdem erinnere ich Sie hiermit nochmal ausdrücklich an Ihre Verschwiegenheitserklärung. Haben wir uns verstanden?« Ich brauche einen Moment, um zu begreifen.

»Sie wollen mir sagen, wenn ich Nadja erzähle, dass Sie für das Outing verantwortlich sind, kostet mich das fünfzigtausend Euro.«

»Ich sehe, Sie haben verstanden. Los jetzt. An die Arbeit.« Wie ferngesteuert stehe ich auf, um den Anrufbeantworter abzuhören. Ich will gerade die Starttaste drücken, als mir der Kragen platzt.

»Nein«, sage ich so laut, dass Matthias an seinem Platz zusammenzuckt.

»Was zum Teufel …?«

»So kann ich nicht arbeiten.« Gerade will ich Matthias erzählen, was ich von ihm und seinen Methoden halte, als die Tür mit Schwung aufgerissen wird. Im Rahmen steht Nadja Reichert, mit getrockneten Tränenspuren auf dem durchscheinend blassen Gesicht, gefährlich und schön wie ein Racheengel. Mit funkelnden Augen baut sie sich vor mir auf.

»Du …«, stößt sie hervor. »Du!« Obwohl ich gegen

ihre fünfundvierzig Kilo in einem Zweikampf vermutlich mühelos gewinnen würde, weiche ich dennoch einen Schritt zurück.

»Nadja. Was gibt es denn?«, erkundigt sich Matthias gelassen, als hätte er gar nicht mitbekommen, dass sie kurz vor dem Explodieren steht.

»Deine Assistentin hat der Presse von mir und Alex erzählt. Sie hat mich vor aller Welt geoutet. Meine Eltern haben aus der Zeitung erfahren, dass ich …« Damit bricht Nadja in so herzzerreißendes Schluchzen aus, dass ich mich mit Mühe davon abhalten muss, sie tröstend in den Arm zu nehmen. Aber ich bin vermutlich die Letzte, von der sie sich in diesem Moment Trost wünscht. Außerdem stellt sich Matthias zu diesem Zweck gerne zur Verfügung, drückt sie an seine Brust und fährt ihr beruhigend über das Haar. Mir wird bei dem Anblick beinahe schlecht. »Ich will, dass du sie feuerst.« Nadja löst sich aus der Umarmung und schaut mich feindselig an.

»Keine Sorge.« Matthias tätschelt ihr lächelnd den Arm. »Ich war gerade dabei.«

»Wie bitte?« Fassungslos sehe ich ihn an, aber er ignoriert mich.

»Ich habe es eben selber herausgefunden. Fanny hat eine Verschwiegenheitserklärung unterschrieben und sie gebrochen. Deshalb wird sie fristlos gekündigt. Sie war gerade dabei, ihre Sachen zu packen.« In ohnmächtiger Wut stehe ich da, unfähig, mich zu rühren oder auch nur ein Wort zu sagen. Ich kann nicht fassen, was hier gerade passiert. Ich wollte doch kündigen! Gerade in der Sekunde, bevor Nadja hereinkam, wurde mir klar, dass ich mit Matthias keinen Tag länger zusammenarbeiten kann. Ich wollte ihm die Meinung sagen. Ein Exempel statuieren. Für meine Werte einstehen und hocherhobenen Hauptes die Scarlett-Studios verlassen. Stattdessen dreht Matthias den Spieß einfach herum und setzt mich eiskalt auf die Straße. »Wird's bald?«, fragt mein ehemaliger Chef ungeduldig, während er Nadja galant ein Kleenex reicht, mit dem sie ihre Tränen trocknen kann.

»Aber ich …«

»Sie haben zehn Minuten, um von hier zu verschwinden.« Langsam gehe ich zu meinem Schreibtisch und fange an, meine Sachen zu packen.

»Sie hat ein Gespräch von David und mir belauscht, in dem wir über Alexandra gesprochen haben«, erzählt Nadja Matthias, der ihr mit einem ekelhaft verständnisvollen Lächeln zuhört. »Und nachdem David sie gevögelt und dann abserviert hat, hat sie es aus Rache an die Presse gegeben. Sie will uns fertigmachen.« Vor lauter Wut krampft sich mein Magen zusammen, und ich beiße mir auf die Lippen, um nicht zu schreien. »Was machen wir denn jetzt, Matthias? Meinst du, es hilft, alles abzustreiten? Wir könnten doch erzählen, dass es nur eine eifersüchtige Ex war, die diese Gerüchte verbreitet hat.«

»Mach dir keine Sorgen, Nadja, wir finden eine Lösung. Und was deine Eltern betrifft, die beruhigen sich schon wieder. Auf jeden Fall bist du nicht allein, ich bin an deiner Seite.« Ich muss mich schwer beherrschen, Matthias nicht auf den Schreibtisch zu kotzen, als ich jetzt mit meiner gepackten Tasche grußlos an ihm vorbeigehe.

»Fanny?« Ich drehe mich unwillig zu ihm um. »Die Verschwiegenheitserklärung gilt über das Arbeitsverhältnis hinaus, haben Sie verstanden? Wenn Sie wieder irgendwelche Rachepläne haben, kriege ich Sie dran. Kapiert?« Seine Augen leuchten triumphierend. Resigniert zucke ich mit den Achseln.

»Kapiert.«

»Moment noch. Wollen Sie sich nicht wenigstens bei Nadja entschuldigen?« Abwartend sieht er mich an.

»Nein, ich entschuldige mich grundsätzlich nur für Dinge, die ich auch getan habe.« Hoch erhobenen Hauptes verlasse ich das Büro.

»Also, das ist doch wohl …« Ehe Nadja ihren Satz zu Ende gesprochen hat, lasse ich die Tür mit einem lauten Knall hinter mir zufallen.

»So früh schon Feierabend?«, ruft mir der Portier zu, als ich drei Minuten später in meinem Auto an seinem Häuschen vorbeifahre. Ich zwinge mich zu einem Lächeln und winke ihm zu. »Na, dann einen schönen Tag und bis morgen«, wünscht er, und ich nicke tränenblind, obwohl ich ja weiß, dass ich ihn wahrscheinlich nie wieder sehen werde. Abschiedsschmerz erfasst mich, als ich in den Rückspiegel sehe und die Umrisse der Scarlett-Studios darin kleiner und immer kleiner werden. Obwohl ich mich häufig über meinen Job und vor allem über Matthias beschwert habe, gibt es doch Dinge und vor allem Menschen, die ich nach den Monaten hier schmerzlich vermissen werde. Wie den Portier, der mich morgens immer so nett begrüßt hat. Die halbe Stunde, die ich das Büro morgens für mich alleine hatte. Den besten Milchkaffee der Stadt. Die Mittagspausen in der Kantine mit Felix. GLITZERFEE, BLUME74 und NEBELSCHWADE. Und natürlich David.

Zu Hause verkrieche ich mich in meinem Zimmer, lege mich aufs Bett und starre an die Decke. Was soll ich jetzt nur tun? Mein Leben ist zu Ende. Job weg, David weg, was bleibt mir noch? Wie aufs Stichwort klopft es an meiner Tür, und Julia steckt den Kopf herein.

»Was machst du denn schon hier? Es ist doch gerade mal halb drei.« Ich fange an zu schluchzen. »Süße, was ist los? Was ist passiert?« Sie nimmt mich in den Arm und wiegt mich hin und her, bis ich mich wieder so weit beruhigt habe, dass ich ihr die ganze Sache erzählen kann. »Das können die doch nicht machen«, sagt sie fassungslos, nachdem ich geendet habe.

»Doch, sie können. Aber dass Matthias mich gefeuert hat, ist nicht das Schlimmste. Ich hätte sowieso nicht mehr dort arbeiten wollen, bei diesen Methoden.« Sie nickt verständnisvoll. »Aber David. Wie kann er das nur von mir denken? Er muss doch wissen, dass ich so etwas nie tun würde.«

»Du hast es aber von Felix auch gedacht.« Ich schweige betroffen. Darüber habe ich in meinem ganzen Elend noch gar nicht nachgedacht. Sie hat Recht. Ich habe Felix das Gleiche unterstellt wie David mir. Und dabei hatte er gar nichts damit zu tun.

»Jetzt fühle ich mich noch schlechter. Was mache ich denn jetzt?«

»Ruf ihn an und entschuldige dich.« Aber Felix geht nicht an sein Telefon. Nach zweimaligem Klingeln tutet mir das Besetztzeichen ins Ohr.

»Er hat mich weggedrückt.«

»Da gibt es nur eine Lösung.« Julia springt von meinem Bett auf und zieht mich in die Höhe. »Du kriechst zu Kreuze.«

Gemeinsam mit Julia mache ich mich am Abend mit dem Auto auf den Weg zu Felix.

»Verdammt nochmal, wie kann man bloß direkt an der Reeperbahn wohnen? Hier finde ich ja nie einen Parkplatz«, fluche ich.

»Doch, da vorne ist einer«, sagt Julia und fügt mit einem Grinsen hinzu: »Habe ich gerade beim Universum bestellt. Das funktioniert immer.« Ich verkneife mir lieber, was das Universum mich mal kann. »Na, dann wollen wir mal.« Ich sitze reglos da und klammere mich am Lenkrad fest. »Fanny?«

»Er wird mir das nicht verzeihen, es hat ja doch keinen Zweck«, orakele ich düster und weigere mich, aus dem Auto zu steigen.

»Ach komm schon, wenn David jetzt bei dir vor der Tür stünde, um sich zu entschuldigen, würdest du ihm doch auch verzeihen.«

»Würde ich nicht.«

»Natürlich würdest du. Jetzt komm schon.« Sie zieht mich aus dem Wagen und schubst mich die Kastanienallee entlang. Vor dem schrammeligen roten Backsteinhaus mit der Nummer 24 bleiben wir stehen. Während ich noch versuche, die krakelig beschrifteten Klingelschilder zu entziffern, drückt Julia schon den Klingelknopf. Kurz darauf ertönt der Summer, und wir betreten das düstere Treppenhaus. An der mit braunen Fliesen getäfelten Wand lehnt ein verrostetes Fahrrad mit nur noch einem Reifen, neben dem Treppenaufgang steht ein verlotterter, dunkelblauer Kinderwagen. Ich hoffe inständig, dass jemand darin seine Bierdosen transportiert und nicht etwa ein Baby. »Warst du schon mal hier?«

»Ein paar Mal.« Zielstrebig geht Julia voran und die ausgetretenen Holzstufen hinauf. Gerade erklimmen wir den dritten Stock, als eine Wohnungstür geöffnet wird.

»Julia. Hallo!« Felix öffnet weit die Tür und lässt Julia eintreten. Dann entdeckt er mich, die ich eben erst um die Ecke biege, und seine Miene verfinstert sich. Er tritt ein Stück zurück. Er will mir die Tür vor der Nase zuschlagen. Geistesgegenwärtig stelle ich meinen Fuß in den Türrahmen. Gerade noch rechtzeitig. Die zuschlagende Tür trifft mit ziemlicher Wucht die Außenkante meines Stiefels. Vor Schmerz jaule ich laut auf.

»Auuu.« Felix hat notgedrungen die Tür wieder geöffnet, während ich, meinen Fuß mit beiden Händen umklammert, auf einem Bein durch den Flur hüpfe.

»Tut mir leid.« Er gibt sich keinerlei Mühe, seine Entschuldigung auch nur halbwegs aufrichtig klingen zu lassen. Julia dagegen eilt mir besorgt zur Hilfe. Ich setze mich auf die zweite Treppenstufe zum vierten Stockwerk, und sie löst vorsichtig meine Schnürsenkel, zieht mir den Schuh aus und betastet vorsichtig den Fuß. Ein heftiger Schmerz durchzuckt mich. Wie konnte ich nur so dämlich sein, meinen Fuß in eine mit Schwung zugeworfene Tür zu stellen? Was, wenn er gebrochen ist?

»Gebrochen ist er nicht, wahrscheinlich nur böse geprellt«, stellt Julia schließlich fest. »Aber wir sollten Eis draufpacken, bevor es anschwillt.« Auffordernd sieht sie Felix an, der noch immer mit verschränkten Armen im Türrahmen steht. »Nun sag ihm schon, was du zu sagen hast, Fanny, damit er uns endlich in die Wohnung lässt.«

»Es tut mir leid, Felix.« Zerknirscht sehe ich zu ihm

hoch. »Ich hätte wissen müssen, dass du so etwas niemals tun würdest.«

»Allerdings.«

»Was muss ich tun, damit du mir verzeihst?«

»Wie wäre es, wenn er dir die Tür auch noch vor den anderen Fuß knallt?«, schlägt Julia vor und knufft Felix in die Seite. »Wärest du dann wieder versöhnt? Jetzt komm schon, lass dich nicht so lange bitten. Sie hat doch gesagt, dass es ihr leidtut.«

»Okay.« Erleichtert atme ich auf.

»Na also.« Befriedigt sieht Julia von einem zum anderen. »Und jetzt besiegelt es mit einer Umarmung.« Vorsichtig stelle ich mich auf meinen noch immer schmerzenden Fuß. Während ich auf ihn zuhumpele, fällt mir unser Kuss wieder ein, den ich über die heutigen Ereignisse vollkommen verdrängt hatte. Ich kann in Felix' Augen sehen, dass es ihm genauso geht. Verlegen stehen wir voreinander, dann drückt er mich kurz an sich und tätschelt mir den Rücken. »Dir ist vergeben. Und jetzt komm rein. Ich geb dir ein paar Globuli für deinen Fuß.« Obwohl ich sehr froh darüber bin, dass Felix mir verziehen hat, falle ich, sobald ich wieder zu Hause bin, in ein tiefes Loch. Ich verbringe meine Tage im Bett und lege mich sogar ernsthaft mit Julia an, die mich nach zwei Wochen gewaltsam nach draußen schleppen will.

»So geht das nicht weiter mit dir, Fanny. Schau doch mal raus, es ist ganz herrliches Wetter.« Mit Schwung schiebt sie die Vorhänge vom Fenster und lässt die Sonnenstrahlen hinein. Mürrisch blinzele ich in das gleißende Licht und halte mir die Hand über die Augen. »Gib dir einen Ruck, zieh den Pyjama aus und komm mit Felix und mir zum Joggen. Das wird dir guttun.«

»Keine Lust.«

»Die kommt beim Laufen. Na los doch.« Sie zieht mir die Decke weg, und ich kreische empört auf.

»Gib mir meine Decke zurück!«

»Nein. Ich will, dass du jetzt aufstehst und nach vorne siehst. Wie lange willst du dich denn noch hier verbuddeln?«

»Noch eine sehr lange Weile«, antworte ich patzig.

»Das Leben geht weiter, auch ohne David.«

»Vielen Dank. Was Besseres fällt dir nicht ein? Dann kannst du dir deine Floskeln sparen.« Mit einem Ruck entreiße ich ihr die Decke und ziehe sie mir über den Kopf.

Eine Viertelstunde später höre ich, wie sie gemeinsam mit Felix die Wohnung verlässt. Unglücklich starre ich an die Zimmerdecke. Wirklich clever von mir, mich jetzt auch noch mit meiner besten Freundin anzulegen. Entschlossen stehe ich auf und gehe ins Badezimmer. Vor meinem eigenen Anblick im Spiegel weiche ich entsetzt zurück. Ich sehe furchtbar aus. Meine Haare stehen wild in alle Richtungen, die Ansätze fettig, die Längen strohig. Die Gesichtshaut glänzt speckig, meine Augen liegen in tiefen Höhlen. Entschlossen stelle ich mich unter die Dusche, schrubbe mich gründlich ab und rasiere mir zum ersten Mal seit zwei Wochen wieder die Beine und Achseln. Kaum zu glauben, wie schnell Haare wachsen können, wenn man sie lässt. Während ich meine Haare mit einer Kur einsprühe, fasse ich einen Plan. Julia hat Recht, ich darf mich nicht so hängen lassen. Das Leben geht weiter. Ich habe meinen Job verloren, aber das passiert anderen schließlich auch. Ich werde schon eine neue Arbeit finden. Und David? Einen neuen Mann wird es ja wohl auch irgendwo für mich geben, denke ich trotzig, aber irgendwie glaube ich mir das selbst nicht. Ich will doch keinen anderen Mann. Ich will David.

In Jeans und T-Shirt und mit frisch geföhntem Haar sitze ich zwanzig Minuten später im Wohnzimmer auf unserer Couch und wappne mich für den Anruf bei David. Ehe mich der Mut verlässt, wähle ich schnell seine Nummer und warte mit angehaltenem Atem auf das Freizeichen. Es tutet achtmal, dann springt die Mailbox an: »Hier ist die Mailbox von David Mory, bitte hinterlassen Sie eine Nachricht, danke.« Ich wünschte, ich hätte mir vorher aufgeschrieben, was ich sagen soll. Der Piepton schrillt mir ins Ohr.

»Hallo, David, hier ist Fanny. Bitte leg nicht auf, also, ich meine, hör dir diese Nachricht zu Ende an. Ich würde dir gerne alles erklären. Ich schwöre, ich habe die Sache mit Nadja nicht an die Presse gegeben. Ehrlich nicht. Es tut mir ganz schrecklich leid für sie, und ich hoffe, dass ihre Eltern sich nach dem ersten Schreck …«

»Vielen Dank für Ihren Anruf«, säuselt eine weibliche Stimme. Wo gibt es denn so was? Ich war doch noch gar nicht fertig. Entschlossen rufe ich erneut an.

»David, ich nochmal, deine Mailbox hat mich rausgeschmissen. Also, was ich sagen wollte, ich habe niemandem etwas erzählt. Und ich wollte mich auch nicht an dir rächen. Ehrlich. Das würde ich nie tun. Du musst mir einfach glauben, David, bitte ruf …«

»Vielen Dank für Ihren Anruf.«

»Mann, du blöde Kuh.« Ich wähle erneut. Kann die mich nicht einmal ausreden lassen?

»David, ich nochmal. Also, ich wollte dich nur bitten,

mich zurückzurufen. Wenn du Zeit hast. Ja? Bitte ruf mich an. Ich liebe dich.« Kaum sind mir die drei Worte herausgerutscht, möchte ich mir auch schon die Zunge abbeißen. Hastig unterbreche ich die Verbindung. David und ich haben uns noch nie gesagt, dass wir uns lieben, und ich bin nicht sicher, ob das eben der richtige Moment dafür war. Natürlich hat mich die reizende Computerstimme diesmal nicht vorher unterbrochen. Kurz erwäge ich, David ein viertes Mal anzurufen, lasse es dann aber doch. Was würde ich denn auch sagen wollen? Dass ich es nicht so gemeint habe? Das wäre gelogen. Ich liebe David, das ist die reine Wahrheit. Und vielleicht wird er mich ja doch anrufen.

Die nächsten drei Tage sind zermürbend. Von David kommt kein Lebenszeichen, und mein Zustand schwankt ständig zwischen Hoffnung, Resignation und kompletter Verzweiflung hin und her. Am liebsten würde ich mich wieder im Bett vergraben, aber schließlich habe ich beschlossen, mich nicht mehr so hängen zu lassen. Also gehe ich regelmäßig mit Julia und Felix zum Joggen und nehme sogar an ihrem Yogakurs für Frühaufsteher teil. Abends sitzen wir zu dritt bei uns im Wohnzimmer und schauen Filme. Wieso ruft er mich nicht an? Je länger ich darüber nachdenke, desto wütender werde ich. Was ist denn das für eine Art, mich einfach wie Luft zu behandeln? Selbst wenn er nicht mit mir sprechen will, so könnte er doch wenigstens eine SMS schreiben. Wie kann man nur so unversöhnlich sein? Mir nicht einmal die Chance auf eine Erklärung zu geben. Mein Blick fällt auf Felix, der neben mir auf dem Sofa liegt und gebannt den Film verfolgt. Er hat mir sofort verziehen, nachdem ich mich bei ihm entschuldigt habe. Wie man das eben so macht – als wahrer Freund.

»Oh Gott, ich kann gar nicht hinsehen«, sagt er in diesem Moment und hält sich die Hand vor die Augen. Irritiert sehe ich auf den Bildschirm, wo gerade eine Menge Kunstblut vergossen wird. Felix schneidet eine Grimasse. »Meine armen Nerven. Ich weiß schon, warum ich dafür war, Dirty Dancing zu schauen. Aber ihr musstet mich ja unbedingt überstimmen, um dieses Gemetzel da anzusehen.«

»Sorry, ich bin gerade einfach nicht in der Stimmung für Liebesfilme.« Er greift nach meiner Hand.

»Das weiß ich doch. Keine Sorge, wenn ich dir damit einen Gefallen tun kann, dann gucken wir nur noch Horrorfilme. Kein Problem.« Tapfer schaut er zurück auf den Fernseher, während ich gedankenverloren auf meine Hand in seiner starre. Felix ist wirklich ein echter Freund.

In dieser Nacht kann ich mal wieder nicht einschlafen. Aber ausnahmsweise ist es nicht der Gedanke an David, der mich wach hält, sondern Felix. Sobald ich die Augen schließe, sehe ich ihn vor mir, in seinem dunkelgrünen Fensterputzer-Overall, ein Baseballkäppi schief auf den halblangen Haaren und mit einem strahlenden Lächeln. Ich erinnere mich an unsere vielen schönen Abende, was für Spaß wir miteinander hatten, wie viel wir gelacht haben, wie er immer für mich da war. Und wenn er nun doch der richtige Mann für mich ist? Auch wenn der erste Kuss jetzt vielleicht nicht so wahnsinnig aufregend war? Nicht so wie das erste Mal mit David, zugegeben, aber doch auch nicht gerade furchterregend. Darf die mangelnde körperliche Anziehungskraft wirklich im Weg stehen, wenn alles andere so perfekt ist? Eigentlich ist es doch kein Wunder, dass es damit am Anfang ein bisschen holpert, nachdem man sechs Monate lang quasi wie Bruder und Schwester miteinander verbracht hat. Das heißt nicht, dass es mit ein bisschen Übung nicht ganz wundervoll werden könnte, Felix zu küssen. Mit diesem Gedanken schlummere ich selig ein.

Als ich am nächsten Morgen erwache, räkele ich mich wohlig in meinem Bett und habe das erste Mal seit Wochen wieder so etwas wie gute Laune. Versonnen zeichne ich die Muster nach, die die Sonnenstrahlen auf meine Bettdecke werfen, während ich mir meine Zukunft mit Felix ausmale. Gleich heute möchte ich mit ihm darüber sprechen. Ich hänge mein Herz nicht mehr an jemanden, der mich nicht zu schätzen weiß. Der auf eine Liebeserklärung auf seiner Mailbox mit eisigem Schweigen reagiert. So jemand kann mir gestohlen bleiben! Es wird alles ganz wundervoll werden, wenn ich erst mit Felix zusammen bin. Außerdem kann ich mit ihm jederzeit einen Kaffee trinken gehen, ohne dass am nächsten Tag die ganze Welt vom BLATT darüber informiert wird. Mit ungewohntem Schwung hüpfe ich aus dem Bett. Julia wird das bestimmt auch ganz toll finden, sie versteht sich mit Felix ja auch so gut. Am liebsten würde ich ihr sofort von meinen neuesten Erkenntnissen berichten, aber als ich aus meinem Zimmer trete, ist die Wohnung leer. Ich vertreibe mir die Zeit, indem ich aufräume und die ganze Wohnung putze, und ehe ich es mich versehe, wird es draußen schon wieder dunkel. Wie merkwürdig. Wo steckt sie denn nur? Es ist bereits nach elf, als ich endlich höre, wie sich der Schlüssel im Schloss herumdreht.

»Julia, wo warst du denn? Ich habe mir Sorgen gemacht.«

»Ehrlich? Das tut mir leid.« Mit Schwung wirft sie ihre Jeansjacke über die Garderobe. »Ich habe den ganzen Tag unterrichtet, und dann war ich mit Felix im Kino.« Felix. Mein Herz beginnt bei der Nennung seines Namens aufgeregt zu klopfen. Das ist ein guter, ein vielversprechender Anfang. Ganz offensichtlich reagiere ich also doch körperlich auf ihn.

»Wieso habt ihr mich denn nicht gefragt? Ich hätte doch mitkommen können.«

»Sorry«, sie sieht mich zerknirscht an, »wir haben uns den neuen Film mit Katherine Heigl angesehen und dachten, du möchtest sicher nicht mit.«

»War er gut?«

»Ganz toll.« Sie strahlt über das ganze Gesicht.

»Das nächste Mal könnt ihr mir ruhig Bescheid geben. Ich bin wieder bereit für Liebesfilme.«

»Tatsächlich? Das ist ja toll. Wie kommt's?« Bevor ich es ihr erklären kann, bleibt sie abrupt stehen und sieht sich verwundert um. »Was ist denn hier passiert?«

»Ich hab geputzt. Sogar die Türrahmen. Und die Fenster.«

»Wow.« Begeistert inspiziert sie die Wohnung. »Ich glaub, so sauber war es hier noch nie. Toll, Fanny!«

»Heute beginnt der Rest meines Lebens«, sage ich feierlich, »und ich dachte, das wäre eine gute Gelegenheit, hier mal gründlich aufzuräumen.«

»Sehr gut.«

»Und ich werde David nicht mehr hinterherweinen.«

»Gut für dich!«

»Stattdessen werde ich mich mit jemandem zusammentun, der mich zu schätzen weiß. Der ein echter Freund ist und nicht bei der ersten Gelegenheit Reißaus nimmt.«

»Das ist ein guter Plan, Fanny, ehrlich. Ich bin begeistert.« Sie lässt sich auf unsere Couch plumpsen und nimmt einen Schluck aus meinem Rotweinglas. »Je genauer du weißt, was für einen Mann du wirklich brauchst und je exakter du ihn beschreiben kannst, desto leichter wird es für das Universum, dir deinen Traummann zu liefern.«

»Das braucht es gar nicht«, platze ich damit heraus, »ich kenne ihn schon. Und du kennst ihn auch.«

»Aber wer denn?«

»Felix!« Ich strahle sie an, aber aus irgendeinem Grund scheint sie meine Begeisterung nicht zu teilen. Sie sieht im Gegenteil eher ein wenig erschrocken aus. »Überleg doch mal, Felix ist der ideale Mann für mich.« Ich hole mir ein neues Weinglas aus der gläsernen Vitrine. »Wir sind die besten Freunde, haben viel Spaß miteinander, und er ist doch sowieso dauernd hier.« Julia nagt an ihrer Unterlippe herum.

»Du willst mir sagen, du bist in Felix verliebt?« Unschlüssig wiege ich den Kopf hin und her.

»Ich mag ihn schrecklich gerne«, sage ich ausweichend, »und auch wenn unser erster Kuss jetzt nicht gerade umwerfend war …«

»Moment mal, ihr habt euch geküsst?«

»Vor fünf Wochen. Auf der Produktions-Party. Ich habe dir doch erzählt, dass David da so gemein zu mir gewesen ist …«

»Ja. Aber nicht, dass du Felix geküsst hast.«

»Jetzt sei doch nicht beleidigt. Es war nicht so besonders.«

»Wie soll ich das denn jetzt verstehen?«

»Lass mich doch mal ausreden. Auf dieser Party haben Felix und ich uns überlegt, dass wir doch eigentlich ein tolles Paar abgeben würden. Und dann haben wir uns geküsst, aber es war nicht so toll, also haben wir den Plan wieder verworfen.«

»Aha.« Julia dreht ihr Weinglas zwischen den Händen hin und her. »Aber jetzt denkst du …«

»Dass ich die Sache mit dem Kuss überbewertet habe, genau«, vollende ich den Satz. »Davon will ich mich nicht abhalten lassen. Hattest du nicht auch schon Freunde, bei denen der erste Kuss nichts Besonderes war?«

»Nein, noch nie.« Sie schüttelt heftig den Kopf, und ich bin etwas verstimmt über ihre mangelnde Unterstützung.

»Nun, ich eigentlich auch nicht«, gebe ich zu, »aber es wäre doch möglich, dass es beim nächsten Mal ganz wundervoll wird. Schließlich ist Felix doch ein toller Mann.«

»Das ist er.«

»Sag mal, was ist denn eigentlich los mit dir? Ich dachte, du wolltest, dass ich David endlich vergesse und nach vorne sehe. Dass ich neue Pläne schmiede. Und jetzt grummelst du nur rum und ziehst ein Gesicht. Ich hätte mir ein bisschen mehr Unterstützung gewünscht. Du magst Felix doch schließlich auch, oder etwa nicht?« Einen langen Augenblick sieht Julia mich schweigend von der Seite an.

»Doch. Ich mag Felix.«

»Na also, dann verstehe ich nicht ...«

»Ich mag ihn sogar sehr. Ich mag ihn wahnsinnig gerne und das schon eine ganze Weile. Und heute Abend im Kino hat er mich endlich geküsst.«

»Er hat dich geküsst? Und das erzählst du mir erst jetzt?«

»Ich dachte, es wäre keine so gute Idee, dir das sofort auf die Nase zu binden«, verteidigt sie sich, »in deiner jetzigen Verfassung.«

»Ich bin in ausgezeichneter Verfassung«, sage ich wütend, »wie ich eben schon sagte, bin ich über David hinweg.«

»Das konnte ich aber doch nicht wissen.« Sie sieht ganz geknickt aus, wie sie da mit angezogenen Beinen neben mir auf der Couch hockt.

»Aber wie kannst du in Felix verliebt sein? Du hast doch gesagt, du stehst überhaupt nicht auf ihn. Er ist jung und hat Haare und keinen Bauch.« Sie zuckt hilflos mit den Schultern.

»Ich kapiere es auch nicht. Er ist wirklich nicht mein Typ. Aber irgendwie habe ich mich eben trotzdem total in ihn verknallt.«

»Und wann ist das passiert? Und wieso weiß ich davon nichts? Ich dachte, ich bin deine beste Freundin.«

»Ich hab es mir doch lange selber nicht eingestanden. Und dann warst du so mit dem David-Drama beschäftigt, dass ich dachte, es wäre kein guter Zeitpunkt.«

»Süße, wenn sich in deinem Liebesleben etwas tut, dann gibt es keinen falschen Zeitpunkt, um mir davon zu erzählen. Und jetzt will ich alles über den heutigen Abend hören, und zwar bis ins kleinste Detail.« Ich fülle unsere Gläser neu und lehne mich zurück. Julia zögert.

»Bist du sicher? Immerhin hast du doch eben noch gesagt, dass du gerne mit Felix …«

»Ich wäre dir dankbar, wenn wir diese peinliche Episode vielleicht einfach wieder vergessen könnten«, sage ich schnell und merke, wie mir das Blut dabei in die Wangen schießt. »Und Felix muss es meinetwegen auch nicht unbedingt erfahren.«

»Natürlich nicht.«

»Nun sag schon, wie war der Kuss?«

»Himmlisch.«

Sosehr ich mich auch für Julia und Felix freue, ist es doch nicht ganz einfach, mit einem frisch verliebten Paar die Wohnung zu teilen, wenn man selbst gerade Liebeskummer hat. Und der ist, nachdem sich meine fixe Idee von einer Zukunft mit Felix zerschlagen hat, leider mit Wucht zurückgekommen. Tag und Nacht denke ich an David, und es hilft nicht gerade, dabei ständig die beiden Turteltauben vor der Nase zu haben. Nach zwei Wochen habe ich genug von dem Herumgeknutsche und den Sexgeräuschen und beschließe, dass ich dringend einen Tapetenwechsel brauche.

»Hey, Fanny, wir wollten heute Abend mal wieder ins Kino gehen. Kommst du mir?« Mit diesen Worten betritt Julia, wie immer im Yoga-Outfit, am Freitagmittag mein Zimmer und hält überrascht inne, als sie meine halbgefüllte Reisetasche auf dem Boden stehen sieht, in die ich gerade meinen Kulturbeutel packe. »Was machst du denn da? Willst du verreisen?«

»So ähnlich. Ich fahre an die Ostsee.«

»In die Ferienwohnung deiner Eltern? Allein?«

»Es bleibt mir ja wohl nichts anderes übrig.«

»Wieso hast du mir denn gar nichts davon erzählt? Wir könnten doch mitkommen.«

»Ist dir eigentlich schon mal aufgefallen, dass du, seit du mit Felix zusammen bist, immer nur noch von ›wir‹ sprichst?« Ich weiß, dass ich unfair bin, aber das ist mir im Moment egal. »Du hast deine Identität vollkommen aufgegeben, ich weiß nicht, wann ich dich das letzte Mal alleine gesehen habe. Euch gibt es ja nur noch im Doppelpack.«

»Aber wir waren doch vorher auch oft zu dritt unterwegs, ich dachte nicht, dass …« Sie unterbricht sich selbst und macht ein reumütiges Gesicht. »Du hast Recht, das war was anderes. Tut mir echt leid. Ich dachte, je mehr Gesellschaft du hast, desto besser wäre es für dich. Aber wir hätten wirklich mehr Rücksicht auf dich nehmen sollen.« Ihr Verständnis macht mich nur noch wütender.

»Auf euer Mitleid kann ich verzichten. Und im Übrigen hast du gerade schon wieder ›wir‹ gesagt.«

»Tut mir leid. Was hältst du davon, wenn wir heute Abend zu zweit ins Kino gehen? Nur wir beide?«

»Ich kann nicht, ich fahre an die Ostsee. Dann habt ihr die Wohnung für euch alleine und könnt von mir aus den ganzen Tag nackt rumrennen, ohne dass ich euch störe.«

»Aber du störst doch gar nicht. Warum bist du denn so wütend?« Ich weiche ihrem Blick aus.

»Ich will einfach nur allein sein. Und ich werde wahrscheinlich ein paar Wochen wegbleiben.«

»Ein paar Wochen?«

»Ja, es ist besser so.« Mich vermisst ja sowieso keiner, würde ich am liebsten theatralisch hinzufügen, aber ich verkneife es mir im letzten Moment. An Julias Gesicht kann ich ablesen, dass das Blödsinn ist. Sie wird mich vermissen. Sie versteht überhaupt nicht, warum ich plötzlich so feindselig bin. Und ehrlich gesagt verstehe ich es selber nicht.

Als ich meinen Wagen vor dem dreistöckigen, weiß gestrichenen Haus parke, in dem sich die Ferienwohnung meiner Eltern befindet, bricht schon die Dämmerung herein. Ich steige aus dem Auto und atme tief den salzigen Geruch der Ostsee ein. Als Kind habe ich meine sämtlichen Sommerferien hier in dem kleinen Ort Haffkrug verbracht, habe mit meinen Eltern Fahrradtouren unternommen, am Strand Muscheln gesammelt und abends Minigolf gespielt. Wie einfach das Leben damals noch war, denke ich melancholisch, obwohl ich vermute, dass ich meine Erinnerungen im Rückblick ziemlich verkläre. Ein Beweis dafür ist mit Sicherheit das rot-weiße Tagebuch, das ich beim Packen zufällig wieder gefunden und kurzerhand eingepackt habe. Im Treppenhaus begegne ich den Lohmeiers, denen die Wohnung gegenüber gehört.

»Fanny, wie schön, Sie mal wieder zu sehen.« Ich schüttele beiden die knotige Hand. Wie alt sie geworden sind. Hatte sie schon immer so schneeweiße Haare? Und ging er damals schon so unsicher und vornübergebeugt? »Also dann, wir gehen jetzt zum Essen ins Herzberg.«

»Das gibt es noch?« Das Restaurant an der Strandallee haben wir schon vor fast dreißig Jahren besucht. Ich erinnere mich noch wie gestern, dass ich immer das Wiener Schnitzel für Kinder gegessen habe, von dem ich jedes Mal mit größter Sorgfalt die Panade abgekratzt habe. »Guten Appetit.«

Nachdem ich mich häuslich in dem Zwei-Zimmer-Appartement eingerichtet habe, wärme ich mir eine Dose Ravioli aus der gut gefüllten Vorratskammer auf, öffne eine Flasche Rotwein und setze mich damit auf den Balkon, von dem aus man direkt aufs Meer sehen kann. Mittlerweile ist es fast dunkel, ich zünde eine Kerze an, hülle mich in eine warme Wolldecke und nehme mein altes Tagebuch zur Hand. Seite um Seite habe ich dort mit meiner schnörkeligen Kinderschrift die Abenteuer von Annabelle aufgeschrieben. Ich lese eine Geschichte nach der anderen, begleite mich selber noch einmal durch meine Kindheit. Als ich zu »Annabelles beste Freundin« komme, steigen mir die Tränen in die Augen. Ich weiß noch genau, wie Julia am ersten Tag des neuen Schuljahres zu uns in die Klasse gekommen ist, weil ihr Vater eine Arbeitsstelle in Hamburg gefunden hatte. Frau Nickel, meine Klassenlehrerin, wies ihr den Platz neben mir zu, und ich habe sie die ganze Mathestunde über angestaunt. Sie war das schönste Mädchen, das ich je gesehen hatte. Kaum dass ich an jenem Nachmittag nach Hause gekommen war, schrieb ich, dass meine kleine rothaarige Heldin eine wunderschöne, dunkelhaarige Prinzessin treffen und ihre beste Freundin werden würde. Tatsächlich waren Julia und ich bald unzertrennlich. Nachdenklich lasse ich das Buch sinken und nehme einen Schluck Wein. Ich habe das dringende Bedürfnis, Julia anzurufen, nachdem ich bei meiner Abreise so biestig zu ihr war. Außerdem muss ich ihr unbedingt diese Geschichte vorlesen. Schon jetzt höre ich ihren Kommentar dazu: »Das ist ja toll, Fanny, du hast dir unsere Freundschaft herbei geschrieben. Jetzt behaupte noch einmal, dass das Universum deine Wünsche nicht hört und erfüllt.« Ich schnappe mir mein Handy und schreibe eine SMS.

HALLO SÜSSE, ICH BIN GUT ANGEKOMMEN.
TUT MIR LEID, DASS ICH SO SCHLECHT
DRAUF WAR. HAB DICH LIEB!
KUSS, FANNY

Nachdem ich die Nachricht abgeschickt habe, fühle ich mich gleich etwas besser und greife erneut nach meinem Buch. Um zwei Uhr lese ich schließlich die letzte Geschichte.

Annabelle und der Prinz

So vergingen die Jahre und aus dem kleinen Mädchen Annabelle wurde schließlich eine junge Frau. Sie hatte noch immer leuchtend rote Haare und Sommersprossen. Annabelle konnte sich nicht vorstellen, dass irgendwann einmal ein Mann kommen und sie schön finden und heiraten würde. Dieser Gedanke machte sie sehr traurig und oft saß sie an ihrem Platz im Garten und weinte. Aber immer durchsuchte sie danach das Gras unter sich und sammelte gewissenhaft all ihre Tränen auf. Die legte sie in kleine Schachteln, die sie mit rotem Samt auslegte, und verkaufte sie dann. Es geschah an einem dieser Tage, da sie mit ihren Dia-

manten im Dorf herumlief, dass ein edler Königssohn mit seiner Kutsche durch die Straßen fuhr und alle Mädchen im heiratsfähigen Alter aufforderte, zu ihm auf sein Schloss zu kommen und mit ihm ein Fest zu feiern. Als Annabelle den Prinzen erblickte, da verlor sie auf der Stelle ihr Herz an ihn, denn er hatte glänzendes dunkles Haar und war von schöner Gestalt. Doch gleichzeitig brach ihr das Herz, denn sie wusste, dass ein so schöner Prinz niemals jemanden mit so hässlichen roten Haaren heiraten würde. Eine Träne kullerte aus ihrem Auge und rollte die Wange hinunter. Das Sonnenlicht fiel darauf und blendete den Prinzen, der in diesem Moment vorbeifuhr. »Haltet an«, befahl er seinem Kutscher, der daraufhin die Pferde zügelte. Der Prinz lehnte sich heraus und sah Annabelle an, deren Träne soeben mit einem leisen Geräusch auf die Pflastersteine fiel. Sie versank in einen tiefen Knicks, während der Prinz seinen Diener anwies, ihm den Diamanten zu holen. »Was willst du dafür?«, fragte er Annabelle, doch sie schüttelte den Kopf. »Ich schenke ihn Euch!« »Ich danke dir und hoffe, dass ich dich auf meinem Fest begrüßen darf!« Und so zog Annabelle ihr schönstes Kleid an und ging hinauf zum Schloss, wo Hunderte der schönsten Mädchen sich im Tanzsaal versammelt hatten. Als Annabelle sie sah, erfasste sie die Angst und sie wollte davonlaufen, doch in diesem Moment erhob sich der Prinz von seinem Thron und steuerte durch die Menschenmenge hindurch direkt auf sie zu. »Ich habe auf dich gewartet«, sagte er. »Den ganzen Tag habe ich gehofft, dass das Mädchen mit den roten Haaren meiner Einladung folgen würde.« Dann nahm er ihre Hand und tanzte mit ihr die ganze

Nacht und als es für sie Zeit wurde, aufzubrechen, da kniete er vor ihr nieder und sagte: »Ich habe noch etwas von dir, das ich dir gerne zurückgeben würde.« Und er steckte ihr einen Ring an, auf dem ihre eigene Träne funkelte. Und so wurde aus dem kleinen rothaarigen Mädchen eine strahlende Prinzessin. Sie feierten eine große Hochzeit und liebten einander sehr. Und wenn sie nicht gestorben sind, dann leben sie noch heute.

Langsam lasse ich meine Lektüre sinken. Ganz schön frech geklaut habe ich damals bei den Gebrüdern Grimm, das muss ich zugeben. Aber davon abgesehen kommt mir diese Geschichte auch sonst merkwürdig bekannt vor.

Ich bin bi und das ist auch gut so!

Nadja Reichert im Exklusiv-Interview

Ihr Outing schockte nicht nur ihre Fans, sondern auch Nadja Reichert selber. Denn unsere Quelle, die sich als ein »enger Freund« der Schauspielerin ausgab, war ein Hacker.

Er knackte ihre MySpace-Seite und verschaffte sich so Zugriff auf versendete Nachrichten, die Nadjas Beziehung zu einer Frau offenbarten. »Die Art und Weise, wie dieser Mensch in meine Privatsphäre eingedrungen ist, finde ich verachtenswert. Das heißt aber nicht, dass ich mich für meine neue Liebe schäme. Ich hätte nur den Zeitpunkt, damit an die Öffentlichkeit zu gehen, lieber selber bestimmt.« Aber wozu dann die Farce über ihre angebliche Beziehung mit Schauspielkollege David Mory? »David und ich waren wirklich zusammen«, betont Nadja, »aber unsere Beziehung war aus unterschiedlichen Gründen schwierig, wir haben wohl doch nicht so gut zueinandergepasst. Dann habe ich mich in jemanden anderen verliebt – eine Frau.« Dass sie bereits mit sechzehn Jahren ihre Vorliebe für Frauen entdeckte, war eine reine Erfindung des frechen Internetdiebs. »Dies ist meine erste gleichgeschlechtliche Beziehung. Bisher hatte ich immer nur Männer«, stellt sie klar. »Ich bin bisexuell, und in diesem Moment liebe ich eben eine Frau.« Und was sagt David dazu? »Er unterstützt mich vollkommen. Wir haben uns in aller Freundschaft getrennt. Als ich wegen des unerwarteten Outings vollkommen außer mir war, hat David mich getröstet. Er wird immer mein bester Freund bleiben.«

Kapitel 14

Am nächsten Tag ist das Wetter traumhaft, und ich beschließe, mich in das nur wenige Meter entfernte Strandcafé zu setzen, um dort zu frühstücken. Unter einem gelb-weißen Sonnenschirm finde ich ein windstilles Plätzchen und genieße einen Cappuccino und ein frisch aufgebackenes Croissant, als mein Telefon klingelt.

»Ich hab dich auch lieb, Süße«, sagt Julia statt einer Begrüßung. »Wie geht es dir?«

»Gar nicht so schlecht.« Am anderen Ende der Leitung gibt Julia einen überraschten Laut von sich. Das hat sie schon seit längerem nicht mehr von mir gehört. Ich erzähle ihr von Annabelles Geschichten und lese ihr sogar ein paar Seiten aus dem kleinen Buch, das ich in meiner Handtasche mitgenommen habe, vor. Wie erwartet kann sie sich vor lauter Begeisterung kaum halten.

»Fanny, das ist ja unglaublich. Sogar David hast du dir schon als Kind herbeigewünscht.«

»So ein Quatsch.« Bei der Nennung seines Namens sinkt meine Laune schlagartig.

»Ach komm, der gut aussehende dunkelhaarige Prinz, den alle Frauen haben wollen.«

»Das könnte jeder sein. Und außerdem ist das ja wohl gründlich in die Hose gegangen, falls ich dich erinnern darf. Von wegen, sie lebten glücklich und zufrieden. Happy Ends gibt es eben doch nur im Märchen.«

»Aber wir sind immer noch Freundinnen!«

»Stimmt. Das sind wir.«

»Vielleicht solltest du die Geschichte umschreiben«, überlegt sie laut, während ich mit dem Finger die restlichen Croissant-Krümel auf meinem Teller zusammenschiebe. »Das wäre sowieso eine gute Möglichkeit, dich wieder ein bisschen warmzuschreiben.«

»Wie meinst du das denn jetzt?«

»Na ja, ich dachte, du fährst an die Ostsee, um vielleicht wieder einen neuen Roman …«

»Nee, ich schreibe nicht mehr.«

»Okay. Wie du meinst.«

»Nanu? Diesmal kein Vortrag darüber, dass ich mein Talent verschwende?«

»Nein.«

»Und dass es ein Wink des Universums war, dass ich meinen Job verloren habe, damit ich wieder mit dem Schreiben anfange?«

»Nein.«

»Hm.«

»Es sei denn, du möchtest es gerne hören.«

»Nein, schon gut. Ich werde meine Zeit hier nutzen, um zu mir zu finden. Mal richtig ausspannen. Spazieren gehen, Rad fahren, aufs Meer gucken.«

»Klingt herrlich! Hast du was dagegen, wenn ich dich nächstes Wochenende besuchen komme?«

»Natürlich nicht.« Nach einer winzigen Pause füge ich großmütig hinzu: »Bring doch Felix mit.«

»Bist du sicher?«

»Ganz sicher.« Nachdem wir aufgelegt haben, bezahle

ich mein Frühstück und mache mich auf den Weg zum Strand, wo ich es mir in dem Strandkorb meiner Eltern gemütlich mache, den leise ans Ufer plätschernden Wellen zuhöre und aufs Meer hinausschaue. Nach zwei Stunden bin ich gelangweilt und überlege, mir ein Buch zu kaufen. Aber obwohl ich lange nicht mehr hier war, fürchte ich, dass der einzige Laden hier in Haffkrug auch heutzutage nur ein paar Groschenromane im Angebot hat. Daher ziehe ich noch einmal Annabelles Geschichten aus der Tasche und blättere unentschlossen in dem kleinen Buch herum. Die letzten fünf Seiten sind noch unbeschrieben. Unschlüssig kaue ich auf meiner Unterlippe herum. Vielleicht sollte ich Julias Vorschlag einfach mal befolgen. Schaden kann es ja nicht, oder? Ich beginne in meinem bunten Beutel zu kramen und finde auf seinem sandigen Boden schließlich einen Bleistift.

Und sie zogen in das prächtige Schloss des Prinzen, wo sie glücklich und zufrieden miteinander lebten. Annabelle war jetzt eine Prinzessin und alle Menschen waren freundlich zu ihr und niemand lachte mehr über ihre roten Haare. Sie war glücklich wie noch nie zuvor in ihrem Leben und kein einziges Mal mehr weinte sie ihre diamantenen Tränen. Eines Tages spazierte sie durch das Schloss, das so groß war, dass sie es in all der Zeit, die sie nun dort lebte, noch nie vollständig durchwandert hatte. Schließlich kam sie an ein reichlich verziertes Tor. Neugierig ging sie darauf zu und drückte die Klinke herunter, die sich daraufhin knarrend öffnete und den Blick auf eine steinerne Treppe freigab, die in stockfinstere Dunkelheit zu führen schien. Stufe für Stufe kletterte sie hinab und gelangte schließlich in einen langen, schmalen Raum. An seinem Ende flimmerte ein dämmriges Licht, in dessen Schein eine zusammengesunkene Gestalt saß und leise schluchzte. »Hallo«, rief sie leise und trat vorsichtig näher. In diesem Moment wurde der Boden unter ihren Füßen uneben und rutschig, sie ruderte mit den Armen und fiel schließlich der Länge nach hin, direkt vor die Füße der schattenhaften Gestalt. Mit schmerzenden Gliedern setzte Annabelle sich auf und betastete verwundert den Boden um sich herum, der mit Tausenden und Abertausenden perlmuttfarben schimmernden Perlen bedeckt war. Dann sah sie direkt in das geisterhaft bleiche Gesicht ihres Mannes, des Prinzen, dem eine Perle über die Wange rollte und dann mit einem sanften Pling zu Boden fiel. Sie hob die Hände, um ihn zu berühren, aber er wandte sich von ihr ab. Noch am selben Abend verstieß der Prinz Annabelle aus seinem Schloss, ohne sie noch ein einziges Mal angesehen zu haben. Er verbot ihr, jemals wieder das Dorf zu betreten, und so flüchtete sie in den dunklen Wald, wo sie viele Tage und Nächte weinend umherirrte. Nach einigen Wochen begann sie, hier und da wieder eine ihrer Tränen aufzusammeln, denn vielleicht würde dieser Wald ja irgendwo einmal zu Ende sein und sie auf ein neues Dorf treffen. Dort könnte sie ihre Diamanten verkaufen, ein neues Leben anfangen und vielleicht irgendwann vergessen, dass sie einmal die Frau eines Prinzen gewesen war. Und tatsächlich, kaum hatte sie diesen Plan gefasst, da lichtete sich der Wald und sie erkannte von weitem eine Ansammlung von Häusern, aus deren Schornsteinen Rauch aufstieg. Schnell eilte sie dorthin und wurde von den Dorfbewohnern freundlich aufgenommen. Man gab ihr eine winzige leerstehende Hütte am Waldesrand, um darin zu wohnen. Hier trauerte sie ihrer verlorenen Liebe hinterher und war sehr unglücklich. Dabei weinte sie Tausende von Diamanten, aus denen sie wunderschöne Ketten, Armbänder und Ohrringe herstellte, die sie an Durchreisende verkaufte. So geschah es, dass eines dieser Schmuckstücke durch einen Händler zu ihrem Ehemann gelangte. Als dieser den funkelnden Diamanten sah, da fiel eine glänzende Perle zu Boden, von der niemand sagen konnte, wo sie hergekommen war. Der Prinz wischte sich verstohlen die Augen und verlangte von dem Händler zu wissen, wo er den Schmuck gekauft habe. Sogleich machte er sich dann auf die Reise, um das Dorf, das viele Tagesmärsche entfernt von seinem Reich auf der anderen Seite des dunklen Waldes lag, zu besuchen. Auf dem Weg dorthin wiesen ihm die Diamanten, die im dichten Unterholz funkelten, den Weg. Von ihrem Fenster aus sah Annabelle eines Morgens den Prinz und sein Gefolge aus dem Wald heraus reiten, und sie versteckte ihr rotes Haar unter einem Tuch, bevor sie sich zu der Dorfgemeinschaft gesellte. »Bitte verratet mich nicht«, wisperte sie, und so kam es, dass niemand sie offenbarte, als der Prinz sich nach der Frau erkundigte, die den wunderschönen Schmuck herstellte. Doch als er enttäuscht von dannen reiten wollte, da fiel sein Blick auf Annabelle, aus deren Kopftuch sich eine Haarsträhne gelöst hatte, die nun verräterisch loderte. Und der Prinz sank vor ihr auf die Knie und seine Tränen rollten über den Boden zu ihren Füßen und da erkannte sie, dass auch er sie vermisste und dass es ihm leidtat, sie verstoßen zu haben. So kehrte sie mit ihm auf sein Schloss zurück und sie hatten keine Geheimnisse mehr voreinander. Sie waren so glücklich, dass sie eine Menge Freudentränen vergossen, womit sie ein gutes Auskommen hatten bis an das Ende ihrer Tage.

Nachdem ich geendet habe, lese ich die Geschichte noch einmal durch, und ein Glücksgefühl steigt in mir auf. Nicht, weil ich allen Ernstes denke, dass ich mir David auf diese Weise zurück in mein Leben holen könnte. Sondern weil ich feststelle, was für eine befriedigende Wirkung das Schreiben auf mich hat. Einzutauchen in eine andere Welt, in das Leben der Figuren, das ist wie ein Urlaub von den eigenen Problemen. Wieder wandert mein Blick über die Menschen in ihren Strandkörben und bleibt an den Lohmeiers hängen. Sie trägt einen gelben Sonnenhut, so groß wie ein Wagenrad und er ein wirklich scheußliches Hawaiihemd zu grauen Shorts. Nebeneinander sitzen sie in ihrem Strandkorb und halten Händchen. Plötzlich steigen mir die Tränen in die Augen, so sehr rührt mich dieses Bild. Wie lange mögen die beiden verheiratet sein? So lange, wie ich denken kann, also dreißig Jahre, vermutlich sind es aber eher fünfzig. Ein ganzes Leben lang zusammen. Und sicher war es nicht immer einfach, und doch sitzen sie jetzt hier, Hand in Hand. Faltig und grauhaarig, er hat einen Buckel, und sie hört nicht mehr sehr gut, aber sie lieben einander. Ich male mir aus, wie es wohl war, als die beiden sich kennengelernt haben, vermutlich kurz nach den Zweiten Weltkrieg, in einer zerstörten Stadt, doch jung und voller Hoffnung. Kurz entschlossen krame ich erneut in meiner Strandtasche herum. Wenn das Schicksal es will, werde ich ein Schreibheft finden. Stattdessen ziehe ich den Spielblock hervor, auf dem meine Eltern ihre Kniffel-Ergebnisse in Tabellen festhalten. Aber auf der Rückseite ist genug Platz. Ich atme tief durch, setze den Bleistift auf das Papier und beginne zu schreiben.

Erst als es so dunkel ist, dass ich meine eigene Schrift nicht mehr erkennen kann, blicke ich auf. Der Strand ist menschenleer, die Strandkörbe abgeschlossen, ich bin alleine mit dem Meer. Ich habe fast den gesamten Block voll geschrieben, die Geschichte des jungen Liebespaares entsteht so schnell in meinem Kopf, dass ich mit dem Schreiben kaum hinterherkomme. Ich raffe meine Sachen zusammen und mache mich auf den Heimweg. Als ich am »Herzberg« vorbeikomme, denke ich kurz darüber nach, hier zu Abend zu essen, aber es treibt mich nach Hause. Ich will weiterschreiben. Mein Herz klopft so aufgeregt wie vor einem ersten Rendezvous, und so ähnlich ist es ja auch. Ich habe eine Verabredung mit den Figuren meiner Geschichte. Ich will sie nicht warten lassen. Dann gibt es eben heute wieder Ravioli.

Die nächsten Tage befinde ich mich in einem Schreibrausch, wie ich ihn noch nie erlebt habe. Es ist, als hätten sich all die Worte in den sechs Monaten, die ich nicht geschrieben habe, in mir aufgestaut und wollten jetzt sprudelnd wie ein Wasserfall aus mir heraus. Tagsüber sitze ich am Strand und schreibe mit der Hand in eine große Kladde, die ich mir gekauft habe, abends übertrage ich das Ganze in meinen Laptop und korrigiere. Die Zeit vergeht wie im Flug und ehe ich es mich versehe, ist Samstag. Gegen zwölf wollen Julia und Felix kommen und ich halte, in meinem Strandkorb sitzend, nach ihnen Ausschau. Dann entdecke ich Julias schlanke Gestalt in Shorts und einem roten Bikinioberteil. Sie sieht sich suchend um, und ich springe auf und winke zu ihr hinüber.

»Julia! Hierher!« Sie entdeckt mich, stürzt auf mich zu und fällt mir um den Hals.

»Ich hab dich vermisst.«

»Ich dich auch.« Über ihre Schulter hinweg lächele ich Felix zu, doch dann erstirbt mein Lächeln, als ich sehe, mit wem er da gemeinsam über den Strand auf mich zukommt. Hastig mache ich mich von Julia los und sehe sie erschrocken an.

»Wir haben da jemanden für dich mitgebracht«, sagt sie lächelnd. Felix begrüßt mich mit einem Küsschen auf die Wange und fragt, wie es mir geht, aber ich starre noch immer wie hypnotisiert auf den Mann neben ihm.

»Hallo, Fanny.« David vergräbt die Hände in den Taschen seiner hellen Leinenhose.

»Hallo.« Mehr bringe ich beim besten Willen nicht heraus.

»Komm, Julia, wir gehen am Strand spazieren«, schlägt Felix vor und zieht sie an der Hand mit sich.

Ich habe immer noch das Gefühl, als hätte ich eine Erscheinung. David sieht einfach umwerfend aus, seine Haut ist gebräunt und schimmert samtig, die dunklen Haare trägt er jetzt etwas länger und verstrubbelt. Plötzlich wird mir bewusst, dass ich den ollen Schlapphut meines Vaters auf dem Kopf und einen Streifen Sunblocker auf der Nase habe und möchte am liebsten im Erdboden versinken. Es ist völlig egal, wie du aussiehst, wispert eine Stimme in mir. Er hat dir wehgetan. Dich schändlich verlassen. Sag ihm, dass er verschwinden soll! Aber ich bringe kein Wort heraus. David sieht Felix hinterher, der die sich sträubende Julia von uns wegzieht und lächelt mich verlegen an.

»Tut mir leid, dass ich dich hier so überfalle, aber ich musste dich unbedingt sehen.«

»Schon gut. Wie geht es Nadja?«, frage ich, und er sieht mich ein bisschen irritiert an.

»Es geht ihr gut. Ihre Eltern waren natürlich schockiert, aber dann war es wohl doch lange nicht so schlimm, wie sie es sich ausgemalt hatte. Sie hat ihnen Alexandra mittlerweile sogar vorgestellt.« Ich nicke nachdenklich.

»Das ist gut.«

»Aber eigentlich wollte ich mit dir über etwas anderes reden.« Er sieht mich hilflos an. »Fanny, es tut mir so wahnsinnig leid. Ich war ein Vollidiot. Als du mir gesagt hast, dass du es weißt, habe ich mich so erschrocken. Und dann habe ich einfach zugemacht. Ich wollte der immer gut gelaunte Schauspieler sein, als den du mich kennengelernt hast. Ich dachte, dass du jetzt wahnsinnig enttäuscht von mir bist.« Er rattert die Sätze so schnell herunter, dass ich Mühe habe, ihm zu folgen. »Ich dachte, dass du dich von mir trennen würdest. Also habe ich mich lieber von dir getrennt. Ich weiß, dass ich dir wehgetan habe und dass ich es nicht verdiene, dass du mir noch eine Chance gibst.« Er macht einen Schritt auf mich zu und greift schüchtern nach meiner Hand. »Aber ich vermisse dich so wahnsinnig, Fanny. Ich denke jede einzelne Minute des Tages an dich.« Seine Hand fühlt sich so gut an in meiner. »Bitte, jetzt sag doch etwas.« Verständnislos sehe ich ihn an. Was soll ich? Etwas sagen? Wie stellt er sich das vor? Ich bin vollkommen überwältigt. Wochen und Wochen habe ich geweint und nun steht er vor mir und will mich zurückhaben. Vier Tage, nachdem ich dieses alberne Märchen geschrieben habe. Fehlt nur noch, dass gleich eine schimmernde Perle in den weißen Sand fällt. Unauffällig suche ich mit den Augen den Boden ab, sehe aber nur ein paar Muscheln. Die ganze Situation ist doch völlig absurd. Wahrscheinlich träume ich all das nur. Vielleicht sollte ich David schnell küssen, bevor ich aufwache, aber in diesem Moment lässt er meine Hand los und tritt einen kleinen Schritt zurück. »Du willst nicht mit mir reden, das habe ich wohl verdient.« Ich schüttele den Kopf, bringe aber nach wie vor kein Wort heraus. »Vielleicht brauchst du ein bisschen Zeit, um darüber nachzudenken?« Hoffnungsvoll sieht er mich an, und ich wiege den Kopf hin und her, was er wohl als Zustimmung interpretiert. »Das kann ich gut verstehen. Ich hätte dich nicht so überfallen dürfen. Nächsten Freitag findet so ein Wohltätigkeitsball im Atlantik-Hotel statt, und ich würde gerne mit dir dort hingehen. So ganz offiziell, weißt du? Keine Heimlichkeiten mehr.« Sein angedeutetes Lächeln erstirbt, als ich nicht reagiere, und er fährt eilig fort: »Du musst dich nicht jetzt entscheiden. Ich werde am Freitag um sieben zu dir kommen, um dich abzuholen. Und falls du keine Lust hast, dann machst du einfach nicht auf. Also, ich würde es verstehen, wenn du nicht mitkommst, aber, also …« Er sieht mich unsicher an. »Ich würde mich wirklich freuen.« Noch immer reagiere ich nicht, sondern sehe ihm einfach nur dabei zu, wie er sich rückwärts gehend in kleinen Schritten von mir wegbewegt. »Am Freitag um sieben. Bitte!«, ruft er noch einmal, als er schon zehn Meter von mir entfernt ist, dann dreht er sich um und läuft schnell den Strand entlang. Ich stehe noch eine Weile da und beobachte, wie er kleiner und immer kleiner wird, dann setze ich mich in meinen Strandkorb und warte darauf, dass ich aufwache.

»Wo ist denn David?« Ich sehe zu Julia hoch, die mit nassen Haaren vor mir steht und sich schüttelt, dass die Wassertropfen nur so fliegen.

»Wie meinst du das denn jetzt?«

»Na, David, wo ist er?« Sie schnappt sich mein rotes Badelaken. »Ich darf doch?«

»Moment mal, du willst mir sagen, dass das kein Traum war? Ihr habt David wirklich mitgebracht? Und er will mich zurück?«

»Fanny, geht es dir nicht gut?« Felix fühlt besorgt meine Stirn und wiegt bedenklich den Kopf. »Vielleicht ein Sonnenstich.«

»Quatsch.« Brüsk schiebe ich seine Hand weg. »Ich trage schon seit Tagen diesen Deckel und sitze sowieso nur im Schatten. Ihr wollt mir also wirklich sagen, dass das keine Halluzination war und dass David mich zurückhaben will?« Sie nicken im Chor.

»David hat mich die ganze Woche belagert, um rauszufinden, wo du steckst. Und irgendwie hatte ich das Gefühl, dass du dich freuen würdest, ihn zu sehen. Hast du?«

»Was?«

»Dich gefreut?« Ich zucke die Schultern.

»Ich weiß nicht.« In diesem Moment piepst es in meiner Tasche, und ich hole mein Handy hervor.

WAS ICH NOCH SAGEN WOLLTE:
ICH LIEBE DICH. DAVID.

Verstört starre ich auf die Nachricht, während Julia mich weiter über das Gespräch mit David löchert, was in meiner Erinnerung allerdings reichlich schemenhaft erscheint.

»Er will mit mir zu einem Wohltätigkeitsball gehen. Ganz offiziell. Als Paar«, sage ich schließlich, und Julia klatscht aufgeregt in die Hände.

»Und? Was hast du gesagt?«

»Nichts.«

»Wie? Nichts? Willst du da etwa nicht hingehen?«

»Doch, natürlich, schon. Aber ich war einfach so perplex.«

»Na, ist doch prima. Hast du ihr nicht immer gepredigt, dass sie David zappeln lassen soll?«, fragt Felix grinsend, quetscht sich neben mich in den Strandkorb und legt einen Arm um mich. »Ich bin jedenfalls sehr stolz auf dich.«

Am Freitagnachmittag der nächsten Woche bin ich ein Nervenbündel. Nicht mal geschrieben habe ich heute, obwohl mein neuer Roman in den letzten Tagen gut vorangeschritten ist und ich gestern das vierte Kapitel vollendet habe. Aber heute ist nicht daran zu denken. Seit Stunden ist Julia damit beschäftigt, mich in eine Prinzessin zu verwandeln. Ganz besonders hilft dabei das neue bodenlange Kleid aus cremefarbener Seide, das gestern von einem Boten geliefert wurde. »Bitte verzeih mir und sei morgen meine Begleitung! D.«, stand auf der beiliegenden Karte. Julia war vollkommen aus dem Häuschen von dieser Geste, und ich muss sagen, dass ich selber auch ziemlich beeindruckt bin. Das Kleid ist wie für mich gemacht, der federleichte Stoff umfließt meinen Körper und fühlt sich angenehm kühl auf der Haut an. Meine Haare hat Julia auf dicke Klettwickler gedreht, so dass sie mir in weichen Wellen statt der üblichen krausen Locken über die Schultern fallen. Das Make-up in zarten Pastelltönen betont meine großen Augen und den »Alabasterteint«, wie Julia es nennt. Als sie mir endlich erlaubt, mich im großen Spiegel im Flur zu betrachten, halte ich vor Schreck den Atem an.

»Du bist wunderschön«, flüstert Felix, der sich inzwischen zu uns gesellt hat, und Julia nickt ergriffen. In diesem Moment, keine Minute zu früh, klingelt es an der Tür. Während Felix den Summer betätigt, stürzt Julia in die Küche ans Fenster und ruft kurz darauf begeistert: »Da unten steht eine Limousine. Weißt du, so ein langes Teil, das aussieht wie ein Dackel auf Rädern.«

»Ehrlich?« Meine Knie werden weich. Irgendwie hätte ich mir gewünscht, David wäre mit seinem VW-Käfer gekommen. So wäre mir wenigstens der Wagen vertraut gewesen, wo ich mir selbst doch so fremd bin. Aber wenn man als Prominenter zu einem Ball geht, muss es wohl die Stretchlimo sein. Felix legt mir die mit dem Kleid gelieferte Stola um die Schultern, und Julia zupft noch hier und dort ein Haar zurecht, ich fühle mich wie Cinderella. In diesem Moment erklimmt mein Prinz die letzten Stufen und steht in seinem tadellos sitzenden Smoking vor mir.

»Du bist wunderschön«, sagt er. »Und du kommst wirklich mit?«

»Nein, sie wollte gerade mit uns ins Kino«, antwortet Felix und bekommt dafür einen Rippenstoß von Julia, der ihn aufjaulen lässt. »War doch nur ein Scherz. Also, viel Spaß«, keucht er. Unsicher streckt David mir seine Hand entgegen und ist sichtbar erleichtert, als ich sie ergreife.

»Und vergiss nicht, Cinderella muss um zwölf zu Hause sein«, ruft Julia mir hinterher und winkt wie eine Verrückte, während ich mich unsicher auf meinen hohen Absätzen die Treppe heruntertaste.

Wenig später sitze ich neben David im weichen, hellen Leder auf dem Rücksitz der Limousine mit den getönten Scheiben. Seine Hand ruht in meiner. Ich kann noch immer nicht glauben, wie mir geschieht. »Möchtest du was trinken?« Ich schüttele den Kopf. »Ich könnte jetzt was vertragen.« Er beugt sich vor, um die Minibar zu öffnen. Erschrocken sehe ich ihn an. »Ich meinte eine Cola«, klärt er mich auf und hält verlegen die Flasche hoch. »Ich wollte doch nicht, also, ich trinke schon seit Jahren nicht mehr.«

»Verstehe«, sage ich schnell. Schweigend sitzen wir nebeneinander.

»Du siehst wirklich ganz bezaubernd aus.« In diesem Moment fällt mir ein, dass ich mich noch gar nicht für das Kleid bedankt habe.

»Vielen Dank für das Kleid.«

»Gern geschehen. Es sieht toll an dir aus.«

»Danke.« Wieder dieses Schweigen. Unruhig rutsche ich auf meinem Sitz hin und her.

»So, da sind wir schon«, erklingt die Stimme des Chauffeurs vom Vordersitz, und der Wagen kommt zum Stehen. Ängstlich sehe ich durch die getönten Fensterscheiben auf den endlos langen roten Teppich, um den sich Dutzende von Fotografen scharen, die erwartungsvoll in unsere Richtung schauen und sich fragen, welcher Promi ihnen wohl als Nächstes vor die Linse kommt. Was werden sie sagen, wenn jetzt eine rothaarige Unbekannte aussteigt, als Prinzessin verkleidet zwar, aber eben doch niemand, den man kennt?

»Einen Moment noch«, hindert David den Chauffeur am Aussteigen. »Alles in Ordnung?« Ich merke erst jetzt, dass ich meine Fingernägel in seinen Handrücken gekrallt habe.

»Nein«, antworte ich wahrheitsgemäß.

»Würden Sie uns noch einmal um den Block fahren, bitte?« Der Wagen setzt sich wieder in Bewegung. »Was ist los, Fanny?«

»Ich will nicht auf den Ball.« Ein Schatten fällt über sein schönes Gesicht.

»Ich verstehe.«

»Es ist nicht so, dass ich nicht gerne den Abend mit dir verbringen möchte«, beeile ich mich zu sagen, »aber nicht in aller Öffentlichkeit. Nicht nach allem, was geschehen ist. Es tut mir leid, aber ich kann das nicht einfach so vergessen.«

»Das verlange ich doch auch gar nicht.« Hilflos sieht er mich an.

»Lass es uns langsam angehen, ja? Diese ganze Sache ist für mich schwer zu begreifen, ich finde, wir sollten erstmal miteinander reden, bevor wir uns aller Welt als Paar präsentieren.«

»Du hast Recht«, sagt er und greift meine Hand. »Lass uns reden.«

Fünfzehn Minuten später setzt uns die Limousine vor einem kleinen italienischen Restaurant namens »Alberto's« ab, dessen Gäste angesichts dieses nicht gerade unauffälligen Auftritts neugierig die Köpfe heben, sich dann aber wieder schnell ihrer jeweiligen Unterhaltung zuwenden. Von Alberto, dem Inhaber, werden wir freundlich und mit Handschlag begrüßt, bevor er uns zu einem Tisch im hinteren Teil des Lokals führt. Zunächst sitzen wir uns noch ein wenig verlegen gegenüber, dann holt David tief Luft und beginnt zu erzählen. Von der Zeit, in der er noch ein erfolgloser Schauspieler war, der kaum genug Geld zum Leben verdiente. Von seinen Depressionen, dem Alkohol, missglückten Entzugsversuchen, den Anonymen Alkoholikern und Leila. Von seiner Angst, rückfällig zu werden, von seiner Angst, meinen Erwartungen nicht standhalten zu können. Er redet die ganze Nacht, und als er geendet hat, sind wir alleine in dem kleinen Restaurant. Ich sehe David lange an und greife schließlich nach seiner Hand.

»Vielleicht ist es unpassend, das jetzt zu sagen, aber du glaubst nicht, wie erleichtert ich bin, dass du gar nicht so perfekt bist, wie ich immer dachte.«

»Ich bin alles andere als perfekt.«

»Und das ist gut so. Mit einem Traumprinzen kann man keine Beziehung führen.«

»Also gibst du mir noch eine Chance?« Seine grünen Augen sind voller Hoffnung, und ich frage mich, wie er auch nur eine Minute an meiner Antwort zweifeln könnte.

»Natürlich.« Nun küss mich doch endlich. Ich will jetzt geküsst werden. Aber David macht keine Anstalten.

»Ich habe etwas für dich. Eine Überraschung.« Fassungslos sehe ich ihm dabei zu, wie er in seiner Innentasche herumkramt, und habe das Gefühl, gleich ohnmächtig werden zu müssen. Das kann schließlich nur eines bedeuten, oder nicht? Aber das kann doch nicht sein Ernst sein.

»Wir wollten es doch langsam angehen lassen«, sage ich mit bebender Stimme. Doch entgegen meiner Erwartung zieht er in diesem Moment keine mit Samt überzogene Schmuckschatulle hervor, sondern ein zusammengefaltetes Blatt Papier.

»Ist heute für dich angekommen. Was hast du gesagt?«

»Ach nichts«, sage ich schnell und finde mich selber albern, dass ich nun doch enttäuscht bin.

»Was machst du denn für ein Gesicht?«

»Mache ich doch gar nicht.«

»Doch. Aber keine Sorge, das hier wird dich aufheitern.« Mit einem geheimnisvollen Lächeln wedelt er mit dem Zettel vor meiner Nase herum. »Ich kenne da nämlich jemanden, der jemanden kennt, und mit dem habe ich über dich gesprochen.«

»Über mich? Aber weshalb denn? Worum geht es überhaupt?«

»Sei doch nicht so ungeduldig.«

»Nun gib schon her.«

»Erst einen Kuss«, verlangt er, und in diesem Moment wird mir klar, dass dies unser erster Kuss seit fast zwei

Monaten sein wird. Ich beuge mich zu ihm hinüber, doch er steht auf, zieht mich vom Stuhl hoch und in seine Arme. »Ich muss wissen, dass du es aus freien Stücken tust und nicht aus lauter Dankbarkeit, weil du das hier liest.« Er grinst mich frech von oben herab an.

»Jetzt machst du mich aber wirklich neugierig. Nun küss mich endlich!«

»Willst du das wirklich?«

»Ja, doch«, sage ich ungeduldig und schließe die Augen. Kurz darauf spüre ich seine Lippen auf meinen, und dieser zweite erste Kuss ist der beste Kuss meines Lebens. Als David seine Lippen von meinen löst, seufze ich enttäuscht.

»Mehr«, murmele ich.

»Ich liebe dich«, flüstert er. »Und wenn du mich lässt, will ich dich für den Rest meines Lebens küssen. Aber jetzt kommt erstmal deine Überraschung!«

BUCHVERLAG SILBERMANN
Herzogstraße 15, 80993 München

Frau Annabelle May
c/o David Mory
Hofweg 14
22085 Hamburg

Betreff: Ihr Manuskript

Sehr geehrte Frau May,
vielen Dank für die Einsendung Ihres Manuskripts »Geborgte Stunden«. Ich habe es mit großem Interesse gelesen und denke, dass es gut in unser Hardcover-Programm des nächsten Jahres passen könnte.
Lediglich über den Schluss des Romans würde ich gerne noch einmal mit Ihnen sprechen. Vielleicht können wir uns auf ein etwas optimistischeres Ende einigen? Ich bin sicher, wir finden eine beide Seiten zufriedenstellende Lösung.
Bitte setzen Sie sich unter der Nummer 089 – 4563 6334 mit mir in Verbindung.
Mit freundlichen Grüßen,
Marina Schröder

Marina Schröder
Programmleitung Hardcover Belletristik
Silbermann

Jetzt will sie ein Baby

Nadja Reicherts größter Wunsch

Nadja Reichert und ihre Freundin Alexandra Kron zeigen sich in der Öffentlichkeit und machen keinen Hehl daraus, dass sie sich lieben. Ist die Schauspielerin endlich angekommen?

Gerüchten zufolge lebt das Paar nicht nur bereits in einer gemeinsamen Wohnung, sondern spielt auch mit dem Gedanken an eine Familie. »Ich möchte auf jeden Fall eines Tages Mutter werden. Ich liebe Kinder. David wäre mit Sicherheit ein toller Papa«, sagte uns die Schauspielerin vor einigen Monaten, als sie noch mit ihrem Kollegen liiert war. »Wer möchte nicht ein Kind mit so wunderschönen grünen Augen haben?« Und auch wenn die Beziehung zwischen den beiden längst Geschichte ist, träumt Nadja offensichtlich noch immer von einer Miniaturausgabe von David. »Nadja und Alex sind auf der Suche nach einem geeigneten Samenspender. Sie haben bereits mit David darüber gesprochen und er ist der Idee gegenüber nicht grundsätzlich abgeneigt«, erzählt uns ein Insider. »Er möchte Nadja gerne dabei behilflich sein, sich den Wunsch nach einem Kind zu erfüllen. Vielleicht liebt er sie immer noch.« Dafür spricht zumindest sein derzeitiger Nummer-Eins-Hit »Miss you, love«, eine einfühlsame Ballade, mit der David seinen Schmerz zu verarbeiten sucht. Ein Licht an seinem Horizont ist möglicherweise die Bestseller-Autorin Annabelle May, die man bei der gestrigen Filmpremiere von »Schwarze Engel« an seiner Seite sah. Vielleicht ist dies ja der Beginn einer neuen Liebe?

Danksagung

Tausend Dank an all die lieben Menschen,die mich mal wieder bei der Entstehung dieser Geschichte unterstützt haben.

Danke an Katrin für ihr Insiderwissen!

An Satria und Steff, die mein Gejammere über Schreibblockaden ertragen haben.

An Natalie und ihre Kreativcouch!

An meine Eltern.

Und natürlich: Danke, liebes Universum! Du machst einen wirklich guten Job!